DuMont's Kriminal-Bibliothek

Charlotte Matilde MacLeod wurde 1922 in Kanada geboren und wuchs in Massachusetts, USA auf. Sie studierte am Boston Art Institute und arbeitete danach kurze Zeit als Bibliothekarin und Werbetexterin. 1964 begann sie, Detektivromane für Jugendliche zu veröffentlichen, 1978 erschien der erste »Balaclava«-Band, 1979 der erste aus der »Boston«-Serie, die begeisterte Zustimmung fanden und ihren Ruf als zeitgenössische große Dame des Kriminalromans festigten.

Von Charlotte MacLeod sind in dieser Reihe bereits erschienen: »Schlaf in himmlischer Ruh'« (Band 1001), »... freu dich des Lebens« (Band 1007), »Die Familiengruft« (Band 1012), »Über Stock und Runenstein« (Band 1019), »Der Rauchsalon« (Band 1022), »Der Kater läßt das Mausen nicht« (Band 1031), »Madam Wilkins' Palazzo« (Band 1035), »Der Spiegel aus Bilbao« (Band 1037), »Kabeljau und Kaviar« (Band 1041) und »Stille Teiche gründen tief« (Band 1046).

Herausgegeben von Volker Neuhaus

Charlotte MacLeod

»Der Kater läßt das Mausen nicht«

DuMont Buchverlag Köln

Für Maggie Curran

Einige Leser mögen sich fragen, was das Vorbild für Balaclava County und sein College wohl sein mag. Wahr ist, daß weder County noch College existieren – außer in einer Raumtasche irgendwo zwischen der Phantasie der Autorin und ihrer Schreibmaschine. Ähnlichkeit mit tatsächlichen Personen oder Orten ist nicht beabsichtigt. Die dargestellten Charaktere und die Handlungen existieren daher nur in dem Maße, wie es die Phantasie des Lesers zuläßt.

Umschlagmotiv von Pellegrino Ritter
Aus dem Amerikanischen von Beate Felten

© 1983 by Charlotte MacLeod
© 1991 der deutschsprachigen Ausgabe by DuMont Buchverlag Köln
Editorische Betreuung: Petra Kruse
4. Auflage 1994
Alle deutschsprachigen Rechte vorbehalten
Die der Übersetzung zugrundeliegende englischsprachige Originalausgabe erschien 1984 unter dem Titel »Something the Cat dragged in« bei Avon Books, Hearst Corporation, New York, N.Y.
Satz: Froitzheim Satzbetriebe, Bonn
Druck und buchbinderische Verarbeitung: Clausen & Bosse, Leck

Printed in Germany   ISBN 3-7701-1958-4

Kapitel 1

»Edmund! Was fällt dir ein? Du kannst mir doch nicht so einfach ein armes, totes Viech ins Haus schleppen, wo ich gerade eben erst den Boden aufgewischt habe.«

Betsy Lomax balancierte genauso vorsichtig über die Zeitungen, die sie zum Schutz des frisch gereinigten, noch feuchten Linoleumbodens überall verteilt hatte, wie Eliza, die Sklavin aus *Onkel Toms Hütte,* bei ihrer Flucht über die Eisschollen. Edmund war eine guterzogene Katze, soweit man das von einer Katze überhaupt sagen konnte, doch das änderte nichts daran, daß Männer eben Männer waren.

»Typisch Mann! Ich habe noch nie ein männliches Wesen gesehen, ob Kater, Mensch oder was auch immer, das sich die Chance entgehen ließe, mit dreckigen Füßen durch eine frisch geputzte Küche zu marschieren«, schimpfte sie. »Am liebsten würde ich dir mit meinem Mop ordentlich eins zwischen die Schnurrhaare geben.«

Doch was würde das schon ändern? Edmunds Gedächtnis für Bestrafungen, die mit seinem Jagdtrieb kollidierten, war ausgesprochen schlecht. Außerdem war Betsy Lomax ihrem Edmund äußerst zugetan. Auch wenn sie seine blutigen Beutezüge kategorisch ablehnte, mußte sie immerhin zugeben, daß Streifenhörnchen nicht gerade vom Aussterben bedroht waren. Und es handelte sich zweifellos um ein Streifenhörnchen. Der nasse Fellklumpen zwischen Edmunds Kiefern war bei weitem zu groß für eine Feldmaus.

Nein, ein Streifenhörnchen war es wohl doch nicht. Und auch kein braunes Eichhörnchen. Genausowenig war es ein Maulwurf oder eine Wühlmaus oder überhaupt irgendein anderer identifizierbarer Vierbeiner. Es war lediglich ein Fetzen Fell. Wieder falsch, es war auch kein Fell. Es waren Haare. Allem Anschein nach stammten sie von einem Menschen. Mrs. Lomax neigte keineswegs zu Hysterie, doch sie mußte zuerst ein paarmal schlukken, bevor sie in der Lage war, sich den Saum ihrer Schürze um die Finger zu wickeln und sich herunterzubeugen, um Edmunds Maul gewaltsam zu öffnen.

»Das darf doch nicht wahr sein!« stieß sie hervor, nachdem sie ihm seine Beute entwunden hatte. »Edmund, hast du dich etwa wieder in Professor Ungleys Schlafzimmer herumgetrieben? Er wird todsicher an die Decke gehen, wenn er entdeckt, daß du das weggeschleppt hast. Was zum Teufel soll ich denn jetzt bloß machen?«

Betsy Lomax hatte allen Grund zu dieser Überlegung. Professor emeritus Herbert Ungley war in diversen Punkten außerordentlich empfindlich, ganz besonders jedoch, wenn es sich um sein Toupet handelte. Er befand sich nämlich in dem irrigen Glauben, daß kein Mensch in ganz Balaclava Junction davon auch nur das geringste ahnte, obwohl sein Toupet immer noch genau denselben rötlichen Farbton hatte wie an dem Tag, als er es vor etwa 40 Jahren heimlich in Boston erstanden hatte, und die wenigen Haare, die er noch sein eigen nennen konnte, inzwischen eine unschöne gelblichweiße Färbung angenommen hatten.

Ungley war übrigens ein äußerst unangenehmer alter Mann, wenn man ganz ehrlich war. Dafür war er allerdings ein höchst korrekter Mieter, der seit vielen Jahren – wie lange schon, mochte Mrs. Lomax gar nicht erst ausrechnen – stets pünktlich seine Miete bezahlte. Eine Witwe wie sie, die mit dem Nötigsten auszukommen hatte und nur von ihrer Hände Arbeit und der Miete lebte, die ihr die Parterrewohnung einbrachte, mußte sich daher immer beide Seiten der Medaille vor Augen halten. Es war zweifellos das Beste, das Haarteil irgendwie wieder in sein Zimmer zu schmuggeln, bevor er es vermißte und einen Wutanfall bekam.

Mrs. Lomax legte sich also einen Schlachtplan zurecht. Professor Ungley war bestimmt noch nicht aufgestanden. Er hatte noch nie dazu geneigt, beim ersten Morgengrauen aus dem Bett zu steigen. Auch nicht beim zweiten, wenn es so etwas überhaupt gab. Am vergangenen Abend hatte er an dem monatlichen Treffen dieser lächerlichen Balaclava Society teilgenommen, so daß er sicher noch später als gewöhnlich zu Bett gegangen war. Sie nickte Edmund kurz zu, schnitt ein Stück von ihrem frisch gebackenen Kuchen ab, legte es auf einen Teller und deckte eine Papierserviette darüber. Dann ließ sie das inzwischen etwas ramponierte Toupet in ihre Schürzentasche gleiten, nahm den Kuchenteller und stieg die Hintertreppe hinunter.

Natürlich besaß sie einen Schlüssel zur Wohnung ihres Mieters. Sie war es gewöhnt, dort ein und aus zu gehen, denn sie säuberte das Zimmer des alten Herrn einmal in der Woche und kümmerte sich auch um alle anderen Dinge, die gelegentlich anfielen. Manchmal stellte sie ihm auch eine Kleinigkeit ins Zimmer, wofür er sich allerdings nie bedankte. Der Kuchen war ein guter Vorwand, falls Ungley bereits aufgestanden sein sollte und sie beim Hereinkommen erwischte. Mrs. Lomax klopfte vorsichtig an die Tür, bekam keine Antwort, ganz wie sie gehofft hatte, schloß die Tür auf und betrat das Zimmer. Sie würde das Toupet nur schnell ins Badezimmer schmuggeln, und Ungley würde überhaupt nichts merken. Wenigstens würde er so tun als ob, was für ihre Zwecke letztendlich auf genau dasselbe herauskam. Sie war gerade dabei, auf die Verbindungstür zuzusteuern, blieb jedoch plötzlich wie angewurzelt stehen.

»Was hat denn das wieder zu bedeuten?«

Sie war zu überrascht, um sich diese an Edmund gerichtete Frage zu verkneifen; der Kater folgte ihr nämlich auf dem Fuß, in der Hoffnung, das Toupet wiederzubekommen. Auf der Spüle stand ein völlig unberührtes Glas Milch.

Wie Betsy Lomax wußte, und es gab so gut wie nichts, was ihr in Balaclava Junction verborgen blieb, gehörte es zu den eisernen Gewohnheiten von Professor Ungley, sich jeden Nachmittag um Punkt halb fünf ein Glas Milch einzugießen und es dann auf dem Abtropfbrett stehen zu lassen, bis er ins Bett ging. Bis dahin hatte die Milch Zimmertemperatur angenommen, und er konnte sich die Mühe sparen, sie warm zu machen. Auf Arbeit war Professor Ungley nämlich nicht gerade versessen, das durfte man ruhig sagen.

Andererseits war der alte Kauz immer bestrebt, sich selbst etwas Gutes zu tun. Warum hatte er dann also die Milch nicht getrunken? Mrs. Lomax begann allmählich, sich in ihrer Haut etwas unwohl zu fühlen. Und warum hatte auch Edmund sie nicht getrunken? Irgendwie mußte er doch ins Zimmer gekommen sein, sonst hätte er das Toupet nicht entwenden können, und es sah ihm überhaupt nicht ähnlich, eine derartig günstige Gelegenheit für eine freie Mahlzeit ungenutzt zu lassen.

Professor Ungley war an seinem letzten Geburtstag 80 Jahre alt geworden. Mrs. Lomax wußte dies mit Bestimmtheit, denn er hatte ihr großzügigerweise gestattet, ihm einen Geburtstagskuchen zu backen, von dem er ihr dann kein einziges Stück angeboten hatte. Ihr eigener Vater war mit 80 gestorben. Sie näherte sich dem Schlafzimmer, lauschte auf Schnarchtöne, konnte aber nichts hören.

Ihr Mieter war nicht in seinem Zimmer. Sein Bett war völlig unberührt. Dies konnte sie mit Bestimmtheit sagen, denn sie hatte erst gestern die Laken gewechselt und es frisch bezogen.

Betsy Lomax war zu vernünftig, um in Panik auszubrechen, doch nachdem sie in der ganzen Wohnung vergeblich nach ihm gesucht hatte, ertappte sie sich dabei, wie sie in ihrer Schürze, den Teller mit Kuchen noch in der Hand, aus der Eingangstür gehen wollte. Die kühle Herbstluft brachte sie jedoch schnell genug wieder zur Besinnung, und sie ging nach oben, um Hut und Mantel zu holen.

»Vielleicht ist er hingefallen und hat sich den Knöchel verstaucht oder so«, teilte sie Edmund mit, der inzwischen die Hoffnung aufgegeben hatte, das Toupet zurückzubekommen, und sich schmollend zwischen die Wachsbegonien auf dem Fensterbrett zurückgezogen hatte. »Möglicherweise hat ihn einer von denen«, damit meinte sie die Mitglieder der Balaclava Society, »mit zu sich nach Hause genommen und sich nicht die Mühe gemacht, mir Bescheid zu sagen. Das haben die schließlich nicht nötig. Schließlich sind wir ja nicht miteinander verheiratet.«

Trotzdem konnte man nicht all die Jahre mit einem Mann unter einem Dach leben und sich in einer derartigen Situation überhaupt keine Sorgen machen. Wenn Ungley sich verletzt hatte oder es ihm bei der Versammlung übel geworden war, war es den anderen Mitgliedern eher zuzutrauen, ihn zu seiner Hauswirtin nach Hause zu bringen und ihr die Arbeit zu überlassen. Es sei denn, man hatte ihn zum Krankenhaus fahren müssen. Nein, in diesem Fall hätte man sie inzwischen bestimmt benachrichtigt, auch wenn es noch relativ früh am Morgen war. Eine ihrer Cousinen zweiten Grades war die Schwägerin der Aufnahmeschwester, die im Krankenhaus in Hoddersville gestern Dienst hatte, und das war das einzige Krankenhaus in der Nähe. Ganz sicher hätte Priscilla sofort alles Marge erzählt, und Marge war zweifellos anständig genug, eine solche Information, zumal wenn es um Betsys Mieter ging, nicht für sich zu behalten.

Vielleicht sollte sie doch besser Henry Hodger oder einen der anderen anrufen. Vielleicht sollte sie aber gar nicht erst telefonieren und sich schnellstens in Richtung Clubhaus in Bewegung setzen. Wenn Professor Ungley nun auf dem Heimweg im Dunkeln gefallen war und die ganze Nacht draußen in der Eiseskälte zugebracht hatte – sie streifte sich ihre Wollhandschuhe über, griff nach dem Türschlüssel und ging hinaus.

Kapitel 2

Wie in den meisten Orten Neuenglands gab es auch in Balaclava Junction eine Hauptstraße mit hübschen alten Gebäuden. Das Clubhaus der Balaclava Society zählte allerdings nicht dazu. Es war zwar alt, sah aber recht unansehnlich aus, ein kleines, kastenförmiges Haus mit zu wenig Farbe auf der Holzverkleidung und zu viel Unkraut im Garten. Dort draußen fand sie ihn schließlich, ohne Hut – und natürlich ohne Toupet – lag er zwischen frostgeschwärztem Ampfer und Wegerich. Mrs. Lomax sah ihn lange nachdenklich an, wandte sich dann ab und ging die Hauptstraße zum Polizeirevier hinunter.

Niemand konnte behaupten, daß Fred Ottermole faul war. Obwohl die Uhr in der Wache noch nicht einmal halb neun anzeigte, hatte der Polizeichef bereits den Platz hinter seinem Schreibtisch eingenommen und polierte sorgfältig sein Abzeichen mit dem Ärmel seiner Uniform.

»Fred«, sagte Betsy Lomax ohne Rücksicht auf Rang oder Protokoll, »erheben Sie sich bitte auf der Stelle von Ihrem Stuhl, und begeben Sie sich schnellstens zum Clubhaus der Balaclava Society.«

»Warum sollte ich das?« Er hauchte das Abzeichen an, rieb noch ein letztes Mal darüber, steckte es wieder an und stand auf. »Ist da etwa jemand eingebrochen und hat denen die Mottenkugeln geklaut?«

»Ihre dummen Sprüche brauche ich mir nicht anzuhören, junger Mann. Professor Ungley liegt dort draußen im Unkraut.«

»Na und? Das ist, soweit ich weiß, noch kein Verbrechen.«

»Hängt ganz davon ab, wer ihn da hingelegt hat, würde ich sagen.«

»Was? Um Himmels willen – doch nicht etwa schon wieder ein Mord?«

»Dazu kann ich nichts sagen, aber ich bin sehr wohl in der Lage zu erkennen, ob jemand tot ist oder nicht. Und dann sagen Sie mir bitte freundlicherweise mal, was einen Mann in seinem Alter veranlaßt haben könnte, in einer Oktobernacht im Stockdustern durch Hintergärten zu streunen, wenn sogar die Kürbisse erfrieren und er nicht mal Galoschen trägt. Sie werden ganz schön dumm dastehen, wenn jemand die Leiche vor Ihnen entdeckt, Fred. Am besten nehmen Sie eine Decke oder irgend so etwas mit, für den Fall, daß die alte Mrs. Pearworthy zufällig vorbeikommen sollte, damit sie sich nicht zu Tode erschreckt. Ich bleibe hier und rufe Doktor Melchett an. Er ist um diese Zeit sicher noch nicht im Krankenhaus. Nun stehen Sie doch nicht mit offenem Mund herum. Bewegen Sie sich! Die Leiche liegt neben der alten Egge, mit der angeblich schon seit Ewigkeiten etwas geschehen sollte, wozu aber natürlich keiner von denen je gekommen ist.«

»Wozu sind die denn je gekommen?« knurrte Ottermole.

Er hatte inzwischen eine graue Decke aus dem Erste-Hilfe-Schrank genommen und bewegte sich bereits auf die Tür zu. Mit Betsy Lomax ließ man sich besser auf keinen Streit ein, es sei denn, man war darauf aus, ihn zu verlieren. Ottermole versuchte sich einzureden, daß eine Leiche hinter dem Museum eigentlich eine interessante Abwechslung zu seiner sonstigen Tätigkeit darstellte, die hauptsächlich darin bestand, mit ernstem Gesicht Jugendliche zu ermahnen, ihr Bonbonpapier nicht auf den Bürgersteig zu werfen. Irgendwie gelang es ihm allerdings nicht, sich so recht davon zu überzeugen. Was er sich wirklich gewünscht hätte, war ein richtig schöner unkomplizierter Verstoß gegen die Straßenverkehrsordnung. Seine Ehefrau hatte ihm nämlich zum Geburtstag einen vergoldeten Kugelschreiber geschenkt, und er brannte darauf, einem angemessen beeindruckten Verkehrssünder damit eine Verwarnung auszustellen, die sich gewaschen hatte.

Außerdem hatte es in Balaclava und Umgebung in der letzten Zeit bereits viel zu viele mysteriöse Todesfälle gegeben. Fred Ottermole mochte keine mysteriösen Todesfälle. Als er daher am Ort des mutmaßlichen Verbrechens eintraf, verspürte er verständlicherweise auch nicht die geringste Lust, hinter dem Ableben von Professor Ungley irgend etwas Ungewöhnliches zu vermuten.

»Keine Frage«, lautete daher seine offizielle Erklärung. »Im Dunkeln gestolpert und auf die alte Egge gefallen. In eine der Zinken. Daher auch das ganze Blut am Hinterkopf.«

»Ich sehe kein Blut an der Egge«, konterte Mrs. Lomax, die wie versprochen inzwischen Doktor Melchett Bescheid gesagt hatte und daraufhin unverzüglich zum Tatort zurückgekehrt war. Sie hatte nämlich nicht vor, sich irgend etwas entgehen zu lassen, wenn es sich nur irgendwie bewerkstelligen ließ.

»Kann man bei all dem Rost gar nicht erkennen«, verteidigte sich Ottermole.

»Wie können Sie so etwas sagen?« fuhr sie ihn an. »Blut ist doch dunkler als Rost.«

»Außerdem trug er bestimmt noch sein Toupet, als er fiel. Vermutlich hat es das Blut irgendwie aufgesaugt. Haben Sie vielleicht eine Ahnung, wo es sein könnte?«

»Hier. Ich habe es.«

Mrs. Lomax knöpfte sich den Mantel gerade weit genug auf, um an ihre Schürzentasche zu kommen. »Oh, guten Tag, Doktor Melchett. Ich wollte gerade Fred das Toupet von Professor Ungley zeigen. Edmund hat es mir heute morgen ins Haus getragen, so peinlich mir das ist. Er hat sicher gedacht, es wäre ein Spielzeug. Kann man ihm ja auch nicht übelnehmen, woher sollte er es besser wissen«, fügte sie zu Edmunds Verteidigung hinzu.

»Edmund?« Doktor Melchett, der keine größere Vorliebe für Leichen an ungewöhnlichen Fundstellen als Fred Ottermole hatte, nahm das Haarteil mißtrauisch in Augenschein. »Wer ist Edmund?«

»Ihre Katze«, erklärte der Polizeichef. Fred und Edmund waren nämlich gute Freunde. Edmund kam während seiner morgendlichen Runde oft auf einen Katzensprung ins Polizeirevier, um sich ein wenig auszuruhen und ein Stück von Freds Pausen-Doughnut zu bekommen, eine Leckerei, die seiner Taille nicht unbedingt zuträglich war. Diese Besuche waren wahrscheinlich das einzige in ganz Balaclava, wovon Betsy Lomax nicht die geringste Ahnung hatte.

»Jedenfalls war das der Grund, warum ich nach Professor Ungley gesucht habe«, berichtete Mrs. Lomax. »Sie wissen ja, wie empfindlich er in dieser Hinsicht immer war. Niemand durfte wissen, daß es nicht seine eigenen Haare waren, obwohl das selbst einem Blinden aufgefallen wäre. Als ich Edmund mit dem Toupet gesehen habe, konnte ich mir nicht erklären, wo er es herhatte. Ich dachte, daß Professor Ungley seine Schlafzimmertür nicht zugeschlossen hatte, und ging nach unten, um sie zuzumachen.«

Damit blieb sie noch ziemlich nahe an der Wahrheit. »Ich bin also runtergegangen, und da stand noch das Glas Milch, das er vor dem Zubettgehen sonst immer getrunken hat. Es stand auf der Spüle, immer noch voll. Ich fing an, mir Sorgen zu machen, und schaute mich in der Wohnung um. Als ich das Bett sah, wußte ich, daß er nicht darin geschlafen hatte, denn ich hatte es gestern frisch gemacht, und es war kein bißchen zerknautscht. Also hielt ich es für das Beste, hier herüberzukommen und mich nach ihm umzusehen, und so habe ich ihn schließlich gefunden.«

»Sie haben nicht etwa versucht, ihn zu bewegen?« fragte Doktor Melchett.

»Ich habe ihn überhaupt nicht angerührt. In meinem Alter war ich schon auf so vielen Beerdigungen, daß ich genau weiß, wann ich es mit einer Leiche zu tun habe und wann nicht. Um ganz ehrlich zu sein, ich hatte es schon beinahe erwartet. Ein alter Herr wie er, und dann die ganze Nacht auf dem eiskalten Boden.«

»Wie sind Sie denn darauf gekommen, gerade hier zu suchen?« wollte Ottermole wissen.

»Wo hätte er denn sonst sein können? Gestern abend hat sich doch die Balaclava Society getroffen, oder etwa nicht? Was auch immer das heißen soll.«

Mrs. Lomax hatte durchaus ihre Gründe für diese abfällige Bemerkung. Die Balaclava Society war nämlich eine Organisation, die niemals auch nur einen Versuch gemacht hatte, sie oder ihren verstorbenen Mann als Mitglied zu gewinnen, obwohl überall bekannt war, daß ein gewisser Perkin Lomax immerhin zu den Gründern von Balaclava Junction gezählt hatte und sie selbst eine Swope von Lumpkin Upper Mills war. Warum eine Gesellschaft, die von sich behauptete, sie widme sich »der Erhaltung unserer kulturellen Vergangenheit«, es sich hatte entgehen lassen, sozusagen auf einen Schlag gleichzeitig einen Lomax und eine Swope in ihre Mitte aufzunehmen, gehörte zu den Dingen, die sie bis zu ihrem letzten Atemzug nicht verstehen würde. Selbst wenn sie sich nie herablassen würde, auch nur anzudeuten, daß ihr diese Unhöflichkeit das geringste ausmachte.

»Außerdem«, fuhr sie fort, »wissen Sie doch, daß mein Haus von hier aus leicht zu erreichen ist, wenn man die Abkürzung durch die Hintergärten nimmt. Ich konnte kaum annehmen, daß Edmund das Toupet weit getragen hat. Edmund strengt sich nur ungern an, genau wie Professor Ungley. Ich frage mich allerdings wirklich, was der Professor hier gesucht hat, ausgenommen natürlich, daß ihn jemand hergebracht hat. Wenn er die Versammlung aus eigenem Antrieb verlassen hat, sollte man schließlich denken, daß er die Vordertür genommen hat und den Bürgersteig benutzt hat, wo es hell genug war und man gut gehen kann. Außer dem Dienstboteneingang ganz hinten im Gebäude gibt es keinen anderen Ausgang, und der ist ganz zugewuchert und die Schwelle völlig verrottet. Die Tür ist schon ewig nicht mehr aufgemacht worden, soweit ich weiß. Warum hätte er also ausgerechnet letzte Nacht riskieren sollen, sich den Hals zu brechen?«

»Da hat sie irgendwie recht, Ottermole«, gab der Arzt zu bedenken. »Ich war selbst noch spät wegen eines Hausbesuches draußen, und ich kann Ihnen nur sagen, daß gestern bestimmt nicht die richtige Nacht für einen Mann wie ihn war, um sich in irgendwelchen Hintergärten herumzutreiben. Der Himmel war bedeckt, und an einigen Stellen war es richtig nebelig. Ich sehe auch keinen Weg, den er gegangen sein könnte. Ungley hatte keine besonders guten Augen und war auch nicht allzu gut zu Fuß, wenigstens als ich ihn das letzte Mal untersucht habe. Wo ist übrigens der Spazierstock mit dem silbernen Knauf, den er immer bei sich trug?«

»Höchstwahrscheinlich gestohlen«, vermutete Mrs. Lomax.

»Eine Sekunde mal«, protestierte Ottermole. »Wollen Sie damit etwa andeuten, er sei niedergeschlagen und beraubt worden? Als ob ich nicht genug Grips hätte, selbst an diese Möglichkeit zu denken! Nein, dafür spricht aber auch rein gar nichts. Sehen Sie nur!« Fred hielt die Brieftasche des alten Mannes hoch, so daß alle die Banknoten darin sehen konnten. »Hier sind 15 Dollar und genug Wechselgeld. Der Stock wird hingefallen sein, das ist alles. Er muß hier irgendwo liegen.«

Er begann, mit den Händen das Unkraut zu durchforsten. Nach kurzer Zeit richtete er sich wieder auf und schwenkte einen Gegenstand. »Sehen Sie, ich wußte ja, daß ich recht hatte.«

Doktor Melchett griff nach dem Stock, mit dem Ottermole herumfuchtelte. »Darf ich ihn mir einmal ansehen? Meine Güte, das Ding ist aber schwer. Damit möchte ich für meinen Teil auf keinen Fall eins über den Kopf bekommen.«

Er kramte nach seiner Lesebrille und setzte sie auf, um den Knauf genauer betrachten zu können. Dann bückte er sich, um die Egge in Augenschein zu nehmen.

»Es klebt Blut an der Zinke, an der sein Kopf lehnt«, stellte er fest. »Nicht viel, wenn man bedenkt, wie stark Kopfverletzungen normalerweise bluten. Aber immerhin. Sehen Sie?«

Ottermole und Mrs. Lomax mußten beide zugeben, daß sie den Blutfleck sehen konnten, nachdem er ihnen von Doktor Melchett gezeigt worden war. Trotzdem drehte und wendete der Doktor den Spazierstock immer wieder. Obwohl die Stockzwinge abgenutzt war und der Schaft vom vielen Gebrauch abgegriffen wirkte, handelte es sich dennoch um ein recht ansehnliches Exemplar. Der Stock endete nicht einfach in einem gewöhnlichen runden Knauf oder Haken, sondern in einem silbernen Knauf, der in rechtem Winkel auf den Schwarzdornstock aufgesetzt war. Er hatte die Gestalt eines laufenden Fuchses, dessen Vorderläufe so gekrümmt waren, daß sie in den Stock übergingen, während der Fuchsschwanz und die Hinterläufe zusammen in eine elegante Spitze ausliefen.

»Professor Ungley hat große Stücke auf diesen Stock gehalten«, bemerkte Mrs. Lomax. »Er hat immer behauptet, der Fuchs sei aus massivem Silber.«

»Kann schon sein«, knurrte der Doktor. »Aber ich vertrete eher die Ansicht, daß er innen hohl ist und man ihn mit Blei ausgegossen hat. Trotzdem ein merkwürdiger Gegenstand für einen angesehenen Professor im Ruhestand, aber schließlich war Ungley selbst ja auch in einigen Punkten recht merkwürdig. Wenn er nicht genau in die Egge gefallen wäre, könnte man beinahe annehmen –«

Melchett schwieg schnell wieder. Er selbst war kein merkwürdiger Mann, dafür aber sehr diskret, und er wußte nur zu gut, welchen Schaden die unüberlegte Bemerkung eines Arztes für seine Praxis haben konnte.

Fred Ottermole nahm den Spazierstock wieder an sich. »An dem Fuchs klebt jedenfalls kein Blut«, wiederholte er, »dafür aber an der Eggenzinke. Es wären doch bestimmt noch Blutspuren in den kleinen Rillen am Knauf, wenn es welches gegeben hätte. Sehen wir uns also mal das Toupet an.«

»Kein Tröpfchen Blut zu sehen«, informierte ihn Mrs. Lomax. »Ich habe bereits nachgeschaut. Und jetzt behaupten Sie bloß nicht, Edmund hätte es aufgeleckt, denn das hätte er bestimmt nicht geschafft. Es wäre sicher immer noch etwas zu sehen, aber man findet ja überhaupt nichts. Außerdem ist Edmund sehr wählerisch, er frißt noch lange nicht alles.«

»Mmh«, sagte Ottermole, der es zwar besser wußte, seinen kleinen Freund jedoch nicht verraten wollte. »Nehmen wir also an, das Haarteil fiel herunter, als Professor Ungley über die Egge stolperte, und damit hat sich der Fall.«

»Man sollte doch annehmen, daß sein Hut das verhindert hätte«, fuhr Betsy Lomax ihm in die Parade.

»Dann ist eben der Hut auch heruntergefallen, um Himmels willen. Sehen Sie doch, hier ist er ja schon.«

Tatsächlich hielt Professor Ungley ihn fest mit der rechten Hand umklammert, als habe er ihn unmittelbar vor seinem Tod beim Fallen wie durch ein Wunder mitten in der Luft noch gerade fangen können. Mrs. Lomax verkündete, ihr käme die ganze Angelegenheit höchst seltsam vor, doch Doktor Melchett konterte sofort mit einer gelehrten Ausführung über den sogenannten Todeskrampf, was sie zwang, ihre Taktik wieder zu ändern.

»Ich frage mich, wieso er nicht nach vorn, sondern nach hinten gefallen ist. Jedesmal, wenn ich mir den Fuß stoße, falle ich jedenfalls immer auf die Knie und ruiniere mir ein gutes Paar Strümpfe.«

»Vielleicht hat er sich mit dem Bein in einem Schlinggewächs verfangen und ist deshalb auf seinen –«

Ottermoles krampfhafter Versuch, ein annehmbares Synonym für Hintern zu finden, wurde von Betsy Lomax rüde unterbrochen.

»Dann könnten Sie genausogut behaupten, daß Schweine Flügel haben. Sie haben noch keinerlei Grund angeben können, warum Professor Ungley überhaupt hier draußen war.«

»Meine Güte, das liegt doch wohl ziemlich klar auf der Hand, oder? Es kann doch durchaus mal passieren«, Fred zögerte wieder, denn Mrs. Lomax war immerhin früher seine Lehrerin an der Sonntagsschule gewesen, »daß ein alter Mann wie er – ich meine, seine Nieren sind vielleicht nicht mehr so – Sie wissen schon, was ich meine.«

»Wenn Sie damit andeuten wollen, daß ein Mann wie Professor Ungley, der immer so sehr auf gute Manieren bedacht war, sich hier direkt hinter der Hauptstraße in die Büsche geschlichen hat, um sich wie ein x-beliebiger Trunkenbold zu erleichtern, dann würde ich Ihnen raten, Ihr sogenanntes Gehirn ein wenig mehr anzustrengen, Fred Ottermole. Ich weiß genau, daß es im Museum eine Toilette gibt, denn sie haben neulich meinen Cousin Fred Swope geholt, um sie wieder zu reparieren, als der Boiler kaputt gegangen war und die ganzen Rohre zugefroren und geplatzt waren. Als echter Gentleman wäre Professor Ungley im Museum auf die Toilette gegangen, bevor er das Gebäude verließ.«

»Aber wenn er urplötzlich das Bedürfnis verspürt hat, wenn ich einmal so sagen darf, nachdem alle schon gegangen waren, und er keinen Schlüssel mehr hatte, um wieder in das Gebäude zu kommen?«

»Er hatte aber einen Schlüssel. Er war doch schließlich der Kurator, oder etwa nicht? So hieß es jedenfalls immer. Warum sehen Sie sich nicht wenigstens seine Taschen an, statt hier herumzustehen und dummes Zeug zu reden?«

Fred Ottermole machte ein finsteres Gesicht, gehorchte aber. Zu seiner unverhohlenen Freude fanden sich weder bei Professor Ungley noch irgendwo in der Nähe der Leiche irgendwelche Schlüssel.

»Das hätten wir also geklärt. Hat sonst noch jemand irgendeine kluge Theorie zu verkünden, oder kann ich jetzt die Leiche Harry Goulson überlassen?« Goulson war der hiesige Leichenbestatter.

Doktor Melchett zuckte die Schultern. »Von mir aus kann Goulson ihn ruhig haben. Ich werde hierbleiben, bis Sie ihn geholt haben, wenn Ihnen das recht ist. Sagen Sie ihm, er soll einen Totenschein mitbringen, wenn er noch einen hat.«

Mrs. Lomax wurde zwar nicht aufgefordert zu bleiben, rührte sich aber trotzdem nicht vom Fleck. Ihre Nachbarn kamen allmählich die Hauptstraße herunter, um ihre Morgeneinkäufe zu erledigen. Man konnte davon ausgehen, daß jede ungewöhnliche Aktivität in der Nähe des sonst so ruhigen Museums auf keinen Fall lange unbemerkt bleiben würde und daß die Leute sehr bald näherkommen würden, um sich einen genaueren Eindruck zu verschaffen. Als der Polizeichef schließlich mit dem Leichenbestatter eintraf, hatte Professor Ungley bereits eine Menge Leute um sich geschart.

Kapitel 3

»Mein Gott, wie schrecklich!«
Das war Mrs. Pommell, die Frau des Bankiers, die, ganz unpassend mit Ziegenlederhandschuhen und elegantem Filzhut herausgeputzt, auf Carey's Fischmarkt ein Pfund Kabeljau kaufen wollte. Der Hut war zwar bereits zwei Jahre alt, für Carey's jedoch reichlich extravagant. Betsy Lomax hatte nichts übrig für Leute, die sich affektiert benahmen, mußte jedoch zugeben, daß Mrs. Pommell tatsächlich genauso betroffen aussah, wie es sich in diesem Fall auch gehörte, statt einfach dazustehen und Maulaffen feilzuhalten wie die restlichen Anwesenden.

»Dabei war er doch letzte Nacht noch so gesund und munter«, teilte die Bankiersfrau der interessierten Menge mit.

»Beim Treffen der Balaclava Society?« fragte Fred Ottermole und zückte sein Notizbuch und den schönen neuen Goldkugelschreiber.

»Richtig.« Mrs. Pommell zog ein Taschentuch heraus und schluchzte auf dezente, damenhafte Weise hinein. »Mein Mann und ich waren auch unter den Anwesenden.«

»Sie sind beide bis zum Ende der Versammlung geblieben?«

»Sicher.« Die Frage schien sie zu überraschen. »Nach den Vereinsangelegenheiten hat Professor Ungley noch einen hochinteressanten Vortrag über Federmesser gehalten. Sie müssen nämlich wissen, daß man sie ursprünglich benutzt hat, um damit die Enden von Federn zuzuschneiden, die man dann als Schreibfedern verwendet hat. Gänsekiele, Truthahnkiele und für besonders feine Zeichnungen Krähenkiele – in Kunstgeschäften bekommt man immer noch Zeichenstifte, die Krähenkiele heißen, es gab sie jedenfalls noch, als ich im Internat Kunstunterricht hatte.«

Das würde sie sich merken müssen, dachte Mrs. Lomax. Ottermole dagegen zeigte nicht das geringste Interesse an Mrs. Pommells Schulzeit, doch das Thema von Professor Ungleys Vortrag schien ihn beruflich zu interessieren.

»Federmesser, sagen Sie? Wie groß sind diese Messer denn? Ich meine, groß genug, um einen Menschen damit zu verletzen?«

Mrs. Pommell schüttelte ihren Hut. »Ach Gott, auf keinen Fall. Sie sind so klein, daß man sie an einer Uhrkette tragen kann. Sie passen sogar in die Schreibmappe einer Dame. Schließlich ist die Spitze einer Flügelfeder, selbst bei einem Truthahn, nicht besonders – Sie glauben doch nicht etwa, daß – ich meine, man hat Professor Ungley doch nicht etwa e r s t o c h e n?«

»Aufgrund des Tatbestandes sieht es ganz so aus, als ob er gefallen ist und mit dem Kopf auf die alte Egge aufgeschlagen ist«, mußte Ottermole zugeben. »Das stimmt doch, nicht wahr, Doktor Melchett?«

»Ich stimme völlig mit Ihren Untersuchungsergebnissen überein, Ottermole«, erwiderte der Doktor.

Genau das war auch zu erwarten gewesen. Mrs. Lomax kannte Doktor Melchett schon lange genug. Er war zwar ein guter Arzt, aber ein noch besserer Taktiker. Er würde im Beisein einer Bankiersfrau niemals eine unpassende Antwort geben!

»Wie schrecklich unangenehm.« Mrs. Pommell bemühte wieder ihr Taschentuch, um den Schaulustigen mit gutem Beispiel voranzugehen. »Was mag er nur hier draußen gemacht haben? Ob er vielleicht eine Abkürzung nehmen wollte?«

Melchett zuckte mit den Schultern. »Sie kannten Ungley besser als ich. Hatte er denn eine Vorliebe für Abkürzungen?«

»Daß Professor Ungley seine ganz eigenen Vorstellungen hatte, wird Ihnen sicher nicht entgangen sein. Wir hatten zwar unseren Wagen dabei«, damit meinte sie einen riesigen, luxuriösen Lincoln (die Pommells lebten immerhin knapp 500 Meter entfernt), »doch wir hätten nicht im Traum daran gedacht, ihm anzubieten, ihn nach Hause zu fahren. Das haben wir ihm nämlich schon mehrfach vorgeschlagen, und er hat es immer sehr verärgert abgelehnt. Bei älteren Mitbürgern sollte man halt das Bedürfnis nach Unabhängigkeit akzeptieren, finden Sie nicht?«

Ältere Mitbürger, das war doch wohl die Höhe! Als ob diese alte Ziege ihr piekfeines Internat nicht bereits längst hinter sich hatte, als die damalige Betsy Swope sich noch mit ihrem ersten Lesebuch abquälen mußte. Mrs. Lomax zog die Finger ihrer Wollhandschuhe auf eine Art und Weise glatt, die ziemlich deutlich signalisierte, daß sie haargenau wußte, was hier gespielt wurde, es jedoch vorzog, sich als anständige Dame dazu nicht zu äußern. Mrs. Pommell übersah das Signal leider geflissentlich, und Polizeichef Ottermole interessierte es nicht die Bohne.

»Hat Professor Ungley das Clubhaus vor oder nach Ihnen verlassen?« fragte er.

Mrs. Pommell dachte nach. »Ich bin mir fast sicher, daß wir alle so ziemlich zur selben Zeit gegangen sind. Ich glaube mich vage erinnern zu können, daß Mr. Lutt hinter uns abgeschlossen hat, aber so ganz genau weiß ich es auch nicht mehr.«

»Mr. Lutt hat also die Schlüssel?«

»Eigentlich haben wir alle einen Schlüssel. Das heißt, ich persönlich habe keinen, aber mein Mann hat einen, und irgendwie ist er inzwischen an meinem Schlüsselbund gelandet. Mr. Pommell muß aus geschäftlichen Gründen immer so viele Schlüssel mit sich herumtragen, daß ich die nicht so wichtigen bekomme. Sie wissen, wie das mit Bankiers immer so ist.«

Und falls einer mit dieser Information nicht allzuviel anzufangen wußte, war sie todsicher bereit, ihn auf der Stelle darüber aufzuklären. Betsy Lomax preßte die Lippen noch mehr zusammen und glättete erneut ihre Handschuhe.

»Und wie war das mit Professor Ungley?« wollte Ottermole wissen. »Hatte der normalerweise auch einen Schlüssel bei sich?«

»Das nehme ich doch sehr an. Das heißt – ach herrje, jetzt erinnere ich mich wieder. Er hat seinen Schlüsselbund herausgenommen, weil er uns ein reizendes kleines Federmesser aus Gold zeigen wollte, das daran befestigt war. Dann legte er den Schlüsselbund zu den anderen Federmessern auf den Tisch. Jetzt frage ich mich natürlich, ob er nicht vielleicht vergessen hat, ihn wieder einzustecken, bevor er ging. Wenn Sie einen Moment Zeit haben, kann ich eben schnell –«

Mrs. Pommell kramte in ihrer eindrucksvollen Handtasche und förderte schließlich einen Schlüsselbund mit phantasievollen Plastikbommeln zutage. »Mal sehen, ob – nein, das ist der Generalschlüssel. Ach, hier ist er ja. Möchten Sie mich vielleicht ins Haus begleiten, Herr Polizeichef? Es verstößt zwar gegen die Regeln, Nichtmitglieder an besichtigungsfreien Tagen in das Gebäude zu lassen, doch in einer derartigen Situation denke ich –«

»Ach, schon in Ordnung«, sagte Ottermole, aber Mrs. Pommell war schon in das Haus gestürzt und hatte, offenbar in einem Anflug von Geistesabwesenheit, die Tür sofort hinter sich zugezogen, wodurch sich jedoch Betsy Lomax nicht eine Sekunde täuschen ließ.

»Ich habe sie schon gefunden«, rief Mrs. Pommell, »genau an der Stelle, wo ich sie auch vermutet hatte.«

Das Clubhaus war sowieso nicht viel größer als ein Brotkasten. Bevor Mrs. Pommell ihren Satz zu Ende gesprochen hatte, war sie bereits wieder draußen und hielt den Schlüsselbund, an dem auch das goldene Federmesser hing, in der Hand.

»Sehen Sie, das ist das Messer, das er uns gezeigt hat. Es hat einem Großonkel von ihm gehört, daher glaube ich auch nicht, daß die Erben es der Sammlung unseres Museums stiften werden, aber an so etwas sollte man vielleicht im Moment noch gar nicht denken, nicht wahr? Der arme, liebe Professor Ungley. Er wird uns so schrecklich fehlen!«

Als sie nach einem frischen Taschentuch suchte, streckte Fred Ottermole seine Hand nach den Schlüsseln aus. »Darf ich die Schlüssel für den Augenblick an mich nehmen, Mrs. Pommell? Ich nehme an, sein Anwalt wird danach fragen.«

»Was ist eigentlich mit dem Spazierstock?« fragte Doktor Melchett, der immer noch sehr von dem silbernen Fuchs beeindruckt schien.

»Soll ich ihn nicht mitnehmen und in seine Wohnung legen?« schlug Mrs. Lomax vor. »Auf diese Weise sind alle seine Habseligkeiten zusammen, und seine Erben, wer immer sie auch sein mögen, haben nichts, über das sie sich aufregen können, wenn es ums Aufteilen geht.«

»Gute Idee.« Fred Ottermole gab ihr den Stock und betrachtete die Sache damit als erledigt.

Vielleicht hatte der alte Kauz tatsächlich ein allzu menschliches Bedürfnis verspürt, in das Gebäude zurückgewollt und dann erst gemerkt, daß er die Schlüssel nicht bei sich hatte. Vielleicht war es ihm aber auch lediglich einige Sekunden zu spät eingefallen, daß er die Schlüssel und das schöne goldene Federmesser hatte liegenlassen, und er war um das Gebäude in der Hoffnung herumgegangen, ein offenes Fenster oder etwas Ähnliches zu finden, so daß er ins Haus klettern und seine Sachen holen konnte. Beides war gleich wahrscheinlich. Ottermole vertrat jedenfalls den offiziellen Standpunkt, daß Dr. Melchett »Tod durch Unfall« auf den Totenschein schreiben und Harry Goulson sich an die Aufbahrung machen konnte.

Mrs. Pommell war der Meinung, daß die ganze Angelegenheit unaussprechlich traurig sei, daß man jedoch sicher absolut nichts mehr daran ändern konnte. Dr. Melchett, dessen Ehefrau zur Zeit damit beschäftigt war, ein Essen für die freiwilligen Krankenhaushelfer zu organisieren, bei dem Mrs. Pommell als Ehrengast vorgesehen war, teilte selbstverständlich ihre Meinung.

Mrs. Lomax übergab Harry Goulson feierlich das Haarteil, denn sie wußte sehr wohl, daß Professor Ungley nichts mehr gehaßt hätte, als tot ohne Toupet aufgefunden zu werden, ganz gleichgültig, wie die Umstände auch aussehen mochten. Dann ging sie nach Hause, um das Frühstücksgeschirr abzuwaschen und nachzudenken.

Sie brauchte nicht lange nachzudenken. Der Spazierstock mußte in die Wohnung des Professors zurückgebracht werden, und das Glas Milch auf dem Abtropfbrett wurde sicher auch langsam sauer. Die jetzt mieterlose Hauswirtin nahm also ihre eigenen Schlüssel und begab sich nach unten, um Ordnung zu schaffen. Der Professor hatte, soweit sie wußte, zu Lebzeiten niemals zu irgendwelchen Verwandten Kontakt gehabt, doch Betsy Lomax kannte die Menschen. Wenn sich die Nachricht von seinem Tod erst einmal verbreitete, würden sie bestimmt aus allen Löchern herbeigekrochen kommen, um herauszufinden, ob es für sie etwas zu holen gab. Sie verspürte wirklich keinerlei Bedürfnis, plötzlich einem lange vermißten Ungley gegenüberzustehen, der möglicherweise behauptete, daß Betsy Elizabeth Swope Lomax für ihren Mieter nicht gut genug gesorgt hatte.

Als sie in dem Zimmer herumwerkelte, hier und da ein Stäubchen abwischte und die Schonbezüge zurechtzupfte, erkannte sie allmählich, daß hier nicht alles genauso war, wie es hätte sein sollen. Professor Ungley war zwar sehr faul, doch er war äußerst pingelig, was seine Wohnung betraf. Er bestand beispielsweise darauf, daß seine Sofakissen, drei steinharte Vierecke in einem besonders widerlichen Grünton, auf eine ganz bestimmte Weise und nicht anders arrangiert wurden: zwei an den Seiten und eines haargenau in der Mitte des Sofas, wobei alle auf einer Spitze zu balancieren hatten und nicht etwa flach aufliegen durften.

Mrs. Lomax hatte zwar nie verstanden, warum es von Bedeutung war, wie sie die Kissen drapierte, da ihr Mieter kaum einen Fuß in sein Wohnzimmer setzte – außer an den Putztagen, um sich über Unkorrektheiten zu beschweren, doch sie hatte sich stets die endlosen Meckereien über ihre Verfehlungen anhören müssen, wenn sie nach dem Staubsaugen der Möbel irgend etwas nicht genauso arrangiert hatte, wie er es sich vorstellte, so daß sie mit der Zeit gelernt hatte, es ihm recht zu machen und die Predigt zu vermeiden. Heute jedoch lagen die Kissen flach auf dem Sofa. Das mittlere Kissen befand sich nicht genau in der Mitte, und das Sitzpolster war eine Idee zu weit nach vorn gerutscht, ganz so, als ob jemand dahinter etwas gesucht hätte.

Es mochte natürlich vorkommen, daß Menschen hinter Sofakissen nach etwas suchten. Sie selbst tat dies oft genug. Edmund machte es nämlich immer einen Heidenspaß, ihren Fingerhut, ihre Lesebrille oder irgendeinen anderen kleinen Gegenstand, den sie im Moment dringend brauchte, in eines dieser Verstecke zu bugsieren. Warum aber sollte Professor Ungley an dieser Stelle etwas verloren haben? Sie wagte sogar zu bezweifeln, daß er seit seinem Einzug jemals auch nur auf dem Sofa gesessen hatte. Gäste empfing er niemals, es gab demnach auch keine Gelegenheit für einen Gast, hier etwas in Unordnung zu bringen. Jedenfalls nicht für einen geladenen Gast.

Der Professor hatte den Großteil seiner Zeit in dem Raum verbracht, den er als sein Studierzimmer bezeichnete, ausgestreckt in einem dieser bequemen Sessel mit verstellbarer Rückenlehne und Fußstütze. Das war sicher die richtige Stelle, um nach etwas zu suchen. Bereits an der Tür blieb Mrs. Lomax jedoch wieder stehen, weil ihr geübtes Auge weitere Unstimmigkeiten entdeckt hatte. »Das sieht ja selbst ein Blinder mit Krückstock«, informierte sie Edmund, der mitgekommen war, um ihr Gesellschaft zu leisten, »hier hat eindeutig jemand herumgeschnüffelt.«

Bücher, die auf den Regalen so schnurgerade aufgereiht gewesen waren, als hätte sie jemand mit Hilfe eines Lineals aufgestellt, und die seit Professor Ungleys Rückzug aus dem Arbeitsleben sicher keiner heruntergenommen hatte, standen jetzt zweifellos nicht mehr in Reih und Glied. Eine Schreibtischschublade war nicht ganz geschlossen. Als sie die Schublade herauszog, wobei sie sich die Schürze, die sie immer noch trug, um die eine Hand wickelte und von unten unter die Schublade faßte – denn sie hatte in der letzten Zeit damit angefangen, Detektivgeschichten zu lesen –, fand sie Zustände vor, die sowohl sie als auch ihr verstorbener Mieter als absolutes Chaos bezeichnet hätten.

»Das hat er bestimmt nicht selbst gemacht«, teilte sie Edmund mit.

Selbst wenn der alte Herr nach einem dieser albernen kleinen Federmesser gesucht hätte – wobei sie persönlich sich nicht vorstellen konnte, daß es überhaupt ein langweiligeres Thema für einen abendfüllenden Vortrag geben konnte – und selbst wenn er die Suche bis zur letzten Minute aufgeschoben hätte, was durchaus möglich war, denn er hatte zeitlebens Dinge gern auf die lange Bank geschoben, auch wenn man nicht schlecht über Verstorbene reden durfte, aber Tatsachen blieben nun einmal Tatsachen, hätte er den Inhalt der Schublade niemals so durcheinandergebracht, denn danach hätte er die Mühe auf sich nehmen müssen, wieder aufzuräumen.

Außerdem hätte Professor Ungley genau gewußt, wo er seine Federmesser zu suchen hatte, und sich schon Wochen vorher mit ihnen beschäftigt, um dann einen Vortrag auszuarbeiten, der schließlich kaum Zuhörer finden würde. Bestimmt hätte er sie auch seiner Pensionswirtin vorgeführt, wenn sich ihm nur eine Gelegenheit dazu geboten hätte, und sie damit zu Tode gelangweilt. Aber ausgerechnet in der Woche hatte der von der Kirche organisierte Flohmarkt stattgefunden, und Mrs. Lomax war nur selten zu Hause gewesen. Eigentlich sollte sie auch jetzt im Gemeindesaal sein und dafür sorgen, daß das Reinigungskomitee seine Arbeit wenigstens halbwegs ordentlich durchführte, wobei zu vermuten war, daß dies nicht der Fall war. Statt dessen ging sie nach oben und griff nach dem Telefon.

Kapitel 4

»Hallo, spreche ich mit Mrs. Shandy? Der Professor unterrichtet sicher gerade oder sieht Klausuren durch oder etwas Ähnliches, aber meinen Sie, er könnte vielleicht trotzdem kurz bei mir vorbeikommen?«

»Sie meinen, jetzt sofort?« fragte Helen Shandy, eine kleine Blondine, die sehr wohl das Vorbild jener Helen hätte sein können, die Edgar Allen Poe in seinem Gedicht *An Helen* als seine Psyche pries und deren Schönheit ihn an die »nizeanischen Barken aus alten Zeiten« erinnerte, obwohl man sich über den letzten Punkt vielleicht streiten könnte.

»So schnell wie möglich.« Mrs. Lomax teilte zwar keinen Gemeinschaftsanschluß mehr, war jedoch aus reiner Macht der Gewohnheit am Telefon immer noch recht einsilbig. »Wenn es nicht absolut wichtig wäre, würde ich nicht darum bitten.«

»Natürlich nicht.«

Helen war sehr erstaunt, daß Mrs. Lomax überhaupt anrief, ganz zu schweigen von ihrer ungewöhnlichen Bitte. Betsy Lomax stellte sich immerhin seit Peter Shandys Hochzeit treulich einmal in der Woche ein, um das kleine rote Backsteinhaus auf dem Crescent sauberzumachen, geradeso, wie sie es getan hatte, als Peter noch Junggeselle gewesen war. Sie war immer sehr redselig, wenn sie zur Arbeit erschien, und stets zu einem kleinen Gespräch aufgelegt, wenn Helen oder Peter ihr zufällig im Drugstore oder Supermarkt begegneten, wahrte aber sonst respektvoll Abstand zu den Professoren des College. Wenn sie sagte, es sei dringend, konnte man sich darauf verlassen, daß es auch stimmte.

»Peter ist im Moment im College«, erwiderte Helen, »aber ich werde versuchen, ihn so schnell wie möglich zu erreichen. Sind Sie in der nächsten Zeit zu Hause?«

»Ich werde hiersein.«

Mrs. Lomax legte den Hörer wieder auf. Jetzt fühlte sie sich ein wenig besser, was man von Helen nicht behaupten konnte. Als sie Peter schließlich in seinem Zimmer erreichte, war sie ziemlich aus dem Häuschen.

»Ach, wie gut, daß ich dich endlich finde! Hast du vielleicht gerade einen Studenten bei dir, oder mußt du jeden Moment weg in deine Vorlesung?«

»Nichts dergleichen, mein Täubchen. Ich sitze hier und zerbreche mir den Kopf darüber, wie ich dir am besten den Hof machen kann. Laß mich aufzählen, was mir in den Sinn kommt. Es hilft mir bestimmt, meinen Geist von den schauderhaftesten Klausuren abzulenken, die ich jemals das zweifelhafte Vergnügen hatte zu korrigieren. Hättest du übrigens gedacht, daß mindestens drei Viertel meiner Studienanfänger in Agronomie keine Ahnung haben, wie man Fungizid schreibt?«

»Das kann ich mir lebhaft vorstellen. Und sie können es noch nicht einmal im Wörterbuch nachsehen, weil man ihnen das Alphabet nicht beigebracht hat. Liebling, könnten wir das Fungizid vielleicht eine Sekunde zu den Akten legen? Mrs. Lomax möchte nämlich unbedingt mit dir reden.«

»Wenn es sich wieder um den neuen Mop handelt, lehne ich jedes Gespräch ab. Diese Frau ist einfach verrückt nach Mops. Sie wird uns mit ihrem Moptick noch um Haus und Hof bringen.«

»Mit Mops hat das nichts zu tun. Sie möchte, daß du sofort zu ihr herunter kommst.«

»Wohin soll ich kommen?«

»Zu ihr nach Hause. Von ihr aus gesehen wohnen wir doch alle ganz oben, oder?«

»Ich bin sicher, daß sie das so sieht. Und warum um alles in der Welt will sie ausgerechnet mich sehen?«

»Weiß ich auch nicht, aber du gehst besser hin. Sie sagt, es sei sehr dringend.«

»Gütiger Gott! Da muß ich mich wohl sputen. Dann müssen diese jungen Ignorami eben noch ein bißchen länger auf ihre Klausurergebnisse warten. Wird ihnen auch nicht schaden.«

Peter griff nach seinem Plaidmantel, den er über die Rückenlehne seines Bürostuhls gehängt hatte, schlüpfte hinein und bewältigte dann die Stufen des hundertjährigen Gebäudes in einem Tempo, das für einen über Sechsundfünfzigjährigen recht beachtlich war. Peter Shandy war nicht besonders groß, aber er war auch nicht klein. Er war nicht dick, aber auch nicht dünn. Helen allerdings war absolut überzeugt, daß er der bestaussehende Mann aller Zeiten war. Die meisten Leute hätten wohl gesagt, Professor Shandy sähe alles in allem ganz gut aus, nur schade, daß sein Haar sich allmählich zu lichten anfing. Wenn die alte Bauernweisheit, daß auf einer geschäftigen Straße kein Gras wächst, der Wahrheit entsprach, dann war Shandys partieller Haarverlust nur natürlich. Während des letzten Jahres hatte er nämlich ein völlig neues Talent entwickelt und sich damit unerwarteten Ruhm erworben. Zwar war er bereits vorher weltberühmt gewesen oder wenigstens wohlbekannt unter den Rübenanbauern in den Regionen der Welt, wo man noch den Rübenanbau ernst nimmt. Es ist jedoch eine Sache, ob man als Mitzüchter einer Superrübe, nämlich der Napobrassica balaclaviensis, auch bekannt unter dem Namen Balaclava Riesenprotz, bekannt ist, und eine ganz andere, wenn man der Philo Vance von Balaclava geworden war. Kurz gesagt, die hiesige Bevölkerung hatte herausgefunden, daß er eine Begabung für die Lösung mysteriöser Mordfälle besaß.

Nachdem er die Treppe zu der gepflegten Wohnung von Mrs. Lomax hinter sich gebracht und Edmund begrüßt hatte, wurde er auf der Stelle über die Sachlage informiert.

»Es ist mir vollkommen egal, was Fred Ottermole und Dr. Melchett sagen. Professor Ungley wäre ganz bestimmt nie im Leben im Stockdustern hinter dem Clubhaus herumgetapst, unter gar keinen Umständen. Unter uns gesagt: Er war ein ziemlicher Feigling. Ständig ist er uns allen mit irgendwelchen Berichten aus Bostoner Zeitungen über die Kriminalität in den Straßen auf die Nerven gegangen, bis man sich schließlich ernsthaft fragen mußte, warum er die Zeitungen überhaupt las, wenn sie ihn so beunruhigten. Wenn Sie meine Meinung wissen wollen: Entweder er hatte jemanden bei sich, oder man hat ihn gezwungen, dorthin zu gehen. Im Endeffekt kommt es auf dasselbe heraus.«

»Tja«, sagte Shandy, der selbst von Ungley mehr als einmal zum Thema der menschlichen Heimtücke verhört worden war. »Ich glaube, da könnten Sie recht haben, Mrs. Lomax. Und Sie meinen, er sei möglicherweise mit seinem eigenen Stock umgebracht worden?«

»Jedenfalls ist der Stock schwer genug. Dr. Melchett meint, der Knauf sei vielleicht mit Blei gefüllt, obwohl es mir schleierhaft ist, warum Professor Ungley mit so einem Ding herumziehen sollte, wo er doch kaum dazu zu bringen war, sich die Schuhe selbst zuzubinden. Und der Knauf läuft so spitz zu, daß man damit ohne weiteres ein Loch in seinen Schädel hätte schlagen können, und daran ist er ja auch gestorben. An seinem Hinterkopf klebte massenhaft Blut, aber an der Eggenzinke, in die er angeblich hineingefallen ist, war so gut wie gar kein Blut zu sehen. Ich weiß nicht, ob er dort wirklich umgebracht worden ist oder ob man ihn nur bewußtlos geschlagen und dann liegengelassen hat und er dann gestorben ist. Aber das ist im Grunde auch völlig unwichtig, nicht? Ich will damit sagen, daß er schließlich lange nicht so stark und kräftig wie Mrs. Ames war.«

Jemima Ames, bisher das letzte Opfer eines kräftigen Schlages in dieser Stadt, war seinerzeit tot in Peter Shandys Wohnzimmer aufgefunden worden. Es war Mrs. Lomax offenbar eben erst klar geworden, daß ihre Bemerkung nicht gerade taktvoll gewesen war, denn sie beeilte sich, das Thema zu wechseln.

»So ein alter Herr wie er, ganz allein dort draußen, wo ihn niemand sehen konnte, in einer kalten Nacht wie dieser – im Wetterbericht hatten sie Frost angekündigt, und gefroren hat es dann auch, denn das Unkraut war davon ganz schwarz und schleimig –, und der Spazierstock lag direkt neben ihm. An diese Eggengeschichte habe ich keine Sekunde geglaubt. Meiner Meinung nach hat man ihm zuerst einen Schlag auf den Kopf gegeben und dann dort neben die Egge hingelegt und ein bißchen Blut an die Zinke geschmiert. Fred ist natürlich sofort auf den Trick reingefallen, weil er sowieso nicht viel intelligenter ist als eine ausgewachsene Laus, und Dr. Melchett hat selbstverständlich mitgezogen, weil er genausoviel Rückgrat hat wie Fred Verstand.«

Shandy dachte im stillen, daß Mrs. Lomax den Nagel so ziemlich auf den Kopf getroffen hatte, äußerte sich jedoch lieber nicht dazu. »An dem Stock hat man also keinerlei Blut feststellen können?«

»Mit ein bißchen Seifenlauge hätte man das sicher leicht abwischen können, meinen Sie nicht?«

»Ich weiß nicht.« Shandy nahm den Stock, den Mrs. Lomax aus Professor Ungleys Wohnung geholt hatte, wog ihn in der Hand und betrachtete den kompliziert gearbeiteten Fuchs mit großem Interesse. »Man muß wahrscheinlich ziemlich lange herumschrubben, bis alle Blutspuren aus diesen tiefen Rillen entfernt sind. Woher sollte der angebliche Mörder sich aber Seife und Wasser besorgt haben?«

»Aus dem Clubhaus natürlich. Dort gibt es fließend Wasser, auch wenn man es nicht für möglich halten sollte. Und was würden Sie sagen, wenn Professor Ungley nun doch nicht seine Schlüssel vergessen hätte? Der Mörder hat sie vielleicht in seiner Manteltasche gefunden, ist ins Haus gegangen, hat den Stock abgewaschen und dann die Schlüssel auf dem Tisch liegenlassen, wo Mrs. Pommell sie schließlich gefunden hat. So hätte es doch sein können, meinen Sie nicht?«

»Aber Sie sagten doch, Mrs. Pommell hätte behauptet, Professor Ungley habe sie nach dem Vortrag dort vergessen.«

»Das hat sie vielleicht nur gedacht, weil Fred in den Taschen nichts gefunden hat«, argumentierte Mrs. Lomax. »Dann ist sie ins Haus gegangen und hat sie gefunden, also hat sie daraus geschlossen, daß sie recht hatte, aber beweisen tut das rein gar nichts.«

»Völlig richtig. Und wie ist Mrs. Pommell in das Gebäude gelangt?«

»Sie hat ihren eigenen Schlüssel – oder vielmehr den Schlüssel ihres Mannes. Den trägt sie bei sich, weil er angeblich ständig die ganzen Bankschlüssel mit sich herumschleppen muß, wie sie uns freundlicherweise haarklein erklärt hat.«

»Aber warum sollte ihr Mann denn einen Schlüssel zum Clubhaus besitzen?«

»Sie sagt, alle Mitglieder hätten einen Schlüssel. Das heißt natürlich: alle Männer. Frauen zählen offenbar nicht. Ich weiß auch gar nicht, ob es außer ihr überhaupt eine andere Frau gibt, die noch zu den Treffen geht. Das würde sie bestimmt auch nicht tun, wenn es nicht so verdammt exklusiv wäre.«

»Hm. Nur mal rein theoretisch, fällt Ihnen so ganz spontan irgend jemand ein, Mrs. Lomax, der möglicherweise einen Grund gehabt haben könnte, Professor Ungley umzubringen?«

»Ich wäre wahrscheinlich selbst dazu imstande gewesen, wenn man mich gezwungen hätte, mir einen geschlagenen Abend lang sein Geschwafel über Federmesser anzuhören«, gestand sie. »Man hat mich allerdings niemals gefragt, ob ich gern Mitglied werden wollte –«

»Federmesser?« unterbrach sie Shandy. »Wieso um alles in der Welt hat er denn über Federmesser einen Vortrag gehalten?«

»Die Frage ist weniger, warum er darüber reden wollte, sondern warum es die anderen zugelassen haben, würde ich sagen. Kein Wunder, daß die keine neuen Mitglieder bekommen können. Obwohl sie natürlich gleichzeitig alles tun, um niemanden mehr aufnehmen zu müssen.«

»Um niemand mehr aufnehmen zu müssen? Wie meinen Sie das, Mrs. Lomax?«

»Haben Sie schon einmal versucht, in die Balaclava Society aufgenommen zu werden?«

»Eh, nein, das kann ich nicht behaupten.«

Shandy konnte nicht einmal mit Sicherheit sagen, daß er bisher überhaupt Kenntnis von der Existenz dieser Gesellschaft gehabt hatte. Das Clubhaus war ihm zwar aufgefallen, weil er mit offenen Augen durch die Welt ging, er hatte sich allerdings immer gefragt, warum es niemals dann geöffnet war, wenn er die Zeit hatte, sich das Ganze einmal genauer anzusehen. Er hatte auch »im ganzen die Aura des milden Verfalls« wahrgenommen, wie sie Oliver Wendell Holmes in seinem Gedicht *The Deacon's Masterpiece* so beeindruckend formuliert hatte, und fand es ziemlich erstaunlich, daß sich niemand die Mühe gab, das Haus ein wenig auf Vordermann zu bringen, konnte sich jedoch an keinen Versuch erinnern, den möglichen Grund herauszufinden.

Da Mrs. Lomax offensichtlich erwartete, daß er sie fragte, worin die Voraussetzungen für eine Aufnahme in den Club bestanden, tat er ihr den Gefallen. »Wie wird man dort Mitglied?«

»Keine Ahnung«, erwiderte sie. »Die meisten Clubs hier sind so wild auf neue Mitglieder, daß sie sich die Leute praktisch mit Fleischerhaken von der Straße angeln, aber soweit ich weiß, und da bin ich ganz sicher, hat die Balaclava Society seit 16 Jahren kein einziges neues Mitglied aufgenommen. Sogar Harry Goulson ist dort nicht Mitglied.«

»Potzblitz!« Shandy war bisher der Meinung gewesen, daß der beliebte hiesige Leichenbestatter so gut wie jeder Organisation des Landkreises angehörte, sogar ein oder zwei Frauenclubs. »Und wie steht es mit Jim Feldster?« Professor Feldster, der Seminare über die Grundlagen der Molkereiwissenschaft hielt, war womöglich als Vereinsmeier noch berüchtigter als Goulson.

»Den haben sie eiskalt abblitzen lassen«, erwiderte Mrs. Lomax. »Obwohl es Leute gibt, die sagen, daß es bestimmt wegen seiner Frau war. Nicht, daß ich etwas gegen sie sagen will, immerhin sind Sie ja Nachbarn.«

»Keine Sorge, ich habe Sie schon richtig verstanden.«

Gegen ihre Aufnahme in einen Club hätte Shandy selbst jederzeit gestimmt, wenn er nur die Gelegenheit dazu gehabt hätte. Sie hatte sich seit seiner Anstellung am Balaclava Agricultural College als die reinste Nervensäge erwiesen. »Dann müssen die ja wahnsinnig strenge Aufnahmebedingungen haben, nicht wahr?«

»Wahnsinnig ist genau das richtige Wort, Professor. Zuerst muß man einen langen offiziellen Bewerbungsbrief schicken, dazu die Geburtsurkunde – oder eine Kopie davon – und persönliche Referenzen vom Pastor und zwei Mitgliedern seiner Kirche erbringen.«

»Was passiert, wenn man zufällig nicht zur Kirche geht?«

»Dann können Sie das Ganze getrost vergessen, denn dann ist die Bewerbung sowieso völlig sinnlos. Und wenn Sie natürlich das Pech haben sollten, kein Protestant zu sein, dann können Sie Ihre Hoffnungen auch sofort begraben, obwohl die sich natürlich hüten würden, das so direkt zu sagen. Schließlich lädt Sie Mrs. Pommell zum Tee ein, so daß die anderen Mitglieder Sie begutachten und Ihnen alle möglichen peinlichen Fragen stellen können. Wenn Ihnen bis dahin die Lust immer noch nicht vergangen sein sollte, müssen Sie sich noch die Mühe machen, einen Aufsatz zu verfassen, und zwar zu dem Thema ›Warum ich mich für die Erhaltung unserer kulturellen Vergangenheit einsetze‹.«

»Gütiger Himmel!«

»Und danach findet dann eine geheime Abstimmung statt, in der entschieden wird, ob man Sie aufnimmt oder nicht. Eine einzige Gegenstimme, und alles ist aus. Eine zweite Chance bekommt man nicht.«

»Wenn man diese Voraussetzungen bedenkt, kann man sich nur wundern, wieso es in diesem Verein überhaupt genügend Mitglieder zum Abstimmen gibt«, sagte Shandy. »Wer zählt denn eigentlich zu diesem erlesenen Kreis?«

»Nun ja, Mr. und Mrs. Pommell, wie ich bereits erwähnt habe. Er ist der Direktor der Ersten Balaclava County Kredit-, Volks- und Zentralbank. Sie kennen ihn sicher, hier hat ja offenbar jeder sein Konto dort.«

Die Bemerkung hätte sie sich eigentlich sparen können, da es sich um die einzige Bank in der Stadt handelte. »Ich glaube, ich bin auch Mrs. Pommell schon einmal begegnet«, meinte Shandy.
»Das würde mich nicht wundern. Sie ist Präsidentin des Gartenclubs und einiges andere mehr, was sie Ihnen bestimmt auf der Stelle mitteilen würde, wenn Sie ihr nur die kleinste Möglichkeit dazu gäben. Und dann ist da noch Henry Hodger, der Rechtsanwalt, dann der Kongreßabgeordnete Sill, der eine Legislaturperiode lang im Parlament von Massachusetts vertreten war, als Alvan T. Fuller noch Gouverneur war. Er soll immer noch politisch aktiv sein, behauptet er jedenfalls. Fährt ständig nach Boston und lungert im Parlament herum. Und fällt höchstwahrscheinlich allen auf die Nerven.«
Auch diese Bemerkung war überflüssig. Shandy hatte nämlich bereits das Pech gehabt, Sill bei mehr als genug Gelegenheiten reden zu hören. »Ist Mrs. Sill auch Mitglied?« fragte er.
»War sie früher mal, aber sie hatte vor zehn Jahren einen Schlaganfall und muß seitdem das Bett hüten, die Ärmste. Liegt einfach da und starrt die Decke an, obwohl ich Ihnen sagen muß, wenn ich die Wahl hätte zwischen der Decke und dem Gesicht vom alten Sill, würde ich auch die Decke vorziehen. Und dann ist da noch Lot Lutt, der früher drüben in der Seifenfabrik im Vorstand war. Er ist Witwer. Und dann noch William Twerks, der nie im Leben auch nur einen Finger gekrümmt hat, soweit ich weiß.«
»Ist Twerks nicht dieser Koloß von einem Mann, der drüben in dem gelbbraunen Haus wohnt?« erkundigte sich Shandy. »Ich bin ein paar Mal auf ihn gestoßen.«
In Wirklichkeit war Twerks mehrere Male auf dem College-Gelände aufgetaucht, um die Studentinnen anzugaffen, die in abgeschnittenen Jeans auf den Feldern arbeiteten, und sie hatten sich einen Sport daraus gemacht, ihn auf möglichst phantasievolle Weise in die Flucht zu schlagen.
Die Lippen von Mrs. Lomax zuckten verräterisch. Sie wußte natürlich genau, was er meinte. »Ja, Twerks ist ein richtiger Ladykiller, wie man so schön sagt, obwohl er es nie lang mit ein und derselben ausgehalten hat. Jedenfalls geht er immer allein zu den Versammlungen. Und das sind dann auch schon alle Mitglieder, wenn ich mich nicht irre, mit Ausnahme von Professor Ungley natürlich, aber den können wir wohl nicht mehr mitzählen. Er hat immer behauptet, Kurator des Museums zu sein, das sie angeblich

seit 40 Jahren eröffnen wollen, was sie aber natürlich nie schaffen werden. Immer hat er getönt, wieviel Arbeit es sei, das Ganze zu organisieren, aber soweit ich sehen konnte, hat er nie auch nur das Geringste getan – obwohl er eine Menge Unterlagen und Papiere in dem großen Aktenschrank in seinem Arbeitszimmer aufbewahrte, es kann also sein, daß er vielleicht wirklich daran gearbeitet hat, während ich der Meinung war, er habe lediglich in seinem Sessel gesessen und ein Nickerchen gehalten. Geschieht mir ganz recht, wenn ich mich getäuscht habe.«

»Er hat Ihnen aber niemals irgendwelche – eh – Entwürfe oder Dokumente gezeigt oder sonst etwas, was mit seiner Arbeit zusammenhing?«

»Nein, und ich habe auch nie versucht, einen Blick darauf zu werfen.«

»Natürlich nicht, aber glauben Sie nicht, wir sollten uns jetzt ein wenig umschauen?«

»Genau deswegen habe ich Sie ja hergebeten.« Mrs. Lomax griff nach ihren Schlüsseln. »Sie müssen nämlich wissen, Herr Professor, daß jemand in seiner Wohnung gewesen ist. Kommen Sie mit, und ich zeige Ihnen, was ich meine. Ich selbst habe nichts angerührt.«

Sie hielt inne, um die Tür von Ungleys Wohnung aufzuschließen. »Eigentlich wollte ich saubermachen, nachdem ich die Sache unten am Clubhaus hinter mich gebracht hatte. Ich glaube nämlich, daß seine Erben später hier herumschnüffeln werden, und ich will nicht, daß sie denken, ich hätte die Wohnung verkommen lassen.«

»Wissen Sie denn nicht, wer diese Erben sind?«

»Keine Ahnung, es sei denn, er hat alles dem College hinterlassen, was sicher das Vernünftigste wäre, oder der Balaclava Society, die es sowieso nicht braucht und auch nichts damit anfangen würde, was ihm aber eher zuzutrauen wäre. Irgendwo gibt es sicher den ein oder anderen Verwandten, die gibt es schließlich immer, aber er hat nie jemanden erwähnt, und es hat ihn auch nie jemand besucht. Was seine Freunde betrifft, wissen Sie bestimmt besser Bescheid als ich. Er hat sicher im College alte Freunde gehabt.«

»Nun – eh – eigentlich nicht«, gestand Shandy. »Die meisten Fakultätsmitglieder seines – eh – Jahrgangs sind inzwischen nicht mehr da oder widmen sich, wie John Enderble beispielsweise, diversen anderen Beschäftigungen. Ich selbst habe Professor Ungley so gut wie gar nicht gekannt, wir haben uns lediglich ab und zu im Speisesaal gegrüßt, wenn wir zufällig zur selben Zeit da waren.«

Mrs. Lomax nickte. »Dann sieht es so aus, als wenn er nur die Leute vom Club hatte. Sie sind selbst alle so gut betucht, daß sie nicht nötig haben, irgend etwas von ihm zu erben. Obwohl es ja sein könnte, daß er ihnen in einer Gefühlsaufwallung seine Federmesser hinterlassen hat.« Mrs. Lomax zeigte manchmal gewisse Anflüge von Humor, obwohl niemand so recht sagen konnte, ob bewußt oder unbewußt. »Das heißt natürlich, wenn er sich überhaupt dazu aufgerappelt hat, ein Testament zu machen. Falls er es getan haben sollte, hat er es wohl von Henry Hodger aufsetzen lassen, und Sie können drauf wetten, daß Henry auf der Stelle damit herausrückt, wenn er sich davon 'ne weitere Gebühr verspricht.«

Shandy glaubte Mrs. Lomax aufs Wort. Allerdings war das potentielle Honorar von Henry Hodger nicht unbedingt das Problem, das ihn momentan am meisten beschäftigte. »Sie meinen, es ist jemand in die Wohnung eingebrochen? Woran erkennen Sie das? Ich finde, die Wohnung sieht sehr ordentlich aus.«

»Oh, ordentlich schon«, sagte Mrs. Lomax, »aber ich habe hier kleine Veränderungen festgestellt, die Ihnen bestimmt nie im Leben auffallen würden. Übrigens auch keinem anderen Menschen mit Ausnahme von Professor Ungley, wenn er noch am Leben wäre. Und bestimmt würde er zu mir gelaufen kommen und mir eine Standpauke halten, selbst wenn er mich dafür um drei Uhr in der Früh aus dem Bett holen müßte.«

»Sie meinen also, es muß passiert sein, nachdem er bereits tot war.«

»Nein, da bin ich mir nicht sicher, denn ich weiß ja nicht, wann er gestorben ist. Dieser geistig minderbemittelte Fred Ottermole hat nämlich nicht mal daran gedacht, Mrs. Pommell zu fragen, wann die Versammlung überhaupt zu Ende war. Ich denke, es muß irgendwann gegen elf gewesen sein, denn um die Zeit kam der Professor sonst immer nach Hause, obwohl ich nicht verstehe, warum er bei diesen Versammlungen überhaupt so lange geblieben ist. Wenn er zusammen mit den anderen gegangen ist, und das wird wohl stimmen, wenn sie es sagt, immerhin könnten sonst schließlich fünf Personen ihre Aussage widerlegen, dann sieht mir das ganz so aus, als hätte ihn irgend jemand kurze Zeit später überfallen. Wahrscheinlich als er die Hauptstraße verlassen hat. Es sei denn, er hat sich dort ganz allein herumgetrieben, und das ist ziemlich unwahrscheinlich, finden Sie nicht?«

»Sehr unwahrscheinlich, da muß ich Ihnen recht geben«, erwiderte Shandy. »Wir gehen aber wahrscheinlich recht in der Annahme, daß unser unbekannter Einbrecher genau wußte, daß er sich Zeit lassen konnte, weil Ungley nicht zurückkommen würde. Sonst hätte immerhin die Gefahr bestanden, daß Ungley ihn ertappt hätte, und Sie wären von dem Lärm wahrscheinlich wach geworden.«

»Ganz bestimmt. Ich habe nämlich Ohren wie ein Luchs, unberufen, toi, toi, toi. Außerdem war ich gestern lange auf und habe gelesen, irgendein albernes Buch aus der Stadtbibliothek« – daß es sich dabei um einen Detektivroman gehandelt hatte, wollte sie Professor Shandy auf keinen Fall verraten –, »und Edmund hat die ganze Zeit auf meinem Schoß gelegen und geschlafen. Er wäre bestimmt aufgesprungen und hätte ein Riesentheater gemacht, wie er das immer tut, wenn ein Fremder auch nur wagt, einen Fuß in dieses Haus zu setzen. Es war ungefähr 20 Minuten vor Mitternacht, als ich ihn für die Nacht rausgelassen habe. Jetzt erinnere ich mich übrigens, daß mir bei der Gelegenheit aufgefallen ist, daß das Licht über der Eingangstreppe noch brannte.«

»Hätten Sie daraus nicht schließen können, daß Ungley noch nicht zu Hause war?«

»Schon, aber zu dem Zeitpunkt habe ich mir darüber keinerlei Gedanken gemacht. Sehen Sie, ich wußte ja, daß er einen Vortrag hielt. Man soll ja nicht schlecht über Tote reden, aber wenn Professor Ungley einmal in Fahrt war, konnte ihn so leicht nichts mehr stoppen. Ich war der Meinung, er sei noch im Clubhaus und kaute mit all den anderen komischen Käuzen auf seinem Thema herum. Aber warten Sie mal, das ist ja merkwürdig!«

»Was ist denn so merkwürdig?«

»Als ich heute morgen nach unten kam, war das Licht aus. Ich hätte bestimmt gemerkt, wenn es noch gebrannt hätte. Das beweist doch, daß jemand hier gewesen sein muß, denn ich weiß genau, daß ich es gestern abend angelassen habe.«

»Besteht die Möglichkeit, daß Ungley – eh – hereingekommen und wieder gegangen ist?«

»Der? Er hätte sich doch den Weg nicht zweimal gemacht! Das würde ich nur glauben, wenn ich es mit meinen eigenen Augen gesehen hätte, und das hab' ich nicht, also glaub' ich's nicht. Außerdem hätte er in dem Fall auch das Licht angelassen, weil er ja damit gerechnet hätte, zurückzukommen, und im Dunkeln hätte er seinen Weg nicht finden können.«

»Stimmt auch wieder«, sagte Shandy. »Sie sind also gegen Mitternacht zu Bett gegangen?«

»Ganz genau sechs Minuten vor zwölf. Ich hatte mein Nachtzeug schon angezogen, bevor ich mich zum Lesen oben hingesetzt habe, also brauchte ich mir nur noch das Gesicht zu waschen und mein Gebiß ins Glas zu legen. Ich kann mich an den Zeitpunkt genau erinnern, denn neben meinem Bett steht eine Uhr, hauptsächlich, damit ich Gesellschaft habe. Jedenfalls habe ich die Lampe ausgeschaltet und bin auf der Stelle eingeschlafen, wie das so meine Art ist, und dann bin ich wie üblich gegen halb sieben heute morgen wieder aufgewacht. Und erst nach dem Frühstück und nachdem ich den Boden gewischt hatte, denn heute ist Donnerstag, kam Edmund maunzend mit dem Toupet im Maul durch die Katzentür gekrochen. Sobald ich festgestellt hatte, um was es sich handelte, habe ich beschlossen, das Toupet heimlich wieder in Professor Ungleys Zimmer zu schmuggeln, bevor er wach wurde, und so hat alles angefangen.«

»Ich muß schon sagen, Mrs. Lomax, Sie haben große Umsicht bewiesen. Könnten Sie mir jetzt die – eh – kleinen Unstimmigkeiten zeigen, die dem ungeübten Auge entgehen?«

»Nun ja, als erstes sind mir die Sofakissen aufgefallen.«

Mrs. Lomax erklärte die Kissensituation in allen Einzelheiten und streute obendrein noch einige sarkastische Bemerkungen zu den Sofaschonern ein. Dann führte sie Shandy in das Arbeitszimmer. »Sehen Sie?« Sie zeigte auf Ungleys Sessel. »Da hat er immer gesessen.«

»Scheint mir ein bißchen – eh – lang zum Sitzen«, spekulierte Shandy.

»Genau das meine ich. Der Sessel ist mit einer Art Feder ausgestattet. Wenn man sich setzt und versucht, sich nach hinten zu lehnen, geht das Rückenteil nach hinten und die Fußstütze geht hoch. Wenn man wieder aufstehen will, muß man sich ein bißchen nach vorne beugen, und der Sessel kommt wieder in seine Normalposition zurück, so daß man sich nicht den Ischiasnerv einklemmt, wenn man aus dem schrecklichen Ding herauskommen will.«

Mrs. Lomax tippte den Sessel zur Demonstration leicht an. Tatsächlich richtete sich die Rückenlehne auf, und die Fußstütze verschwand sittsam zwischen den Sesselbeinen. Der Lehnsessel war plötzlich verschwunden, statt dessen war nur noch ein einfacher Clubsessel zu sehen, den man in jedem gutausgestatteten Heim finden konnte, sofern die Eigentümer nicht allzuviel gegen Plastikpolster oder einen Braunton, der auffallend an Tabakspucke erinnerte, einzuwenden hatten.

»Tja. Das scheint mir von Bedeutung zu sein.«

Shandy hatte allerdings keine Ahnung, was es zu bedeuten hatte. Vielleicht hatte der Eindringling beim Vorbeigehen zufällig den Sessel gestreift und war zu beschäftigt gewesen, um die ungewöhnliche Reaktion des Möbelstückes zu bemerken, oder hatte es so eilig gehabt, daß er keine Zeit gefunden hatte, den Sessel wieder in eine aufrechte Position zu bringen. Möglicherweise kannte er sich mit Lehnsesseln auch so wenig aus, daß er nicht gewußt hatte, wie er das bewerkstelligen sollte. Andererseits hätte auch jemand absichtlich den Sessel in diese Stellung bringen können, um leichter unter den Kissen nach etwas suchen zu können.

Die logischste Erklärung war wohl, daß es Ungley selbst gewesen war, der vielleicht nach seiner Brille, seinem Federmesser oder den Notizen für seinen Vortrag gesucht hatte, die er möglicherweise während seiner kleinen Siesta vor dem Treffen hatte fallen lassen. Wenn Peter jedoch an seine eigene Junggesellenzeit zurückdachte, tendierte er eher zu der Theorie von Mrs. Lomax. Er erinnerte sich daran, wie selten er früher das vordere Zimmer, das Helen inzwischen zu einer Brutstätte sozialer Aktivitäten umfunktioniert hatte, zu betreten pflegte. Zweifellos wären seine eigenen Sofakissen ebenfalls genauso liegengeblieben, wie Mrs. Lomax sie nach der Reinigung des Zimmers zurückgelassen hätte, und zweifellos hätte er sie, von Schuldgefühlen geplagt, wieder genau so arrangiert wie vorher, wenn ihm das Mißgeschick widerfahren wäre, sie auf irgendeine Weise verändert zu haben.

Wenn man einmal davon ausging, daß Ungley den Lehnstuhl selbst flachgestellt hatte, wäre dann nicht anzunehmen, daß er ihn wieder hochgestellt hätte, wenn auch nur, um sich das Aufstehen zu erleichtern? Immerhin war Ungley ein alter Herr gewesen, und der Spazierstock mit dem silbernen Knauf, den er immer mit sich herumgetragen hatte, war für ihn sicherlich mehr als nur ein Statussymbol gewesen.

Der schwere Knauf gab ihm allerdings zu denken. Zu denken gab ihm außerdem, daß er nicht schon viel früher darauf gekommen war, das zu tun, was er längst hätte tun müssen, bevor er sich mit irgendwelchen verstellbaren Lehnsesseln befaßte. Plötzlich kam er sich wie ein richtiger Idiot vor. »Mrs. Lomax«, fragte er, »könnte ich vielleicht Ihr Telefon benutzen?«

»Warum benutzen Sie nicht das von Professor Ungley?« antwortete sie, wobei sie möglicherweise an ihren sauberen Küchenboden dachte.

Warum eigentlich nicht? Es war unwahrscheinlich, daß der inzwischen immer realer werdende Eindringling das Telefon benutzt hatte, um mit einem Kumpel zu plaudern. Falls er es doch getan hatte, war er bestimmt vorsichtig genug gewesen, nicht überall seine Fingerabdrücke zurückzulassen, denn es war ihm ja immerhin auch gelungen, das Haus zu betreten und zu verlassen, ohne Mrs. Lomax geweckt zu haben und ohne über Edmund zu stolpern. Shandy griff nach dem Telefon auf Ungleys Schreibtisch und rief Harry Goulson an.

»Goulson? Hier spricht Peter Shandy. Haben Sie schon mit den ptolomäischen Riten an Professor Ungleys Leiche begonnen? Dann warten Sie besser noch ein bißchen. Ich möchte nämlich zuerst noch einen Blick auf sie werfen. Ich bin in ein paar Minuten bei Ihnen. Und – eh – ich sage nur eins: Grabesschweigen ist die Losung!«

Mrs. Lomax sah ihn verwundert an, er wurde verlegen, aber jetzt war es bereits zu spät. Er legte den Hörer wieder auf die Gabel und setzte eine geschäftige Miene auf. »Wo ist denn eigentlich der Aktenschrank, den Sie eben erwähnt haben?«

»Direkt hier, hinter dem Schreibtisch.«

»Ach ja, der Schreibtisch. Vielleicht könnten wir uns den auch noch kurz ansehen, wo wir einmal dabei sind.«

An diesem Platz hatte Ungley angeblich unzählige Stunden im Kampf mit der Geschichte von Balaclava County verbracht, an der er laut eigenen Angaben seit einem Vierteljahrhundert gearbeitet hatte. Die Notizen, die Shandy in die Hände fielen, reichten jedoch nur bis 1832, ein Jahr, in dem sich offenbar so gut wie überhaupt nichts Wichtiges ereignet hatte.

Die Schubladen waren nicht verschlossen und enthielten nur Unwesentliches: Schreibpapier von der Balaclava Society, das an den Ecken bereits vergilbt war, diverse Bleistiftstummel und kleine, verkrustete Fläschchen mit eingetrockneter Tinte, Notizen für Vorlesungen, die jedoch, da war sich Shandy sicher, seit der plötzlichen Emeritierung Professor Ungleys durch Thorkjeld Svenson bei dessen Amtsantritt im Jahre 1952 nicht am College gehalten worden waren. Auch das Programm der Semesteranfangsfeier aus demselben Jahr, bei der man Ungley besonders geehrt hatte, war darunter. Svenson hatte eben ein Herz, dessen Größe der Größe seiner Füße in nichts nachstand, und er ließ keine Köpfe rollen, ohne nicht gleichzeitig ein paar Gewissensbisse zu haben.

Er fand noch zahlreiche andere Dinge, allerdings keineswegs das Durcheinander, wie man es normalerweise in Schreibtischschubladen antrifft. Mrs. Lomax hatte recht gehabt mit Ungleys pedantischer Ader. Ein Mensch, der die Geduld aufbrachte, 48 Büroklammern in ihrer Packung fein säuberlich nebeneinander in Sechserreihen auf Laschen zu ordnen, konnte es sicherlich nicht übers Herz bringen, die Sofakissen verrutscht zu hinterlassen.

Shandy drehte den Schreibtischstuhl so herum, daß er dem Aktenschrank gegenüberstand.

»Ich hoffe bloß, daß Sie den aufkriegen«, meinte Mrs. Lomax. »Mit dem war der Professor noch pingeliger als mit allem anderen. Ich durfte den Aktenschrank kaum staubwischen, die Schubladen blieben immer verschlossen. Fred Ottermole hat die Schlüssel unten im Polizeirevier. Sollten wir nicht vielleicht besser hingehen und ihn danach fragen?«

»Nur wenn Ihnen ein weiterer kleiner Einbruch etwas ausmacht«, sagte Shandy und nahm sein Mehrzweckmesser heraus.

»Ist mir völlig egal, was Sie mit dem Ding da machen, solange Sie nicht erwarten, daß ich mir einen Vortrag darüber anhöre.«

»Das fiele mir nicht im Traum ein; aber sind Sie bitte so nett und geben mir die Lupe? Sie liegt auf dem Schreibtisch. Bevor ich mich an dieses Schloß wage, möchte ich sichergehen, daß es hier keine frischen Schrammen oder Kerben gibt.«

»Warum sollte es?« fragte Mrs. Lomax und sah Shandy über die Schulter, während er die Messingbeschläge auf den lackierten Eichenschubladen genau unter die Lupe nahm.

»Die gäbe es mit ziemlicher Sicherheit, wenn jemand die Schubladen mit Gewalt geöffnet hätte. Ich kann allerdings nichts sehen, wir können also davon ausgehen, daß dies nicht der Fall war. Bis jetzt jedenfalls.«

Shandy setzte vorsichtig sein Messer an. Die Schlösser gaben nach. Die Schubladen ließen sich widerstandslos öffnen. Sämtliche Schubladen waren leer.

Kapitel 5

»So ein alter Betrüger«, rief Mrs. Lomax. »Mich all die Jahre lang an der Nase herumzuführen –«

Shandy machte eine abwehrende Geste. »Fällen Sie kein vorschnelles Urteil, Mrs. Lomax. Sehen Sie die kleinen Papierschnipsel und all das Zeug auf den Schubladenböden?«

Mrs. Lomax rümpfte die Nase: »Staub und Schmutz.«

»Genau. Aber Ungley war ein sehr ordentlicher Mensch. Wenn diese Schubladen wirklich die ganze Zeit leer waren, meinen Sie nicht, daß Ungley sie irgendwann gesäubert hätte? Ich würde sagen, bis letzte Nacht waren sie sehr wohl voll, und unser nächtlicher Besucher hat sie leergeräumt, weil er das, wonach er suchte, sonst nirgends finden konnte und annehmen mußte, daß es sich hier zwischen all dem Kram in den Schubladen befand.«

»Aber warum sollte er sich diese Mühe machen? Er hätte die Akten doch hier durchsehen können, oder nicht?«

»Das hätte er zwar, aber es kann lange dauern, bis man vier Schubladen mit Gott weiß was für Zeug durchgesehen hat. Ich bin zwar kein Experte wie Sie, was die Führung eines Haushaltes betrifft, aber ich denke, ich gehe nicht falsch in der Annahme, daß es sehr viel weniger Zeit in Anspruch nimmt, unordentlich zu sein als ordentlich. Unser Eindringling hat so diskret nach etwas gesucht, daß es außer Ihnen wahrscheinlich keinem anderen Menschen aufgefallen wäre. Er hätte daher sicher einen Großteil der Nacht hier verbringen müssen, und wir wissen aufgrund Ihrer und – eh – Edmunds Aussage, daß er damit erst irgendwann nach Mitternacht angefangen hat. Spätestens gegen sechs hätte sich die Nachbarschaft allmählich geregt, ich nehme also an, daß er um diese Zeit bei den Akten angekommen war und das Risiko, noch weiterzusuchen, nicht eingehen konnte und daher beschloß, daß es klüger wäre, die Akten fortzuschaffen und sie zu Hause in aller Ruhe durchzusehen. Gab es hier in der Wohnung vielleicht Kartons, in denen er die Akten transportieren konnte?«

»Müllsäcke.« Mrs. Lomax war wieder äußerst knapp und präzise.

»Es gibt einen ganzen Karton davon in der Küche. Ich selbst mag die verdammten Dinger nicht, aber der Professor hat sie immer benutzt, weil er zu faul war, seinen Mülleimer jeden Tag zu leeren. Also hat er seinen Abfall in einem dieser Säcke aufbewahrt und den Sack oben zugebunden, damit es nicht so stank. An den Tagen, an denen ich seine Wohnung saubermachte, habe ich das Zeug immer rausgeschleppt und zu meinem eigenen Abfall gestellt, seinen Abfalleimer ausgewaschen und einen neuen Beutel hineingetan. Und die Küche gelüftet, wie Sie sich vorstellen können«, fügte sie naserümpfend hinzu.

»Wenn es nach mir gegangen wäre, hätte ich das natürlich ganz anders gehandhabt, aber der Professor wollte es so, und daher haben wir es auch so gemacht. Schrecklich starrsinnig, dieser Professor Ungley. Ich bin bloß froh, daß ich nicht für ihn zu kochen brauchte. Sein Frühstück hat er sich immer selbst gemacht, meistens gekochte Eier und Toast und Konfitüre und Pulverkaffee, soweit ich das aus seinem Abfall erkennen konnte. Dann hat er sich gegen fünf Uhr in Bewegung gesetzt und ist in die College-Mensa gegangen und hat da ein frühes Abendessen gegessen, und schließlich hat er noch sein Glas Milch und vielleicht einen Crakker oder so etwas vor dem Zubettgehen zu sich genommen. Für einen Mann in seinem Alter war das mehr als genug. Mrs. Mouzouka macht meistens auch recht ordentliche Portionen, soviel ich weiß. Ich habe selbst auch ein paarmal dort gegessen.«

Shandy nickte. Da Mrs. Lomax für die meisten Fakultätsmitglieder putzte, bestand sie auf verschiedenen Vergünstigungen, die eigentlich nur Fakultätsangehörigen zustanden, aber niemand hatte irgend etwas dagegen einzuwenden. Er hatte sie schon öfter im Speisesaal gesehen, wo sie sich an einer von Mrs. Mouzoukas stets hervorragend zubereiteten Mahlzeiten gütlich getan hatte, allerdings hatte er sie nie zusammen mit Ungley essen sehen. Übrigens hatte Ungley immer allein an seinem Tisch gesessen, wenn er sich recht erinnerte, nur ein oder zweimal hatte ihm der freundliche alte Enderble Gesellschaft geleistet, der auch emeritiert war, aber immer noch sein Seminar über die hiesige Tierwelt abhielt und sicherlich eine Studentenrevolte entfachen würde, wenn er irgendwann den Entschluß faßte, tatsächlich allen Ernstes seine Lehrtätigkeit aufzugeben.

Soweit Shandy wußte, hatte die Streichung von Ungleys Kurs über die frühe politische Geschichte von Balaclava County keine derartige Reaktion hervorgerufen, lediglich ein mildes Staunen über die Tatsache, daß man ihm überhaupt jemals gestattet hatte, diesen Themenkreis im Unterricht zu behandeln. Jemand hatte einmal die These aufgestellt, daß Ungley mit dem früheren College-Präsidenten verschwägert oder sonstwie verwandt gewesen sein mußte, was eine recht logische Erklärung für den Sachverhalt zu sein schien. Da Ungley aber immerhin ein Überbleibsel einer vergangenen Zeit gewesen war, hatte Shandy eigentlich erwartet, beim Ableben des Professors irgendein Gefühl der Trauer zu verspüren, was jedoch nicht der Fall war.

Ungley war entweder mürrisch oder langweilig gewesen, je nachdem, wie seine Laune gerade gewesen war. Das College hatte ihm nicht das Geringste zu verdanken, und er hatte in all den Jahren, als die kostbaren Bücher halbvergessen im Hinterzimmer der Bibliothek herumlagen, für die Buggins-Sammlung auch nicht einen Finger gerührt. Gott allein wußte, was alles unter seinen Augen im Clubhaus der Balaclava Society langsam verrottet war.

Das war übrigens ein interessanter Gedanke. Vielleicht hatte Ungley selbst vor kurzem beschlossen, die verschwundenen Akten ins Clubhaus zu schaffen. Shandy teilte Mrs. Lomax seine Vermutung mit, wurde aber prompt widerlegt.

»Der? Wo er doch nicht einmal seinen eigenen Abfall in den Holzschuppen gebracht hat? Er hat in all den Jahren, die er bei mir gewohnt hat, niemals irgend etwas irgendwohin gebracht. Höchstens vielleicht eine Einkaufstasche mit Lebensmitteln oder seine Hemden, wenn er sie in die Reinigung gebracht oder wieder abgeholt hat. Und letzten Juli war es 29 Jahre her, daß er hier eingezogen ist. Damals hatten sie gerade die alten Wohnungen hinter den College-Schuppen abgerissen, um Platz für das Elektrizitätswerk zu schaffen. Ich habe gehört, daß es da Ratten gegeben hat, die so groß wie Murmeltiere waren. Ich selbst habe nie eine gesehen und habe auch keine Lust dazu.«

Shandy sagte, ihm gehe es genauso, und fragte sie, ob sie wirklich absolut sicher sei, was die Akten betreffe. Schließlich verbringe sie doch den größten Teil des Tages außer Haus. Vielleicht habe Ungley die Akten während ihrer Abwesenheit wegschaffen lassen?

Mrs. Lomax verzog ihr Gesicht bei der bloßen Vorstellung. »Wenn sie jemand tagsüber herausgetragen hätte, so wie es sich auch gehört, hätte ich davon todsicher erfahren. Er hätte mich bestimmt einen Tag, an dem ich überhaupt keine Zeit hatte, damit genervt, daß ich ihm helfen sollte. Dann wäre ja wohl außerdem auch der ganze Aktenschrank weggeschafft worden, meinen Sie nicht? In dem Fall wäre es am einfachsten gewesen, Charlie Ross mit seinem Lieferwagen herkommen zu lassen und den ganzen Kram in einem Aufwasch aufzuladen. Und wenn es irgendeinen einfachen Weg gab, dann hat Professor Ungley den auch gefunden, darauf können Sie Ihren letzten Dollar wetten. Ich hole Ihnen jetzt mal diese Plastiksäcke. Gestern habe ich nämlich gesehen, daß er einen ganz neuen Karton gekauft hat, denn ich habe mir einen Fingernagel abgebrochen, als ich versucht habe, ihn aufzumachen.«

Sie eilte in die Küche, und Shandy folgte ihr. Der Karton stand ordentlich im Küchenschrank neben dem Spülbecken.

»Sehen Sie, Professor? Gestern habe ich den ersten Müllsack herausgenommen, und Sie wissen ja, wie die anderen dann rausquellen und die Lücke ausfüllen, so daß der Karton immer voll aussieht. Vielleicht wissen Sie es ja auch nicht, aber es ist so. Und sehen Sie sich den Karton jetzt mal an!«

Mrs. Lomax hatte recht. Der Karton sah alles andere als voll aus. Shandy zählte die Müllbeutel und stellte fest, daß es nur sieben waren und nicht zwölf, wie man der Packungsaufschrift nach vermuten sollte. Es waren also fünf verschwunden, einer befand sich im Abfalleimer, die anderen vier hatte man vielleicht für den Inhalt des Aktenschränkchens gebraucht. Halbvolle Säcke konnte man leicht zu einem Fahrzeug und dann zum Clubhaus transportieren, wenn man die Abkürzung benutzte, die wohl auch Edmund mit Ungleys Toupet genommen hatte, oder zu irgendeinem anderen Ort. Hier unten im Dorf standen die Häuser eng beieinander. Was auch immer aus den Schubladen verschwunden war – wenn Ottermole weiterhin darauf bestand, daß Ungleys Tod ein Unfall gewesen war, würde es eine Heidenarbeit bedeuten, es zu finden.

Wenn der alte Mann nun auf dem Campus getötet worden wäre und nicht unten im Dorf, hätte Shandy veranlaßt, daß Präsident Svenson auf der Stelle die Staatspolizei hinzugezogen hätte. Doch so gab es keine legale Grundlage für ein Eingreifen Svensons, da es sich lediglich um einen toten Professor handelte, den er bereits vor 30 Jahren losgeworden war, sobald er festgestellt hatte, was Ungley tatsächlich zu leisten beziehungsweise nicht zu leisten vermochte.

Shandy vermutete, daß er Svenson trotzdem zu Rate ziehen sollte, doch zuerst tat er sicher besser daran, Goulson den versprochenen Besuch abzustatten und sich zu vergewissern, ob sie es hier tatsächlich mit einem Mord zu tun hatten. Mrs. Lomax konnte inzwischen kaum erwarten zu gehen, denn sie hatte eine dringende Verabredung mit dem Staubsauger von Familie Ames oben am Crescent.

»Gehen Sie nur ruhig, Mrs. Lomax«, forderte er sie auf. »Ich selbst muß um elf wieder bei meinen Studenten sein, aber ich möchte zuerst kurz bei Goulson vorbeisehen. Ich weiß nicht, ob Mrs. Shandy bereits zur Bibliothek gegangen ist, aber wenn Sie sie zufällig sehen, könnten Sie ihr bitte kurz erzählen, was mit Ungley passiert ist, wenn es Ihnen nichts ausmacht?«

Mrs. Lomax versicherte ihm, es würde ihr absolut nichts ausmachen, und eilte in Richtung Crescent. Shandy schlug den Weg ein, den auch Edmund genommen haben mußte, als er zum Clubhaus gelaufen war. Er bemerkte einige Personen, die sich darüber unterhielten, wie Professor Ungleys Kopf genau von der Zinke da vorne durchbohrt worden war, wobei sie allerdings meist auf eine völlig falsche Stelle deuteten.

Der Aussage von Mrs. Lomax nach zu urteilen, war sein Kopf allerdings überhaupt nicht durchbohrt worden, denn sie hatte die Leiche zusammengesunken an der Egge liegend gefunden. Es gab keinen Grund für die Vermutung, daß sie die Unfallstelle nicht als erste betreten hatte, und noch weniger dafür, daß jemand ihn hochgehoben hatte, danach woanders hatte fallenlassen und fortgelaufen war.

Die spärlichen Blutspuren auf der Eggenzinke schienen allerdings auszuschließen, daß Ungley wirklich in die Egge gefallen war, und schienen eher darauf hinzuweisen, daß hier jemand versuchte, die anderen an der Nase herumzuführen. Zur Begeisterung der Zuschauer nahm Shandy sein Taschenmesser wieder heraus, kramte einen benutzten Umschlag aus seiner Tasche und schabte ein wenig von dem blutbefleckten Rost hinein.

»He, Prof«, brüllte ein Knirps von etwa elf Jahren, »werden Sie jetzt wieder Nachforschungen anstellen?«

»Ich werde gleich Nachforschungen darüber anstellen, warum du nicht in der Schule bist und was du hier zu suchen hast«, fuhr ihn Shandy an. »Weiß deine Mutter überhaupt, daß du hier bist?«

Der Junge murmelte eine höchst unhöfliche Bemerkung über Shandys Eltern, schlängelte sich durch die Menschenmenge und verschwand. Shandy verstaute seine Stichprobe in seiner Tasche und machte sich auf den Weg zu Goulson. Der Bestattungsunternehmer wartete bereits in seinem zweitbesten schwarzen Anzug und mit einem Gesichtsausdruck freundlicher Besorgnis auf ihn.

»Direkt hier entlang, Professor. Der Verstorbene liegt bereits auf dem Einbalsamierungstisch. Ich habe ihn mit einem Tuch bedeckt, damit Sie nur das anzusehen brauchen, was Sie auch sehen wollen, obwohl ich fast schon glaube, daß Ihnen inzwischen eine Leiche kaum mehr ausmacht als mir. Aber wir wollen nicht vergessen, daß es sich immerhin um einen Menschen handelt, der anderen etwas bedeutet hat«, fügte er hinzu, denn Goulson war ein sehr gutherziger Mann.

»Mhm«, sagte Shandy. »Ich frage mich allerdings ernsthaft, wem Ungley wohl etwas bedeutet haben könnte – und was. Würden Sie ihn bitte einmal umdrehen, Goulson? Ich würde mir gerne die Wunde am Kopf ansehen.«

»Aber natürlich.« Professionelle Gewandtheit war eine Selbstverständlichkeit für den Bestattungsunternehmer. »Wäre es Ihnen lieb, wenn ich das Blut ein wenig abwische? Der Hinterkopf sieht nicht sehr angenehm aus.«

»Das dürfte eine höfliche Untertreibung sein.« Shandy schüttelte den Kopf. »Wie um alles in der Welt kann er bloß so stark geblutet haben, ohne daß sein Blut auf die Egge getropft ist? Goulson, haben Sie vielleicht zufällig einen Fotoapparat hier?«

»Gehört zu meiner Grundausstattung, Professor. Es gibt immer noch Leute, die gern ein Foto von ihrem lieben Verstorbenen haben möchten, wenn wir ihn aufgebahrt haben und er friedlich im Sarg liegt, wissen Sie. Zu meines Vaters Zeiten war es eher die Regel als die Ausnahme. Paps hat immer eine dieser alten Kastenkameras auf einem Stativ benutzt, bei der man eine schwarze Samtkapuze über den Kopf stülpen mußte, um ein scharfes Bild zu bekommen. Dann hat er eine Glasplatte genommen und entweder ein Magnesiumlicht benutzt oder eine Zeitbelichtung gemacht. Nicht daß die Belichtung ein Problem gewesen wäre. Der Vorteil bei unseren Porträtierten besteht darin, daß man sich keine Sorgen darüber zu machen braucht, daß sie herumzappeln und das Bild unscharf wird. Ich habe die alte Kamera von Paps immer noch, und ich kann Ihnen eine ganz traditionelle Aufnahme machen, aber da ich annehme, daß Sie das Bild wohl für detektivische Zwecke brauchen, nehme ich vielleicht doch besser meine neue Sofortbildkamera. Habe ich mir letztes Jahr angeschafft, als ich mit meiner Frau in Hawaii war. Ich wollte damit Fotos von den Hula-Mädchen machen, aber meine Frau hat es mir leider verboten. Einen Moment, bitte.«

Während Goulson die Kamera holte, dachte Shandy nach. Dieser leblose Körper war gestern noch ein Mensch gewesen. Jetzt stellte er nur noch ein Problem dar, das auf irgendeine Weise aus dem Wege geräumt werden mußte. Goulson konnte das mit den physischen Überresten tun. Aber es sah ganz so aus, als bliebe das andere an Shandy hängen.

Er verspürte immer noch keinerlei Gefühlsregung, was Professor Ungley betraf. Sicher war er da nicht der einzige. Mrs. Lomax hatte auch nicht mehr als höfliche Betroffenheit gezeigt, obwohl sie immerhin seit Jahren mit dem Verstorbenen unter einem Dach gelebt hatte, und sie war bestimmt keine kaltherzige Frau. Vielleicht würden ihn seine alten Freunde aus der Balaclava Society vermissen. Shandy hoffte jedenfalls, daß sie dies taten, und wenn auch nur ein klein wenig. Seine eigenen Gedanken kreisten jedoch immer noch um den merkwürdigen Widerspruch zwischen den dicken Krusten aus getrocknetem Blut auf dem kahlen Kopf des Toten und dem winzigen Spritzer, den er auf der Egge gefunden hatte. Möglicherweise war Ungley an einem völlig anderen Ort umgebracht und dann erst an die Stelle transportiert worden, wo Mrs. Lomax ihn gefunden hatte. Shandy beugte sich über den Einbalsamierungstisch und hob den Körper versuchsweise hoch. Für einen so großen Mann war er nicht übermäßig schwer, und es wäre sicher ein leichtes gewesen, ihn über den gefrorenen, glatten Hof zu schleifen. Ihn neben der Egge fallenzulassen und genug Blut auf die Maschine zu schmieren, um Fred Ottermole zu täuschen, war sicher ein Kinderspiel.

Shandy hatte zwischen dem Unkraut, das in unmittelbarer Umgebung der Egge wuchs, nach Blut- und Schleifspuren gesucht, doch die vielen Menschen hatten natürlich inzwischen den Boden dort so plattgetreten, daß er seine Hoffnungen auf einen Fund hatte begraben müssen. Kater Edmund hatte bestimmt etwas gesehen, doch er würde nichts verraten. Er beschloß, einen anderen Gedankengang zu verfolgen. Warum trug Ungley beispielsweise einen Totschläger, wenn er doch ein derart geordnetes und bis ins kleinste strukturierte Leben führte? Warum hatte jemand seine Wohnung so vorsichtig, aber gründlich durchsucht und seine sämtlichen Unterlagen fortgeschafft? Wie konnte ein langweiliger alter Mann, der vor einer Handvoll Leute, die nichts Besseres zu tun hatten, als sich seine Sermone anzuhören, langatmige Vorträge über völlig unwichtige Themen hielt, auf derartig dramatische Weise aus dem Leben scheiden?

Die offensichtlichste Erklärung war wohl, daß Ungley etwas besessen hatte, das ein anderer unbedingt in seinen Besitz bringen wollte. Es war offenbar etwas Kleines gewesen, das man leicht verstecken konnte, sonst hätte sich der Eindringling nicht die Mühe gemacht, hinter den Sofakissen zu suchen. Ungley mußte wohl gewußt haben, daß er in Gefahr schwebte, weil sich etwas Bestimmtes in seinem Besitz befand, sonst hätte er diesen Totschläger sicher nicht zu seinem Schutz mitgenommen. Shandy war der Meinung, daß ein bleigefüllter silberner Fuchs durchaus als getarnte Waffe angesehen werden konnte. Es sei denn, der alte Kauz hatte den Fuchs absichtlich füllen lassen, um ihn schwerer zu machen und den Leuten weiszumachen, er sei aus massivem Silber.

Und wenn Ungley wirklich dieses kleine, wertvolle Etwas besaß, warum hatte er es dann nicht in einem Schließfach in der Bank untergebracht? Er besaß es sicher schon seit sehr langer Zeit.

Nein, das mußte nicht unbedingt der Fall sein. Nur weil Ungley selbst alt war und alles in seiner Wohnung ebenfalls, sollte man nicht voreilig daraus schließen, daß auch der versteckte Gegenstand alt war. Ungley hatte schließlich jeden Tag Kontakt zur Außenwelt gehabt, wenn auch nur in kleinem Rahmen. Er ging in den College-Speisesaal, kaufte in den Geschäften ein, brachte Tragetaschen mit nach Hause, in denen sich wahrscheinlich lediglich Lebensmittel und Rasierschaum befand – doch woher wollte man das so genau wissen? Was wäre, wenn der heißbegehrte Gegenstand etwas war, was sich nicht immer, sondern nur gelegentlich in seinem Besitz befand?

Als erstes fielen ihm Rauschmittel ein, doch wie zum Donnerwetter hätte der alte Ungley unter der feinen Schnüffelnase von

Betsy Lomax irgendeine Art von Drogenhandel durchführen können, ohne daß sie davon Wind bekommen hätte?

Daß Ungley selbst Drogen genommen hatte, war durchaus auch möglich. Er war während der Ära geboren worden, als Mütter noch in Mengen diese Spezialmedizin zu sich nahmen, die hauptsächlich aus Portwein und Laudanum bestand, als Babys noch für sämtliche Unpäßlichkeiten von Wundsein bis Kopfschorf Schmerzmittel verabreicht bekamen und als Morphiumpillen in den Drugstores noch in großen Bonbongläsern auf der Theke standen und dutzendweise an jeden verkauft wurden, der hereinkam und danach fragte. Er war vielleicht schon seit seiner Kindheit an Narkotika gewöhnt gewesen, ohne daß er es überhaupt gemerkt hatte. Das erklärte möglicherweise auch seine notorische Trägheit.

Doch die Zeiten hatten sich geändert. Man erhielt inzwischen nicht einmal mehr ein Schmerzmittel ohne Rezept. Ungley konnte sich hier auf dem Campus jedenfalls keine Drogen verschafft haben, denn Thorkjeld Svenson hätte bestimmt davon erfahren, und er machte persönlich jeden Dealer unschädlich, der sich auch nur in die Nähe des Campusgeländes wagte. Es war auch mehr als zweifelhaft, daß Ungley in der Lage gewesen war, sich im Ort Drogen zu beschaffen. Fred Ottermole mochte vielleicht in vielerlei Hinsicht nicht sehr effektiv sein, doch etwas Derartiges hätte er sicher nicht durchgehen lassen.

Und dann war da noch die Balaclava Society mit ihren verrückten Aufnahmebedingungen, die offenbar absichtlich so abgefaßt waren, daß sie für alle Personen unerfüllbar waren, die den Mitgliedern nicht genehm schienen. Aber wie paßten der Bankier Pommell, der Anwalt Hodger, der Kongreßabgeordnete Sill und der ehemalige Seifenmagnat Lutt ins Bild? Shandy schwirrte der Kopf.

Goulson unterbrach Shandys Überlegungen, indem er mit einer hochmodernen Kamera erschien, die nur so strotzte von automatischen Spezialausstattungen. »Alles ist fertig eingestellt; jetzt kann's losgehen«, erklärte er. »Und die Instamatic von meiner Frau habe ich für alle Fälle auch gleich mitgebracht. Obwohl sie sich bestimmt maßlos aufregen wird, wenn sie den Film entwickeln läßt. Sie denkt, es seien nur Bilder vom Herbstblumenfest des Gartenclubs drauf, aber es sind noch zwei Aufnahmen auf dem Film, die können wir genausogut hier verknipsen.«

Möglicherweise im Gedenken an seinen Vater begann er, verschiedene Einstellungen aus unterschiedlichsten künstlerischen Perspektiven vorzunehmen und das unschöne Schaustück auf dem Einbalsamierungstisch abzulichten.

»Lassen Sie ein paar Bilder übrig«, bat Shandy. »Wir sollten auch noch eine Aufnahme von der Wunde machen, nachdem wir das Blut abgewaschen haben. Haben Sie eine Schale oder so etwas?«

»Überlassen Sie das mir. Alles mit im Preis inbegriffen, wie man so schön sagt.«

Goulson holte heißes Wasser und einen Schwamm und reinigte zügig Ungleys Hinterkopf. »Sagen Sie mal, Professor, Sie nehmen doch an, daß hier irgend etwas nicht stimmt, oder irre ich mich?«

»Nun ja, Goulson, Sie haben schließlich mehr Leichen zu Gesicht bekommen als ich. Was halten Sie denn von der Sache?«

»Ich glaube, Fred Ottermole wird sich schon bald wünschen, er hätte diesen Fall hier in seinem Übereifer nicht so schnell als Unfall abgetan, wenn Sie meine Meinung hören wollen. Ich frage mich außerdem, warum Dr. Melchett die Geschichte mit der Egge so mir nichts dir nichts ohne eine genauere Untersuchung geschluckt hat.«

Goulson zog die Decke von Ungleys Leiche, so daß der Körper bis zur Taille unbedeckt war. »Sehen Sie, was ich meine? Nun, wir haben beide diese Egge gesehen. Nichts Besonderes, bloß ein altes Ding, eine sogenannte Walzenegge, die irgendein Schmied aus einer schweren Walze und einem Haufen Eisenzinken zusammengeschustert hat. Würde mich nicht wundern, wenn sie einer der Flackleys unten am Forgery Point gemacht hätte, aber das tut im Moment nichts zur Sache. Was ich damit sagen will, ist, daß die Zinken alle ziemlich nah beieinander stehen. Das soll nicht heißen, daß Professor Ungley nicht vielleicht gestolpert und rückwärts in die Egge gefallen sein kann, wie Fred behauptet, und sich mit einer der Zinken ein Loch in den Schädel geschlagen hat, aber warum sind dann nirgendwo Prellungen zu sehen? Wie konnte er derartig hart fallen und lediglich von einer einzigen Zinke verletzt werden?«

»Eine sehr scharfsinnige Beobachtung, Goulson. Ich frage mich auch, warum ein Loch, das von einer geraden, runden Eisenzinke herrührt, nicht kleiner ist und sauberere Wundränder hat«, erwiderte Shandy und dachte an den schweren Fuchsknauf und seine mögliche Wirkung, wenn nur genügend Muskelkraft dahintersteckte. »Ich glaube, am besten holen wir Melchett und Ottermole her und versuchen herauszufinden, ob sie nicht doch willens sind, ihre ersten Theorien zu revidieren. Es tut mir leid, Goulson, daß ich Ihnen das alles zumuten muß, aber das ist die Strafe dafür, daß Sie das Pech haben, intelligenter als Ihre Mitmenschen zu sein.«

»Herrje, Professor, das mache ich doch gern für Sie. Wenigstens bedeutet es eine Abwechslung in der täglichen Routine, wie man so schön sagt. Aufbahren kann eine sehr einsame Tätigkeit sein. Ich versuche mal, ob ich Doc Melchett ans Telefon bekomme.«

Er hatte kein Glück. Dr. Melchett machte im Krankenhaus Visite und würde erst wieder nach dem Mittagessen erreichbar sein. »Dann müssen wir eben so lange warten«, sagte Shandy. »Hat keinen Sinn, Ottermole allein herzuholen.«

»In diesem Fall schiebe ich den Verstorbenen am besten in die Kühlzelle, damit er schön frisch bleibt. Darf ich Ihnen eine Tasse Kaffee anbieten, Professor?«

»Vielen Dank«, erwiderte Shandy, »aber mein Seminar fängt in ungefähr drei Minuten an. Bis später, Goulson.«

Kapitel 6

Wenn es die Lage erforderte, konnte Shandy schnell wie der Blitz sein. Er schaffte es sogar, noch kurz im Chemischen Institut vorbeizuschauen und seinen Umschlag mit den Rostspuren bei Professor Joad abzugeben, bevor er pünktlich auf die Minute den Seminarraum betrat. Zweifellos war ihm im Unterricht nichts anzumerken, doch als danach ein paar Studenten nach vorne kamen, um ihm Fragen zu stellen, bereitete es ihm doch einige Schwierigkeiten, sich genug zu sammeln, um sie zufriedenstellend zu beantworten. Der einzige Gedanke, der ihn wirklich beschäftigte, lautete: »Was zum Teufel soll ich bloß als Nächstes tun?«

Sobald er dem Seminarraum entfliehen konnte, machte er sich davon. Oder versuchte es zumindest. Er hatte kaum einen Fuß über die Schwelle gesetzt, als er sich etwas gegenübersah, was ein Nichteingeweihter möglicherweise für einen wütenden Tyrannosaurus Rex gehalten hätte. Doch Shandy zuckte nicht einmal mit der Wimper, sondern sagte nur: »Guten Tag, Präsident. Was ist Ihnen denn über die Leber gelaufen?«

Thorkjeld Svenson bewegte sein massiges Haupt nur ruckartig in Richtung seines Heiligtums. »Büro.«

Shandy folgte ihm. Das Vorzimmer des Präsidenten war leer, denn die Sekretärin befand sich in der Mittagspause. Trotzdem zog Svenson die Tür hinter sich zu und schloß zusätzlich ab, bevor er seinen nächsten Befehl erteilte: »Setzen.«

»Wenn es sich um Ungley handelt«, begann Shandy.

Svenson fuhr ihn wütend an: »Nein.« Darauf folgte ein kurzes Schweigen, wobei der Präsident offenbar versuchte, sein aufloderndes Temperament zu zügeln. Dann gab er wieder etwas von sich.

»Claude.«

»Claude? Wie heißt er denn weiter?«

»Nichts weiter. Nachname. Schweinehund. Kongreß.«
»Ich glaube, ich weiß, wen Sie meinen, sicher den Abgeordneten Bertram G. Claude, den schleimigen Mistkerl. Seit er es geschafft hat, sich einen Sitz im Landesparlament zu kaufen, hat er gegen jedes Gesetz gestimmt, das zur Förderung der Farmer eingebracht wurde.«
»Urrgh.«
»Was ist denn mit ihm?«
»Will hier Wahlkampf machen.«
»Ist er denn wahnsinnig geworden? Unsere Studenten werden ihn mit faulen Eiern aus dem Vortragssaal jagen.«
»Nein.«
»Aber verflucht nochmal, Präsident –«
»Darf ich nicht zulassen.«
Thorkjeld Svenson schwieg noch einen Moment, kochend vor Wut, wurde aber dann, wenigstens für seine Begriffe, äußerst gesprächig. »Claude tritt gegen Peters an.«
»Für den Kongreß. Das weiß ich schon. Er muß wahnsinnig sein. Peters ist ein hervorragender Mann. Claude würde ihn nie schlagen können. Das kann keiner. Peters ist seit Menschengedenken unser Mann für Balaclava im Abgeordnetenhaus.«
»Noch länger. Hat aber kein Charisma.«
»Wozu in Dreiteufelsnamen brauchen Farmer jemanden mit Charisma? Peters stimmt immer in unserem Sinne, oder etwa nicht? Er hat mehr vernünftige Gesetze für die Farmer eingebracht als irgendein anderer, oder? Wie ein Tiger hat er gekämpft, um das landwirtschaftliche Hilfsprogramm für die kleinen Farmer im Kongreß durchzusetzen, oder etwa nicht? Und dann hat er es sogar gegen die Stimme des Präsidenten durchgeboxt. Peters hat vielleicht kein Charisma, aber er ist dafür intelligent, integer und mutig. Claude ist ein Idiot, der nur große Sprüche klopft, und ein Ekel ist er auch.«
»Richtig.«
»Wo liegt denn dann unser Problem? Präsident Svenson, immerhin genießt das Balaclava Agricultural College hier in unserem Wahlbezirk großes Ansehen. Wenn wir hundertprozentig hinter Peters stehen, wie wir das immer getan haben –«
»Unseretwegen wird er die Wahl verlieren. Wir sind reingelegt worden, Shandy.«
»Was?«

»Das gottverfluchte Silo. Das einzige Mal, daß wir eine Spende angenommen haben. Große Spendenaktion. Verantwortungsbewußte Bürger von Balaclava County. Von allen Seiten Geld bekommen. Fotos im *Balaclava Sprengel-Anzeyger*. War selbst auch auf einem. Mit dieser verdammten Frau, die alles in die Wege geleitet hat.«

»Ich weiß«, sagte Shandy.

Wie hätte er das auch vergessen sollen? Thorkjeld Svenson hatte neben dieser zarten weiblichen Person ausgesehen wie King Kong, der für ein ungezwungenes Familienfoto mit Fay Wray posierte. Shandy und sein alter Freund Timothy Ames hatten sich darüber halbtot gelacht. »Wie hieß sie doch gleich? Mrs. Smith? Smythe? Oder Smath?«

»Smuth. Ruth Smuth. Eine dieser Frauen, die Komitees leiten. Urrgh! Sieglinde leitet nie Komitees.«

Sieglinde Svenson hatte schon mehr als genug damit zu tun, Thorkjeld zu leiten, doch Shandy äußerte sich dazu nicht. »Was ist denn nun mit Ruth Smuth? Sie hat doch jetzt mit den Wahlkampftricks nichts zu tun, oder?«

»Und ob sie das hat! Sie ist Claudes Wahlkampfleiterin.«

»Gott im Himmel! Das war sie aber noch nicht, als wir das Silo gebaut haben. Verdammt, das ist immerhin fünf Jahre her. Damals hatte sie ja wohl noch nichts mit Claude zu tun.«

»Nein. Habe sie verdammt nochmal überprüft. Habe das ganze verfluchte Komitee überprüft. Bei keinem auch nur die Spur von Politik.«

»Wo liegt dann also das Problem?«

»Sie behauptet das Gegenteil. Behauptet, sie hätte es mir damals erzählt. Verfluchte Lügnerin. Wenn ich auch nur den leisesten Verdacht gehabt hätte, daß Claude hinter dem Silo steckte, hätte ich es sofort aus dem Boden gerissen und ihm um die Ohren gehauen.«

»Nun ja, das könnte man vielleicht jetzt auch noch machen.«

»Zu spät«, knurrte Svenson. »Gottverdammich, Shandy, sie hat mich einfach reingelegt. Ich fühle mich genauso wie einer dieser armen Kerle, die an der Straße eine nette junge Frau aufgabeln, die ihnen eine rührende Geschichte über ihr kaputtes Auto erzählt und sich plötzlich die Kleider vom Leib reißt und um Hilfe schreit, sie dann unter Druck setzt und sie wegen Notzucht erpreßt. Wenn wir Claude die kalte Schulter zeigen und Peters unterstützen, will sie uns wegen der Geschichte die gesamte Presse auf den Hals hetzen. KORRUPTION AUF DEM CAMPUS. ÜBERLÄUFER SVENSON NIMMT CLAUDES GELD, UNTERSTÜTZT ABER PETERS. Wenn sie erst einmal alles in den Dreck gezogen haben, wird der arme alte Sam Peters aussehen, als hätte die Mafia ihn sich vorgenommen.«

Shandy nickte. »Ich sage es zwar höchst ungern, Präsident, aber ich glaube, da könnten Sie recht haben.«

»Habe ich doch immer«, erwiderte Svenson mit der ihm eigenen Bescheidenheit, »es sei denn, mir unterläuft mal ein Fehler, und der ist dann meistens gleich ein dicker Hund. Verdammt nochmal, Shandy, Sie müssen uns hier heraushauen, und dabei denke ich wirklich nicht an mich selbst. Mir ist es egal, ob ich wie der letzte Idiot dastehe, aber wenn Sam Peters seinen Sitz im Kongreß an eine Niete wie Claude verliert, dann wird die Lage für die ganze verdammte Landwirtschaft unseres Landes nur noch sehr viel schlimmer, als es jetzt bereits der Fall ist. Das Schicksal der Nation liegt also in Ihrer Hand, und was zum Teufel werden Sie nun tun?«

Shandy kratzte sich die Stelle am Hinterkopf, an der sein Haar dünner zu werden begann. »Gute Frage. Wann will diese Mißgeburt Claude denn erscheinen und mit seinem Geschwafel unsere Umwelt verpesten?«

»Morgen abend. Mrs. Smuth hat es mir vor einer halben Stunde angekündigt. Sie müssen sich schnellstens etwas einfallen lassen, Shandy.«

»Mein Gott!« Shandy schüttelte den Kopf und begann dann gehorsam mit dem Nachdenken.

»Das Sabotieren von Claudes Rede, Präsident«, meinte er zum Schluß, »wäre ein Klacks. Aber wir müssen uns Gedanken über die Auswirkungen machen. Einen Moment, schreien Sie mich bitte nicht sofort nieder! Ich meine ja nicht, daß wir nichts tun können, ich glaube nur, wir müssen es richtig anfangen. Außerdem gibt es noch das Problem mit Ungley. Das könnte man ebenfalls zu einem hübschen Skandal aufbauschen, es sei denn, ich schließe mich Ottermole und Melchett an und kehre die Geschichte unter den Teppich.«

»Ungh? Was ist denn mit Ungley?«

»Wenn ich nicht völlig auf dem Holzweg bin, was ich allerdings zu bezweifeln wage, wurde Ungley gestern nacht irgendwann nach elf Uhr irgendwo in der Nähe des Clubhauses der Balaclava Society ermordet.«

Shandy erzählte, was er bisher hatte in Erfahrung bringen können, während Svenson wie ein Eisberg aus gefrorenem Trübsinn auf seinem Stuhl saß. Zum Schluß stieß der Präsident einen Seufzer aus, der ein kiloschweres Wörterbuch durch den halben Raum fliegen ließ, und schüttelte seine eisgraue Mähne.

»Ungley war einer von uns, Shandy. Wir wollten ihn zwar nicht, aber wir können ihn auch nicht verleugnen. Wenn wir bei der Vertuschung mitmachen, haben wir den gesamten Claude-Clan am Hals. Und wenn wir Stunk machen, werden sie alles noch mehr aufbauschen. Wir machen das, was richtig ist, und die sollen von mir aus zur Hölle fahren. Kommen Sie, Shandy, wir gehen zusammen essen.«

Schweigend gingen sie den Flur zum Speisesaal hinunter. Svenson starrte Shandy immer wieder düster von der Seite an, um sicherzugehen, daß er auch nachdachte. Für seinen wesentlich kleineren Begleiter war es daher eine enorme Erleichterung, als er beim Betreten des Raumes Helen Shandy ganz allein an einem Tisch sitzen sah, wo sie sich offenbar von ihrer Tätigkeit als Hilfsbibliothekarin für die Buggins-Sammlung erholte. Peter küßte seine Frau mit einer Spur mehr Enthusiasmus, als dies an einem derart öffentlichen Ort angebracht war, und setzte sich neben sie an den Tisch. Svenson warf sich auf den Stuhl gegenüber. Zur großen Überraschung aller Anwesenden brach der Stuhl unter seinem Gewicht nicht zusammen.

Helen bemerkte die Spannung und versuchte, die Unterhaltung möglichst ungezwungen anzugehen. »Peter, was ist aus deinem Rendezvous mit Mrs. Lomax geworden? Oder habe ich mich jetzt unangemessen ausgedrückt? Man weiß ja heutzutage nie so recht.«

»Hast du nicht, und ich habe dich auch völlig richtig verstanden, wie auch immer. Ich werde dir später eingehend davon berichten. Was gibt es denn in der Bibliothek Neues?«

»Bei dem armen Dr. Porble besteht höchste Gefahr, daß er sich eine Oberlippenzerrung zuzieht, weil er so verzweifelt versucht, nicht selbstgefällig auszusehen.«

»Was für einen Grund hat er denn, selbstgefällig auszusehen?«

»Laut Flüsterpropaganda und Gerüchteküche hat Dr. Porble bereits mehrfach vergeblich versucht, als Mitglied in die Balaclava Society aufgenommen zu werden, weil er der Meinung ist, daß er der ideale Kandidat ist, aber jedesmal hat man aus unerklärlichen Gründen gegen seine Aufnahme gestimmt. Man sollte doch annehmen, daß sie sich darum reißen würden, den College-Bibliothekar in ihrer Mitte zu begrüßen, aber weit gefehlt!«

»Und es ist nichts über die Gründe durchgesickert, warum man sich nicht um ihn gerissen hat?«

»Absolut nichts. Dr. Porble hat immer geglaubt, Professor Ungley wäre schuld daran. Er hat als Bibliothekar am College angefangen, kurz bevor Ungley in den Ruhestand getreten ist, und stellte fest, daß der Professor Bücher ausgeliehen und seit Jahren nicht zurückgegeben hatte. Neue Besen kehren ja bekanntlich besonders gut, und so hat Dr. Porble gründlich saubergemacht und Professor Ungley dazu gebracht, die Bücher zurückzugeben. Ungley soll niemals mehr einen Fuß in die Bibliothek gesetzt haben und als eine Art Rache dafür gesorgt haben, daß Dr. Porble nicht in die Balaclava Society aufgenommen wurde. Klingt alles eher wie die Handlung einer Donizetti-Oper, finde ich, aber du weißt ja, wie die Leute so sind.«

»Urrgh«, sagte Svenson.

»Das kann man wohl sagen«, warf Shandy ein, bevor der Vulkan begann, Feuer zu speien. »Und nun denkt Porble, er könne dieser zum Aussterben verurteilten Elitegesellschaft von Wichtigtuern beitreten. Und warum in Dreiteufelsnamen ist er so scharf darauf?«

»Mich mußt du nicht fragen, du kennst doch Dr. Porble. Wenn er sich etwas in den Kopf gesetzt hat, läßt er sich so leicht nicht davon abhalten.«

Dies entsprach unglücklicherweise der Wahrheit. Shandy schätzte und respektierte Porble, doch er hatte bereits vor langer Zeit herausgefunden, daß der Bibliothekar ein äußerst starrsinniger Mann war. Darüber hinaus verbarg sich unter seinem gelehrten Äußeren ein außergewöhnlich heftiges Temperament. Shandy starrte mit finsterer Miene auf die Speisekarte, bis der Student, der hier als Kellner arbeitete, das Warten leid war, sich ein Herz faßte und in etwas ängstlichem Ton bemerkte, die Hühnchenkroketten seien heute besonders schmackhaft.

»Ich nehme ein Clubsandwich«, erwiderte Shandy verstockt.

Helen redete wie eine gute Gastgeberin geduldig weiter und wunderte sich offenbar, wieso Peter derartig geistesabwesend und Thorkjeld derartig grimmig aussah, doch sie war sich ganz sicher, daß dies nicht der geeignete Moment war, nach den Gründen zu fragen. Svenson schaffte es jedenfalls, sich soweit zu erholen, daß er sich drei Portionen Hühnchenkroketten einverleiben konnte, was Sieglinde, wenn sie anwesend gewesen wäre, sicherlich verhindert hätte. Sie sahen wirklich sehr lecker aus, und Shandy bedauerte inzwischen, daß er sich nicht das gleiche bestellt hatte, doch er tröstete sich damit, daß seine falsche Entscheidung eine reine Bagatelle war, wenn man sie mit Thorkjelds Fehlgriff verglich.

Das Silo war immerhin drei Stockwerke hoch und hatte eine Summe verschlungen, bei deren bloßer Erinnerung Peter Shandys überanstrengter Verstand auszusetzen drohte und die, wie sich jetzt herausstellte, von einer feindlichen politischen Interessengruppe aufgebracht worden war.

Wie hatte Svenson nur ein derartig ungeheuerlicher Fehler unterlaufen können? Wenn er sagte, er habe alles nachgeprüft, hatte er dies ganz bestimmt sehr gründlich getan. Es war einfach nicht wahrscheinlich, daß es zu diesem Zeitpunkt irgendeine nachweisbare Verbindung zwischen Bertram G. Claude und den »Silofördern« gegeben hatte, wie sie sich selbst genannt hatten, auch wenn nur Gott oder Ruth Smuth wußten, warum man diesen Namen gewählt hatte. Das bedeutete entweder, daß Ruth Smuth sich erst später mit Claude eingelassen und dann festgestellt hatte, daß sie in einer Position war, für ihn etwas zu tun, indem sie das College unter Druck setzte, oder daß die ganze sogenannte Siloförderung nichts anderes war als ein kluger Schachzug in einer sorgfältig geplanten und außergewöhnlich gut getarnten Intrige.

Derartig viel Geld zu beschaffen war kein Kinderspiel gewesen, es hatte mehr gebraucht als nur ein paar idealistische Amateure, die in ihrer Freizeit hin und wieder ihre Nachbarn beschwätzten. Die Kampagne hatte sich immerhin über Monate hingezogen. Shandy konnte sich nicht an die genaue Zeitdauer erinnern, aber er wußte noch allzu gut, daß die inzwischen verstorbene Jemima Ames, die zu Lebzeiten stets eine glühende Verfechterin von guten Werken gewesen war, ziemlich beleidigt reagiert hatte, als Ruth Smuth ihr die Initiative erfolgreich streitig gemacht hatte. Es hatte heftige Wortgefechte zwischen den beiden Frauen gegeben, als entschieden werden sollte, welcher von beiden die Ehre zuteil werden würde, bei den Feierlichkeiten zum Baubeginn mit der Schere den ersten Zementsack aufschneiden zu dürfen.

Die gesamte Geldbeschaffungskampagne war allerdings derartig merkwürdig verlaufen, daß selbst in dem Moment, als der Zement bereits gegossen wurde, kein Mensch wirklich glauben konnte, daß die Siloförderer es tatsächlich geschafft hatten. War es überhaupt menschenmöglich, daß Ruth Smuth und Bertram Claude während all dieser betriebsamen Wochen bereits heimlich ein Komplott geschmiedet hatten, um Claude einen Kongreßsitz zu sichern, für den er ansonsten auf jeden Fall am ersten Dienstag im kommenden November vergeblich kandidieren würde?

Claude hatte sehr viel Geld in seinen Wahlkampf gesteckt. Shandy hatte sich zwar bisher nicht sonderlich damit beschäftigt, aber jetzt fiel ihm doch ein, daß er ziemlich häufig Wahlspots im Fernsehen ausgeschaltet, zahlreiche Flugblätter fortgeworfen und unzählige Zeitungsbeilagen zum Anzünden des Kaminfeuers zusammengeknüllt hatte, aus denen ihm Claudes verführerisches Grinsen entgegengestrahlt war. Sam Peters hatte wieder die für ihn typischen glanzlosen, mit Fakten gespickten Rundbriefe losgeschickt, deren Nettokosten wahrscheinlich höchstens bei 37 Dollar lagen. Das war für ihn völlig genug und würde auch diesmal genauso ausreichen wie bei den früheren Wahlen, bei denen Peters seine Gegner, an deren Namen sich Shandy beim besten Willen nicht mehr erinnern konnte, jedesmal geschlagen hatte.

Wo kam Bertram G. Claude eigentlich her? Er hatte sich vor etwa acht Jahren erstmalig in Hoddersville gezeigt und angefangen, all denen die Ohren vollzusäuseln, die ihm zuzuhören bereit waren, und hatte es geschafft, sich mit Hilfe einer teuren Zahnkorrektur, eines erlesenen Geschmacks für Krawatten und einer Stimme, die ihm als Erweckungsprediger im Fernsehen ein Vermögen hätte einbringen können, ins Landesparlament zu schleimen.

Einmal im Amt, hatte Claude sämtliche Gemeinheiten begangen, für die es in Shandys Vokabular überhaupt Worte gab, indem er stets zugunsten des großen Kapitals gegen den selbständigen Farmer, die kleinen Geschäftsleute, die Alten, Schwachen, Kranken und gegen alle stimmte, die ihn und seine Karriere nicht mit einem dicken Geldbündel in seinem nächsten Wahlkampf unterstützen konnten. Claudes Aktivitäten im Bereich von Naturschutz, Giftmüllbeseitigung, Reinhaltung von Gewässern, Luft oder ähnlichem hatten Peter Shandy jedenfalls deutlich bewiesen, daß Politik nicht zu Unrecht als schmutziges Geschäft galt.

Sogar Professor Daniel Stott, Leiter des Fachbereichs Haustierhaltung, ein Mann, der sich nicht leicht aus der Ruhe bringen ließ, hatte vor Zorn regelrecht gekocht, als jemand es gewagt hatte, Claude als Schwein zu bezeichnen, und die ehrenhafte Gattung Sus mit allen Mitteln gegen diesen Angriff verteidigt. Stott war davon überzeugt, daß der Distrikt besser daran getan hätte, eine vernünftige, gutherzige, klardenkende Sau oder einen ähnlich gearteten Eber für das Amt zu wählen, das Claude jetzt innehatte. Man erzählte sich, daß das politische Aktionskomitee der hiesigen Farmer Stotts Empfehlung ernsthaft erwog.

Und ausgerechnet dieser Dummkopf bestand jetzt darauf, vor der Studentenschaft in Balaclava zu sprechen. Einerseits war es ja im Grunde keine schlechte Idee, dachte Shandy. Immerhin gab es das Recht auf freie Meinungsäußerung. Claude hatte natürlich ebenso das Recht, seine schleimige Rhetorik zu verspritzen, wie jeder andere auch. Eine wirklich wirksame Alternative wäre es demnach, ein Streitgespräch mit Sam Peters zu arrangieren und die Öffentlichkeit dazu einzuladen. Es wäre bestimmt interessant zu beobachten, was dabei herauskam.

Claude würde aus Peters Hackfleisch machen. Das war, was dabei herauskommen würde. Er würde sein Komm-nur-ruhig-näher-Lächeln aufsetzen, sein Lockenhaupt schütteln und mit seiner eleganten Krawatte spielen. Dann würde er einen Haufen Mist von sich geben, den die Leute, die nicht gleichzeitig denken und zuhören konnten, voll und ganz schlucken würden. Am Wahltag würde dann der gute alte Sam schwer auf seine wenig attraktive Nase fallen, und Bertie würde triumphierend seine Taschen packen und sich für die Reise nach Washington fertigmachen. Sams größte und wahrscheinlich einzige Hoffnung bestand darin, daß das College völlig auf seiner Seite war, wie dies bisher immer der Fall gewesen war. Aber wie war das diesmal möglich, wo das Silo vor ihren Augen zu explodieren drohte?

Shandy versuchte sich genau zu erinnern, wie die Siloförderer ihre Idee überhaupt unter das Volk gebracht hatten. Das College hatte wirklich ein Silo gebraucht, daran bestand kein Zweifel. Zum damaligen Zeitpunkt hatte es genügend Geld in der Kasse gegeben, um ein neues zu bauen, und die entsprechenden Pläne waren bereits ausgearbeitet worden. Die Maurer waren schon bereit zum Anrollen gewesen, als aus irgendeinem mysteriösen Grund, den nicht einmal die Bankiers erklären konnten, die Farmer in der Umgebung von Balaclava County anfingen, Schwierigkeiten bei der Kreditaufnahme zu bekommen. Familien, die bisher gut zurechtgekommen waren, sahen sich plötzlich einer ungewohnten Situation gegenüber: Sie waren zwar kreditwürdig, bekamen aber trotzdem kein Geld, so daß sie ihr Saatgut für den Frühling nicht kaufen konnten. Natürlich wandten sie sich an das College, das ihnen selbstverständlich die nötigen Mittel aus seinem Notfallfonds bereitstellte.

Dieser unerwartete finanzielle Aderlaß sorgte allerdings dafür, daß auch dem College das Geld ausging. Svenson und der Treuhandausschuß beschlossen, daß es unvernünftig sei, bis nach der Ernte im Herbst irgendwelche größeren Ausgaben zu tätigen, und daß es angeraten sei zu warten, bis die Farmer, so Gott und das Wetter wollten, wieder solvent und in der Lage waren, ihre Kredite zurückzuzahlen. Dann war es allerdings zu spät, rechtzeitig ein Silo zu bauen, in dem das Getreide dieses Jahres gespeichert werden konnte. Daraus ergab sich wiederum das Problem, wie zum Teufel man dann die größer gewordenen Vieh- und Schafherden über den Winter bringen sollte, ohne das College zu verpfänden.

Sämtliche Bürger von Balaclava County wußten Bescheid. Diejenigen, die Svenson nicht persönlich um ein Darlehen gebeten hatten, kannten zumindest jemanden, der es getan hatte, und diejenigen, die gehofft hatten, beim Bau des Silos wenigstens für kurze Zeit Arbeit zu finden, gaben ihrer Enttäuschung lautstark Ausdruck. Die Treuhänder hatten nicht einmal erwogen, die Bürger um Hilfe zu bitten, denn es existierte ein unumstößlicher Grundsatz, den einst Balaclava Buggins persönlich an jenem längstvergangenen Festtag der College-Einweihung verkündet hatte, daß nämlich das Balaclava Agricultural College unter keinen Umständen jemals irgend jemanden um irgend etwas bitten würde, was allerdings die oben erwähnten Bürger natürlich nicht davon abhielt, ihre Hilfe freiwillig anzubieten.

Und es fanden sich viele freiwillige Helfer. Sobald die Nachricht sich verbreitet hatte, schlossen sich verschiedene Personen zusammen, die sich selbst als tatkräftige Nachbarn bezeichneten, und gründeten eine Gruppe, die »Siloförderer«. Da das College so viel für die Farmer getan hatte, argumentierten sie, sei es mehr als angemessen, wenn jetzt das County einmal etwas für das College tat. Sie meinten es gut, wenn sie auch etwas naiv schienen. Doch auch dagegen, so erinnerte sich Shandy mit einem Mal, hatte sich Thorkjeld mit Händen und Füßen gesträubt, bis der Treuhandausschuß schließlich beschlossen hatte, daß es egal sei, denn diese Handvoll Leute würden es sowieso niemals schaffen, auch nur genug Geld für einen einzigen Eimer Zement zusammenzukratzen, man könne ihnen also ruhig freie Bahn lassen.

Die Siloförderer, angeführt von der leichtfüßigen, zierlichen Ruth Smuth, begannen also, Basare abzuhalten und Gebäck, Pflanzen, Bücher und alle möglichen anderen Dinge zu verkaufen, mit deren Erlös es wohlmeinenden Bürgern gelegentlich gelingt, mit viel Glück ein paar 100 Dollar für gute Zwecke zusammenzukratzen.

Zunächst war es sehr rührend und ein bißchen komisch gewesen, die selbsternannten Wohltäter der Menschheit auf den Wiesen und Grünanlagen zu beobachten, wie sie ihr selbstgemachtes Zucchinibrot und ihre eigenhändig bestickten Nadelbücher feilboten. Auch Shandy hatte Töpfe mit Stecklingen und Geranien für den Pflanzenmarkt zur Verfügung gestellt. Jedes Fakultätsmitglied hatte seinen Speicher leergeräumt und einen Haufen Bücher beigesteuert und irgend etwas für den guten Zweck unternommen, hauptsächlich, um zu zeigen, daß man den Einsatz der anderen bewundere, und nicht etwa deshalb, weil man sich von diesem Projekt auch nur den geringsten Erfolg versprach.

Doch plötzlich hatte sich zum großen Erstaunen aller immer mehr Geld angehäuft. Die dilettantischen kleinen Veranstaltungen brachten auf einmal Geldsummen ein, die alle sprachlos machten, vor allem aber Ruth Smuth und die Siloförderer. Merkwürdige Zufälle häuften sich. Beispielsweise stiftete irgendeine Familie, die aus der Stadt fortzog, verschiedene Gegenstände für einen Wohltätigkeitsbasar. Das meiste war wertlos, doch es befanden sich zwei echte Chippendale-Beistelltischchen darunter. Die großzügigen Spender hatten ihre neue Adresse nicht hinterlassen, und in der allgemeinen Aufregung war auch keiner mehr so genau in der Lage, sich zu erinnern, wer sie überhaupt gewesen waren. Die Veranstalter des Basars konnten also nichts weiter unternehmen, als die Tische als Gottesgeschenk anzunehmen und sie für einen angemessenen Preis zu verkaufen.

Spätestens an diesem Punkt hätte jemand Lunte riechen müssen. Statt dessen aber verwandelte der unverhoffte Glücksfall den Enthusiasmus der Menschen in reine Euphorie, so daß ganz Balaclava in einem regelrechten Silorausch schwelgte. Ruth Smuth war überall, sie war in jeder Ausgabe des *Sprengel-Anzeygers* zu sehen, wie sie gerade ein neues Plakat aufhängte, ein weiteres Zucchinibrot verkaufte oder ihre Hochachtung für die wunderbaren, fabelhaften, einfach entzückenden Bürger von Balaclava County zum Ausdruck brachte.

Jemima Ames allerdings teilte die allgemeine Freude keineswegs. Wie alle anderen hatte auch Shandy damals ihre Sticheleien auf ihre gekränkte Eitelkeit zurückgeführt, da sie schließlich selbst nicht schnell genug gewesen war, persönlich die Zügel in die Hand zu nehmen. Kurz und gut, das College hatte schließlich sein Geld bekommen, das Silo konnte gebaut werden, und jetzt stellte sich im nachhinein alles als Intrige heraus. Aber was zum Donnerwetter sollte Shandy tun, um Thorkjeld Svenson herauszuhauen und Ruth Smuth zu entschärfen?

Kapitel 7

Sie beendeten ihre Mahlzeit und trennten sich wieder, Helen ging zurück zu ihrem Arbeitsplatz, um die weiteren Entwicklungen im Hinblick auf Dr. Porbles Selbstbeherrschung im Auge zu behalten, Peter machte sich wie verabredet auf den Weg zu Harry Goulson. Zuerst rief er ihn allerdings an, um sicherzugehen, daß Ottermole und Melchett auch tatsächlich wie geplant auf dem Posten sein würden, erfuhr, daß sie sich gerade dem Beerdigungsinstitut näherten, und wandte sich an Svenson.

»Haben Sie Lust, es sich selbst anzusehen?«

»Ungh«, lautete Svensons Antwort, und sie gingen los. Unterwegs informierte ihn Shandy über alles, was er und Mrs. Lomax bisher herausgefunden hatten. Svenson hörte ihm zu, ohne daß ihm auch nur ein Knurren entfuhr, bis Shandy alles gesagt hatte, was es zu sagen gab, und nickte.

»Akten. Waren da.«

Shandy war es gewöhnt, die Kurzmitteilungen seines Vorgesetzten zu deuten. »Sie meinen, Sie sind sich ganz sicher, daß Ungley in seinem Aktenschrank etwas aufbewahrte. Woher wissen Sie das?«

»Hab's gesehen.«

Svenson machte ein paar weitere Riesenschritte und ließ sich dann zu einer näheren Erklärung herab. »An dem Tag, als Ungley aus der alten Wohnung ausgezogen ist. War natürlich mal wieder der letzte. Leute vom Abbruchunternehmen standen schon draußen. Möbelpacker schleppten Sachen raus. Konnten den Aktenschrank nicht tragen. Haufen Weichlinge. Haben die Schubladen rausgenommen und einzeln geschleppt. Ungley war außer sich wegen ein paar Regentropfen. Hatte Angst, sein verdammtes Archiv würde naß. Bin reingegangen, hab' den Schrank geholt, hab' die Schubladen wieder zurückgeschoben und das ganze Ding allein auf den Schultern runter zu Mrs. Lomax getragen.«

»Ein echtes Vorbild für alle modernen College-Präsidenten«, murmelte Shandy. »Und die vier Schubladen waren mehr oder weniger voll?«

»Ungh.«

»Alte Papiere und dergleichen, nehme ich an?«

»Weiß nicht. Nicht darauf geachtet. Hat mich nicht interessiert. Zu verdammt froh, den alten Mistkerl endlich loszuwerden. Nervensäge. Stinklangweilig. Teuer.«

»Teuer?« Shandy war erstaunt. Svenson ging niemals verschwenderisch mit Worten um, wenn er überhaupt etwas sagte. Außerdem war er auch kein Geizhals, der sich weigerte, seinen Fakultätsmitgliedern angemessene Gehälter zu zahlen, und er hatte bestimmt erst recht nichts dagegen einzuwenden, einem pensionierten Professor eine anständige Rente zukommen zu lassen. »Was meinen Sie mit teuer?«

»Höchstes Gehalt von allen Professoren, Gott weiß wieso. War keinen Pfifferling wert. Hat sich auch noch beschwert über seine Rente. Hab' ihm gesagt, entweder er nimmt sie oder nicht. Da hat er sie genommen. War immer noch verdammt zu viel für ihn. Wozu hat Ungley all das Geld gebraucht? Keine Familie, kein Haus, brauchte nicht mal 'nen verfluchten Goldfisch zu füttern. Keine Reisen, keine Hobbys, überhaupt nichts, verdammt nochmal. Hat sich nicht mal Bücher selbst gekauft. Hat sie aus der Bibliothek geklaut, bis Porble ihm auf die Schliche gekommen ist.«

»Mhmja, das hat Helen ja auch gesagt. Aber Ungley hat es doch Porble sicher nicht all die Jahre lang nachgetragen?«

»Warum nicht? War schließlich sonst auch nicht anders. Hat immer an allem festgeklebt, was er in seine gierigen Klauen gekriegt hat. Würde immer noch am College arbeiten, wenn ich ihn nicht rausgeworfen hätte. Wußten Sie, daß sich drei Jahre lang kein einziger Student für seine Seminare angemeldet hatte, bevor ich ihn an die Luft gesetzt habe?«

»Eh – nein, das habe ich nicht gewußt. Ungley war schon nicht mehr da, als ich hier anfing, wissen Sie.«

»Zeig's Ihnen in den Akten.«

»Ich glaube es Ihnen auch so. Aber Sie sagten eben, Ungley war der höchstbezahlte Professor am College. Das gibt doch keinen Sinn, Präsident.«

»Nein. Verdammt nochmal, Engberg war kein Dummkopf.«

Dr. Engberg war Svensons Vorgänger gewesen, allerdings hatte er das College nur sehr kurze Zeit geleitet. Er war kurz nach seinem Amtsantritt durch irgendeinen Unfall ums Leben gekommen. Shandy konnte sich an die Einzelheiten nicht erinnern, denn auch das hatte sich ereignet, bevor er nach Balaclava gekommen war. Es mußte also der Präsident vor Engberg gewesen sein, der alte Dr. Trunk, der Ungley auch eingestellt hatte.

»War es Engberg oder Trunk, der Ungley so viel Geld gegeben hat?« fragte er.

»Trunk. Hat einen absolut verrückten Vertrag unterschrieben, nach dem Ungleys Gehalt jedes Jahr angehoben wurde. Konnte keiner ändern. Engberg hat es versucht. Ging nicht. Hodger.«

»Meinen Sie, daß Henry Hodger den Vertrag nicht ändern konnte oder daß er ihn aufgesetzt hat?«

»Aufgesetzt. Dichter als ein Bullenarsch in der Fliegenzeit.«

»Das ist ja interessant. Hodger ist auch ein Mitglied der Balaclava Society. Dieser Club scheint die einzige – eh – wichtige Beziehung gewesen zu sein, die Ungley hier je eingegangen ist. Man kann also darauf wetten, daß Hodger auch Ungleys Testament aufgesetzt hat, wenn er je dazu gekommen ist, eins zu machen. Ich denke, am besten gehen wir bei ihm vorbei, Präsident.«

»Sofort?«

Svenson begann bereits, nach links zu steuern, in Richtung auf ein gruftartiges Gebäude aus rotem Backstein und grauem Quincy-Granit, in dem sich seit Menschengedenken Hodgers Büro und auch seine Privatwohnung befanden. Shandy gelang es mit einiger Mühe, Svensons Kurs wieder zu ändern.

»Noch nicht. Melchetts Wagen fährt gerade bei Goulson vor. Er ist todsicher stinkwütend, daß er nicht zu seinen Innereien und Gallensteinen kann, wir lassen ihn also besser nicht warten. Außerdem bin ich sehr neugierig darauf, wie er sich jetzt herausredet. Immerhin war er nur allzu bereit, Ungleys Tod als Unfall auszugeben.«

Sie hatten das Begräbnisinstitut schon fast erreicht, als Fred Ottermole scheppernd mit dem einzigen Streifenwagen des Ortes vorfuhr, wobei er sein besonders strenges Polizistengesicht aufgesetzt hatte. Als er Präsident Svenson erkannte, brachte er mit quietschenden Bremsen den Wagen zum Stehen. Seine Miene verzerrte sich und nahm einen Ausdruck an, den man gelegentlich bei einem Menschen beobachten kann, der sich Punkt Mitternacht auf einem einsamen Friedhof einer entsetzlichen Erscheinung gegenübersieht.

Doch Ottermole war kein Feigling. Nachdem er seine gesamten verborgenen Kraftreserven aktiviert hatte, gelang es ihm tatsächlich, sein Kinn wieder unter Kontrolle zu bekommen und Shandy und Svenson mehr oder weniger ohne mit der Wimper zu zucken in das hübsche weiße Schindelhaus zu begleiten, an das Harry Goulsons Großvater kurz nach der großen Grippeepidemie im Jahre 1919 den großen Flügel angebaut hatte. Harrys eigener Sohn und Erbe, der kurzfristig aus einem Lehrgang für Bestatter geholt worden war, damit er diesen historischen Augenblick nicht verpaßte, begrüßte sie mit der für seinen zukünftigen Beruf angemessenen gedämpften Stimme.

»Ich bin mir nicht sicher, ob Sie sich in eine Teilnehmerliste eintragen sollten oder nicht«, gestand er ganz offen. »Ich habe bisher noch nie bei einer – einer solchen Beschau assistiert.«

»Über die Etikette bin ich mir auch nicht im klaren«, teilte ihm Shandy mit. »Also warum bringen wir es nicht – eh – einfach hinter uns?«

Nachdem er seinen Sohn die ehrenvolle Pflicht genügend hatte auskosten lassen, erschien auch Goulson höchstpersönlich wieder auf der Bildfläche und übernahm die Führung der Gruppe. Er trug jetzt seinen besten schwarzen Anzug.

»Bitte folgen Sie mir, Gentlemen. Es ist uns eine Ehre, Präsident Svenson, Sie hier begrüßen zu dürfen. Aber Professor Ungley war ja auch sozusagen einer von Ihnen.«

»Ur«, sagte Svenson.

Shandy beschloß, lieber möglichst schnell zum eigentlichen Thema zu kommen. »Ottermole, Melchett, ich freue mich, daß Sie gekommen sind. Ich möchte Sie wissen lassen, daß ich keinerlei Kritik an dem – eh – vorläufigen Befund üben möchte, zu dem Sie heute morgen gelangt sind«, begann er diplomatisch. »Aber inzwischen sind neue Tatsachen ans Licht gekommen, über die Sie besser informiert sein sollten, bevor Sie zu einer – eh – endgültigen Entscheidung kommen.«

»Wie?« Ottermole war deutlich anzusehen, daß seiner Meinung nach die endgültige Entscheidung bereits gefallen war. Doch dann warf er einen ehrfürchtigen Blick auf Thorkjeld

Svensons massige Kiefer und schien zu dem Schluß zu kommen, daß er sich möglicherweise doch geirrt hatte.

»Zuerst einmal«, fuhr Shandy fort, »ist Ihnen sicher auch aufgefallen, wie – eh – auffallend wenig Blut sich an der Eggenzinke befand, obwohl doch die Wunde am Hinterkopf des Opfers stark geblutet haben muß.«

Dr. Melchett behauptete, er habe Ottermole sofort darauf hingewiesen. Ottermole sagte, er habe diese Tatsache bereits notiert und vorgehabt, sich noch intensiv damit zu beschäftigen.

»Inzwischen«, fuhr Shandy fort, »habe ich eine weitere Aussage von Mrs. Elizabeth Lomax. Wie Sie sicher wissen, war sie Ungleys Pensionswirtin.«

»Und wieso hat Sie ihre Aussage bei Ihnen und nicht bei mir gemacht?« verlangte Ottermole zu wissen.

»Vielleicht, weil sie mir seit meiner Ankunft in Balaclava den Haushalt geführt hat. Mrs. Lomax ist ein wenig – eh – feudal auf ihre Art, wie Ihnen vielleicht schon aufgefallen ist.«

»Das kann man wohl sagen.« Ottermole wußte zwar nicht genau, was feudal bedeutete, aber er kannte Betsy Lomax. »Okay, also was hat sie Ihnen gesagt?«

»Daß jemand Ungleys Wohnung durchsucht hat. Ich war dort, und sie hat mir verschiedene verdächtige Veränderungen gezeigt, die einem – eh – weniger geübten Auge sicher entgangen wären. Da ich selbst die sorgfältige Arbeitsweise von Mrs. Lomax genau kenne, habe ich keinerlei Zweifel an der Richtigkeit ihrer Beobachtung. Darüber hinaus haben wir Beweise dafür gefunden, daß Professor Ungleys Aktenschrank letzte Nacht völlig geleert wurde, möglicherweise von der Person oder den Personen, die in die Wohnung eingedrungen sind.«

Er berichtete von den fehlenden Plastiksäcken. »Und dann hat auch Professor Svenson noch eine Information, die er Ihnen aber am besten selbst gibt.«

Svenson konnte sehr redegewandt sein, wenn es die Situation erforderte. Er teilte Ottermole das, was er wußte, derartig eindringlich mit, daß dieser immer wieder versicherte, er habe die ganze Zeit das Gefühl gehabt, daß an Ungleys Tod etwas oberfaul gewesen sei. Melchett wies darauf hin, daß er den Totenschein schließlich noch nicht ausgefüllt hatte, was allerdings in Wirklichkeit darauf zurückzuführen war, daß er bisher noch nicht dazu gekommen war, aber das behielt er natürlich für sich. Und Goulson verspürte einen väterlichen Stolz bei dem Gedanken, daß er seinen Sohn nicht umsonst derartig abrupt aus dem Lehrgang »Einbalsamieren II« geholt hatte. Hier, und nicht in einem stickigen Klassenzimmer, wo ein Plastikkörper ausgestreckt auf einem Tisch lag, konnte er das eigentliche Gewerbe lernen. Er fühlte den ehrfürchtigen Blick des zukünftigen Erben der Goulson-Dynastie auf sich ruhen, der in seinem Vater den wirklichen Meister und Routinier erkannte, einen echten Batman unter den Leichenbestattern. Und jetzt würde sich der Junge, dachte er nachsichtig, als Batmans mutiger junger Begleiter Robin fühlen – und das nicht ganz zu Unrecht.

»Was das Loch im Kopf betrifft«, bemerkte Melchett, der offenbar der Ansicht war, daß Shandy nun lange genug im Mittelpunkt gestanden hatte, »so erinnern Sie sich sicher, Ottermole, daß ich Ihnen auch schon gesagt habe, daß es eine höchst ungewöhnliche Wunde ist, wenn man bedenkt, daß sie durch eine schmale Metallspitze hervorgerufen wurde.«

Es gab zwar keinerlei Grund, warum Ottermole sich daran erinnern sollte, da Melchett nichts dergleichen gesagt hatte; aber er war immerhin ziemlich nahe daran gewesen, den Gedanken gehabt zu haben. Der Arzt vermied es, den Polizeichef direkt anzusehen, und räusperte sich.

»Ich habe außerdem darauf hingewiesen, daß der Knauf von Ungleys Stock außerordentlich schwer und möglicherweise mit Blei gefüllt ist. Es wäre sicher ratsam, den Stock auf mögliche menschliche Blutspuren untersuchen zu lassen.«

»Da sind wir völlig einer Meinung, Doktor«, sagte Shandy, denn das hatte er ja bereits in die Wege geleitet. »Warum lassen wir die Tests nicht im Chemischen Institut am College durchführen, so daß es für den Fall, daß die Untersuchungen negativ ausfallen, keine – eh –«

»Hervorragende Idee«, unterbrach Ottermole. »Am besten tun Sie das sofort, Professor. Wie schnell können Sie mir die Ergebnisse darüber vorlegen?«

»Ziemlich schnell, vermute ich. Es ist ein ganz simpler Test.«

»Gut. Wir können das doch bestimmt allein erledigen. Es ist sicher nicht nötig, die Staatspolizei hinzuzuziehen, oder?«

Ottermoles Bemerkung klang zwar scherzhaft, doch sein Gesichtsausdruck strafte ihn Lügen. Shandy sah Svenson an. Svenson sah Melchett an. Melchett schaute auf seine Armbanduhr und sagte, er müsse unbedingt zurück zu seinen Patienten. Goulson erkundigte sich, ob die Anwesenden noch weitere Fotografien von dem Verblichenen wünschten.

»Warum machen Sie nicht ein Foto von Polizeichef Ottermole und dem Leichnam?« schlug Shandy vor, um die Atmosphäre ein wenig zu lockern. »Zugedeckt, selbstverständlich. Ich kann mir vorstellen, daß der *Sprengel-Anzeyger* danach fragen wird, wenn Ottermole die Presse informiert. Aber damit müssen wir noch warten, bis uns die endgültigen Untersuchungsergebnisse vorliegen. Es ist sicher immer noch Zeit genug, es in die Ausgabe der nächsten Woche zu bekommen«, fügte er hinzu, als er sah, wie Ottermoles Gesicht immer länger wurde.

Goulson stand ihnen nur zu gern zu Diensten. Er machte ein Foto von Shandy und Präsident Svenson und dem Leichnam, dann von Polizeichef Ottermole und obendrein von dem Jungen, denn dies war schließlich ein Tag, an den sich sein Sohn sein Leben lang erinnern sollte. Als der Film verknipst war, dankten sie ihm überschwenglich, erteilten ihm und seinem Sohn die Erlaubnis, mit der üblichen Behandlung des Verstorbenen zu beginnen, und zogen sich zurück.

Sobald sie draußen waren, bestieg Melchett sofort seinen Wagen und brauste in Richtung Praxis davon. Ottermole sagte kurzangebunden: »Am besten mache ich jetzt mit den Ermittlungen weiter«, und warf Shandy einen hoffnungsvollen Blick zu. Shandy nickte.

»Man muß das Eisen schmieden, solange es heiß ist. Präsident Svenson und ich haben uns auf dem Weg hierher darüber unterhalten, daß eigentlich jemand zu Henry Hodger, dem Anwalt, gehen sollte. Er hat wahrscheinlich Ungleys Testament, wenn es überhaupt eines gibt. Das könnte uns auf eine Spur bringen.«

»Sollte man versuchen«, stimmte Ottermole zu. »Habe ich mir auch schon überlegt.«

Was selbstverständlich eine Lüge war, sonst wäre er dem Anwalt schon längst auf den Pelz gerückt, doch das störte Shandy weniger. Das Wichtigste war, daß Ottermole auf ihrer Seite war und mit ihnen ging. Die Anwesenheit des Polizeichefs würde Hodger eher dazu bringen, mit etwaigen Informationen herauszurücken. Sie machten sich also auf den Weg.

Hodger befand sich in seiner Anwaltspraxis. Man hätte sogar fast meinen können, er habe dort in seinem Bürostuhl Wurzeln geschlagen – was nicht weiter erstaunlich war, wenn man bedachte, wie viele Jahre er bereits darin gesessen haben mußte. Er stand nicht einmal auf, als sie den Raum betraten.

»Dachte mir schon, daß Sie früher oder später hier auftauchen würden, Ottermole. Ich habe von der Sache mit Ungley gehört, wenn Sie gekommen sein sollten, um mir das mitzuteilen.«

Er schien Shandy und den Präsidenten nicht zu bemerken, und Thorkjeld Svenson zu übersehen war schon eine Leistung. Shandy begann sich für den Anwalt mehr zu interessieren, als er erwartet hatte, obwohl Hodger alles andere als faszinierend aussah.

Er hatte ein merkwürdig ausdrucksloses Gesicht für einen Mann seines Alters, als ob er sich derartig hart dazu gezwungen hätte, die für seinen Beruf nötige Diskretion zu verkörpern, daß er am Ende jede Regung aus seinem Gesicht verbannt hatte. Und doch war er nicht über jedes Gefühl erhaben, denn er verhielt sich Shandy und Svenson gegenüber bewußt unhöflich, es sei denn, er war völlig oder so gut wie blind. Sogar Ottermole bemerkte den Affront und versuchte auf seine ungeschickte Art, die Wogen zu glätten.

»Sie kennen doch Präsident Svenson vom College? Und das hier ist Professor Shandy.«

Hodger drehte nicht einmal den Kopf in ihre Richtung. »Was wollen Sie von mir, Fred? Eine Erklärung, wo ich gestern nacht war?«

»Genau. Gestern nacht. Die Balaclava Society hatte ein Treffen?«

»So ist es.«

»Und Professor Ungley hat dort einen Vortrag über Federmesser gehalten?«

»Hat er.«

»War mit ihm alles in Ordnung während des Vortrags?«

»Das kommt ganz auf die Definition an, würde ich sagen. Wenn Sie damit seine körperliche Verfassung meinen, glaube ich mit gutem Gewissen sagen zu können, daß er mir weder in einer besseren noch in einer schlechteren Verfassung zu sein schien als sonst – natürlich unter dem Vorbehalt, daß ich kein approbierter Arzt bin und ich ihm nicht mehr Aufmerksamkeit gewidmet habe, als man dies von einem Clubmitglied während einer Versammlung normalerweise erwarten kann. Falls Sie sich allerdings auf seinen Vortrag beziehen und zu erfahren wünschen, ob er ein interessantes Thema gut strukturiert und informativ vorgetragen hat, möchte ich keine Aussage machen und auf den bekannten lateinischen Satz ›de mortuis nil nisi bene‹ verweisen.«

»Was?«

»Das können Ihnen Ihre gebildeten Begleiter sicher übersetzen. Was wollen Sie sonst noch wissen?«

»Also, hm, ist Professor Ungley mit Ihnen hinausgegangen, oder ist er noch geblieben?«

»Ich glaube mich zu erinnern, daß wir alle mehr oder weniger gleichzeitig gegangen sind. Ich weiß noch, daß ich Mrs. Pommell die Tür aufgehalten habe, mich verabschiedet habe und dann auf direktem Weg über die Straße hierher in meine Wohnung gekommen bin. Ungley wäre sicher auf der Straßenseite, an der das Museum liegt, geblieben, das heißt, auf der von hier aus gesehen gegenüberliegenden Seite, um es ganz eindeutig zu formulieren. Wenn man einmal annimmt, daß er in seine eigene Wohnung zurückkehren wollte, wäre er danach wohl bis zur Ecke gegangen und dann links abgebogen.«

»Sie haben sich nicht zufällig umgedreht und ihm nachgesehen?«

»Nein. Warum hätte ich das auch tun sollen? Es war schon spät, und ich wollte möglichst schnell ins Bett.«

»Können Sie sich vorstellen, daß Professor Ungley aus irgendeinem Grund hinten um das Museum herumgegangen sein könnte?«

»Mir Gründe auszudenken, gehört nicht zu meinem Beruf, Ottermole. Das Gesetz befaßt sich schließlich nur mit Fakten.«

»Ja, also, eh —«

»Ich nehme an«, eilte Shandy ihm zu Hilfe, »Sie wollten Mr. Hodger noch nach Professor Ungleys Testament fragen?«

Ottermoles Miene hellte sich auf. »Genau. Das wollte ich gerade ansprechen. Wir dachten, Sie wären derjenige, der darüber Bescheid wüßte.«

»Worüber Bescheid wüßte?« verlangte der alte Mann in seiner aufreizenden Art zu wissen.

»Ob Ungley ein Testament gemacht hat, wie Professor Shandy gerade gesagt hat. Hat er eins gemacht?«

»Hat er.«

»Und wie wär's, wenn Sie uns ein Auge darauf werfen ließen?«

»Wen meinen Sie mit uns?«

»Damit meint er sich selbst, Präsident Svenson und mich«, sagte Shandy, der beschlossen hatte, daß man Hodger lange genug hatte gewähren lassen. »Wir assistieren Ottermole bei seinen Nachforschungen über Ungleys Tod. Falls Sie keinen triftigen Grund haben, uns Ihre Hilfe zu verweigern, gehen wir davon aus, daß auch Sie daran interessiert sind, den Fall aufzuklären.«

»Soll das etwa eine Drohung sein?«

»Ich kann darin keine Drohung sehen, es sei denn, Sie hätten irgendeinen Grund, sich bedroht zu fühlen.«

Das Gesicht des Anwalts war offenbar doch fähig, einen Gefühlsausdruck wiederzugeben, denn es nahm einen erstaunlich bösartigen Ausdruck an, bevor sein Besitzer in die oberste Schublade seines Schreibtisches griff und ein Dokument herausfischte, das in ausgeblichenes blaues Papier eingeschlagen war.

»Ungleys Testament ist nicht sehr kompliziert und wird zur Testamentseröffnung vorgelegt werden, sobald die nötigen Formalitäten erledigt worden sind. Da es dann sowieso der Öffentlichkeit zugänglich sein wird, sehe ich keinen Grund, warum ich Ihnen aufgrund meiner besonderen Befugnis nicht jetzt schon eine kurze Zusammenfassung des Inhalts geben soll. Henry Pommell, der Präsident der Ersten Balaclava Kredit-, Volks- und Zentralbank, und ich sind die Testamentsvollstrecker. Ein Drittel aller Guthaben, die Ungley zur Zeit seines Ablebens besaß, geht an das College und soll zur Gründung einer besonderen Abteilung für Lokalgeschichte verwendet werden, ein Thema, das Ungleys Ansicht nach während der letzten Jahre aufs gröbste vernachlässigt wurde. Ein Drittel geht an die Balaclava Society, in der er eine Zeitlang als Präsident und bis zuletzt als ständiger Kurator tätig war. Das letzte Drittel geht an seinen einzigen Verwandten, einen gewissen Alonzo Bulfinch, der, wenn ich mich nicht irre, momentan an Ihrem College beschäftigt ist.«

Hodger faltete die Blätter wieder zusammen und legte sie in seine Schublade zurück. »Und nun entschuldigen Sie mich bitte, ich muß dringend hinüber ins Gericht.«

Mit großer Anstrengung versuchte er, sich von seinem Stuhl zu erheben. Bis zu diesem Zeitpunkt hatte Shandy nicht gewußt, wie stark der Anwalt durch seine Arthritis behindert war. Er sah Hodgers Gehstock am Tisch hängen und griff danach, um ihn dem Anwalt zu geben. Doch dann bemerkte er, daß der silberne

Knauf einen laufenden Fuchs darstellte und daß der Stock ebenso ungewöhnlich schwer war wie der von Ungley.

»Haben Sie vielleicht zufällig noch einen anderen Stock, Mr. Hodger?« fragte er.

»Was geht Sie das an?« stieß der Anwalt wütend hervor.

»Nun ja, ich nehme an, daß Polizeichef Ottermole diesen Stock hier als mögliches Beweismaterial beschlagnahmen wird, und ich bin sicher, er würde es nicht gern sehen, wenn Sie ganz ohne – eh – sichtbares Subsistenzmittel bleiben müßten.«

Kapitel 8

Merkwürdigerweise machte Hodger kein großes Theater wegen des Stockes. Er hatte tatsächlich noch einen anderen und ließ ihn sich von Ottermole aus dem Schirmständer neben der Tür holen. Daraufhin verlangte er eine schriftliche Empfangsbestätigung von ihnen und wünschte, was auch verständlich war, zu wissen, wann er sein Eigentum zurückerhalten werde.

»Das hängt ganz davon ab, was wir finden, wenn wir den Knauf untersuchen«, übernahm Shandy die Beantwortung seiner Frage.

»Den Knauf untersuchen? Und wonach suchen Sie, wenn ich mir die Frage erlauben darf?«

»Natürlich dürfen Sie. Wir suchen nach Blutspuren, Knochensplittern, Hirnsubstanz und dergleichen.«

»Gütiger Himmel! Und warum sollten Sie so etwas an meinem Stock finden?«

»Ganz einfach. Sie besitzen nämlich genauso einen Stock wie den, den wir neben Ungleys Leiche gefunden haben. Der andere Stock befindet sich bereits im Labor und wird gerade als mögliche Mordwaffe untersucht. Es besteht die Möglichkeit, daß die beiden Stöcke vertauscht worden sind.«

»Und warum hätten sie vertauscht werden sollen?«

»Das führt uns ins Reich der Spekulationen, Mr. Hodger. Da Sie sich selbst nur auf Fakten berufen, würde jede Äußerung zu diesem Problemkreis zur Zeit nicht angemessen sein.«

»Hmmh. Haben Sie denn festgestellt, um was für ein Problem es sich handelt?«

»Natürlich. Es geht darum, daß Ungleys Tod kein Unfall war, wie zunächst angenommen, sondern kaltblütiger Mord.«

»Mord? Das ist doch lächerlich. Wer sollte denn Ungley umbringen wollen?«

»Sie fragen mich da wieder etwas, was ich zum jetzigen Zeitpunkt noch nicht beantworten kann. Die Identität des Mörders wird aufgrund des Beweismaterials festgestellt.«

»Von welchem Beweismaterial sprechen Sie?«

»Von dem Beweismaterial, das bei der Verhandlung vorgelegt werden wird. Vielen Dank für Ihre freundliche Mitarbeit, Mr. Hodger. Wir werden bestimmt sehr gut auf Ihren Stock achtgeben.« Das hatte Hodger offenbar bisher auch getan. Sein Stock sah bedeutend besser aus als der von Ungley. Noch ein ordentlicher Mann, verflucht nochmal! »Eh – wäre es zuviel verlangt, Sie zu bitten, uns zu erklären, wie es kommt, daß Sie und Ungley zufällig den gleichen Stock besitzen?«

»Das kommt daher, daß sie zufällig ganz absichtlich so gemacht worden sind. Wie ich an meinen Stock gekommen bin, was wohl die Frage ist, an der Sie primär interessiert sind, kann ich Ihnen sehr schnell erklären. Ich habe Ungley gesagt, wie sehr mir sein Stock gefiel, und er hat mir daraufhin diesen Stock hier geschenkt. Wo er ihn erstanden hat, kann ich Ihnen leider nicht sagen. Wenn Sie gehen, sagen Sie bitte meinem Anwaltsgehilfen, daß ich gleich gehen möchte und er den Wagen vorfahren soll. Ich warte nicht gern.«

Nachdem man sie derart deutlich an die Luft befördert hatte, blieb dem ungewöhnlichen Polizeiaufgebot nichts anderes übrig, als Hodgers Mitteilung an den geplagten Anwaltsgehilfen am vorderen Schreibtisch weiterzugeben – es wußte nie jemand, wer diese Burschen waren, denn er stellte sie immer an, wenn sie ihre Ausbildung gerade beendet hatten, um sie bis zur Erschöpfung auszubeuten – und dann zu verschwinden. Als sie draußen auf dem Bürgersteig waren, wandte sich Shandy an Svenson.

»Wer zum Teufel«, verlangte er zu wissen, »ist Alonzo Bulfinch?«

»Wachmann«, erwiderte Svenson, »gerade erst eingestellt. Hat kein Wort davon gesagt, daß er mit Ungley verwandt ist.«

»Schien mir ganz nett zu sein, als ich ihn getroffen habe«, warf Ottermole ein, »beweist mal wieder, daß man sich nie sicher sein kann, nicht?«

»Wie meinen Sie das?« fragte Shandy. »Wo haben Sie ihn denn getroffen?«

»Er ist ein alter Freund von Silvester Lomax. Die beiden waren zusammen in der Armee, bei der Militärpolizei. Silvesters Frau hat mich und meine Frau und noch ein paar andere Leute vorgestern abend eingeladen, um ihn zu treffen. Im Moment wohnt er bei ihr und Silvester, bis er eine eigene Wohnung gefunden hat.«

Eine eigene Wohnung zu finden war in Balaclava Junction nicht gerade einfach. Die meisten Studenten lebten zwar in Studentenwohnheimen, aber Zimmer und Apartments waren trotzdem sehr gefragt, weil erstens das College-Personal ständig wechselte und zweitens sowieso nur eine begrenzte Zahl von Wohnungen vorhanden war.

Bei Mrs. Lomax standen sich bestimmt bereits sechs oder sieben Interessenten vor der Tür die Beine in den Bauch, weil sie Ungleys Wohnung mieten wollten.

Am logischsten wäre es, wenn man die Wohnung Ungleys Erben überlassen würde, und vielleicht hatte auch Alonzo Bulfinch daran bereits gedacht. Aber der frischgebackene Wachmann hatte wohl kaum seinen Onkel um die Ecke gebracht, nur um sich dadurch ein Dach über dem Kopf zu verschaffen.

Ottermole konnte es kaum erwarten, noch weitere Detektivarbeit zu leisten. »Und was machen wir jetzt, Professor?«

»Wir könnten eigentlich Hodgers Stock hier schnell zu Professor Joad hochbringen und ihn zusammen mit Ungleys untersuchen lassen«, sagte Shandy. »Danach wäre es vielleicht ganz angebracht, ein wenig mit Bulfinch zu plaudern, vorausgesetzt, daß wir ihn finden.«

»Ja, am besten, wir schnappen uns den Kerl, bevor er beschließt, aus der Stadt zu verschwinden. Was meinen Sie denn, wieviel er wohl erben wird?«

»Genug«, knurrte Svenson.

Der Gedanke an das unverschämt hohe Gehalt, das Ungley dem College jahrelang abgezapft hatte, quälte ihn offenbar immer noch.

Shandy fand, daß es eigentlich gar keine so schlechte Idee war, Ottermoles Frage präzise zu beantworten. »Ich denke, Pommell müßte eigentlich über Ungleys Ersparnisse Bescheid wissen. Warum gehen wir ihn nicht einfach fragen? Wenn er nichts dazu sagen will, kann Ottermole ihm seine Dienstmarke unter die Nase halten und ihm damit drohen, daß er ihn wegen Behinderung der Nachforschungen einsperren wird. Allerdings würde es mich wundern, wenn Hodger nicht noch schnell ein Blitzgespräch mit Pommell geführt hätte, bevor er sich zu seiner dringenden Verabredung begab.«

»Na, dann wollen wir mal«, sagte Ottermole. »Zuerst zum Chemischen Institut, richtig?«

Die Bank befand sich zwar nur einige Häuser weiter, doch sie hielten an ihrem ursprünglichen Plan fest. Svenson genoß die Fahrt im Streifenwagen offenbar sehr. »Wo geht denn die Sirene an, Ottermole?« verlangte er zu wissen. »Ich will sie anstellen.«

»Besser nicht, Präsident«, warnte Shandy. »Sonst denken die Studenten noch, Ottermole hätte Sie wegen Ruhestörung festgenommen.«

Svenson knurrte, ließ sich aber überreden, vielleicht weil er sich ausmalte, was Sieglinde sagen würde, wenn sie davon erfuhr. Sie erreichten das Chemische Institut, ohne unnötig Aufsehen zu erregen. Als Joad sie kommen sah, rannte er ihnen entgegen, wobei er temperamentvoll ein volles Reagenzglas in der Hand schwenkte. »Es ist tatsächlich Blut. Von einem Menschen, Blutgruppe AB negativ. Auf dem Knauf waren eindeutig winzige Blutspuren nachweisbar, und auch in dem Eisenrost, den Sie von der Eggenzinke abgekratzt haben.«

»Und was ist mit den Proben, die Goulson geschickt hat?«

»AB negativ. Ich muß auch in diesem Fall hinzufügen, daß es sich um menschliches Blut handelt, was mich, ehrlich gesagt, wundert, da es ja offenbar von Ungley stammt. Ich werde Ihnen noch genauere Einzelheiten liefern können, so daß jeder Zweifel ausgeräumt wird. Ich würde allerdings schon jetzt zu behaupten wagen, daß Sie es hier mit einer Mordwaffe zu tun haben.«

»Verdammt«, sagte Shandy und gab ihm den anderen Stock. »Ich hatte eigentlich gehofft, wir könnten damit Henry Hodger den Mord anhängen. Würden Sie diesen Stock bitte auch noch untersuchen?«

»Mit Vergnügen. Was geschieht eigentlich mit dem Beweismaterial, wenn ich fertig bin?«

»Ich werde es sicherstellen«, sagte Ottermole gebieterisch. »Und ich wünsche einen schriftlichen Bericht über das, was Sie gerade gesagt haben. Natürlich nur, wenn es Ihnen nichts ausmacht«, fügte er etwas freundlicher hinzu, als er Svensons bohrenden Blick spürte.

»Macht mir überhaupt nichts aus. Freue mich, Ihnen behilflich sein zu können. So was bekommen wir hier nicht alle Tage.«

Wie Harry Goulson genoß auch Joad seine Rolle in dieser Angelegenheit und machte sich nicht die Mühe, dies zu verbergen. Warum sollte er auch? Ungley hatte Balaclava schließlich zu Lebzeiten herzlich wenig geboten. Vielleicht machte er es jetzt durch ein dramatisches Ableben, das sehr viel unterhaltsamer war, als es seine Vorlesungen jemals hatten sein können, wieder wett.

Ein ernüchternder Gedanke. Shandy fragte sich, ob er nicht seinem eigenen Unterrichtsstil auch etwas mehr Farbe und Pep verleihen sollte. Er dankte Joad, sah interessiert zu, wie die verschiedenen künftigen Beweisstücke markiert und eingepackt wurden, und folgte dann Svenson und Ottermole zurück zum Streifenwagen.

»Wir dürfen nicht vergessen, uns auch noch diesen Bulfinch anzusehen«, erinnerte sie Ottermole.

»Ich vergesse nie etwas«, sagte Svenson. »Wachgebäude. Nächstes Gebäude links.«

Man brauchte Ottermole nicht darüber zu informieren, wo sich die Wachmänner aufhielten, denn sie waren alle sozusagen Brüder unter demselben Stern, auch wenn die Wachmannschaft auf dem Campus von Ottermoles Truppe völlig unabhängig, bedeutend größer, erheblich beschäftigter und besser organisiert war, jetzt, wo Silvester Lomax und sein Bruder Clarence gemeinsam für sie verantwortlich zeichneten und keiner der beiden von ihnen darauf bestand, der Chef des anderen zu sein.

Da beide angeheiratete Cousins von Betsy Lomax waren und Katzen aus demselben Wurf besaßen, aus dem auch Edmund stammte, waren sie natürlich bereits vor der Ankunft von Ottermole und seiner bemerkenswerten Begleitmannschaft über alles genauestens informiert. Allerdings waren sie überrascht, als sie erfuhren, daß Alonzo Bulfinch mit Ungley verwandt und sein Erbe war.

»Hat Lonz uns nie ein Wort von gesagt«, knurrte Clarence.

»Gab wohl auch keinen Grund dazu«, versuchte Silvester seinen Freund in Schutz zu nehmen. »Trotzdem, man hätte ja denken sollen –«

»Hat er Professor Ungley niemals besucht, seit er hier ist?« unterbrach Ottermole.

»Nö.«

»Seid Ihr da ganz sicher?«

Beide Lomax-Brüder sahen ihn strafend an. Wie konnten sie da nicht sicher sein? Immerhin war der alte Mann doch Betsys Mieter gewesen, oder etwa nicht? Und Lonz wohnte doch immerhin bei Silvester. Fred Ottermole müßte inzwischen eigentlich verdammt gut wissen, daß man den Mitgliedern der Familie Lomax nichts verheimlichen konnte.

Der Polizeichef grinste sie etwas dümmlich an. »Na ja, wo ist denn dieser Bulfinch im Moment?«

»Zu Hause im Bett in unserem Gästezimmer, würde ich sagen«, meinte Silvester. »Er hatte gestern nacht Dienst.«

»Was ihr nicht sagt! Jetzt wird es endlich mal interessant.«

Ottermole rieb sich zwar nicht gerade die Hände vor Freude, doch er zog den Reißverschluß an seiner schwarzen Lederjacke energisch und zielbewußt zu. »Bulfinch hat sich also mutterseelenallein hier auf dem Gelände herumgetrieben. Wann hatte er denn Dienst?«

»Halb elf gestern abend bis halb sechs heute morgen.«

»Und die Versammlung war gegen elf zu Ende. Da paßt ja alles. Bulfinch trifft Ungley unten am Museum, so daß Mrs. Lomax von dieser Zusammenkunft nichts mitbekommt, lockt ihn unter irgendeinem Vorwand nach hinten in den Hof, schlägt ihm den eigenen Stock über den Kopf, reinigt den Knauf oder versucht es jedenfalls, flitzt dann wieder hier hoch, um seine Runden zu drehen und zur Stechuhr zu gehen, wie es sich gehört.«

»Und nur so nebenbei durchsucht er sorgfältig Ungleys Wohnung und schafft den Inhalt von vier Schubladen beiseite?« sagte Shandy. »Dann müßte er allerdings ziemlich gut zu Fuß sein, Ottermole.«

»Ist eben zurückgegangen und hat die Wohnung später durchsucht, na und? Zum Teufel, er hatte schließlich die ganze Nacht Zeit, oder etwa nicht?«

»Würde ich nicht sagen«, widersprach Silvester Lomax. »Sieh mal, Fred, wir sitzen hier nicht einfach faul auf unserem Hintern rum wie du und deine Männer im Polizeirevier. Wir sind die ganze Zeit auf den Beinen, besonders nachts. Die beiden Wachmänner draußen müssen genau ihre Runden einhalten, und ihre Routen kreuzen sich sozusagen immer wieder, damit sie sich gegenseitig im Auge behalten können, wenn einer von ihnen mal in Schwierigkeiten geraten sollte. Außerdem haben wir hier Signallampen montiert, so daß der Mann im Büro genau sieht, wenn die Wachmänner nicht auf die Minute pünktlich an der Stechuhr sind. Das ist eine andere Sicherheitsmaßnahme. Alle Wachmänner haben zwar Walkie-talkies bei sich, aber wenn jemand sie vielleicht von hinten schnappt, können sie die Dinger nicht benutzen. Purvis Mink war gestern nacht mit Lonz draußen, und ihr kennt ja Purve. Wenn Purve in der Nähe ist, kann keiner irgendwas anstellen, ohne daß der es merkt. Und Lonz würde das sowieso nicht tun.«

»Woher willst du das wissen?«

»Weil er ein Freund von Silvester ist«, sagte Clarence.

Die beiden Lomax-Brüder falteten ihre sehnigen Arme über ihrer sauberen grünen Uniform und standen unerschütterlich und fest wie der Fels unter ihren Füßen da. Ottermole gab auf und holte seine Autoschlüssel wieder hervor.

»Okay, Jungs. Danke. Wir machen uns jetzt besser auf die Socken. Kommen Sie auch mit, Präsident?«

Thorkjeld Svenson bedauerte sehr, zurückbleiben zu müssen, weil er zu einem verdammten Treffen mußte. Shandy dachte an den Riesenstapel Klausuren, der noch auf seinen kritischen Rotstift wartete, an die Sämlinge in seinem Treibhaus, die er sich eigentlich hatte ansehen wollen, und an mindestens 17 andere Dinge, die er sich an diesem angeblich freien Nachmittag zu erledigen vorgenommen hatte, und sagte dann: »Ich komme mit.«

»Ich dachte mir, es wäre Zeitverschwendung, sich noch weiter mit den beiden zu befassen«, knurrte Ottermole, als er und Shandy wieder in den Streifenwagen einstiegen. »Die sind so stur wie Maulesel, alle beide. Natürlich wollen sie auf keinen Fall zugeben, daß Silvester einen Fehler gemacht hat, als er Bulfinch eingestellt hat. Hölle auch, man kann einem Mann doch nicht bloß deshalb trauen, weil man vor 30 oder 40 Jahren mit ihm irgendwo in einer Armeekneipe ein paar Bier gekippt hat.«

Shandy räusperte sich. Ottermole schwieg. Sie fuhren über eine Nebenstraße zu dem hübschen einstöckigen Cape-Cod-Haus von Silvester Lomax und blieben vor der Auffahrt stehen, wobei sie einem nicht gerade neuen, aber gepflegten Chevvie den Weg versperrten.

»Damit er nicht etwa den Wagen nimmt und uns durch die Lappen geht«, erklärte Ottermole.

Shandy verkniff sich die Bemerkung, daß es für den Chevvie ein leichtes sein würde, sich über den Rasen davonzumachen, wenn der Wagen überhaupt Alonzo Bulfinch und nicht etwa Mrs. Silvester Lomax gehörte, die gerade im Begriff war, mit einem Korb voll Gebäck in der Hand das Haus zu verlassen. Er konnte sich vorstellen, daß jetzt die Fetzen fliegen würden, und wurde nicht enttäuscht.

»Fred Ottermole, ist ja kaum zu glauben! Kommst wohl, um dir von meinem Mann ein paar Tips für deine Arbeit zu holen, oder? Da hast du aber leider Pech gehabt, denn Silvester ist noch nicht zu Hause. Als erstes hätte er dir sicher sagen können, daß es sich für einen erwachsenen Mann nicht gehört, anderen Menschen die Auffahrt zu blockieren. Ich werde von den Frauen vom Kirchenverein erwartet und muß früh genug da sein, denn ich soll das Teewasser kochen. Am besten bewegst du also deine alte Klapperkiste möglichst schnell hier weg, oder es wird dir bald leid tun. Maude, die Frau von Clarence, hat gerade gestern noch gesagt, dein Gehirn sei nicht mal so groß wie das einer ausgewachsenen Henne, aber ich hab' dich verteidigt und gesagt, das es in etwa schon die Größe hat. Soll ich jetzt über dich rüberfahren oder durch dich durch? Es liegt ganz bei dir. Maude wartet darauf, daß ich sie abhole, und ich bin schon spät dran.«

Murrend begab sich Ottermole wieder zu seinem Streifenwagen.

Shandy nahm Mrs. Lomax den Picknickkorb ab, begleitete sie zu ihrem Chevvie und nutzte die Gelegenheit, mit ihr ein paar Worte zu wechseln. »Wir sind eigentlich gekommen, um uns mit Mr. Bulfinch zu unterhalten.«

»Lonz? Warum denn das?«

»Nun ja – eh – ich vermute, Sie haben bereits von der Sache mit Professor Ungley gehört?«

»Betsy hat mich angerufen.«

»Aber vielleicht wissen Sie nicht, daß Bulfinch einer der Erben ist?«

»Nun, davon habe ich ja noch gar nichts –!« Mrs. Lomax verstaute ihren Korb im Wagen, legte ihre Handtasche auf den Beifahrersitz und schwang sich hinter das Lenkrad. Dann drehte sie das Fenster herunter und streckte ihren Kopf heraus. »War Betsy das etwa bekannt?« verlangte sie mit Donnerstimme zu wissen.

»Sicher nicht. Ich glaube nicht, daß irgend jemand davon etwas wußte, mit Ausnahme von Henry Hodger, dem Anwalt.«

»Oh, dieser alte –«

Sie trat mit voller Wucht auf das Gaspedal und fuhr rückwärts auf die Straße, eingehüllt in eine Staubwolke. Ottermole hatte gut daran getan, seinen Streifenwagen wegzuschaffen.

Der Polizeichef schien Mrs. Lomax ihren kleinen Ausfall nicht nachzutragen. Er grinste ihr lediglich hinterher und bemerkte: »Wird sicher ein recht lebhaftes Treffen da unten im Kirchenverein. Also, ich denke, es ist Zeit, unser Dornröschen aus seinem Schönheitsschlaf zu wecken.«

Er überprüfte noch einmal, ob er die Handschellen parat hatte, und bewegte sich in Richtung Haus, blieb aber plötzlich stehen. »Sagen Sie mal, wie wäre es, wenn Sie die Hintertür nehmen würden, damit er uns nicht abhauen kann?«

»Warum sollte er das?« wandte Shandy ein. »Er weiß doch gar nicht, warum wir hier sind. Außerdem haben Sie gegen ihn auch noch gar nichts in der Hand.«

»Was wollen Sie denn damit sagen? Er hatte doch schließlich ein Motiv und Gelegenheit genug, es in die Tat umzusetzen, oder etwa nicht?«

»Das hatten mehrere andere Leute auch.«

»Und wer zum Beispiel?«

»Jeder, der sich Ungleys Vortrag über Federmesser hat anhören müssen, soweit ich Mrs. Lomax Glauben schenken kann. Außerdem dürfen Sie nicht vergessen, daß die Historische Gesellschaft genauso viel erbt wie Bulfinch.«

Das College allerdings auch, aber Shandy hielt es für besser, diesen Gedanken nicht laut zu äußern. Thorkjeld Svenson hatte weiß Gott schon genug Probleme.

Kapitel 9

Ottermole war nicht an anderen Verdächtigen interessiert. Er überlegte: »Meinen Sie, ich sollte zuerst klopfen oder einfach hineinstürmen?«

»Warum schauen Sie nicht zuerst nach, ob die Tür überhaupt abgeschlossen ist?« schlug Shandy vor.

Sie schauten nach, die Tür war nicht abgeschlossen, also stürmten sie einfach hinein. Das Treppenhaus lag direkt vor ihnen, sie stürmten also immer weiter, bis sie sich in einem strahlend sauberen kleinen Korridor mit mehreren Türen befanden, von denen eine geschlossen war. Aus dem Inneren des Zimmers erklangen friedliche, leise, rhythmische Schnarchtöne. Ottermole riß seinen Dienstrevolver heraus und wollte mit dem Kolben gegen die Türfüllung schlagen, doch Shandy hinderte ihn daran.

»Wenn Sie das Holz hier beschädigen, macht Ihnen die Lomax-Familie todsicher die Hölle heiß.«

»Huh«, sagte Ottermole, klopfte dann aber mit der Faust gegen die Tür.

Sofort hörte das Schnarchen auf, eine Stimme rief: »Eine Sekunde!«, und dann hörten sie Geräusche, die sich wie das Kramen nach Pantoffeln und Morgenmantel anhörten. Beinahe auf die angekündigte Sekunde genau wurde die Tür von einem kleinen, dünnen Mann geöffnet, dessen schütteres graues Haar ordentlich gekämmt und dessen Bademantelgürtel ordentlich zusammengebunden war.

»Tut mir leid, daß ich die Türklingel nicht gehört habe«, entschuldigte er sich. »Evelyn muß schon weg sein zu ihrem Treffen. Sagen Sie mal, sind Sie nicht Fred Ottermole? Was ist denn passiert? Brauchen Sie mich drüben in der Wachstube?«

»Nein, ich brauche Sie genau hier, wo Sie jetzt sind.«

»Dann stehe ich selbstverständlich zu Ihrer Verfügung. Kommen Sie bitte herein.«

Bulfinch machte die Tür für sie frei. »Entschuldigen Sie bitte, daß mein Bett nicht gemacht ist, aber ich hatte Nachtschicht, und danach habe ich Evelyn ein bißchen im Haus geholfen. Dachte mir, ich könnte mich immer noch aufs Ohr legen, wenn das Haus leer ist. Ach herrje, Fred, ich dachte die ganze Zeit, daß Sie allein sind. Professor Shandy, nicht wahr? Was für eine unerwartete Ehre, Professor. Vielleicht gehen wir doch besser nach unten ins Wohnzimmer. Evelyn hätte sicher nichts dagegen.«

»Hier ist es doch auch nett.« Shandy setzte sich auf das ungemachte Bett. »Es tut uns leid, Sie so aufzuschrecken, aber es ist leider etwas passiert. Wir haben einen Mord aufzuklären.«

»Auf dem Campus?«

»Nein, in der Stadt. Hinter dem Museum. Es handelt sich um Professor Ungley.«

»Ungley?« Aus irgendeinem Grund klang Bulfinch eher freudig erregt als betroffen. »Sie wollen damit doch nicht etwa sagen, daß es hier in Balaclava Junction Ungleys gibt?«

»Jetzt reicht es aber, Bulfinch«, sagte Ottermole. »Versuchen Sie bloß nicht, uns hier was vorzumachen.«

»Ich habe keine Ahnung, wovon Sie sprechen, Fred.« Bulfinch sah aus, als ob er es wirklich nicht wüßte. »Warum sollte ich Ihnen etwas vormachen?«

»Wir wissen, daß Sie mit Ungley verwandt sind.«

»Im Ernst? Ich wußte zwar, daß ich hier in der Gegend Verwandte habe, die Ungley heißen, und wollte sie auch irgendwann besuchen, sobald ich mich eingelebt hätte, aber der neue Job und die Wohnungssuche nehmen ganz schön viel Zeit in Anspruch, so daß ich nicht dazu gekommen bin. Sind Sie ganz sicher, daß er mit mir verwandt ist, Fred?«

»Ihr Name steht in seinem Testament. Alonzo Bulfinch. Das sind Sie doch, oder?«

»So steht es jedenfalls in meiner Geburtsurkunde. Aber wie kommt es, daß er mich in seinem Testament erwähnt, wenn er mich nicht einmal gekannt hat?«

»Er wußte aber von Ihnen. Hat behauptet, Sie wären sein einziger lebender Verwandter.«

Bulfinch strich mit der Hand über sein glattes Haar. »Ich habe keine Ahnung, ob das stimmt. Ich glaube, meine Mutter hat mal gesagt, daß die Ungleys so ziemlich ausgestorben seien. Sie war selbst eine Ungley und froh genug, als sie den Namen gegen Bulfinch eintauschen konnte, obwohl sie sich nicht lange daran hat freuen können, die Ärmste. Mutter ist gestorben, als ich erst neun war. Ich habe natürlich den Bulfinches in meiner Familie immer näher gestanden. Sie hatte zwar einen Bruder, aber ich dachte immer, der sei schon lange tot. Er muß viel älter gewesen sein als meine Mutter.«

Ottermoles Augen verengten sich zu Schlitzen. »Wozu erzählen Sie uns eigentlich das ganze Zeug über Ihre Familie? Interessiert es Sie gar nicht, wieviel er Ihnen hinterlassen hat?«

Bulfinch zuckte mit den Schultern. »Wahrscheinlich ist es nicht besonders viel, da wir uns nie im Leben gesehen haben. Wahrscheinlich irgendwelche Gegenstände, die in der Familie bleiben sollen. Ich bin nie ein Mensch gewesen, der aufs Erben aus ist. Es ärgert mich nur, daß ich ihn die ganze letzte Woche hätte sehen können und daß ich jetzt nie mehr die Möglichkeit dazu haben werde. Ob er wohl gewußt hat, daß ich in der Stadt war?«

Da Hodger es gewußt hatte, war anzunehmen, daß auch Ungley Kenntnis davon hatte, aber Shandy behielt diesen Gedanken aus Höflichkeit lieber für sich. »Wie hätte er? Er war, wie Sie schon bemerkten, ein alter Mann und führte ein – eh – ziemlich zurückgezogenes Leben.« Er versuchte sich Ungley in der Rolle als wiedergefundenen Onkel vorzustellen, was ihm aber nicht gelang. »Wie kommt es, daß Sie hier bei uns gelandet sind, Mr. Bulfinch?«

»Ganz einfach: Silvester hat mich eingeladen. Wir waren zusammen beim Militär, davon haben Sie sicher schon gehört, und wir haben auch nach dem Krieg den Kontakt nicht abgebrochen. Ich lebte in Detroit – meine Frau stammte daher –, aber Sie wissen ja, wie es heutzutage in der Automobilindustrie zugeht. Als die Jobs immer knapper wurden, haben sie einige von uns Älteren gefragt, ob wir uns nicht vorzeitig pensionieren lassen und die Stellen den Jüngeren überlassen wollten, die noch Familien zu ernähren haben. Ich wollte eigentlich noch gar nicht aufhören zu arbeiten, aber mir blieb wenig anderes übrig, als ja zu sagen. In meinem nächsten Brief an Silvester habe ich meine Entlassung erwähnt, und er hat mir zurückgeschrieben, daß er und Clarence eine Stelle für mich hätten, und gefragt, ob ich nicht Lust hätte, wieder zurück in den Osten zu ziehen. Es gab nichts, das mich in Detroit gehalten hätte – meine Frau lebt nicht mehr, und die Kinder sind alle verheiratet und weggezogen –, also habe ich zugesagt, und jetzt bin ich hier.«

»Sie haben der Familie Lomax gegenüber nie erwähnt, daß Sie mit den Ungleys verwandt sind?«

»Hätte ich das getan, hätten sie mir doch sicher erzählt, daß es hier einen Professor Ungley am College gab, oder etwa nicht? Also, Sie haben gesagt, mein Onkel sei ermordet worden? Ich war noch nicht ganz wach, als Sie hereinkamen, und ich bin mir nicht sicher, ob ich alles richtig verstanden habe. Was ist passiert?«

»Man hat ihn mit dem Knauf seines eigenen Gehstocks erschlagen.«

»Das ist ja unglaublich! Man sollte kaum annehmen, daß man mit einem Stock jemanden erschlagen kann.«

»Mit diesem Stock schon. Der Knauf hat die Form eines laufenden Fuchses, er ist aus Silber und mit Blei gefüllt. In unserem Chemischen Institut hat man ihn untersucht und daran Blutspuren von der Blutgruppe gefunden, die auch Ihr Onkel hatte.«

»Wieso haben Sie den Stock denn nicht im Polizeilabor untersucht? Entschuldigung, Fred, ich vergesse immer wieder, daß ich nicht mehr in der Großstadt lebe. Aber wie hat denn so etwas überhaupt passieren können? Ich hätte nicht gedacht, daß in einem friedlichen kleinen Ort wie diesem Leute so einfach überfallen werden.«

»Werden sie auch nicht«, sagte Ottermole. »Ziehen Sie sich Ihre Sachen an, Bulfinch. Ich nehme Sie mit aufs Revier.«

Alonzo Bulfinch schüttelte den Kopf. »Tut mir leid, Fred. Ich würde Ihnen ja gern helfen, aber ich habe Evelyn versprochen, daß ich hierbleibe und den Mann hereinlasse, der die Waschmaschine reparieren will, das heißt, falls er überhaupt noch kommt. Sie wartet schon seit Montag auf ihn.«

»Sie versuchen, einen Polizeibeamten an der Ausübung seiner Pflicht zu hindern?«

Ottermole war im Begriff, nach seinen Handschellen zu greifen, doch Shandy mischte sich ein. »Ich glaube, Mr. Bulfinch möchte damit sagen, daß er seine Aussage lieber hier macht, als seine Gastgeberin im Stich zu lassen. Wenn Sie vielleicht meinen Kugelschreiber nehmen wollen –«

Unbewußt hatte Shandy das Zauberwort gesagt. Ottermole zog seinen neuen vergoldeten Kugelschreiber hervor und stellte ihn auffällig zur Schau, so daß die anderen ihn auch bestaunen und seinen Besitzer beneiden konnten.

»Ich habe selbst einen. Dann fangen wir also noch einmal ganz von vorn an. Sie heißen Alonzo Bulfinch, stimmt's?«

»Klar, aber das wissen Sie doch, Fred. Sie haben mich doch vorletzte Nacht hier auf Silvesters und Evelyns Party kennengelernt. Alonzo Persifer Bulfinch, wenn Sie meinen ganzen Namen wissen wollen.«

»Adresse?«

»Hier, bis ich meine eigene Wohnung gefunden habe. Sie wissen nicht zufällig, ob es hier irgendwo eine leere Wohnung gibt?«

»Die Wohnung von Professor Ungley.« Shandy konnte der Versuchung nicht widerstehen.

»Sie meinen, die von meinem Onkel?«

»Warum nicht? Die Möbel haben Sie wahrscheinlich sowieso geerbt.«

»Würden Sie mich bitte mit dem Verhör fortfahren lassen?« fauchte Ottermole und wedelte noch ostentativer mit seinem vergoldeten Kuli herum, für den Fall, daß man ihn noch nicht bemerkt hatte. »Seit wann sind Sie am College als Wachmann tätig?«

»Heute seit genau einer Woche. Hab' ein sauberes Hemd ausgepackt und bin zur Arbeit gegangen, sobald ich meinen Koffer hier geparkt hatte. Silvester und Clarence brauchten dringend Unterstützung.«

»Und in Ihrer Freizeit haben Sie nach einer Wohnung gesucht, sagen Sie? Sie kennen sich also im Ort demnach schon recht gut aus?«

»Das würde ich nicht gerade sagen, Fred. Ich kenne zwar den Campus wie meine Westentasche, weil das mein Job verlangt, aber was den Rest der Gegend hier angeht, bin ich mir nicht so sicher. Sehen Sie, ich habe meinem Sohn den Wagen überlassen, bevor ich herkam. Er brauchte ein Auto, und ich wollte nicht den ganzen Weg mutterseelenallein fahren. Ich dachte mir, Silvester würde bestimmt wissen, wo ich einen guten Gebrauchtwagen bekommen könnte, aber dazu bin ich bisher auch noch nicht gekommen. Hab' bisher auch noch kein Auto nötig gehabt. Die anderen Wachmänner haben mich netterweise immer abgeholt und nach Hause gebracht, und Evelyn und Maude fahren mich herum, wenn ich keinen Dienst habe.«

»Haben Sie sicher auch ins Zentrum gefahren, oder?«
»Oh ja, ich war noch gestern mit Maude da. Sie hatte etwas zu erledigen und ich auch. War in der Bank und habe ein paar Travellerschecks umgetauscht und in der Post Briefmarken gekauft, so daß ich meinen Leuten zu Hause in Detroit schreiben kann, daß alles in Ordnung ist –«
»Wenn Sie bei der Post waren, waren Sie ja direkt neben dem Clubhaus.«
»Tatsächlich? Ist mir überhaupt nicht aufgefallen.«
»Das können Sie Ihrer Großmutter erzählen. Als ob Ihnen das nicht aufgefallen wäre!«
»Das ist durchaus möglich, Ottermole«, entgegnete Shandy. »So besonders sieht das Clubhaus schließlich nicht aus, finden Sie nicht?«
»Meinen Sie etwa das schäbige kleine Holzhaus mit dem vielen Unkraut drumherum?« rief Bulfinch. »Ich wollte Evelyn schon fragen, warum es nicht instand gesetzt oder abgerissen wird. Als Sie Clubhaus sagten, dachte ich an – an irgend etwas Eleganteres. Mein Onkel ist dort doch nicht etwa getötet worden? Wie ist er denn in das Haus hineingekommen?«
»Er war Clubmitglied und hatte einen Schlüssel«, knurrte Ottermole. »Versuchen Sie bloß nicht, mir weiszumachen, daß Sie nichts von ihm wußten. Er wurde außerdem gar nicht in dem Gebäude getötet, wie Ihnen ebenfalls sehr wohl bekannt ist.«
»Wenn ich Sie unterbrechen darf, Ottermole«, murmelte Shandy, »das wissen wir selbst doch noch nicht. Vielleicht sollten wir mit dem endgültigen Urteil warten, bis wir das Innere des Gebäudes genau untersucht haben.«
»Ja, und das werden wir so schnell wie möglich machen. Ich werde das Gebäude schon auf den Kopf stellen.«
Ottermole öffnete wieder wie ein knallharter Bursche den Reißverschluß seiner Lederjacke, was er seit einiger Zeit so oft wie möglich übte. Es war inzwischen ganz schön warm geworden in dem kleinen Zimmer, in dem sich die drei auf engstem Raum zusammengepfercht befanden. »Okay, Bulfinch, ich möchte, daß Sie mir über jede Sekunde gestern nacht Rechenschaft ablegen.«
»Lassen Sie mich mal nachdenken: Erst habe ich hier mit meinen Freunden gegen halb sechs, als Silvesters Dienst zu Ende war, zu Abend gegessen. Dann haben wir ein bißchen herumgesessen, uns unterhalten und ferngesehen, bis es für mich Zeit

wurde zu gehen. Purvis Mink hatte vorige Nacht mit mir Dienst, also haben Clarence und er mich abgeholt. Wir sind zusammen zum Wachgebäude gefahren und haben uns in der Zentrale eingetragen; dann haben Purve und ich unsere Schlüssel für die Stechuhren und die Routen für die Nacht bekommen. Sie müssen nämlich wissen, daß wir nicht immer dieselbe Route haben. Jede Nacht gehen wir den Campus auf einem anderen Weg ab. Das machen wir deshalb, falls mal jemand auf die glorreiche Idee kommen sollte, dem Wachpersonal nachzugehen, um unsere Route kennenzulernen, aber der würde schon in der nächsten Nacht eine böse Überraschung erleben. Silvester sagt, Clarence hat die Methode erfunden, Clarence sagt, es war Silvester. Jedenfalls bekommen wir jedesmal eine andere Nummer – wir kennen also unseren Weg selbst erst unmittelbar, bevor wir losgehen.«

»Okay, welche Route hatten Sie also letzte Nacht?«

»Nummer drei. Das ist hauptsächlich der hintere Teil des Campus, hinten bei den Scheunen und am Kraftwerk.«

»Also kurz gesagt, der Teil, der am weitesten von der Innenstadt entfernt ist«, sagte Shandy.

»Richtig. Wissen Sie, wir müssen ungefähr alle 500 Meter pünktlich an den Stechuhren sein. Sie haben die Dinger sicher schon gesehen, es sind diese kleinen blauen gußeisernen Kästen, die dort überall herumstehen. Wenn wir nicht pünktlich schließen, erhalten die in der Zentrale ein Signal, und derjenige, der gerade Dienst hat, versucht uns mit dem Walkie-talkie zu erreichen. Wenn das nicht klappt, weiß er genau, welchem Kasten wir am nächsten sein sollten, und er kommt hin, um nachzusehen, was los ist. Ich sage nicht, daß ich mich nicht etwa auf einem Fahrrad hätte davonstehlen können, das heißt, wenn ich eins gehabt hätte, und irgendwo gut drei Kilometer von dem Ort, an dem ich mich eigentlich hätte befinden sollen, einen Mord hätte begehen und wieder rechtzeitig zurück bei der Stechuhr hätte sein können, doch zu Fuß wäre das ganz schön schwierig gewesen.«

Ottermole begann einen Satz mit »Clarence hätte Sie vielleicht decken –«, brach jedoch wieder ab. Clarence Lomax hätte nicht einmal seinen eigenen Bruder gedeckt, auch nicht seine eigene Mutter oder den Erzengel Gabriel, ganz zu schweigen von Alonzo Bulfinch.

Der Polizeichef versuchte verzweifelt, den Satz irgendwie zu beenden, ohne sich völlig lächerlich zu machen, als plötzlich die

Eingangstür aufgerissen wurde und jemand in großer Aufregung ins Haus stürmte. »Ma! Ma, bist du zu Hause?«

»Entschuldigen Sie mich bitte, aber ich sehe besser mal nach, wer das ist«, sagte Bulfinch.

Aber Ottermole war schneller als er. »Hallo, was ist denn da unten los?«

»Oh, Fred!« rief eine verzweifelte Frauenstimme. »Was bin ich froh, Sie zu sehen! Aber was machen Sie denn hier um diese Zeit? Ist mit meiner Familie irgend etwas passiert?«

»Nein, Ihre Mutter ist nur eben zur Kirche gegangen.«

»Und wo ist Pa?«

»Arbeitet wahrscheinlich. Was ist denn los, Mary Ellen?«

»Fred, das glauben Sie mir bestimmt nicht! Ich kann es ja selbst kaum glauben. Ein Hubschrauber vom Luftstützpunkt ist über unser Haus geflogen und hat einen Bolzen oder irgend so was genau durch das Oberlicht in unsere Küche fallen gelassen. Ich hab' gerade am Herd gestanden und Doughnuts gebacken. Das Dings hat jedenfalls den Topf getroffen, und das Fett ist überall auf den heißen Herd gespritzt. Dann hat alles angefangen zu brennen, und alles ging so schnell, daß ich –« Sie schnappte nach Luft.

»Glücklicherweise war ich gerade an der Tür, weil ich den Kater an die Luft setzen wollte, denn er war oben auf die Arbeitsplatte gestiegen und wollte gerade mitten durch den Teig laufen. Die Kleine war auf der Veranda im Kinderwagen, also bin ich schnell nach draußen, hab' sie gepackt und bin schnell zu den Nachbarn gelaufen und hab' die Feuerwehr gerufen. Das Feuer haben sie gelöscht, aber das ganze Haus sieht so schlimm aus, daß wir nicht dort bleiben können. Überall Rauch und Wasser, und meine schöne neue Küche total ruiniert – oh, Fred!«

Mary Ellen schniefte ein wenig und versuchte sich dann zusammenzunehmen. »Jedenfalls habe ich es geschafft, ein paar Sachen zum Anziehen für uns zu retten und die Jungens von der Schule abzuholen. Und dann bin ich sofort hergekommen. Ma und Pa müssen uns wohl ein paar Tage lang unterbringen, bis wir das Haus wieder soweit in Ordnung gebracht haben, daß man darin wohnen kann. Würden Sie so nett sein, mir zu helfen, die Sachen aus dem Auto zu holen? Ich muß das Baby neu wickeln, und ich bin völlig fertig mit den Nerven. Jim hat noch keine Ahnung. Er ist mit dem Sattelschlepper unterwegs, und der Fahrdienstleiter sagt, er kommt vor fünf nicht zurück.«

»Wer kümmert sich denn jetzt um den Kater?« fragte Bulfinch.
»Die Nachbarn. Ich habe ihnen gesagt, sie sollten ihm ein Steak geben und sie würden dann später das Geld dafür von mir zurückbekommen. Ach herrje, Mr. Bulfinch! Ich hatte ja total vergessen, daß Sie auch hier wohnen!«
»Machen Sie sich nur keine Sorgen wegen mir, Mary Ellen. Ich habe schon was anderes gefunden. Ich bin sowieso gerade dabei, meine Sachen zu packen. Fred und sein Freund hier wollten mich gerade hinfahren. Sie werden sehen, ich habe das Zimmer im Handumdrehen für Sie leergeräumt.«
Fred Ottermole sah verwirrt aus und ging nach unten, um Mary Ellen behilflich zu sein. Shandy beschloß, daß er sich ebenfalls nützlich machen könnte. Er hievte einen Armvoll Kleidungsstücke und Spielsachen, die alle schrecklich nach Rauch rochen, ins Haus und trug einen kleinen sechsjährigen Jungen so lange huckepack, bis der Kleine mit Weinen aufhörte. Als sie das Auto schließlich leergeräumt hatten, hatte sich Bulfinch angezogen und stand mit seinem Gepäck parat.
»Würden Sie mir eben den Kofferraum aufmachen, Fred? Das Bett habe ich schon neu bezogen, Mary Ellen, und auch Ihren Dad in der Wachstube angerufen. Er schickt Ihnen Ihre Cousine Sally zum Babysitten her und läßt Ihnen ausrichten, daß Sie sich hinlegen und ein bißchen entspannen sollen, bis Ihre Mutter wieder da ist.«
Ottermole öffnete den Kofferraum und sah immer noch so aus, als hätte auch ihn ein mysteriöses fliegendes Objekt getroffen. Bulfinch verstaute seine Habseligkeiten und kletterte dann auf den Rücksitz des Streifenwagens. Ein Teenager in einer blauen Daunenjacke raste gerade auf dem Fahrrad in den Hof. Es war Zeit zu gehen.
»Ich hoffe, es macht Ihnen nichts aus, Fred«, sagte Bulfinch. »Sie könnten mich doch als Verdächtigen festnehmen und irgendwo einsperren, oder? In dem Haus kann ich jedenfalls nicht mehr bleiben. Das arme Mädchen hat gerade genug am Hals, das sieht man ihr an. Verdammt gut, daß sie einen kühlen Kopf bewahrt hat und sich das Baby geschnappt hat.«
Ottermole schüttelte seinen eigenen Kopf, um sein Gehirn zu reaktivieren. »Ja, ja, Mary Ellen war schon in der Schule immer sehr schlau. Lieber Gott, ich kann's kaum glauben! Ich habe Jim damals selbst geholfen, das Oberlicht einzusetzen, letzten Som-

mer ist es gewesen, an einem Wochenende. Wir waren nämlich früher zusammen bei den Pfadfindern. Und im selben Fußballverein. Teufel auch, wie oft sind wir alle zusammen ausgegangen, er und Mary Ellen und meine Frau und ich. Natürlich bevor wir verheiratet waren. Zwei Himbeer-Limonen-Cocktails, vier Strohhalme und das restliche Kleingeld für die Jukebox. Also, wie wär's, Bulfinch, wenn ich Sie einfach bei Ihrem Onkel absetzen würde? Blödsinn, die Wohnung leerstehen zu lassen. Oder haben Sie irgendwelche Einwände, Professor?«

»Überhaupt nicht«, sagte Shandy. »Ausgezeichnete Idee, Ottermole.«

Er hatte bisher immer gedacht, daß er genau diese Worte niemals zu Ottermole sagen würde. Dies war in der Tat ein Tag, an dem sich merkwürdige Dinge ereigneten.

Kapitel 10

»Was zum Teufel hätte ich denn machen sollen? Ich hatte ja schließlich nichts gegen ihn in der Hand, oder?«
Sie hatten inzwischen Alonzo Bulfinch in Professor Ungleys Wohnung verfrachtet. Ottermole schien unsicher, ob seine Entscheidung wirklich richtig war, doch Shandy beruhigte ihn.
»Absolut gar nichts, soweit ich das sehen kann. Sie werden sicher noch die Kontrollblätter in der Wachstube nachprüfen, nehme ich an, aus reiner Routine sozusagen, aber ich persönlich habe keinerlei Zweifel, daß alles völlig in Ordnung ist. Auf jeden Fall wissen Sie ja, wo Sie ihn erreichen können, falls irgend etwas sein sollte, und uns bleiben noch all die anderen Mitglieder der Balaclava Society, mit denen wir bisher nicht gesprochen haben. Am besten knöpfen wir uns als erstes Mr. Pommell von der Bank vor. Er wohnt am nächsten.«
Ottermole, der möglicherweise an seine eigene Hypothek dachte, wehrte sich gegen diesen Vorschlag: »Aber ich habe doch heute morgen bereits mit seiner Frau gesprochen.«
»Vielleicht kann er noch eigene Beobachtungen beisteuern. Wir sollten ihn jedenfalls schon aus Höflichkeit ebenfalls aufsuchen.«
Ottermole sah zwar nicht ein, warum sie dies sollten. Shandy im Grunde auch nicht, aber sie gingen trotzdem. Pommell war in seinem Büro hinter dem Kassenraum und zeigte sich gnädig genug, sie zu empfangen. Er war genau das, was Shandys Großmutter als stattliches Mannsbild bezeichnet hätte, auch wenn er für den modernen cholesterinbewußten Geschmack etwas zu korpulent geraten war. Pommell hätte eigentlich eine schwere Golduhr an einer Kette über der Brust tragen müssen, an der ein Elchzahn baumelte, dachte Shandy, als er ihm die Hand schüttelte.
»Treten Sie doch ein, treten Sie doch ein! Ich habe Sie schon erwartet. Alles in Ordnung unten im Polizeirevier, Ottermole?

Professor Shandy, ich habe gehört, Sie wollen uns helfen, diese schreckliche Geschichte mit Professor Ungley aufzuklären. Ich möchte, daß Sie wissen, daß Sie meine volle Unterstützung haben. Wir sind uns hier unten in der Stadt voll und ganz bewußt, welches Ansehen unser College genießt, genau wie Sie oben am Hill. Aber wie man so schön sagt, in jedem Korb kann es auch faule Äpfel geben –«

»Was meinen Sie damit?« Ottermole war wieder verwirrt. »Sie nennen Ungley einen faulen Apfel?«

Pommell schenkte ihm einen frostigen Blick, wie ihn nur ein Mann schenken kann, der seinem Gegenüber eine Hypothek gewährt hat. »Aber keineswegs. Professor Ungley war Wissenschaftler und ein echter Gentleman. Ich meine damit die College-Studenten, die Sie doch bestimmt momentan unter die Lupe nehmen. Unsere Bürger hier haben mit Überfällen und Raub nicht das geringste zu tun, wie ich zu meiner Erleichterung bemerken darf, doch mit all den jungen Leuten, die von wer weiß wo stammen –«

»Wenigstens 50 Prozent von ihnen kommen direkt hier aus Balaclava County«, unterbrach Shandy ihn ziemlich gereizt, »und alle von ihnen sind so verdammt beschäftigt damit zu lernen, zu Hause ihre Farm zu bewirtschaften, damit Sie ihren Familien nicht die Hypotheken kündigen können, daß sie überhaupt keine Zeit haben, hier in der Stadt irgendeinen Blödsinn anzustellen. Außerdem ist Ungley nicht ausgeraubt worden. Polizeichef Ottermole kann Ihnen das bestätigen.«

»Das kann ich«, sagte Ottermole, erleichtert darüber, daß er sich auf Fakten zurückziehen konnte. »Ich habe Ungleys Leiche genauestens durchsucht und seine Brieftasche in der Hosentasche gefunden. Das Geld befand sich noch darin.«

»Wieviel Geld?« fragte Pommell.

»15 Dollar und 22 Cents.«

»Aha, da haben wir ja die Antwort. Wer anders als ein Student wäre schon so clever, genug Geld zurückzulassen, um die wahre Natur des Verbrechens zu verschleiern?«

»Warum glauben Sie, daß Professor Ungley noch mehr Geld bei sich hatte?« fragte Ottermole erschrocken.

»Er hat immerhin erst gestern nachmittag 500 Dollar in bar abgehoben«, erwiderte Pommell mit überlegenem Lächeln. »Ich kann Ihnen die Quittung zeigen, wenn Sie wollen. Und da Ungley mir erzählt hat, er wollte direkt zurück nach Hause, um sich dort für das Treffen am Abend auszuruhen, hatte er wohl auch keine Zeit, das Geld unterwegs auszugeben. Wenn er also die übrigen 485 Dollar nicht bei sich hatte, als Sie ihn gefunden haben, können Sie mir bestimmt sagen, wo sie geblieben sind, oder?«

»Sie wollen damit doch nicht etwa sagen, daß er mit soviel Knete in der Tasche hier in der Stadt herumgelaufen ist?« verlangte Ottermole zu wissen. »Warum zum Teufel hat er denn das getan?«

»Ungley hatte die altmodische Angewohnheit, seine Rechnungen in bar zu bezahlen. Soweit ich weiß, hatte er niemals in seinem Leben ein Girokonto. Wenn es allerdings meine Aufgabe wäre, mir den Kopf darüber zu zerbrechen, was meine Kunden mit ihrem Geld anfangen, sobald es die Bank verlassen hat, hätte ich in diesem Fall angenommen, daß Ungley plante, seine Miete zu bezahlen und alle anderen ausstehenden Rechnungen zu begleichen. Er hat auf dem Markt und im Drugstore auch immer nur einmal im Monat bezahlt, glaube ich. Aber das können Sie sicher nachprüfen. Ungley hat es stets vorgezogen, eine genügend große Summe abzuheben und damit alles auf einmal zu bezahlen, statt jedesmal wieder zur Bank zu gehen, wenn ihm das Geld ausging.«

Dann hätte er auch in der College-Mensa einmal monatlich bezahlen müssen, dachte Shandy. Mrs. Mouzouka wußte sicher, ob er an dem Tag, an dem er getötet wurde, seine Rechnung beglichen hatte. Es war wirklich typisch für Ungleys Faulheit, eher jeden Monat das Risiko auf sich zu nehmen, von jemandem ausgeraubt zu werden, als sich die Mühe zu machen, einen Scheck auszustellen oder öfter die Bank aufzusuchen.

Das Abheben von 500 Dollar konnte auch gut damit in Zusammenhang gebracht werden, wie man Ungleys Wohnung durchsucht hatte. Was ließ sich einfacher hinter beispielsweise einem Kissen verstecken als ein Bündel Banknoten? Und was konnte leichter zwischen den verschwundenen Akten gelegen haben als Papiergeld? Es konnte auch so gewesen sein, daß jemand dem alten Mann eins über den Kopf gegeben hatte, vielleicht nur in der Absicht, ihn zu betäuben, und dann den unerwarteten Schatz in seinen Taschen gefunden hatte. Trotz des Risikos hätte der Dieb danach durchaus auch noch das Apartment durchsuchen können in der Hoffnung auf einen weiteren Fund, den Ungley dort möglicherweise versteckt haben konnte.

Shandy gefiel die ganze Geschichte nicht. Besonders deshalb nicht, weil es ihm überhaupt nicht paßte, daß Pommell sofort den Studenten die Schuld in die Schuhe zu schieben versuchte.

Im Grunde hatten die Studenten nur wenig mit der Stadt zu tun, denn hier gab es kaum etwas, was für sie von Interesse war. Sie hatten ihren eigenen Studentenverband, ein eigenes Buchgeschäft, eine Bibliothek, eine hervorragende Mensa und genügend Möglichkeiten für diverse Freizeitbeschäftigungen. Sie verunsicherten auch nicht die eleganten Boutiquen, von denen es in College-Städten oft nur so wimmelte, weil Balaclava Junction erstens keine einzige besaß und zweitens kein Student Designerjeans tragen würde, um darin einen Schweinestall auszumisten. Was den Bankbetrieb anging, hatte das College ebenfalls seine eigene Einrichtung. Vielleicht war Pommell deshalb so schlecht auf die zukünftigen Farmer zu sprechen.

»Ich bezweifle, daß Ungley mit dem Geld die Miete bezahlen wollte«, sagte Shandy laut. »Mrs. Lomax teilte mir mit, er habe immer am Monatsersten bezahlt und niemals einen Tag früher. Und Ihnen hat er erzählt, daß er sofort nach Hause gehen wollte, was auch nicht so klingt, als ob er noch zum Markt oder Drugstore wollte. Ottermole, warum rufen Sie nicht schnell mal dort an und fragen, ob Ungley gestern seine Rechnungen bezahlt hat?«

Ottermole gehorchte, nachdem ihm Pommell mit gnädigem Kopfnicken seine Erlaubnis gegeben hatte. Er fand heraus, daß Ungley an keiner der beiden Stellen gewesen war und vor dem Monatsersten sowieso niemals seine Rechnungen bezahlte.

»Das erscheint mir allerdings merkwürdig«, sinnierte Shandy. »Ein Mann, der für seine Trägheit bekannt ist, geht zweimal am selben Tag in die Stadt, um beim ersten Mal ohne irgendeinen stichhaltigen Grund eine große Geldsumme abzuheben und beim zweiten Mal überfallen und ausgeraubt zu werden.«

»Um beim zweiten Mal an einer Versammlung teilzunehmen, bei der er einen Vortrag halten sollte«, verbesserte ihn Pommell.

»Sie haben recht. Aber was diesen angeblichen Überfall betrifft, könnten Sie uns vielleicht irgendeinen Hinweis geben, warum sich das Ganze anscheinend hinter dem Museum abgespielt hat? Laut Aussage Ihrer Frau verließen alle Anwesenden gemeinsam das Gebäude. Rechtsanwalt Hodger bestätigt dies ebenfalls. Er hat ausgesagt, er selbst habe die Straße überquert und sei sofort nach Hause gegangen, ohne sich umzudrehen. Wie wir alle wissen, kann Hodger aufgrund seines Leidens nur sehr langsam gehen. Sein Gehör scheint allerdings gut zu sein. Daher hätte er sehr wahrscheinlich irgend etwas gehört, wenn Ungley unmittelbar nach dem Verlassen des Museums überfallen worden wäre, möglicherweise einen Schrei oder ein verdächtiges Geräusch. In einem solchen Fall hätte sich Hodger doch sicherlich umgedreht und wäre der Sache nachgegangen, nicht wahr?«

»Das wäre wohl die natürliche Reaktion, denke ich«, gab Pommell zu.

»Mrs. Pommell sagte, sie sei mit Ihnen im Auto zu dem Treffen gekommen. Sind Sie direkt zum Auto gegangen, nachdem Sie das Museum verlassen haben, oder sind Sie noch einen Moment – eh – stehen geblieben? Vielleicht haben Sie noch mit einem der anderen Clubmitglieder geplaudert oder so?«

»Es war nicht die richtige Nacht zum Plaudern, Professor. Es hatte stark gefroren, wie Sie sicher bemerkt haben. Mrs. Pommell und ich haben uns lediglich von den anderen verabschiedet und uns sofort auf den Weg gemacht. Wir hätten Ungley zwar gern nach Hause gefahren, aber er bestand immer darauf, ganz allein zu Fuß nach Hause zu gehen.«

»Eigentlich etwas eigentümlich, wenn man bedenkt, daß er doch sonst jeglicher Anstrengung aus dem Weg ging, und besonders in diesem Fall, wo er doch schon den Weg zur Bank gemacht hatte, nicht?«

»Wahrscheinlich war es das wirklich, da haben Sie sicher recht, aber er brauchte ja nicht weit zu gehen, und wir hatten ihm schon so oft angeboten, ihn mitzunehmen, und jedesmal eine Abfuhr erteilt bekommen, daß wir ihn erst gar nicht mehr gefragt haben. Ich glaube, ich habe noch gesagt: ›Möchte irgend jemand mitgenommen werden?‹ oder etwas in der Art, aber vielleicht täusche ich mich auch. Jedenfalls schien niemand interessiert zu sein, und Mrs. Pommell drängte mich ziemlich, ins Auto zu steigen, weil ich meinen Wollschal vergessen hatte und sie sich ängstigte, ich könnte mir einen Schnupfen holen. Sie wissen ja, wie Frauen so sind. Kurz und gut, wir sind also allein nach Hause gefahren, und ich muß zugeben, daß ich an Ungley keinen Gedanken mehr verschwendet habe, bis ich heute morgen erfahren habe, was ihm zugestoßen ist.«

»Wie haben Sie davon erfahren?«

Pommell machte mit seinen fleischigen, von Altersflecken gesprenkelten Händen eine ausholende Bewegung. »Das konnte ich kaum vermeiden. Jeder, der heute zu uns in die Bank kam, hatte nichts anderes im Kopf, und alle haben eine andere Version zum Besten gegeben. Glücklicherweise – wenn Sie mir diese taktlose Formulierung verzeihen mögen – war Mrs. Pommell zufällig am Tatort, kurz nachdem Mrs. Lomax die Leiche gefunden hatte, und die hat ja angeblich, soweit ich gehört habe, nach Ungley gesucht, weil ihre Katze sein Toupet nach Hause gebracht hat. Klingt alles ziemlich verrückt, muß ich sagen, aber ich vermute, daß man so etwas normalerweise als weibliche Intuition bezeichnet.«

Der Bankier wartete vergeblich auf ein Lächeln seiner Zuhörer und fuhr dann fort: »Jedenfalls ist er offenbar gestolpert und mit dem Kopf auf die alte Egge geschlagen, die wir aus Platzgründen dort hinten im Hof untergebracht haben. Wie er dorthin gekommen ist, können wir uns beide nicht erklären. Meine Frau scheint zu glauben, daß es vielleicht damit zu tun haben könnte, daß er seine Schlüssel im Clubhaus vergessen hatte. Vielleicht hat er gehofft, daß eine der Türen noch offen war. Wer weiß das schon? Jedenfalls sagt meine Frau, daß sie die Tür mit meinem Schlüssel geöffnet hat, den hatte sie nämlich an ihrem Schlüsselbund, und daß sie Ungleys Schlüssel drinnen auf dem Tisch gefunden hat, wo er seine ganzen Federmesser während des Vortrags ausgebreitet hatte. Die Messer sind möglicherweise sehr wertvoll. Ich habe keine Ahnung. Ich kenne mich mit Antiquitäten nicht besonders aus, obwohl ich das eigentlich sollte, wenn man bedenkt, wie viele Menschen sich so etwas als Sicherheit gegen die Inflation zulegen. Eine riskante Geldanlage, wenn Sie mich fragen. Aber wenn Sie auf der Suche nach einer wirklich sicheren Investition sind, könnten Sie kaum etwas Besseres finden als unsere Festgeldangebote über zwei Jahre. Warten Sie, ich hole Ihnen eine Broschüre.«

»Lassen Sie nur«, sagte Ottermole. »Wir sind vor allem daran interessiert herauszufinden, wieviel Geld Professor Ungley auf der Bank hatte.«

»Wie bitte?« Pommell sah aus, als habe der Polizeichef gerade etwas fürchterlich Unpassendes von sich gegeben. »Warum um alles in der Welt wollen Sie das denn wissen?«

»Weil sich in unserer Stadt ein bislang unbekannter Erbe von Ungley befindet, falls Sie es noch nicht gehört haben.«

»Ein Erbe? Von Ungleys Vermögen? Das ist ja höchst interessant!«

Der Bankier katapultierte sich geradezu aus seinem eleganten Ledersessel. »Das wirft ja ein völlig neues Licht auf die ganze Angelegenheit, nicht? Darf man fragen, um wen es sich handelt?«

»Es wundert mich sehr, daß Sie es nicht schon längst wissen«, seufzte Ottermole. »Ich weiß es schließlich auch schon seit einer Stunde. Er heißt Bulfinch.«

»Bulfinch? Der Name kommt mir doch irgendwie bekannt vor. Ach ja, der Architekt. Ungley hat ihn in einem seiner Vorträge erwähnt. Hat das Parlamentsgebäude in Boston entworfen, obwohl das für uns in Balaclava County ja kaum eine Rolle spielt, da wir hier von Beacon Hill kaum viel Gutes zu erwarten haben. Wenn der Kongreßabgeordnete Sill nicht wäre, würden wir in den Cherry Sheets[*] wohl überhaupt nicht vorkommen, obwohl der Mann, den wir jetzt dort haben, mir ziemlich –« Er bemerkte Shandys erstaunten Blick und wechselte schnell das Thema.

»Hier handelt es sich sicher um einen anderen Bulfinch. Möglicherweise einen Nachkommen. Aber das tut auch gar nichts zur Sache. Sie wollten schließlich etwas über den Stand von Professor Ungleys Bankkonto erfahren. Es tut mir leid, aber ich muß mich zuerst bei Henry Hodger erkundigen, ehe ich Ihnen irgendeine Information geben darf.«

»Hodger ist nicht zu Hause«, sagte Ottermole. »Er mußte ins Gericht. Wir waren schon bei ihm, und er hat uns geraten, mit Ihnen zu sprechen.«

»Ach so?« Pommell schob seine Unterlippe vor. »Dann ist es offenbar sinnlos, Sie noch einmal zu ihm zu schicken. Obwohl ich natürlich am liebsten eine schriftliche Erklärung von ihm hätte. Allerdings wäre Professor Shandy vielleicht so freundlich, den Raum kurz zu verlassen, wenn einer meiner Angestellten die von Ihnen gewünschte Information vorlegt.«

»Professor Shandy arbeitet mit mir zusammen«, erwiderte Ottermole. »Hodger weiß auch davon. Er hat mit uns beiden gesprochen, und übrigens auch mit Präsident Svenson. Ich sehe also keinen Grund, warum Shandy nicht bleiben soll.«

---

[*] In Massachusetts werden in den sogenannten »Cherry Sheets« alle staatlichen Zuschüsse aufgelistet, die den einzelnen Städten und Großstädten jährlich zugeteilt werden. Der ungewöhnliche Name geht auf das kirschrote Papier zurück, auf dem die Listen gedruckt werden.

»Nun ja, wenn die Sache so liegt.« Pommell drückte auf einen Knopf, sagte etwas in die Sprechanlage, erwiderte »Vielen Dank« und nahm einen Aktenordner von seinem Schreibtisch.

»Meine Angestellten sind mir manchmal beinahe ein bißchen zu effizient«, bemerkte er, während er sich seine Lesebrille zurechtrückte. »Jetzt wollen wir einmal sehen, was wir da haben.«

Er nahm die Blätter aus dem Ordner, schob die Brille auf die Spitze seiner fleischigen Nase, rückte sie auf und ab, bis er endlich den richtigen Winkel gefunden hatte, und sah sich dann die Unterlagen an.

»Wenn man alles aufrundet, obwohl diese Zahlen hier nicht die aktuellsten sind, denn unser Computer hat uns während der letzten paar Tage einige Probleme bereitet, beläuft sich Ungleys Vermögen hier bei unserer Bank auf etwa 600 000 Dollar.«

»Was?« Ottermole starrte ihn mit weit aufgerissenen Augen an.

»597 000 Dollar und sieben Cent ist die letzte Zahl, die mir hier vorliegt, aber darin sind die Zinsen des laufenden Monats noch nicht enthalten. Ich werde Ihnen die genauen Zahlen vorlegen können, wenn das Testament eröffnet wird. Soweit ich mich erinnere, soll es in drei Teile aufgeteilt werden. Das bedeutet eine hübsche kleine Summe für Ihr College, Professor Shandy, und auch für Ihren Mr. Bulfinch.«

»Und auch für Ihre Balaclava Society, Mr. Pommell«, erinnerte ihn Shandy.

»200 000 Eier, nur weil er mit dem Kerl verwandt ist«, murmelte Ottermole. »Menschenskind! Wenn das Lomax' erfahren! Wie zum Teufel hat Ungley bloß soviel Geld in die Pfoten bekommen?«

»Professor Ungley war ein sparsamer Mann und hat sein Geld umsichtig angelegt. Wir sollten uns alle ein Beispiel an ihm nehmen.«

Pommell legte die Papiere zurück in die Mappe, nahm seine Brille ab und legte sie mit einem kleinen Ruck auf den Schreibtisch. »Freut mich, daß ich Ihnen helfen konnte, Ottermole. Professor Shandy, wenn Sie sich vielleicht doch für die Festgeldanlagen über zwei Jahre unserer Bank interessieren –«

»Ich werde mich mit meiner Frau darüber unterhalten.«

Shandy nahm die Broschüre, die ihm Pommell entgegenhielt, weil er keine Möglichkeit sah, sie nochmals abzulehnen. »Vielen Dank, daß Sie uns Ihre Zeit geopfert haben, Mr. Pommell.«

Kapitel 11

Der Polizeichef sah immer noch völlig entgeistert aus, als er mit Shandy die Bank verließ. »200 000 Dollar!« brach es aus ihm heraus. »Menschenskind, am besten schnappe ich mir diesen Bulfinch jetzt sofort.«

»Warum?« fragte Shandy. »Er hat das Geld doch noch gar nicht. Sie glauben doch wohl nicht, daß er die Stadt ohne das Geld verlassen würde, oder? Würden Sie das etwa?«

Ottermoles angespannte Miene verwandelte sich in ein Grinsen. »Teufel auch, natürlich nicht. Okay, Professor, was sollen wir als nächstes tun?«

»Wir haben die Wahl zwischen dem Kongreßabgeordneten Sill, Mr. Lutt oder Mr. Twerks.«

»Was für eine Auswahl! Knöpfen wir uns doch Twerks als ersten vor. Er wohnt am nächsten. Lutt ist sicher sowieso drüben in der Seifenfabrik, und Sill ist noch nicht aus Boston zurück.«

»Woher wissen Sie denn, daß er nach Boston gefahren ist?«

»Ich habe heute früh auf meinem Weg zum Revier gesehen, wie er in den Bus gestiegen ist. Hat irgendwas geredet von einer Anhörung zu einem neuen Gesetz. Was es genau war, habe ich wieder vergessen. Wahrscheinlich hat Sill das auch, aber das ist dem bestimmt schnurzegal. Er stellt sich sicher trotzdem hin und redet das Blaue vom Himmel herunter, so lange man ihn läßt, auch wenn er keinen Schimmer hat, worüber er redet, genauso macht er es nämlich in der Stadtratssitzung auch immer.«

Shandy konnte Ottermoles Groll gut verstehen. Während der letzten Sitzung hatte Sill allein durch seine Wortgewalt zu verhindern gewußt, daß ein neuer Boiler angeschafft wurde, den Ottermole mit dem berechtigten Grund beantragt hatte, daß der Boiler im Polizeirevier immerhin 62 Jahre alt und absolut schrottreif sei. Er selbst hätte seine Meinung über Sill nicht besser ausdrücken können als Mrs. Betsy Lomax, als sie ihn als alten Schwätzer bezeichnet hatte.

Das bedeutete allerdings keineswegs, daß er von Twerks eine höhere Meinung hatte, und die Begrüßung, die ihnen der Schloßherr von »Twerks Hall« angedeihen ließ, war auch nicht geeignet, ihn freundlicher zu stimmen, obwohl sie sehr liebenswürdig war. Twerks öffnete ihnen höchstpersönlich die Tür. Er trug etwas, was wahrscheinlich seine Freizeitbekleidung war, nämlich eine Hose mit einem leuchtenden Buchanan-Schottenmuster und einen pfauenblauen Pullover, der sich über seinem ziemlich ausgeprägten Bauch spannte.

»Ach, wie nett«, dröhnte er. »Womit habe ich denn diese Ehre verdient?«

»Die Frage erübrigt sich wohl«, erwiderte Shandy. »Sie sind doch Mitglied der Balaclava Society, nicht wahr?«

»Sicher. Aha, ich verstehe. Jetzt wollen Sie mich also wegen Ungley in die Mangel nehmen. Der arme alte Trottel, ich dachte, er sei längst emeritiert?«

»Ist er auch.«

»Wie kommt es dann, daß Svenson seinen Haus- und Spürhund auf seine Fährte ansetzt? Passen Sie bloß auf, Ottermole. Jetzt, wo Shandy in Ihr Jagdrevier eingedrungen ist, wird er als nächstes bestimmt Ihre Wachstube übernehmen, ehe Sie sich's versehen. Na, kommen Sie ruhig rein, kommen Sie! Was darf ich Ihnen zu trinken anbieten?«

Shandy sah Twerks' Haus zum ersten Mal von innen und entschied sofort, daß es sehr wohl auch bei diesem einen Mal bleiben konnte. Ihm gefielen die Möbel aus Tierhorn nicht. Es gab sogar einen Bilderrahmen aus einem Karibugeweih, in dem sich ein Stahlstich von Präsident Buchanan befand und ein wahrscheinlich unechter Familienstammbaum, der die Verwandtschaft der Buchanans mit den Twerks dokumentieren sollte. Die Teppiche trugen alle das äußerst lebhafte Buchanan-Muster, die Vorhänge ebenfalls. Twerks' Hose, die an der Haustür so geleuchtet hatte, verschmolz mit diesem Farbgemisch, bis man schließlich den Eindruck hatte, nur noch einen pfauenblauen schwebenden Klecks zu sehen, auf dem oben ein leuchtend rosa Bommel saß.

Trotz seiner kräftigen Figur bot Twerks keinen angenehmen Anblick. Sein Gesicht ließ daran denken, was mit einer Wachsfigur passiert, die man in die Nähe eines Feuers stellt. Halbgeschmolzene Hautfalten hingen schlaff an Backenknochen und Hals, und Twerks' Gesicht war so hektisch himbeerfarben, daß

Doktor Melchett, wenn er mit von der Partie gewesen wäre, zweifellos auf der Stelle die Dosis von Twerks' blutdrucksenkenden Mitteln erhöht hätte. Selbst die Kopfhaut, die zwischen Twerks' weißem Haar hervorschimmerte, war leuchtend rosa. Das Haar selbst war kurz, glatt und fein und erinnerte Shandy lebhaft an die weiße Maus, die er als Junge in seiner Biologiestunde hatte sezieren müssen. Genau diese Maus war es seiner Meinung nach auch gewesen, die in ihm die Entscheidung hatte reifen lassen, sich nicht auf Tiere, sondern lieber auf Pflanzen zu spezialisieren.

Twerks bot ihnen immer noch etwas zu trinken an. Shandy schüttelte den Kopf. »Für mich nichts, vielen Dank.«

»Für mich auch nichts«, sagte Ottermole mit einem rührenden Anflug von Tugendhaftigkeit. »Wir wollten Ihnen nur ein paar Fragen über gestern abend stellen. Sie waren doch auch bei dem Treffen, nicht?«

»Sicher. Ich gehe immer hin. Wenn mir nichts Besseres zu tun einfällt.«

»Wann sind Sie wieder gegangen?«

»Als die Versammlung zu Ende war. Viertel vor elf ungefähr, nehme ich an.«

»Wie hat Ihnen Ungleys Vortrag gefallen?« erkundigte sich Shandy.

Twerks zuckte mit den Schultern. »Um die Wahrheit zu sagen, ich habe davon nicht viel mitbekommen. Ich hatte beim Abendessen ein paar Drinks getrunken und bin dann bei seiner Rede ein bißchen eingenickt. Sie wissen ja, wie das so ist. Er hat davon gesprochen, wie man Federn zurechtschneidet, um daraus Schreibfedern zu machen, daran erinnere ich mich noch. Ich fand's nicht so interessant. Und daß man Schrot in die Tintenfässer getan und Sand als Tintenlöscher gebraucht hat. Ein Riesenaufwand, nur um einen Brief zu schreiben. Deshalb hat dieser Mensch – wie heißt er noch gleich? – sicher auch das Telefon erfunden. Sind Sie wirklich ganz sicher, daß Sie nichts trinken möchten?«

»Ganz sicher«, sagte Shandy. »Und wie war Ihnen heute morgen zumute, als Sie erfahren haben, daß Ungley tot ist?«

»Wie zum Teufel soll einem da schon zumute sein? Man ist mit jemandem zusammen, geht nach Hause, haut sich aufs Ohr, wird am nächsten Morgen wach, und der Mensch ist tot. Das kann einen schon nachdenklich machen.«

»Und was genau dachten Sie, Mr. Twerks?«

Mit einiger Anstrengung gelang es Mr. Twerks, seine Augenbrauen hochzuziehen, wobei die Unmengen überschüssiger Haut auf höchst unappetitliche Weise erzitterten. »Was ich gedacht habe? Na ja, ich nehme an – ach ja, Anno Domini und dergleichen. Sie können es sich sicher vorstellen.«

»Sie haben sich nicht gefragt, was Ungley dort hinter dem Museum getan haben könnte?«

»Natürlich habe ich mich das gefragt. Aber wie Ottermole auch schon sagte, habe ich mir gedacht, daß ihn plötzlich ein Bedürfnis überkommen hat und er wohl nicht mehr zum Klo konnte, weil er ja seine Schlüssel auf dem Tisch vergessen hatte.«

»Aber er wäre doch in wenigen Minuten zu Hause gewesen.«

»In ein paar Minuten kann viel passieren, Professor. Die Nieren eines Mannes sind auch nicht mehr das, was sie einmal waren, wenn jemand so alt ist wie Ungley. Oder so alt wie ich, wenn ich ehrlich sein soll. Würden Sie mich jetzt bitte einen Moment entschuldigen?«

Twerks verschwand. Shandy und Ottermole blieben allein in dem Alptraum aus Karos zurück. Von der Wand starrte sie ein ausgestopfter Elch mit grimmigen Augen an. Shandy hatte den Eindruck, daß der Elch sie liebend gern angegriffen hätte, wenn ihn nicht die leidige Tatsache, daß ihm Dreiviertel seines Körpers fehlten, daran gehindert hätte.

»Wenn Sie mich fragen, ist das hier alles reine Zeitverschwendung«, bemerkte Ottermole mit gesenkter Stimme, als wolle er auf keinen Fall den Elch reizen. »Wollen wir wetten, daß er sich einen neuen Drink holt?«

»Da bin ich ganz Ihrer Meinung«, erwiderte Shandy. »Twerks war heute morgen doch nicht unten am Clubhaus, oder?«

»Ich bin mir ziemlich sicher, daß er nicht da war.«

»Dann scheint er mir aber sehr genau darüber informiert zu sein, was Sie dort gesagt haben.«

»Das ist bestimmt inzwischen jeder hier.«

»Mhm, das muß natürlich in Betracht gezogen werden. Twerks ist Junggeselle, nicht wahr?«

»Die meiste Zeit ja.«

»Wer kümmert sich denn um seinen Haushalt?«

»Ethel Purkiser und deren Ehemann. Ethel kocht und putzt für ihn, und Jim mäht den Rasen und wäscht das Auto und so.«

»Purkiser? Der Name sagt mir überhaupt nichts.«

»Das sind auch keine Leute, die Sie normalerweise kennen würden. Ich meine, Ethel hat genug Verstand, um was zu kapieren, wenn man es ihr langsam und deutlich sagt, aber bei Jim muß man wirklich eine Weile warten, bis der einen versteht.«

»Twerks beschäftigt sie also aus reiner Mildtätigkeit?«

»Das würde ich nicht sagen. Die beiden verdienen sich ihr Geld redlich. Wissen Sie, Menschen wie sie sind zwar manchmal etwas langsam, aber sie sind oft bessere Arbeitskräfte als die Übergescheiten. Sie tun das, was man ihnen sagt, ohne viel Widerrede, und es macht ihnen nichts aus, immer das gleiche zu machen. Und mehr Geld verlangen sie auch nicht. Solange sie nur ein Dach über dem Kopf und genug Essen im Bauch haben, sind sie mit dem zufrieden, was man ihnen gibt. Twerks ist gerissen wie ein Fuchs, auch wenn man das vielleicht nicht vermutet, wenn man ihn sich so ansieht.«

Ein Fuchs hätte sicher mehr angeborenen Sinn für Anstand, dachte Shandy, um sich von Menschen, die nicht in der Lage waren, für ihre Rechte einzutreten, gegen einen Hungerlohn gute Arbeit verrichten zu lassen. Die Geweihe mit all ihren Verästelungen waren makellos sauber, und er hatte bereits beim Betreten des Grundstücks bemerkt, wie gepflegt der Garten um Twerks' häßliches gelbbraunes Haus im Vergleich zu den laubbesäten Rasenanlagen der anderen Häuser der Stadt, seines nicht ausgenommen, aussah.

Twerks war nicht nur widerlich, er benahm sich auch äußerst unhöflich, indem er sie hier derart lange allein ließ. Ottermole hatte bereits mindestens fünf- oder sechsmal auf seine Digitaluhr geschaut (auch sie war ein Geschenk seiner liebenden Gattin), als Twerks endlich wieder zurückkam, in der Hand, wie sie erwartet hatten, ein halbgeleertes Glas.

»Tut mir leid, daß es so lange gedauert hat«, entschuldigte er sich gnädigerweise. »Mich hat jemand angerufen. Eine gute Freundin.«

Wieder ging eine merkwürdige Veränderung in seinem schwabbelnden Gesicht vor. Shandy erkannte schließlich, daß Twerks versuchte, ihnen vielsagend zuzuzwinkern, um anzudeuten, daß der Anruf von einer Frau gewesen war, die sich offenbar für ihn interessierte. Doch er konnte Shandy nicht überzeugen.

»Wer hat denn Ihrer Meinung nach Ungley umgebracht?« fragte er ohne Umschweife.

Twerks verschüttete ein paar Tropfen von seinem Drink und nahm dann hastig einen großen Schluck, um sicherzugehen, daß nicht noch mehr verschwendet wurde. »Was soll das heißen, wer ihn umgebracht hat? Ungley hat sich den Kopf aufgeschlagen, als er über die Egge gestolpert ist. Das haben Sie selbst gesagt, Ottermole, und Melchett ebenfalls.«

»Nun ja, also, das war zu dem Zeitpunkt nur eine vorläufige Theorie«, sagte Ottermole und zog schnell ein paarmal den Reißverschluß seiner Lederjacke auf und zu. »Seitdem habe ich weitere Nachforschungen angestellt«, dabei vermied er es, Shandy anzusehen, »und es sieht jetzt ganz so aus, als ob er erschlagen wurde, und zwar mit dem schweren Stock, den er immer bei sich hatte. Das heißt, entweder mit seinem eigenen oder mit dem von Henry Hodger. Wir sind uns da noch nicht ganz sicher.«

»Tatsächlich?« Twerks warf dem Polizisten einen Blick zu, der für einen Mann, der das Trinken so ernsthaft betrieb, erstaunlich nüchtern ausfiel. »Dann lassen Sie mich Ihnen mal etwas erzählen. Sie sollten Ihrer Sache verdammt sicher sein, bevor Sie herumgehen und noch mehr schlechte Witze machen, sonst hängt Ihnen Henry Hodger todsicher einen verteufelt unangenehmen Prozeß an den Hals und sorgt dafür, daß Sie alles verlieren, was Sie haben. Ihr schönes Abzeichen inbegriffen.«

Mehr war aus Twerks nicht herauszubekommen. Er bot ihnen nicht einmal einen weiteren Drink an, den sie hätten ablehnen können, wie Ottermole enttäuscht bemerkte, als sie zurück zum Streifenwagen gingen.

»Verfluchte Zeitverschwendung«, knurrte er. »Der war doch sternhagelvoll.«

»Das glaube ich nicht«, sagte Shandy. »Und ich frage mich, warum er uns diesen Eindruck vermitteln wollte. Ich frage mich außerdem, warum er uns nicht nach mehr Einzelheiten über Ungleys Tod und die – eh – weiteren Nachforschungen gefragt hat. Es sei denn, der Anruf war von einem seiner Clubmitglieder und diente dazu, ihn auf dem laufenden zu halten. Es hätte zum Beispiel Pommell sein können. Was ist denn das für ein ohrenbetäubender Krach? Das Auto wird uns doch wohl nicht jeden Moment um die Ohren fliegen, oder?«

»Das ist bloß der Zweikanalfunk«, erklärte Ottermole. »Funktioniert nicht immer, wie er sollte. Wahrscheinlich versuchen die, mich vom Revier aus zu erreichen.«

Er spielte an den Knöpfen herum, schnippte mehrmals vorsichtig gegen den Lautsprecher und schlug schließlich heftig von unten gegen das Armaturenbrett. Sofort wurde die Übertragung glasklar.

»Ottermole, Polizeichef Ottermole! Mayday! Mayday! Hallo, Chef? Können Sie mich hören?«

»Kann ich«, brüllte Ottermole in sein Mikrofon. »Können Sie mich auch hören, Budge? Was ist denn los?«

»Der Kongreßabgeordnete Sill hat uns gerade vom College einen Notruf geschickt. Da muß die Hölle los sein.«

»Was zum Teufel hat denn der im College zu suchen? Und warum können die Sicherheitsbeamten nicht einschreiten und die verdammte Situation unter Kontrolle bekommen?«

»Das habe ich auch gefragt, aber er hat bloß gebrüllt, wir sollten sofort ein Kommando rüberschicken. Verdammt nochmal, wo sollen wir denn bloß eine Schwadron hernehmen? Wir beide sind die einzigen, die Bereitschaft haben, und Sie haben ja gesagt, wenn ich nicht in der Zentrale bleibe, würden Sie mich –«

»Ich weiß haargenau, was ich gesagt habe, und es war mir bitter ernst. Sie rühren sich nicht von der Stelle, Budge. Ich fahre hin und sehe nach, was zum Teufel los ist. Sonst noch Anrufe?«

»Ja. Mrs. Lomax. Kann ihre Katze nicht finden.«

»Edmund?« rief Ottermole, sichtlich erschüttert. »Gott im Himmel, wenn der Mörder jetzt auch noch –«

»Keine Panik, Boß. Edmund ist hier bei mir, ist auf Ihrem Stuhl eingepennt. Es war ihm speiübel, nachdem er Ihr Puddingteilchen gefressen hat, also hab' ich gedacht, ich lass' ihn sich lieber erholen, bevor ich ihn wieder nach Hause schicke. Ich werd' sie gleich zurückrufen und ihr verklickern, wir hätten ihn festgenommen, weil er mit unehrenhaften Absichten bei den Ingrams herumgelungert hat. Er hat nämlich ein Auge auf deren süße kleine Katze geworfen, die mit dem grauen Fleck über den Schnurrhaaren.«

»Da läuft bestimmt nichts. Die ist doch sterilisiert.«

»Na und? Das Instrument ist zwar weg, aber die Musik bleibt. Das hat jedenfalls meine Großtante Mabel immer gesagt, nachdem sie ihr das Dings rausoperiert haben.«

»Lassen wir mal das Dings Ihrer Großtante aus dem Spiel. Sie haben doch nicht etwa wieder diese Sexblättchen im Dienst gelesen?«

»Ich? Was denken Sie von mir? Sagen Sie mal, Boß, wollen Sie nicht herkommen und übernehmen? Ich würd' mir gern den Tumult selbst mal ansehen.«

»Kann ich mir lebhaft vorstellen. Das würde Ihnen bestimmt Spaß machen. Bleiben Sie nur ruhig da, wo Sie sind. Und rufen Sie Mrs. Lomax an, bevor sie ausrastet. Wahrscheinlich denkt sie, daß Edmund entführt wurde, und wartet auf die Lösegeldforderung. Am besten rufen Sie auch noch George an, damit er übernehmen kann, falls ich Sie im College brauchen sollte.«

Ottermole beendete den Funkkontakt und runzelte die Stirn. »Was zum Teufel ist dort los?«

»Das frage ich mich allerdings auch«, stimmte Shandy zu. »Es sieht Präsident Svenson so gar nicht ähnlich, auf dem Campus irgendwelche Ausschreitungen durchgehen zu lassen. Es sei denn, er hat sie selbst angezettelt.«

Kapitel 12

Daß Svenson irgend etwas angezettelt hatte, war zwar durchaus möglich, doch was hatte der Kongreßabgeordnete Sill oben auf dem Campus zu suchen, und warum hatte er Alarm geschlagen? Sill war ein unfähiger Idiot, und seine Versuche als Lobbyist waren nicht gerade dazu geeignet gewesen, seinen Beliebtheitsgrad bei den Angehörigen des Balaclava Agricultural College besonders zu steigern, von den Farmern ganz zu schweigen. Vielleicht waren die Studenten dabei, als Vorbereitung auf Halloween eine Puppe, die ihn darstellte, symbolisch zu verbrennen, und er war dumm genug, den Streich übelzunehmen.

Aber wie konnte er herausgefunden haben, daß sie etwas Derartiges geplant hatten, und was hatte er hier in Balaclava Junction zu suchen, wo er doch erst mit dem Fünfuhrbus aus Boston zurückkommen sollte?

Vielleicht hatte ihn irgendein aufgebrachter Politiker kurzerhand aus dem Tagungsraum des Komitees geworfen und in einem Wagen mit Gummizelle nach Hause bringen lassen. Eigentlich eine erfreuliche Vorstellung. Als Ottermole den Wagen wieder startete, lehnte sich Shandy zurück, um die Fahrt zu genießen und seine eigenen amüsanten Spekulationen darüber anzustellen, was sich denn eigentlich auf dem Campus abspielen mochte.

Als sie jedoch den Hügel hochfuhren, furchte sich seine Stirn immer mehr. »Ist da wieder irgend etwas mit Ihrem Funkgerät nicht in Ordnung, Ottermole?« fragte er.

»Was haben Sie gesagt?« brüllte der Polizeichef, dem es kaum gelang, den Lärm und Krach zu übertönen. Es war offenbar höchste Zeit, daß ihm die Stadtverwaltung außer einem neuen Boiler auch einen neuen Streifenwagen zugestand. Wenn es nicht sogar der Boiler war, in dem sie sich gerade befanden.

»Ist das etwa Ihr Funk, der diesen Krach macht?« schrie Shandy ihm zu. »Ich höre so merkwürdige Geräusche. Außer diesem anderen seltsamen Lärm, meine ich.«

»Sie haben aber gute Ohren.«

»Stimmt.« Shandy hatte richtige Luchsohren, wie schon so mancher Student eine Silbe zu spät festgestellt hatte. »Schalten Sie den verflixten Motor mal einen Moment aus, ja?«

Ottermole tat ihm den Gefallen. Das Klappern und Rasseln verstummte, doch der merkwürdige Lärm hörte nicht auf. Shandy kurbelte das Fenster herunter und steckte den Kopf aus dem Fenster.

»Du liebe Güte, da ist wirklich die Hölle los, hören Sie nur!«

Unzählige Stimmen brüllten um die Wette. Während sie genauer hinhörten, vereinten sich die eher unterschiedlichen Protestrufe zu einem einheitlichen Sprechchor.

»Weg mit Dirty Bertie! Weg mit Dirty Bertie!«

»Um Gottes willen!«

Plötzlich wurde Shandy wieder siedendheiß bewußt, daß es seine Aufgabe gewesen war, einen Plan zu entwickeln. Er hatte sich inzwischen derart in die Aufklärung des Mordes an Professor Ungley gekniet, daß er darüber die potentielle Zeitbombe unter dem unseligen Silo völlig vergessen hatte. Die Studenten mußten offenbar irgendwie herausgefunden haben, daß Bertram Claude vorhatte, auf dem Campus eine Rede zu halten, wahrscheinlich sogar von diesem Schwachkopf Sill, und reagierten genau so, wie es jeder normale Mensch erwartet hätte. Wenn Ottermole jetzt mit dem Streifenwagen erschien, würde es todsicher faule Eier hageln. Dann wäre erst recht der Teufel los.

»Ottermole«, sagte er sehr ruhig, »mal ganz unter uns, ich glaube, es wäre unter diesen Umständen wahrscheinlich am besten, zurückzufahren und – eh – dafür zu sorgen, daß die Katze von Mrs. Lomax wohlbehalten zu Hause ankommt.«

»Was? Warum das denn?«

»Weil dieser Anruf von Sill mal wieder eine seiner üblichen Übertreibungen war. Was da oben vor sich geht, läßt sich auch ganz gut ohne Polizei regeln. Um es ganz kurz zu fassen: Bertram Claude hat um Erlaubnis gebeten, in unserer Aula eine Wahlrede zu halten. Die Studenten haben davon Wind bekommen und lassen jetzt ihren – eh – Gefühlen freien Lauf, das ist alles.«

»Das kann man wohl sagen«, erwiderte Ottermole, als der Geräuschpegel draußen immer mehr anschwoll. »Warum zum Teufel will Claude denn hier am College sprechen? Mein Gott, sie werden ihn in Stücke reißen und auf seinen Gedärmen rumtrampeln.«

»Diese Möglichkeit besteht natürlich«, gab Shandy zu. »Ich muß gestehen, ich verstehe seine Überlegungen auch nicht so recht, wenn man einmal davon ausgeht, daß er gelegentlich überlegt.«

»Haben Sie vor, ihn daran zu hindern?«

»Ich? Was kann ich denn schon ausrichten? Die Entscheidung liegt ganz allein bei Präsident Svenson.«

»Aber Teufel auch, der würde das doch nicht etwa zulassen, oder?«

»Das«, erwiderte Shandy, »ist eine Frage, die ich nicht beantworten kann. Vielleicht denkt der Präsident, daß Claude genauso wie jeder andere ein Recht hat, seinen Ansichten Luft zu machen.«

»Die sollte er lieber mal ordentlich lüften«, knurrte Ottermole. »Claude stinkt nämlich zum Himmel, wenn Sie meine Meinung hören wollen.«

»Bleiben Sie ruhig bei Ihrer Meinung, Ottermole, und vielen Dank, daß Sie mich mitgenommen haben.«

Als Shandy aus dem Streifenwagen stieg, sah er Ottermoles enttäuschtes Gesicht und meinte voll Mitgefühl: »Wenn Sie heute abend Zeit haben, kann ich versuchen, Professor Joad ins Clubhaus mitzubringen, damit er uns hilft, weitere Blutspuren zu finden. Das ist etwas, das wir so schnell wie möglich in Angriff nehmen sollten. Es besteht nämlich immer noch die Chance, daß Ungley drinnen umgebracht wurde und man ihn durch das Hoffenster nach draußen geschafft hat.«

»Und wen haben Sie in Verdacht?«

»Im Moment muß ich zugeben, daß es beinahe jeder gewesen sein könnte. Es wäre auch möglich, daß er seine Schlüssel gar nicht vergessen hat und wieder ins Clubhaus zurückkehrte, nachdem die anderen alle nach Hause gegangen waren.«

»Warum hätte er das tun sollen?«

»Das kann ich noch nicht mit Sicherheit sagen. Vielleicht hat er seinen Hut vergessen oder mußte dringend zur Toilette, wie Sie selbst bereits vermutet haben. Er hätte also seine Schlüssel auf den Tisch legen können, wo Mrs. Pommell sie gefunden hat, und die Tür unverschlossen lassen können, da er nicht vorhatte, lange zu bleiben. Es sind diese altmodischen Türen, nehme ich an, die nicht von selbst schließen, und es könnte ihm jemand gefolgt sein. Oder was halten Sie von der Theorie, daß alle Mitglieder des Balaclava Clubs gemeinsame Sache gegen ihn gemacht haben, als er sich anschickte, über das 15. Federmesser zu referieren, und ihn umgebracht haben, damit er endlich den Mund hielt?«

»Das klingt schon wahrscheinlicher«, knurrte Ottermole. »Meine Güte, was die Leute nicht alles machen, um die Zeit totzuschlagen! In Ordnung, Professor, dann werde ich Edmund mal zu Hause abliefern und heimfahren und einen Bissen zu mir nehmen. Wir essen normalerweise immer früh, so daß die Kinder noch ein bißchen Räuber und Gendarm mit mir spielen können, bevor sie ins Bett müssen. Sie erreichen mich also entweder zu Hause oder melden sich auf dem Revier, und die übermitteln mir dann die Nachricht.«

»Alles klar. Sie hören von mir.«

Während Ottermole friedlich davonfuhr, ging Shandy in die Richtung, aus der der Lärm kam. Wie er erwartet hatte, stieß er bald auf eine vor Wut kochende Menge unzufriedener Studenten. Einige trugen hastig hergestellte Plakate, die sie an Tomatenstöcken befestigt hatten. Er tippte einer besonders stimmgewaltigen Studentin auf die Schulter.

»Nur zu Ihrer Information, junge Dame, aber Mistkerl wird nicht mit Eszett geschrieben.«

»Ach, hallo, Professor Shandy. Vielen Dank für die Aufklärung«, erwiderte sie höflich. »Wissen Sie vielleicht irgendein Wort, das sich auf Claude reimt? Ich habe inzwischen genug davon, immer ›Dirty Bertie‹ zu brüllen.«

»Das kann ich verstehen.« Er rieb sich das Kinn. »Marod? Idiot?« Plötzlich mußte er an Edmund denken und fügte noch hinzu: »Doppelpfot?«

»Klingt alles nicht besonders überzeugend.«

»Tut mir leid. Die Atmosphäre hier ist auch nicht besonders befruchtend für poetische Ergüsse. Wie ist es denn eigentlich überhaupt zu diesem Tumult gekommen?«

Sie zuckte mit den Schultern. »Einfach so, glaube ich. Dieser alte Mann, der immer diese fürchterlichen Reden hält, ist vor etwa einer halben Stunde aufgekreuzt und hat angefangen, überall Plakate aufzuhängen, auf denen etwas von Bertram G. Claude und freiem Unternehmertum stand. Ein paar von uns waren ganz schön sauer, und dann stellte sich so eine Art Schneeballeffekt ein. Freies Unternehmertum!« Sie fuchtelte wütend mit ihrem Schild in der Luft herum. »Sie wissen ja, was er damit meint. Die Reichen können machen, was sie wollen, und wir anderen können ruhig alle zur Hölle fahren.«

Trotz ihrer durchaus verständlichen Wut fing die junge Frau an zu kichern. »Der alte Schwachkopf hat sogar seine Freundin mitgebracht.«

»Freundin?« Shandys Augen verengten sich. »Doch nicht zufällig eine kleine blonde Person mit etwas vorstehenden blauen Augen?«

»Trägt einen knallroten Mantel und einen blauweißen Schal und erregt überall ein Riesenaufsehen. Kennen Sie sie?«

»Ich bin ihr schon mal begegnet.«

Das war, als sie die Silokampagne angezettelt und eine Elefantenfalle gegraben hatte, in die Thorkjeld Svenson hineingestürzt war. Ruth Smuth mochte vielleicht ein Mangel an Prinzipien auszeichnen, aber dafür verfügte sie über einen Überschuß an Bosheit. Shandy bezweifelte sehr ernsthaft, daß Sill sie hergebracht hatte. Es war viel wahrscheinlicher, daß Mrs. Smuth den alten Dummkopf hergeschleppt hatte, um ihr dabei zu helfen, ihre Show durchzuziehen. Ihr Ziel konnte nur darin bestehen, Svenson in einen Konflikt mit den Studenten zu stürzen, um ihn daran zu erinnern, daß sie ihn in der Hand hatte. Oder dachte, das sei so.

Ihre Annahme entsprach leider zur Zeit auch durchaus der Wahrheit. Wie aber konnte man Svenson vor ihr retten?

Die junge Studentin zupfte an seinem Mantelärmel. »Professor Shandy, mir ist gerade etwas eingefallen. Sie haben nicht vielleicht zufällig einen Textmarker bei sich?«

»Ich habe hier nur einen Stift, mit dem ich immer die Pflanzenstöckchen markiere.«

Shandy holte den Stift heraus und gab ihn der Studentin, die ihr Plakat umdrehte und auf die Rückseite »Stutzt Claudes Klauen« kritzelte.

»Vielen Dank, Professor. Na, wie finden Sie das?«

»Sehr schön. Und diesmal stimmt sogar die Orthographie. Machen Sie weiter so, und Ihre Mühe wird belohnt werden.«

Es wäre zwecklos gewesen, ihr zu erklären, daß man eher Ruth Smuths Klauen hätte stutzen sollen. Wenn sie Claudes Wahlkampf nicht in die Hand genommen hätte, hätte er nicht einmal seinen Fuß auf den Campus setzen können. Auch so riskierte er einiges, wenn er hier versuchte, seine Rede zu halten. Aber wenn er ausgepfiffen werden sollte, drohte Svenson noch bedeutend Schlimmeres von Ruth Smuth.

Gütiger Himmel! Das Chaos war bereits ausgebrochen. Shandy traute seinen Augen nicht, als er die kleine Karawane von Fernseh- und Zeitungsreportern in ihren Wagen näherkommen sah. Und der junge Mann auf dem Motorrad, der sich durch die Menge schlängelte, während die Kameramänner aus den Wagenfenstern heraus schon fleißig filmten, konnte niemand anderer als Cronkite Swope vom *All-Woechentlichen Gemeinde- und Sprengel-Anzeyger* für Balaclava sein.

Es handelte sich hier bestimmt nicht um eine spontane Aktion, sondern vielmehr um einen sorgfältig geplanten Auftritt. Wie sonst hätten die ganzen Reporter derart schnell von dieser Veranstaltung erfahren sollen? Die Studentin hatte ihm erzählt, daß Sill und Smuth erst vor etwa einer halben Stunde eingetroffen waren. Es hätte normalerweise eine ganze Weile gedauert, bis die Studenten herausgefunden hätten, was die beiden vorhatten, bis der allgemeine Unmut seinen Siedepunkt erreicht hätte, die Studenten Plakate und Stöcke gesucht und die Protestaktion organisiert hätten.

Sill hatte seinen Notruf an Ottermole auch erst vor etwa zehn Minuten gestartet, doch er und seine saubere Freundin mußten die Presse wenigstens vor einer Stunde informiert haben. Das hätten sie sicher nicht getan, wenn sie sich nicht von vornherein sicher gewesen wären, daß es zu einer Demonstration kommen würde, über die es sich auch zu berichten lohnte.

Die zeitliche Koordinierung war einfach perfekt: spät genug für die meisten Studenten, denn der Unterricht war vorbei, aber noch hell genug, um bei Tageslicht zu fotografieren, und geradezu ideal, um in den Sechsuhrnachrichten darüber zu berichten. Wer hatte die Lawine ausgelöst, und wie? Shandy sah sich nach der jungen Frau um, die Claude die Klauen stutzen wollte, aber die Menge schien sie verschluckt zu haben.

Sie waren also alle hereingelegt worden, und das galt sogar für Sill. Shandy konnte den ehemaligen Kongreßabgeordneten jetzt sehen, wie er, so schnell es seine Würde und sein Körperumfang zuließen, in Richtung Kameras hastete, ganz darauf ausgerichtet, so lange, wie man ihn ließ, wie ein Wasserfall über alles zu reden, was man von ihm hören wollte. Das Schlimme war, daß viele der Zuhörer wahrscheinlich nicht einmal merken würden, daß sie es mit einem hirnverbrannten Idioten zu tun hatten. Shandy griff sich einen anderen Studenten, diesmal einen seiner eigenen, ein höheres Semester, der zufällig auch noch ein Vetter von Ottermoles Kollegen Dorkin war.

»Wer hat diese Riesenparty eigentlich gestartet?« brüllte er dem jungen Dorkin ins Ohr.

»Weiß ich auch nich', Professor.«

»Woher haben Sie denn davon Wind bekommen?«

»Mir hat jemand erzählt, daß Claude herkommen würde, um eine Rede zu halten, und das hat mir nicht gepaßt, also bin ich mit den anderen hergetrabt. Sagen Sie jetzt bloß nicht, Sie sind auf Claudes Seite!«

»Unsinn. Ich versuche nur herauszufinden, wer diese Farce hier angezettelt hat. Wir sind nach Strich und Faden reingelegt worden, falls Sie das noch nicht bemerkt haben sollten.«

Dorkin hielt sein Plakat tiefer und stieß dabei an das Ohr seines Nebenmannes. »Was meinen Sie mit hereingelegt?«

»Haben Sie nicht bemerkt, was sich drüben am Verwaltungsgebäude abspielt?«

»Kann ich vor lauter Schildern nicht sehen. Bück dich mal, Fred.«

Der Mann, dem er zuvor einen Schlag gegen den Kopf versetzt hatte, kam zu Shandys Verwunderung der Bitte sofort nach, und Dorkin kletterte auf seine Schultern, um einen besseren Blick auf die Geschehnisse werfen zu können.

»He, wir sind ja im Fernsehen!«

»Genau. Außerdem hat der Kongreßabgeordnete Sill die Kameras völlig in Beschlag genommen. Wahrscheinlich schwingt er gerade eine Rede darüber, wie die Studenten von Balaclava die Redefreiheit eines Kandidaten, der ihnen nicht paßt, zu untergraben versuchen. Sehen Sie vielleicht zufällig eine kleine blonde Frau, die einen blauweißen Schal und einen roten Mantel trägt?«

»Ja, steht direkt hinter Sill.«

»Sie steht auch voll hinter Bertie Claude. Sie behauptet, seine Wahlkampfleiterin zu sein.«

»Aber das ist doch Mrs. Smuth!« Dorkin fiel vor Erstaunen fast von Freds Schultern. »Meine Mutter hat mit ihr bei der Silokampagne zusammengearbeitet. Und ich mußte wegen ihr auf dem

Fahrrad herumkurven und Flugblätter verteilen. Aber sie kann doch nicht gleichzeitig für das College und für Claude sein, oder?«

»Sehr gute Frage. Und jetzt versuchen Sie mal, ob Sie ein paar Demonstranten ausmachen können, die Sie noch nie zuvor gesehen haben.«

»Klar. He, Fred, macht es dir was aus, dich mal ganz langsam ein bißchen zu drehen?«

Es machte Fred zwar etwas aus, doch er drehte sich trotzdem. Nachdem er sich ganz um seine eigene Achse bewegt hatte, sprang Dorkin von ihm herunter.

»Das wär's, Fred. Professor Shandy, ich weiß zwar nicht, was hier vorgeht, aber ich habe mindestens 20 Personen entdeckt, die ich hier noch nie im Leben gesehen habe. Sie stehen alle direkt vorne vor den Kameras und ziehen eine Riesenshow ab, brüllen und beschimpfen Sill und erwecken den Eindruck, als seien wir die letzten Schläger. Na dann mal los, Fred, denen zeigen wir's!«

»Lassen Sie sich von denen bloß nicht zu Handgreiflichkeiten provozieren«, warnte Shandy. »Es sind an die 20 Berufsdemonstranten, wenn ich mich nicht sehr täusche, und die können sehr viel Schaden anrichten. Am besten, Sie schlagen sie mit ihren eigenen Waffen und ziehen eine noch bessere Show ab. Rollen Sie sich die Hosenbeine hoch, binden Sie sich Tücher über die Nasen, spielen Sie Bockspringen, machen Sie irgendeinen Unsinn, der Ihnen gerade in den Sinn kommt, aber lenken Sie auf jeden Fall die Kameras von ihnen ab. Rufen Sie ein paar Freunde zusammen, und sagen Sie ihnen Bescheid. Umzingeln Sie die Unruhestifter und treiben sie wieder so unauffällig wie möglich in die Menge zurück. Und unter keinen Umständen irgendwelche Handgreiflichkeiten dulden. Tun Sie einfach so, als wäre das Ganze ein Riesenspaß.«

»In Ordnung, Professor.«

Dorkin und der athletische Fred rannten hin und her, begannen, weitere Studenten zu aktivieren, und arbeiteten sich immer weiter vor bis zum Kern der Demonstration. Shandy fuhr mit seiner Missionsarbeit fort. Keiner der Studenten, die er ansprach, konnte ihm sagen, wer den Tumult angefangen hatte, also klärte er sie persönlich auf.

»Ihr seid dazu gebracht worden, eine Kundgebung zu organisieren, damit ihr jetzt wie ein Haufen Bauerntrampel und Rowdys dasteht und Claude alle Sympathien sichert. Seine Leute haben ihre eigene Kampftruppe mitgebracht und die Presse schon eingeschaltet, als das ganze Durcheinander hier überhaupt noch nicht angefangen hatte. Sicher interessiert es euch auch, daß der Kongreßabgeordnete Sill einen Notruf an die Polizei durchgegeben hat, aber Gott sei Dank war Fred Ottermole klug genug, ihm nicht zu glauben.«

»Sill ist schrill«, begann jemand zu rufen, doch Shandy gelang es, ihn wieder zu beruhigen.

»Sie haben jedes Recht, Ihre Meinung kundzutun, doch übertreiben Sie es um Gottes willen nicht. Claude will einen Skandal, also beglücken wir ihn statt dessen mit einer Halloween-Party. Machen wir ihn lächerlich und vereiteln damit seine Pläne.«

»Okay, Professor! Kommt schon, Kinder, spielen wir die Clowns! Der liebe Bertie hat 'ne Farm, iah-iah-oink. Und auf der Farm da lebt ein Sill –«

»Und ein Oink Oink hier, und ein Oink Oink da!«

Sie lachten, sangen, machten Luftsprünge, bemalten sich gegenseitig die Gesichter mit Lippenstift, tauschten Kleidungsstücke aus und improvisierten lustige Verkleidungen. Zwei junge Genies organisierten schnell einen Melkeimer und ein paar Äpfel und liefen vor die Kameras.

»Mr. Sill, möchten Sie nach Äpfeln tauchen? Na los, keine Angst vorm Wasser. Nach all dem Reden sind Sie bestimmt sowieso durstig.«

Sill wollte nicht nach Äpfeln tauchen. Als der Kameramann dankbar sein Objektiv auf die charmant lächelnden Studentinnen richtete, mußte sich der Politiker schließlich geschlagen geben und schaute sich verärgert nach Mrs. Smuth um. Doch sie hatte die Tribüne bereits verlassen und war auf dem Weg zu Präsident Svensons Büro, die Lippen zusammengepreßt wie ein Terrorist, der herausfindet, daß man ihm einen Blindgänger als Bombe angedreht hat. Sill stand einen Augenblick schnaufend und keuchend da und versuchte dann, sich aus dem Staub zu machen.

»He, Sie wollen doch wohl nicht schon gehen?« schrie Dorkin, der gemeinsam mit einigen anderen hastig angeworbenen Akrobaten Kopfstand und Handstand vorführte, wobei sie die importierten Schlägertypen mit einem Meer von wogenden Stiefeln verdeckten. »Mr. Sill, warten Sie doch! Was ist denn mit den Typen, die Sie mitgebracht haben? Sie wollen die doch wohl nicht mutterseelenallein hier stehenlassen?«

»Welche Typen?« verlangte ein hartnäckiger Reporter zu wissen, der immer noch versuchte, sich auf das ganze Chaos einen Reim zu machen.

»Diese Bande hier. Die mit den Stirnbändern.«

»Sind das denn keine Balaclava-Studenten?«

»Natürlich nicht! Haben Sie das nicht an ihrem Benehmen gemerkt? Keiner von uns kennt sie. Die sind einfach hier aufgekreuzt, haben sich danebenbenommen und Claude beschimpft, also haben wir aus Spaß auch mitgemacht.«

»Das ist doch eine vermaledeite Lüge«, rief ein Stirnbandträger euphemistisch. »Wir sind auch Studenten.«

»Aber nicht hier in Balaclava«, sagte Dorkin. »Zeigt uns doch mal euren Mensaausweis!«

»Wer zum Teufel hat schon so ein Ding bei sich!«

Dies löste eine allgemeine Heiterkeit aus, und überall wurden Mensaausweise geschwenkt.

Da Mrs. Mouzoukas Küche sehr beliebt war, würde kein vernünftiger Student jemals das Risiko eingehen, möglicherweise abgewiesen zu werden.

»Haltet mal alle die Klappe!« brüllte Dorkin. »Gebt den armen Kerlen wenigstens eine Chance. Okay, dann laßt uns eure Schwielen sehen.«

»Was wollen Sie sehen?« stieß eine junge Reporterin hervor.

»Die Schwielen.« Dorkin zeigte ihr die Hornhaut auf seinen Händen. »Die kriegen wir hier alle von der Feldarbeit. Na kommt schon, Jungs, streckt mal eure Hände aus.«

»Verpiß dich!« Der Demonstrant, der ihm am nächsten stand, spuckte in seine Richtung und bohrte die Fäuste in seine Taschen.

Dorkin drehte sich wieder zu den Kameras und zuckte mit den Schultern. »Das kriegt man auch noch zum Dank zu hören. Ich wollte den Jungens doch bloß einen Gefallen tun. Es muß ja ganz schön weit sein bis dahin, wo sie hergekommen sind. Wenn die keine eigenen Wagen haben, werden der Kongreßabgeordnete Sill und Mrs. Smuth sicher so nett sein und sie dahin zurückbringen, wo sie sie aufgelesen haben, und damit ist der Fall erledigt.«

»Einen Moment noch«, sagte der älteste und besonnenste der auswärtigen Reporter. »Wollen Sie damit etwa sagen, daß es sich hier nicht um eine echte Balaclava-Demonstration gegen Bertram G. Claude handelt?«
»Genau das. Diese Gruppe hier hat die ganze Demonstration angeführt. Wir Balaclava-Studenten feiern bloß eine Fête, weil bald Halloween ist. Haben Sie vielleicht Lust, ein bißchen nach Äpfeln zu tauchen?«
»Nein, vielen Dank, im Moment nicht. Diese Schilder und Slogans sind also gar nicht ernst gemeint?«
»Das hängt ganz davon ab, was Sie als ernst bezeichnen. Wir wissen doch sowieso, daß Claude hier in Balaclava County nicht mehr als viereinhalb Stimmen bekommt, inklusive seiner eigenen Stimme. Sein bisheriges Abstimmungsverhalten im Parlament bringt ihn um jede Chance, nicht irgendwelche schreienden Leute, die irgendwelche Plakate schwenken. Als diese Typen hier aufgetaucht sind und auf die Pauke gehauen haben, haben wir uns gedacht, wir könnten genausogut mitmachen und Claude zeigen, daß wir seine Scheißpolitik nicht schlucken, auch wenn wir auf ein Kuh-College gehen.«
»Dann haben Sie im Grunde nichts dagegen, daß der Kongreßabgeordnete Claude hier auf dem Campus spricht?«
»Warum sollten wir das? Wir lieben politische Reden. Nehmen Sie doch bloß mal den Kongreßabgeordneten Sill als Beispiel. Dem könnten wir stundenlang zuhören.«
»Was wir auch schon oft gemacht haben«, flötete eine der jungen Apfelträgerinnen. »Hätten Sie gern ein Äpfelchen, bevor Sie gehen, Mr. Sill?«
Dem Kongreßabgeordneten Sill stand offenbar nicht der Sinn nach Äpfeln. Zum ersten Mal in seinem Leben machte er nicht einmal den Versuch, einen weiteren Kommentar abzugeben. Er wollte sich lediglich zurückziehen, und das tat er auch. Die Demonstration war vorbei.

Kapitel 13

»Verflixt!« sagte Shandy.
»Was ist denn?« fragte der junge Dorkin. »Habe ich irgend etwas falsch gemacht?«
»Ganz im Gegenteil. Sie werden eines Tages sicher einen fabelhaften Landwirtschaftsminister abgeben, junger Mann. Dieser – eh – kleine Ausfall meinerseits ist lediglich darauf zurückzuführen, daß ich mich daran erinnert habe, daß ich eigentlich Sill selbst ein paar Fragen stellen wollte. Aber vielleicht war es sowieso nicht der geeignete Zeitpunkt. Haben Sie Mrs. Smuth gesehen?«
»Sie ist in die Richtung da verschwunden.« Dorkin wies mit dem Kopf in die Richtung von Svensons Büro. »Fragen Sie mich bloß nicht, was sie da will. Aber können Sie mir vielleicht erklären, Professor, wieso diese Frau jetzt für Claude statt für Peters arbeitet?«
»Ich kann es mir auch nicht erklären«, antwortete Shandy ausweichend. »Man könnte daraus höchstens den Schluß ziehen, daß sie gerne in Komitees arbeitet. Claude hat davon eine Menge, und Peters kein einziges.«
»Sam Peters hat so einiges nicht, was Flirty Bertie hat«, meinte das zweite Apfelmädchen naserümpfend. »Mögen Sie einen Apfel, Professor Shandy?«
»Hat Eva nicht etwas Ähnliches zu Adam gesagt?« Shandy nahm den Apfel trotzdem an. »Vielen Dank, Miss – eh – Peters, nicht wahr?«
»Genau. Sam Peters ist mein Onkel, und darauf bin ich stolz. Professor Shandy, stimmt es wirklich, daß Präsident Svenson diesen Vollidiot Bertie auf dem Campus reden lassen will?«
»Soweit ich weiß, ist die Frage noch nicht geklärt. Warum fragen Sie ihn nicht selbst?«

»Weil ich keine Lust habe, daß man mich in der Luft zerreißt und dann auf beiden Hälften herumtrampelt. Das kommt sicher noch aus der Zeit, als mein Bruder all meine Ausschneidepuppen zerrissen hat, bloß weil ich die Seiten in seinen Playboy-Heften zusammengeklebt habe. Männer sind Bestien. Mit Ausnahme von Onkel Sam natürlich. Er ist ein richtiger Schatz, und ich wäre stinksauer, wenn dieser ekelhafte Bertie auch nur ein Eckchen von seiner Mehrheit anknabbern würde. Glauben Sie, wir könnten Mrs. Mouzouka dazu kriegen, uns eine Riesenladung Torte zu backen, die wir ihm an den Kopf werfen können, falls er wirklich die Frechheit hat, hier aufzukreuzen?«

»Mrs. Mouzouka hält nicht sehr viel davon, gutes Essen derart leichtfertig zu verschwenden, und ich muß sagen, daß ich ihre Meinung durchaus teile, und das sollten Sie auch. Außerdem ist ein Pappteller mit Rasierschaum mindestens genauso wirkungsvoll. Nicht etwa, daß ich etwas so Unsubtiles vorschlagen möchte, Sie wissen schon, wie ich das meine.«

»Gott bewahre!« meinte die Begleiterin von Miss Peters. »Aber ich möchte wirklich wissen, warum Präsident Svenson sich überhaupt nicht gezeigt hat. Wenn wir sonst demonstrieren, ist er immer mitten drin und schreit am lautesten von allen.«

»Man kann nur vermuten, daß er mit Wichtigerem beschäftigt war«, sagte Shandy. »Ich denke, ich gehe zu ihm und teile ihm mit, daß der – eh – Tumult und das Geschrei aufgehört haben, wenn Sie das beruhigt.«

»Sie sind ein mutiger Mann, Professor Shandy«, sagte Miss Peters. »Und wir bringen jetzt am besten den Eimer wieder in die Molkerei zurück, Angela. Bestellen Sie dem Präsidenten, er soll aber auch ganz sicher für Onkel Sam stimmen.«

»Ich glaube nicht, daß man ihn dazu drängen muß.«

Mit diesen Worten begab sich Shandy auf den Weg in die Richtung, die man Mrs. Smuth zuletzt hatte einschlagen sehen. Warum hatte Svenson während des ganzen Tohuwabohu nicht einmal seinen Kopf aus dem Fenster gesteckt? War es etwa möglich, daß er sich vor dieser Frau tatsächlich fürchtete? Nein, das konnte unmöglich der Fall sein. Svenson fürchtete sich nur davor, seiner Frau Sieglinde zu mißfallen, und selbst dieses Risiko war er in der Vergangenheit bereits eingegangen, wenn es die Situation erfordert hatte. Aber er machte sich bestimmt große Sorgen darüber, daß Ruth Smuth dem College ernstlich schaden konnte, und wenn die gerade aufgelöste Demonstration tatsächlich ein Beispiel für ihre Fähigkeiten war, hatte er dazu auch verdammt viel Grund. Die ganze Sache war ein Schlag unter die Gürtellinie gewesen, sie zählte zu den gemeinen Tricks, die manche Leute als professionelle Politik bezeichneten, wenn sie in Wahrheit professionelles Rowdytum meinten. Echte Politiker waren Leute wie Sam Peters, die von ihrer Aufgabe überzeugt waren, ihren Wählern die Wahrheit darüber erzählten, was sie zu tun beabsichtigten, dies dann auch nach besten Kräften durchzusetzen versuchten und sich nicht schämten, zu ihren Taten zu stehen, weil es nichts gab, für das sie sich schämen mußten.

Was allerdings Dorkins Frage betraf, warum sich Ruth Smuth in die Angelegenheiten des Colleges einmischte, konnte sich auch Shandy keinen Reim darauf machen. Sill dagegen war relativ einfach zu durchschauen. Es war ganz natürlich, daß er wütend auf Sam Peters war, aus dem einfachen Grunde, weil er ein Verlierer und Sam ein Gewinner war. Sam hatte den Sitz in der Legislative bekommen, den Sill nach nur einer Legislaturperiode verloren hatte, in der er zum Mißfallen seiner Wähler unter Beweis gestellt hatte, daß er nicht einmal einen Ochsen von einer Kuh unterscheiden konnte. Sam war danach jedesmal wiedergewählt worden, denn er hatte sich in die Arbeit gekniet und seine Aufgabe gut gemacht. Er war jetzt im Kongreß in Washington und hatte sich seinen Aufstieg auch hart verdient.

Auf einen Mann wie Sill machte dies natürlich keinen Eindruck. Er stand immer noch gern im Rampenlicht und hatte nichts dagegen, bei jeder Bewegung mitzumachen, die anspruchslos genug war, ihn in den Reihen zu dulden. Mrs. Smuth mußte doch gewußt haben, mit was für einem Menschen sie sich da einließ, immerhin lebte sie schon lange genug in Balaclava County. Sill hier anzuschleppen war schon Grund genug, einen Aufstand zu entfesseln, wenn man einmal ganz davon absah, daß er auch noch diese stirnbandgeschmückten Rowdys hergebracht hatte. Ob das ihre eigene Idee gewesen war, oder ob Claude sie dazu inspiriert hatte?

Was für eine Art Frau war diese Ruth Smuth überhaupt? Tüchtig war sie auf jeden Fall, das hatte sie bei der Beschaffung der Gelder für das Silo bewiesen. Alle waren sprachlos gewesen, wie schnell sie es geschafft hatte, das ganze Geld zu organisieren, und hatten über die wahren Goldgruben gestaunt, auf die man immer wieder stieß, beispielsweise als irgendeine Antiquitätenhändlerin auf einem Basar plötzlich rein zufällig jene echten Chippendale-Tische identifizierte und sie großzügig für den guten Zweck verkaufte, anstatt sie für sich auf die Seite zu schaffen, wie man es von einer echten Antiquitätenhändlerin eigentlich erwarten würde.

Shandy erinnerte sich wieder daran, wie seine Nachbarin Mirelle Feldster begeistert geseufzt hatte: »Als ob es so hätte sein sollen!« Vielleicht hatte Mirelle damals zum ersten und einzigen Mal in ihrem Leben wirklich den Nagel auf den Kopf getroffen. Möglicherweise hatte Ruth Smuth diese dramatischen Glücksfälle sogar persönlich eingefädelt. Hatte sie etwa schon damals ein ganz bestimmtes Ziel verfolgt?

Oder war sie lediglich das gewesen, was er damals in ihr vermutet hatte: eine clevere, energische Frau mit einem Selbstbewußtsein, das sich sehen lassen konnte, und zuviel Zeit? Hatte jemand damals diese Fähigkeiten für sich genutzt oder tat dies jetzt auch? War es vielleicht Bertram G. Claude persönlich, oder wurden die beiden von irgendeinem mächtigen Drahtzieher hinter einem gutgetarnten Vorhang manipuliert?

Mrs. Smuth und Claude konnten durchaus auch ein Liebespaar sein, dachte Shandy. Man war sich zwar vage bewußt, daß irgendwo im Hintergrund ein Mr. Smuth existierte, aber das war heutzutage kaum noch ein Hindernis und war es wahrscheinlich nie gewesen. Nach allem, woran sich Shandy aus den Tagen während der Silokampagne erinnern konnte, hatte Mr. Smuth weder auffällige Grübchen noch gewelltes kastanienbraunes Haar oder blendendweiße Zähne. Er konnte sich nicht einmal erinnern, ob Smuth überhaupt Zähne gehabt hatte. Wenn er ganz ehrlich war, würde er den Mann nicht einmal erkennen, wenn er jetzt auf ihn zukäme und ihn beißen würde, wodurch sich allerdings die Gebißfrage erübrigen würde.

Wie zum Teufel war er denn bloß jetzt auf das potentielle Gebiß von Ruth Smuths Ehemann gekommen? Und warum ging er so zielbewußt auf Thorkjeld Svensons Tür zu?

Was wollte er Svenson denn sagen? Er kam sich vor wie ein besonders schwächlicher David mit schwerem Nesselausschlag und einer kaputten Schleuder, aber er klopfte trotzdem an die Tür und steckte den Kopf ins Zimmer.

»Arrgh«, knurrte Thorkjeld Svenson.

»Eh – ganz richtig«, erwiderte Shandy. »Wissen Sie schon, daß draußen eine Anti-Claude-Demonstration stattgefunden hat?«
»Urrgh!«
»Ich dachte, es würde Sie interessieren, wie sie zu Ende gegangen ist. Erfolgreich, würde ich sagen, wenn man alles gegeneinander abwägt. Möchten Sie hören, was passiert ist?«
»Nein.«
»Ich vermute, Mrs. Smuth war hier bei Ihnen?«
Thorkjeld Svenson griff sich ein Bostoner Telefonbuch, das zufällig in der Nähe lag. Es gibt einen besonderen Trick, mit dem es ganz leicht aussieht, wenn jemand ein dickes Telefonbuch in zwei Teile reißt. Svenson hatte keinerlei Trick nötig, er riß einfach nur. Dann riß er die Hälften in Viertel und die Viertel in Achtel. Das so entstandene Konfetti warf er in Richtung Papierkorb und brüllte: »Hinsetzen!«
Shandy setzte sich.
»Haben Sie sich schon was ausgedacht?«
»Es sind bereits wichtige Schritte unternommen worden«, log Shandy.
»Vorwärts oder rückwärts?«
»Das kann man noch nicht so genau sagen«, gestand Shandy kleinlaut. »Hat Mrs. Smuth Ihnen schon mitgeteilt, daß sie gemeinsam mit Sill den Aufruhr selbst inszeniert hat?«
»Ungh?« Svensons Miene erhellte sich nicht gerade, aber einem geschulten Auge blieb nicht verborgen, daß die düstere Wolke, die über seinen Zügen lag, sekundenlang verschwand. »Wie?«
»Die beiden hatten vorher schon die Presse informiert und eine Bande Berufsdemonstranten mitgebracht, um den Tumult richtig aufzuheizen, bevor die Reporter eintrafen. Sill war heute morgen in Boston, so daß wir annehmen können, daß er diese Rowdys von dort mitgebracht hat.«
»Und?«
»Einer Ihrer Studenten aus den höheren Semestern, den ich hiermit für ein ›Sehr gut‹ und das Croix de Guerre vorschlagen möchte, hat den Mädels und Jungs von der Presse diese interessante Tatsache unterbreitet.«
Shandy berichtete ausführlich über das geradezu meisterhafte Geschick, mit dem Dorkin und seine Kohorten die Situation entschärft hatten. »Als der junge Lancelot Sill das Maul stopfte, sah

ich zufällig, wie sich Mrs. Smuth mit blutrünstigem Blick auf den Weg zu Ihrem Büro machte, also beschloß ich, kurz vorbeizuschauen. Sie kann eigentlich nur sehr mutig oder völlig schwachsinnig sein. Ich wollte, ich wüßte, welches von beiden stimmt.«

Svenson griff nach einem weiteren Telefonbuch, rollte es kurz zusammen, wrang es mit einer kurzen Drehung seiner Mammutpranken in zwei Hälften und warf die traurigen Reste dem ersten Telefonbuch hinterher.

»Schwachsinnig«, sagte er, »absolut schwachsinnig.«

Kapitel 14

»So, jetzt weißt du alles, meine Perle des Orients. Fällt dir irgend etwas Kluges dazu ein?«

»Im Moment noch nicht, aber ich werde darüber nachdenken«, sagte Peters Ehefrau und nahm seinen Teller, von dem er alles verputzt hatte. »Könnte ich dich vielleicht noch für ein winziges Stückchen Apfelkuchen begeistern?«

»Am besten versuchst du es gleich mit einem Riesenstück. Und Käse, wenn wir noch welchen haben. Die zusätzlichen Proteine helfen mir vielleicht, die langen Nachtwachen durchzustehen.«

»Welche langen Nachtwachen denn? Du hast doch nicht etwa vor, aufzubleiben und zu grübeln?«

»Nein. Ich habe vor, Ottermole abzuholen, nachdem er mit seinen lieben Kinderchen Räuber und Gendarm gespielt hat, und mit ihm zum Museum zu fahren und nach Blutspuren zu suchen.«

»Wie hübsch. Macht er das wirklich?«

»Nach Blutspuren suchen? Ab und zu, wenn sich gerade dazu eine Gelegenheit bietet. Das gehört zu seinem Job.«

»Ich meine doch, ob er wirklich Räuber und Gendarm mit seinen Kindern spielt. Es klingt so nett und väterlich, dabei läuft er immer mit so einem düsteren Gesicht herum und macht ständig den Reißverschluß seiner Lederjacke auf und zu und sieht so richtig einschüchternd aus. Wie viele Kinder hat er denn?«

»Bestimmt Dutzende. Merkwürdig, ich habe ihn noch nie gefragt. Ist die genaue Anzahl der Ottermoleschen Nachkommen zentral für das anliegende Problem?«

»Wer weiß? Das Zentralste, was mir so einfällt, ist die Frage, was wohl mit den Akten von Professor Ungley passiert ist.«

»Man hört, daß du eine echte Bibliothekarin bist. Doch welch merkwürdige Pfade haben uns von den Räubern und Gendarmen wieder zu Ungleys verschwundenen Akten geführt?«

»Der Professor ist schließlich auch unter die Räuber gefallen, und man hat ihm die Akten geklaut, du Dummerchen. Eine Frau, sollte man fast annehmen. Männer wären nicht intelligent genug gewesen, an die Plastikbeutel zu denken.«

»Im Oktober schon. Männer – einige Männer, die nicht viel Ahnung haben, heißt das natürlich – haben die wahnsinnig dumme Angewohnheit, Laub in Müllbeutel zu harken und sie zur Müllhalde zu bringen, statt sie zu kompostieren. Oktober ist der Monat der abgefallenen Blätter, also wird jeder Mensch mit kriminellen Neigungen ganz spontan daran denken, irgend etwas in Plastikbeutel zu füllen.«

»Wo wir gerade beim Thema sind«, warf Helen ein, »wie steht es denn eigentlich mit unserem eigenen Garten?«

»Wie soll ich denn das verstehen?«

»Er muß geharkt werden.«

»Warum haben Frauen bloß dieses perverse Talent, einem Mann aufzulauern und ihn mit einem völlig irrelevanten Problem zu konfrontieren, wenn er seine ganzen Kräfte für wichtigere Themen benötigt?«

»Weil Männer dieses perverse Talent haben, sich ständig diesen besagten Problemen mit der trügerischen Argumentation zu entziehen, daß ein wenig Hausarbeit weniger wichtig ist, als mit Fred Ottermole Räuber und Gendarm zu spielen. Rechnet ihr beiden etwa ernsthaft damit, dort auf dem Boden Blutspuren zu finden?«

»Nicht wir beide. Wir rechnen damit, daß Frank Joad sie findet, wenn es sie überhaupt gibt.«

»Du hast mir nicht erzählt, daß Professor Joad auch zu den Anwesenden zählen wird. Er ist ein wirklich netter Mensch. Er hat mich noch kein Mal gebeten, irgendeine Statistik über irgend etwas herauszusuchen. Wenn so viele Leute eingeladen sind, warum kann ich dann nicht mitkommen?«

»Es spricht vermutlich nichts dagegen. Wo wir schon einmal dabei sind, könnten wir dann auch gleich Mrs. Ottermole und Mrs. Joad einladen.«

»Nun wirst du ekelhaft und zynisch. Ich bin sicher, daß es sowieso tödlich langweilig sein wird. Während du auf dem Boden herumkriechst und Splitter ins Knie bekommst, werde ich wutschnaubend zu Mary Enderble davonstürzen und ihr die Kuchenteller zurückbringen, die sie damals bei Iduna Stott vergessen hat, als wir die Party für Grace Porble gefeiert haben.«

»Wahrscheinlich ist das vernünftig, sieh aber bitte davon ab, mir näher zu erklären, warum. Was ist eigentlich mit dem Kuchen passiert, den du vor einiger Zeit netterweise erwähnt hast?«
»Ich hole ihn. Du bleibst am besten hier sitzen und meditierst über gewichtige Probleme. Etwa darüber, was passieren könnte, wenn man zuviel Apfelkuchen und Käse zu sich nimmt.«

Trotzdem bedachte sie ihn mit einer Riesenportion, die er nachdenklich bis zum letzten Krümel verzehrte. Helen hatte verdammt recht, was die Akten betraf. Ohne diesen sorgfältig ausgeführten Diebstahl in Ungleys Wohnung hätte man seinen Tod sicherlich entweder als Unfall abgetan oder als das Ergebnis eines Überfalls, der mit seinem Bankbesuch zusammenhing. Und ohne Betsy Lomax hätte man den Diebstahl überhaupt nicht entdeckt.

Und doch hätte jeder, der Mrs. Lomax gut kannte, und dazu zählten nicht nur ihre unzähligen Familienangehörigen und Bekannten, sondern auch Fakultätsmitglieder wie Shandy selbst, für den sie seit vielen Jahren tätig war, wissen müssen, daß es ein großer Fehler war anzunehmen, daß Mrs. Lomax etwas nicht bemerken würde. Daher war der Dieb entweder jemand, der Mrs. Lomax nicht sehr gut kannte, oder jemand, der unverfroren genug war zu glauben, daß es ihm gelingen würde, direkt vor der besten Spürnase in Balaclava County einen Einbruch durchzuführen, ohne entdeckt zu werden. Vielleicht war es jemand, der anmaßend genug war, Thorkjeld Svenson in seiner eigenen Löwenhöhle aufzusuchen. Kurz gesagt, jemand wie Ruth Smuth.

Shandy aß das letzte Stück Kuchen, gab seiner Frau einen Kuß, zog sich eine andere Hose an, telefonierte mit Ottermole und ging über den Crescent, um Frank Joad abzuholen, der jetzt in dem Haus wohnte, in dem einst die Cadwalls gelebt hatten. Die Joads waren nette Leute, allesamt begeisterte Naturwissenschaftler. Die kleine Tochter züchtete Luzernen in der Küche und hielt sich in ihrem Schlafzimmer einen kleinen Ameisenstaat. Die beiden Söhne fabrizierten Raketen im Keller. Mrs. Joad unterrichtete an verschiedenen Schulen in der näheren Umgebung. Als Shandy ankam, hatte sich einer der Jungen passenderweise das Knie aufgeschlagen, und sein Vater nutzte diese glänzende Gelegenheit, um zu demonstrieren, wie man nachweisen konnte, daß sein Sprößling echtes menschliches Blut absonderte.

»Alles klar, Frank? Ich habe Ottermole gesagt, wir wären gleich da. Er kann uns mit Ungleys Schlüsseln in das Gebäude

lassen. Er erwähnte, daß der Kongreßabgeordnete Sill darauf bestanden habe, während der Untersuchung anwesend zu sein, aber Ottermole hat ihm mitgeteilt, das ginge nicht.«
»Man sollte doch meinen, Sill hätte für einen Tag genug im Rampenlicht gestanden«, bemerkte Joad. »Haben Sie ihn zufällig heute abend in den Nachrichten gesehen?«
»Leider habe ich ihn sogar höchstpersönlich gesehen. Ich war nämlich gerade auf dem Campus, als er seine Rede hielt.«
»Hat er wirklich diese angebliche Schlägertruppe von Boston hergebracht, um die Unruhen in Gang zu bringen?«
»Von wegen angeblich. Ich weiß nicht, ob es Sill oder jemand anderes war, der sie geholt hat, aber es waren ganz bestimmt keine Balaclava-Studenten. Sie wollten uns nicht verraten, woher sie kamen, aber wo es auch ist, jedenfalls sind sie jetzt wieder dort. Und da sollen sie um Gottes willen auch bleiben.«
»Und ich bin aus New York weggezogen, weil ich auf dem Lande Ruhe und Frieden finden wollte. Dann wollen wir uns mal um das Blut auf dem Boden kümmern. Kleb dir ein Pflaster aufs Knie, Ted, damit keine Bazillen reinkommen.«
Joad stopfte sich ein paar Flaschen und Reagenzgläser in die Tasche und erklärte, jetzt könne es losgehen. Sie spazierten zusammen zum Clubhaus, wo sie auf Fred Ottermole trafen, der bereits auf dem Boden herumkroch und jeden Spalt und jede Ritze mit einer riesigen Lupe genau untersuchte.
»Hallo, Sherlock Holmes!« war Shandys erste Reaktion. »Mein Gott, was für ein Dreckstall!« war seine zweite.
»Oh, ich dachte, Sie würden das Haus kennen«, sagte Joad. »Ich selbst war noch nie hier, vor allem deswegen nicht, weil ich das Gebäude überhaupt nicht bemerkt habe. Warum haben die Leute denn keine ordentlichen Sachen ausgestellt?«
»Warum sollten sie das? Das Museum ist doch der Öffentlichkeit nie zugänglich gemacht worden«, erklärte Shandy ihm. »Das hatten sie zwar immer vor, aber bisher hat es nie geklappt. Haben Sie schon irgend etwas Interessantes gefunden, Ottermole?«
»Vielleicht.« Der Polizeichef zeigte auf einen relativ großen Fleck auf etwas, das möglicherweise einmal ein orientalischer Läufer gewesen war. »Was halten Sie davon?«
Joad vollführte einige Tricks mit seinen Phiolen und Tinkturen und verkündete dann sein Urteil. »Das scheint mir die Stelle zu sein, an der jemand mal eine Kaffeekanne umgestoßen hat. Etwa

1937, grob geschätzt. Hier hält man offenbar nicht viel auf Sauberkeit, oder?«

»Vielleicht halten sie Staub und Spinnweben für die Aura des Altertümlichen.«

Shandy rieb sich das Kinn und unterzog seine Umgebung einer genaueren Betrachtung. Wenn er nicht gewußt hätte, daß es sich hier um einen exklusiven Clubraum handelte, hätte er angenommen, er befände sich auf dem Speicher eines alten Hausierers, der seit einer Ewigkeit nicht ausgemistet worden war.

Er sah einen altmodischen Hutständer, den man in seine Einzelteile zerlegen konnte, oben auf einem Regal unmittelbar neben einigen verblichenen Wachsblumen unter einer gesprungenen kleinen Glaskuppel, verrostete Bügeleisen und Lockenscheren, stockfleckige Bücher, deren Rücken sich allmählich in Wohlgefallen auflösten und deren Einbände zerrissen waren, einen Puppenwagen aus Korbgeflecht, in dem eine augenlose Porzellanpuppe, deren Hände und Füße aus Ziegenleder von den Mäusen abgeknabbert worden waren, schlummerte.

Es gab einen Handpflug, der zum größten Teil bereits vom Rost zerfressen war, diverse Töpfe und Kessel ohne Böden, einen Kerzenständer aus Zinn, auf den offenbar irgendwann einmal ein schwerer Gegenstand gefallen war. Soweit Shandy sehen konnte, existierte in dem gesamten Gebäude auch nicht ein verflixter Gegenstand, der funktionstüchtig oder kostbar war oder auch nur einen zweiten Blick wert gewesen wäre. Worauf zum Henker hatte sich die Balaclava Society derartig viel eingebildet, wenn sie ihre schlechtbesuchten Versammlungen in einem solchen Dreckloch abhielt?

Vielleicht hatten sie potentielle Mitglieder nur deshalb derartig brutal abgeblockt, weil sie sich dafür geschämt hatten, daß sie in all den Jahren so wenig erreicht hatten. Aber warum hatten sie nicht mehr zustandegebracht? An Geld hatte es dieser erlesenen Gesellschaft bestimmt nicht gemangelt: der Bankier, der Rechtsanwalt, Twerks mit seinem Riesenerbe und mit nichts, für das er es ausgeben konnte außer für Alkohol und Schottenteppiche, Lutt, der Seifenfabrikant, Ungley mit seinem erstaunlichen Drachenhort, der in Pommells Bank auf Eis lag. Und dann gab es auch noch Sill mit seinen angeblich hervorragenden Beziehungen; warum war auch er nicht in der Lage gewesen, irgendwo ein paar wenigstens halbwegs akzeptable Ausstellungsstücke auszuleihen?

Warum kam Mrs. Pommell nicht mit ihrer Haushälterin her und staubte ein wenig ab, wenn sich die Männer schon nicht darum kümmerten? Sie machte doch in allen anderen Vereinen, in denen sie Mitglied war, immer soviel Wind. Wie hatte sie es ausgehalten, hier jahrelang herzukommen und zwischen diesem Müll zu sitzen, ohne auch nur das Durcheinander auf den Regalen ein wenig in Ordnung zu bringen?

Und doch stand hier der Stuhl, auf dem sie gesessen hatte. Jedenfalls waren sechs Stühle ordentlich vor dem Tisch aufgereiht, hinter dem Ungley gestanden haben mußte, als er seinen Vortrag gehalten hatte. Seine Federmesser lagen noch da, nach wie vor fein ordentlich in einem Halbkreis ausgebreitet. Ungley war doch immer so pingelig gewesen, warum hatte er nicht wenigstens gelegentlich mitangefaßt oder Mrs. Lomax bezahlt, damit sie kam und saubermachte?

Shandys Gedanken wanderten zurück zu der deprimierenden, sterilen Erdgeschoßwohnung, wo allem Anschein nach bis zum gestrigen Abend außer Ungleys Lehnsessel nichts jemals seine Position verändert hatte. Was würde Alonzo Bulfinch mit seiner neuen Wohnung anfangen? Es wäre vielleicht gar keine schlechte Idee, einmal kurz dort vorbeizuschauen, nachdem sie hier alles erledigt hatten, und herauszufinden, ob Bulfinch unter den Habseligkeiten seines Onkels irgend etwas Interessantes gefunden hatte. Shandy hatte die dumpfe Ahnung, daß sie hier im Clubhaus nicht fündig werden würden, und er sollte recht behalten. Nach einer geschlagenen Stunde gaben Ottermole und Joad schließlich auf.

»Ich fürchte, das war's«, seufzte Joad. »Wenn sie nicht vorher eine Plane ausgebreitet haben, bevor sie ihn erschlagen haben, würde ich fast sagen, der Mann ist woanders umgebracht worden. Sie haben die Fundstelle bereits nach Blutspuren abgesucht, nehme ich an?«

»Meine Jungs und ich waren ungefähr den ganzen Morgen draußen«, teilte ihm Ottermole mit. »Es war ganz schön anstrengend mit all dem schleimigen Unkraut, das da überall wächst. Wir könnten allerdings auch noch einen Rasenmäher holen und das Unkraut abschneiden, so daß Sie alles im College-Labor untersuchen können.«

»Von mir aus gern«, sagte Joad. »Ich könnte die Pflanzen meinen Erstsemestern als Laboraufgabe geben. Wo sie schon einmal dabei sind, können sie dann außer nach Blut gleich auch nach anderen Spuren fahnden. Zum Beispiel nach Spuren von Umweltverschmutzung. Laß mich wachsen im Feld, an der Straße Rand, und lehr mich den Menschen verachten.«

»Ich habe da eine Idee«, sagte Ottermole, um zu zeigen, daß sein Verstand auf Hochtouren arbeitete, »ich könnte doch jeweils einen Abschnitt mähen und das abgeschnittene Gras in genau markierte Plastiksäcke füllen. Ich meine die großen Plastikbeutel, die man im Herbst immer für das Laub braucht.«

Shandy biß sich auf die Unterlippe. Er war nahe daran, seiner Überzeugung, was das Abfüllen von Herbstlaub in irgend etwas, besonders aber Plastiksäcke, betraf, lautstark Ausdruck zu verleihen, doch dann besann er sich eines Besseren. Ottermole hatte schon einen ziemlich harten Tag hinter sich. Er selbst übrigens ebenfalls. Und er mußte auch noch die Klausuren zu Ende korrigieren. Und er wollte noch bei Bulfinch vorbeisehen. Und wie zum Donnerwetter schaffte er es überhaupt immer wieder, in ein solches Chaos hineinzugeraten?

»Sehr gute Idee«, sagte er schließlich. »Also, Ottermole, ich nehme an, Sie würden jetzt gern nach Hause fahren und Ihr Abzeichen ein wenig ablegen. Wir können uns dann ja morgen treffen. Kommen Sie, Joad, wir sollten uns allmählich auch heimwärts bewegen.«

Er hatte beschlossen, den Besuch bei Bulfinch zu verschieben, aber Bulfinch ließ sich nicht verschieben. Als er mit Joad die Seitenstraße einschlug, die am Haus von Mrs. Lomax vorbeiführte, trafen sie natürlich ausgerechnet auf den neuen Wachmann höchstpersönlich. Er hastete gerade die Stufen des Lomaxschen Hauses hinunter wie ein Mann mit einer ganz besonderen Mission. Wie sich herausstellte, war dieser Eindruck richtig.

»N'Abend, Professor. Ich hatte nicht erwartet, Sie so schnell wiederzusehen. Clarence hat mich gerade angerufen und mich gefragt, ob ich heute früher auf dem Campus sein könnte. Purvis Minks Frau hat Gallensteine, und die machen ihr heute wieder besonders zu schaffen, also mußte Purve nach Hause, bevor seine Schicht zu Ende war.«

»Tut mir leid«, antwortete Shandy. »Haben Sie sich schon ein bißchen eingelebt?«

»Klar, war überhaupt kein Problem. Betsy hat mir ein paar Pflanzen gebracht, damit die Wohnung ein bißchen gemütlicher aussieht, und Edmund hat mich auch schon besucht. Meine Güte, dieser Kater ist ja eine richtige Persönlichkeit! Heute nachmittag ist er auf Wanderschaft gegangen und wegen Herumstreunens festgenommen worden. Fred Ottermole hat ihn mit dem Streifenwagen nach Hause gebracht. Diese Stadt ist wirklich völlig anders als Detroit, das können Sie mir glauben! Aber mir gefällt es, daß hier jeder jeden kennt.«

Er warf Shandys Begleiter einen höflich-fragenden Blick zu.

»Darf ich Sie mit Professor Joad vom Chemischen Institut bekanntmachen«, erklärte Shandy, »und das ist Alonzo Bulfinch, unser neuer Wachmann. Er ist Ungleys Neffe. Joad und ich waren unten bei der Balaclava Society und haben nach Blutspuren gesucht, Bulfinch. Wir haben aber leider nichts gefunden, was wir eigentlich auch erwartet hatten, aber versuchen mußten wir es natürlich trotzdem.«

»Nett von Ihnen, sich darum zu kümmern. Es tut mir wirklich leid, daß mein Onkel Ihnen so viel Arbeit macht. Ich weiß gar nicht so recht, was ich von der ganzen Angelegenheit halten soll. Ich wünschte, ich hätte ihn vor seinem Tod kennengelernt, aber was Betsy so erzählt – ach, Betsy ist wirklich eine bemerkenswerte Frau! Sie hat mich zum Abendessen eingeladen. Das beste Essen, das ich seit dem Tod meiner Frau zu mir genommen habe. Und dann haben wir uns zusammen vor den Fernseher gesetzt und die Nachrichten gesehen, und dann – nun ja, jedenfalls hat Betsy gesagt, mein Onkel sei überhaupt nicht gesellig gewesen. Vielleicht hätte er mich nicht einmal gemocht.«

Bulfinchs Stimme klang bei dieser Bemerkung etwas überrascht, was Shandy gut nachvollziehen konnte. Dieser quirlige, liebenswürdige kleine Kerl hatte bestimmt nur selten Probleme mit anderen Menschen. Mrs. Lomax hatte also ihren neuen Mieter zum Essen eingeladen. Das würde Helen sicher interessant finden. Shandy selbst übrigens auch, obwohl er annahm, die Einladung hatte etwas mit der Tatsache zu tun, daß Bulfinch ein Freund von Silvester Lomax war. Und vielleicht wollte Betsy auch beweisen, daß sie jederzeit ein ebenso leckeres Essen kochen konnte wie Maude.

Aber all diese Überlegungen konnten Peter nicht davor bewahren, daß er immer noch seine Klausuren zu korrigieren hatte. Als er sich schließlich von Joad und Bulfinch verabschiedet hatte und sich seiner lange aufgeschobenen Arbeit widmen konnte, war es bereits reichlich spät. Alles in allem, ging es ihm durch den Kopf, als er sich endlich neben seiner sanft schlummernden Gattin ins Bett kuschelte, war es ein ganz schön anstrengender Tag gewesen.

Er hatte seinen Schlaf zwar bitter nötig, konnte aber leider nur sehr wenig davon genießen. Er hatte gerade angefangen, in einem angenehmen Traum den großen, graugrünen, trägen Limpopo in einem Heckraddampfer zu befahren, um nach dem perfekten Alligatorpaar zu suchen, und Krokodilstränen zu vergießen, weil er keine geeigneten Exemplare finden konnte, als er unsanft geschüttelt und gerüttelt wurde.

»Hart Steuerbord«, murmelte er. »Sie paaren sich zwei Grad achtern vom Banyanbaum.«

»Peter, wach doch um Gottes willen auf!«

»Was? Oh, du bist's, Helen. Komm her zu mir, meine kleine Alligatorin.«

»Nun hör schon auf, du alter Lustmolch. Thorkjeld sitzt wieder in der Patsche.«

»Hier?«

»Nein, aber er hat gerade angerufen. Er will, daß du sofort im Wachgebäude auftauchst.«

»Er muß völlig übergeschnappt sein.«

Trotzdem setzte sich Shandy auf und fing an, im Eiltempo die Kleidungsstücke wieder anzuziehen, die er erst vor kurzem abgelegt hatte. »Wie spät ist es eigentlich?«

»Halb drei. Irgendeine Frau ist ermordet worden. Einer der Wachmänner hat die Leiche gerade auf dem Campus gefunden.«

»Wer ist die Frau? Hat er irgend etwas Näheres gesagt?«

»Nein, du kennst doch Thorkjeld. Er macht nur merkwürdige Geräusche. Es klang so etwa wie Ruth Smuth, aber das ist ja wohl lächerlich. Wer würde schon Ruth Smuth heißen!«

Shandy stieß einen tiefen Seufzer aus. »Jetzt vielleicht nicht mehr, aber heute nachmittag gab es noch jemanden mit dem Namen. Ruth Smuth ist die Frau, die den ganzen Schlamassel angezettelt hat. Ich frage mich nur, wer beschlossen hat, ihrem Treiben ein Ende zu setzen. Kannst du mir vielleicht zufällig sagen, wo mein anderer Schuh ist?«

Kapitel 15

Ruth Smuth würde ganz sicher keinem Komitee mehr vorstehen. Der blauweiße Schal, den sie vor den Kameras so stolz getragen hatte, befand sich zwar immer noch an ihrem Hals, hatte sich allerdings tief ins Fleisch gefressen und war sorgfältig verknotet, so daß er nicht aufgehen konnte. Jemand hatte offenbar völlig sichergehen wollen, daß sie auch wirklich starb.

»Genauso habe ich sie hier gefunden.« Alonzo Bulfinch klang inzwischen nicht mehr besonders munter. »Angefaßt habe ich überhaupt nichts, ich habe nur mit dem Walkie-talkie Bescheid gesagt und gewartet, bis mein Kollege kam.«

»Das war auch genau das Richtige«, sagte Clarence Lomax, obwohl keiner auch nur angedeutet hatte, daß dies nicht der Fall gewesen war. »Wo ihr jetzt schon mal hier seid, Leute, kann ich ja ruhig wieder ins Büro gehen und Silvester helfen.«

Niemand versuchte, ihn aufzuhalten. Alle waren viel zu sehr mit dem beschäftigt, was vor ihnen auf dem Boden lag. Shandy schüttelte den Kopf.

»Wenn man sie hier so liegen sieht, könnte man fast annehmen, daß Harry Goulson sie umgebracht hat.«

Während der letzten Monate hatte er es mit einer erstaunlichen Anzahl von Leichen zu tun gehabt, aber Ruth Smuths war die ordentlichste, die er je zu Gesicht bekommen hatte. Wenn man einmal von ihrem schrecklich angeschwollenen Gesicht und der herausgestreckten Zunge absah, hätte man beinahe annehmen können, sie würde sich nur auf dem Weg zu einem ihrer Komiteetreffen kurz ausruhen. Ihr roter Mantel war über den Knien glatt gestrichen und immer noch sorgfältig zugeknöpft. Soweit Shandy bei dem ziemlich hellen Licht der Stablampe, die Bulfinch in der Hand hielt, sehen konnte, hatte sie nicht einmal eine Laufmasche im Strumpf.

Die weißen Handschuhe, die sie bei der Demonstration getragen hatte, befanden sich noch an ihren Händen, und sie waren immer noch verhältnismäßig sauber. Auch ihr Haar war noch tadellos in Ordnung. Nach Diebstahl oder Vergewaltigung sah dieser Fall nicht aus. Mehr schon nach einem sauberen professionellen Mord, und Shandy hatte das schreckliche Gefühl, daß er damit den Nagel genau auf den Kopf traf.

Oder vielleicht doch nicht? Als er auf die Leiche herunterblickte, drängte sich ihm ungewollt ein anderes Bild auf, nämlich wie Thorkjeld Svenson das dicke Telefonbuch mit bloßen Händen zusammengedreht und in zwei Stücke gerissen hatte. Quod erat absurdum. Thorkjeld Svenson würde niemals eine Frau erwürgen. Er würde überhaupt niemanden erwürgen. Schon gar nicht von hinten. Schon gar nicht kaltblütig, und der Schal war immerhin höchst ordentlich verknotet. Svenson hätte sich die Mühe mit dem Schal erst gar nicht gemacht, und der Knoten paßte erst recht nicht zu ihm. Er war vielmehr ein Kämpfer, der mit bloßen Händen angriff.

Aber einmal angenommen, der Präsident sei Ruth Smuth zufällig begegnet, als sie hier über den Campus ging, wo sie überhaupt nichts zu suchen hatte, schon gar nicht um diese Zeit. Vielleicht hatte er sie angebrüllt, was ziemlich typisch für ihn wäre. Angenommen, sie hätte es mit der Angst zu tun bekommen, wozu sie auch verdammt gute Gründe gehabt hätte. Angenommen, sie hätte sich auf dem Absatz umgedreht und wäre davongerannt und Svenson hätte sie am Schal zu packen bekommen und festgehalten. Angenommen, Peter Shandy hörte jetzt endlich mit seinen Verdächtigungen auf. Svenson hätte sie nie so ordentlich hingelegt, wenn er sie im Affekt erwürgt hätte. Er war kein sehr ordentlicher Mann, was ihm von Sieglinde bereits häufig vorgeworfen worden war.

Ordentlichkeit. Immer wieder tauchte dieses Merkmal auf. Shandy dachte an Ungley, der so ordentlich an der Egge gelegen und den Hut noch in der Hand gehalten hatte, und an die Wohnung des alten Herrn, die so sorgfältig durchsucht worden war. Es gab keinen spezifischen Grund anzunehmen, daß Ungleys Tod irgend etwas mit Mrs. Smuth zu tun hatte. Außer vielleicht, daß es in Balaclava Junction nicht üblich war, daß innerhalb einer derartig kurzen Zeitspanne und derart nahe beieinander zwei Menschen ermordet aufgefunden wurden.

Und es gab auch eine Art Beziehung zwischen ihnen, wenn man die Sache genauer betrachtete. Leider nicht nur eine. Zuerst war da der Abgeordnete Sill. Er hatte mit beiden in Verbindung gestanden, bevor sie starben, wenn auch in ganz unterschiedlicher Weise. Das war die gute Gemeinsamkeit. Die schlechte war das College. Ungley war ein Fakultätsmitglied gewesen, er hatte immer noch in der Mensa seine Mahlzeiten eingenommen und seine mehr als großzügige Rente bezogen, was Svenson so erregt hatte. Ruth Smuth hatte auf dem Campus eine Menge Zeit verbracht, als sie das Geld für das Silo organisiert hatte, und sie war während der letzten zwei Tage hier gewesen, um das zu bekommen, was sie als den Lohn für ihre damalige Mühe ansah. Und sie hatte immerhin sehr viel verlangt. Und Svenson war mehr als wütend auf sie gewesen.

Zum Teufel damit. Wie stand es denn eigentlich mit Alonzo Bulfinch? Ungley war bei seinen Mitmenschen nicht sehr beliebt gewesen, nicht einmal bei seinen Genossen von der Balaclava Society, und doch war er unbehelligt herumgestolpert, bis sein lang vermißter Neffe hier in der Stadt aufgekreuzt war. Ruth Smuth hatte Svenson gegen sich aufgebracht und zweifellos auch viele andere, denn sie war nun einmal dieser Typ Frau, doch keiner hatte ihr auch nur ein Haar gekrümmt, bis Bulfinch Wachmann auf dem Campusgelände geworden war, das sie als ihr Jagdrevier auserwählt hatte.

Hatte es irgend etwas zu bedeuten, daß Bulfinch am letzten Abend früher zu arbeiten begonnen hatte? Er hatte wohl kaum die Gallenkolik von Purvis Minks Frau inszenieren können, es sei denn, daß Mrs. Mink durch einen unglaublichen Zufall vor vielen Jahren seine große Liebe gewesen war und sie den Plan gemeinsam ausgeheckt hatten. Und was wäre, nur einmal rein theoretisch, wenn Bulfinch aus irgendeinem Grund gelogen hatte, als er behauptete, nicht zu wissen, daß sein alter Onkel in derselben kleinen Ortschaft lebte wie sein alter Kriegskamerad? Daß er im Testament seines erstaunlich reichen Onkels großzügig bedacht worden war? Ottermole hatte Bulfinch ins Gesicht gesagt, daß er ihn für einen Lügner hielt, und Ottermole hatte schließlich inzwischen bewiesen, daß er nicht der totale Schwachkopf war, für den Shandy ihn immer gehalten hatte.

Also gut, einmal angenommen, Alonzo hatte es geschafft, sich von Silvester Lomax einladen zu lassen, und dabei einzig und allein das Ziel vor Augen gehabt, nach Balaclava Junction zu kommen und den Gänserich aus der Welt zu schaffen, der ihm ein dickes goldenes Ei legen sollte. Bulfinch war ein intelligenter Mann, er reagierte schnell, er war – da hatte er's, na also! – von Natur aus sehr ordentlich. Seine Reaktion auf Mary Ellens unerwartete Unglücksnachricht hatte es bewiesen. Er hatte sich rasiert, gekämmt und angezogen, seine Taschen gepackt, sein Bett neu bezogen und war gestern nachmittag ungefähr innerhalb von fünf Minuten aus dem Gästezimmer von Silvester Lomax verschwunden. Er hatte es mit großem Geschick geschafft, Ottermole zu besänftigen und die Erlaubnis zu bekommen, in die Wohnung seines verstorbenen Onkels zu ziehen.

Vielleicht war es für jemanden, der so effizient und einfallsreich war, sogar möglich, Ungley zu töten und ungeschoren davonzukommen. Auf dem Campus gab es genügend Fahrräder. Angenommen, Bulfinch hatte sich eins unter den Nagel gerissen, war wie der Teufel den Hügel heruntergeradelt, hatte seinen Onkel erschlagen und war wieder zum Campus gerast, gerade rechtzeitig, um den Schlüssel in die nächste Stechuhr auf seiner Runde zu stecken.

Das hätte aber bedeutet, daß er genau gewußt hatte, wo Ungley sich zu dem betreffenden Zeitpunkt befand, doch ein Mann, der bei Evelyn Lomax wohnte, hatte sicher keine Schwierigkeiten, alles herauszufinden, was mit Betsy Lomax' Haus in Zusammenhang stand. Wenn man bedachte, wie zurückgezogen der alte Herr gelebt hatte, hätte Evelyn Bulfinch so ganz nebenbei das wenige mitteilen können, was er über die Gewohnheiten Ungleys zu wissen brauchte. Und die hatte bestimmt inzwischen längst vergessen, daß sie überhaupt darüber gesprochen hatte.

Wenn Evelyn ihn so einfach schlafend im Haus zurückließ und sich auf ihre Teeparty begab, konnte man daraus sicher schließen, daß Bulfinch sozusagen zur Familie gehörte und sich durchaus um seine eigenen Angelegenheiten kümmern konnte, seit er den Job am College angenommen hatte. Wenn er allein zu Hause gewesen war, hätte er auch durchaus Ungley anrufen können, um mit ihm nach dem Vortrag ein heimliches Treffen hinter dem Museum zu arrangieren.

So verrückt es auch klang, aber Bulfinch hätte einem verkalkten alten Trottel wie Ungley, der theatralische Gesten genug liebte, um mit einem Stock mit bleigefülltem Knauf herumzustolzieren, ein solches Treffen durchaus plausibel erscheinen lassen können. Da er selbst für die Unterhaltung des Abends verantwortlich war, hätte Ungley sehr wohl seinen Vortrag genau so lange ausdehnen können, daß er zum abgemachten Zeitpunkt draußen gewesen wäre, wo Bulfinch dann über ihn hergefallen wäre, um ihn zu töten.

Das würde vielleicht auch erklären, warum die Blutspuren an der Eggenspitze derart spärlich ausfielen. Vielleicht hatte Bulfinch bei seinem ersten Ausflug nicht genügend Zeit gehabt, einen richtigen Unfall in Szene zu setzen, und lediglich seinem Onkel eins über den Kopf gegeben und ihn einfach dort liegen lassen. Später war er dann in seiner Abendpause oder wie immer man es nennen sollte, wieder zurückgekehrt und hatte den Rest erledigt.

Diesmal hätte er genügend Zeit gehabt. Die Wachleute machten sicherlich nicht zur selben Zeit Pause, damit nicht zwei Männer gleichzeitig fehlten. Er hätte also Gelegenheit gehabt, den Stock sorgfältig abzuwischen und Blut auf die Eggenspitze zu schmieren. Viel Blut gab es zu dem Zeitpunkt sicher nicht mehr, denn inzwischen würde es geronnen sein. Er hatte seinen Onkel gegen die Egge gelehnt, hatte in Ungleys Taschen nach den Schlüsseln und vielleicht auch nach den 500 Dollar gesucht, die Pommell soviel Kopfzerbrechen bereiteten, und sich dann davongemacht, um Ungleys Wohnung zu durchsuchen.

Das würde auch erklären, warum die Akten gestohlen worden waren. Bulfinch konnte unmöglich riskieren, sämtliche Ordner in der Wohnung durchzusehen. Seine Pause dauerte schließlich nicht ewig. Er mußte außerdem auch noch Ungleys Schlüssel loswerden, daher war er möglicherweise zum Clubhaus zurückgekehrt, wo er wahrscheinlich auch das Fahrrad abgestellt hatte. Die Schlüssel in das Gebäude zu bringen, statt sie zurück in die Tasche des alten Herrn zu stecken, war zwar zeitaufwendiger und bedeutete ein größeres Risiko, würde aber die Polizei zu der Theorie verleiten, daß Ungley sich selbst ausgeschlossen hatte und Opfer eines Unfalls geworden war, als er versuchte, wieder in das Gebäude zu gelangen, wie dann auch alle, mit Ausnahme von Betsy Lomax, recht bereitwillig geglaubt hatten.

Vielleicht war das Risiko auch gar nicht so groß gewesen. In diesem verfallenen Gebäude ein Fenster aufzubrechen war sicher nicht allzu schwer. Warum zum Teufel hatten die Clubmitglieder mit ihrem Vermögen und ihren Ambitionen es nicht fertiggebracht, ein paar Dollar in die Reinigung und Instandsetzung des Hauses zu investieren?

Aber das spielte im Moment keine Rolle. Angenommen, Bulfinch hatte die Akten seines Onkels in die Müllbeutel aus Plastik gestopft, genau wie Mrs. Lomax es vermutet hatte. Auf die Art und Weise ließen sie sich leicht transportieren, oben zusammengebunden und über Bulfinchs Schulter geschwungen, während er die Abkürzung zurück zum Clubhaus nahm, dann auf dem Gepäckträger des Fahrrads, als er zum College zurückfuhr. Was genau er in den Papieren zu finden hoffte, war reine Spekulation. Vielleicht Hinweise darauf, daß die Clubmitglieder ihm irgendein Erbstück seines Onkels vor der Nase wegschnappen konnten, wenn er ihnen nicht zuvorkam? Privatbriefe, die er benutzen konnte, um zu beweisen, daß er der rechtmäßige Erbe war, oder die enthüllt hätten, daß er es nicht war?

Wer auch immer das Risiko eingegangen war, Ungleys Wohnung zu durchsuchen und die Akten fortzuschaffen, mußte sich viel davon versprochen haben, große Angst gehabt haben oder ein ausgesprochener Hohlkopf sein, und Shandy hielt Alonzo Persifer Bulfinch keineswegs für dumm.

Sicher war es sinnvoll, die Säcke auf dem Campus zu verstecken. Bulfinch hätte sie wohl kaum in Silvesters Haus schmuggeln können, ohne daß der Kollege, der ihn mitnahm, es bemerkt hätte, und sich dann auch noch eine plausible Geschichte ausdenken können, die einen erfahrenen Wachmann täuschen konnte. Und wo hätte er seine Beute vor der Familie verstecken sollen? Evelyn war eine gründliche Frau, die bestimmt auch unter den Betten putzte und der auch die entlegensten Zimmerecken nicht entgingen. Bulfinch hatte selbst gesagt, daß der Campus die einzige Gegend war, die er hier wirklich gut kannte.

Also angenommen, daß Bulfinch die Säcke an einem passenden Ort auf dem Gelände versteckt hatte. Vielleicht hatte er seine frühe Ankunft genutzt, denn er war ja bereits dort gewesen, bevor die Uhren für die Nachtschicht umgestellt worden waren, und hatte die Akten herausgeholt, sich hingesetzt und sich in aller Ruhe mit ihrem Inhalt beschäftigt. Und wenn Ruth Smuth plötzlich aus irgendeinem Grund hereingeplatzt war und ihn überrascht hatte? Er mußte sie einfach erkannt haben, denn er hatte schließlich mit Betsy Lomax die Nachrichten gesehen.

Mrs. Smuth war bestimmt auf dem einen oder anderen Bild zu sehen gewesen, und seine Gastgeberin hatte sie ihm sicher gezeigt.

Selbst wenn er sie nicht erkannt hatte, mußte er zumindest gewußt haben, daß sie ihm nur Probleme bescheren würde. Wenn ihn jemand mit Ungleys Akten gesehen hatte, reichte dies bereits aus, um ihn als Mörder seines Onkels zu verraten, vor allem, wenn man bedachte, wieviel Geld ihm dessen Tod einbrachte. Wenn er getötet hatte, um die Papiere und alles, was damit in Zusammenhang stand, zu bekommen, könnte er dann nicht auch genausogut einen weiteren Mord begehen, um das zu behalten, was sich bereits in seinem Besitz befand?

Shandy unterbrach seinen Gedankenfluß. Er stellte in der letzten Zeit verflucht viele Hypothesen auf. Warum versuchte er es nicht einmal zur Abwechslung mit Fakten?

»Wie haben Sie denn die Leiche gefunden, Bulfinch?« fragte er.

»Ich habe sie einfach dort liegen sehen. Der rote Mantel hat im Schein meiner Laterne geleuchtet. Zuerst habe ich gedacht, es wäre Laub, aber dann fiel mir auf, daß es das nicht sein konnte, also bin ich näher herangegangen und habe genauer hingeguckt. Natürlich habe ich sofort erkannt, was passiert war. Ich habe ja schließlich Augen im Kopf. Es war schrecklich, das können Sie mir glauben. Sie war sicher eine attraktive Frau.«

»Erkennen Sie sie nicht?«

»Professor, ich würde sagen, selbst ihre Mutter hätte unter diesen Umständen verteufelte Schwierigkeiten, sie zu erkennen. Sollte ich sie denn kennen?«

»Sie haben sie doch sicher in den Abendnachrichten gesehen.«

»Sie meinen, sie hatte etwas zu tun mit dieser verrückten Halloween-Party oder was immer das sein sollte? Danach sieht sie aber irgendwie gar nicht aus. Ich würde sie eher für eine Schulschwester oder eine Hausmutter oder so etwas halten. Was zum Teufel hat sie denn so spät hier auf dem Campus gemacht? Wissen Sie denn, wer sie ist, Professor?«

»Ruth Smuth. Sagt Ihnen der Name irgend etwas?«

»Ja natürlich, jetzt erkenne ich den Mantel wieder. Betsy hat sie mir sogar gezeigt, als wir die Nachrichten gesehen haben. Sie hat mir erzählt, daß sie die Frau war, die vor ein paar Jahren eine Sammelaktion für das College geleitet und das ganze Geld für das

Silo aufgetrieben hat. Meine Güte, das ist ja noch schlimmer, als ich gedacht habe. Dann war sie ja eine richtig gute Bekannte und Wohltäterin.«

»Urrgh«, sagte Thorkjeld Svenson. Shandy wurde es noch mulmiger zumute. Er wollte gerade fragen, ob schon jemand nach dem Arzt geschickt und die Polizei verständigt hatte, als Melchett und Ottermole vereint auf sie zustürzten.

»Wo ist die Leiche?« fragte Melchett unwirsch. »Warum um alles in der Welt könnt ihr euch mit euren Leichen nicht ein bißchen mehr Zeit lassen? Zwei Morde innerhalb von 24 Stunden ist verdammt viel für meinen Geschmack.«

Präsident Svenson starrte den Arzt an. »Wieso unsere Leichen?«

Melchett zuckte zusammen. »Es tut mir leid, Präsident Svenson, ich habe nur gemeint – Professor Ungley –«

»Emeritus. Heißt pensioniert. Ist im Ort passiert.«

»Eh – da haben Sie recht. Wirft ein anderes Licht auf – und dies hier – mein Gott! Ist das vielleicht Mrs. Smuth?«

»Derselbe Mantel.«

»Stimmt«, warf Ottermole ein. »Ich habe sie in den Nachrichten damit gesehen. Ich habe mich sowieso schon gefragt, was sie denn bei dieser verrückten Demonstration zu suchen hatte.«

»Wir auch«, sagte Shandy, bevor Svenson explodieren konnte. »Wir hoffen, daß der Abgeordnete Sill etwas mehr Licht in die ganze Angelegenheit bringt. Wenn er es schafft, lange genug den Mund zu halten, um sich unsere Fragen anzuhören«, fügte er hinzu, denn inzwischen fühlte er sich alles andere als friedlich. »Ottermole, haben Sie vielleicht zufällig irgend etwas, das man auf den Boden legen kann, so daß Doktor Melchett näher an die Leiche herankommt, ohne daß irgendwelche Spuren und Hinweise zerstört werden?«

»Sicher.« Ottermole schlenderte gemächlich zu seinem Streifenwagen und kam mit einem kleinen Pappkarton in der Hand zurück. »Müllbeutel aus Plastik«, erklärte er. »Man weiß nie, wann man sie brauchen kann.«

Er legte einen einigermaßen professionellen Plastikteppich in Richtung Leiche. Melchett balancierte vorsichtig über die rutschigen Säcke und kniete sich dann neben die Leiche, um die mysteriösen Rituale seines Berufes auszuführen. Die restlichen Anwesenden standen da, versuchten wegzusehen und fragten sich, ob alle anderen auch so ein flaues Gefühl im Magen hatten wie sie selbst.

»Hat man sie – Sie wissen doch, Doktor – angegriffen?« fragte Ottermole, als er die Spannung nicht länger aushielt.

»Ich kann keinerlei äußere Kennzeichen für eine Vergewaltigung oder irgendeine andere Gewaltanwendung feststellen, obwohl eine Autopsie natürlich andere Ergebnisse bringen kann. Soweit ich sehe, handelt es sich um eine sauber und effektiv von hinten ausgeführte Strangulierung. Offenbar hatte sie nicht einmal mehr Gelegenheit, mit ihrem Mörder zu kämpfen. Ihre Fingernägel sind noch intakt, und sie hatte ziemlich lange Fingernägel.«

»Haben Sie irgendeine Vorstellung, wie lange sie schon tot sein könnte?«

»Ich will mich nicht festlegen, aber ich würde sagen, etwa zwischen fünf und sieben Stunden. Viel länger kann es nicht her sein, und ich bin mir fast sicher, daß auf keinen Fall mehr Zeit verstrichen ist.«

»Interessant«, bemerkte Shandy. »Wir haben alle geglaubt, sie hätte den Campus gemeinsam mit den anderen – eh – Außenstehenden verlassen. Haben Sie das nicht auch angenommen, Präsident?«

»Hab' sie gesehen. Weggefahren. Zu schnell. Aus dem Parkverbot.« Svenson schwieg einen Moment grimmig und fügte dann hinzu: »Ehemann.«

»Was?« bellte Ottermole.

»Präsident Svenson will damit sagen, daß wir uns am besten gleich mit Mr. Smuth in Verbindung setzen und sehen, ob er uns weiterhelfen kann, was die einzelnen Schritte seiner Ehefrau betrifft«, übersetzte Shandy.

»Oh, natürlich. Sie mußte ja sicher nach Hause und sein Abendessen machen, nicht?« Ottermole nahm offenbar an, daß in den Familien aller anderen Bürger von Balaclava County derselbe Zustand von zufriedenem Atavismus herrschte wie in seinem eigenen Heim. »Er muß es sowieso erfahren. Ich nehme an, ich bringe es ihm am besten persönlich bei. Kann ich mal das Telefon in der Wachstube benutzen, Lonz?«

»Klar können Sie das«, sagte der Hauptverdächtige. »Silvester hat bestimmt nichts dagegen.«

»Ich dachte, Silvester ist nicht im Dienst?«

»Er ist zurückgekommen, um für Clarence einzuspringen. Wegen der Signalanzeige dürfen wir das Büro unter keinen Umständen unbesetzt lassen. Ich müßte übrigens jetzt auch allmählich meine Runde machen. Sie brauchen mich hier doch sicher nicht mehr, oder?«

Ottermole sah Shandy an, der als Antwort mit den Schultern zuckte, und schüttelte den Kopf. »Nur noch ein paar Minuten. Wie lange waren Sie heute schon im Dienst, Lonz?«

»Seit 23 Minuten vor neun.« Bulfinch wiederholte die Geschichte von Purvis Minks Frau und den Gallensteinen. »Das war also schon meine zweite Runde. Aber beim ersten Mal hat hier keine Leiche gelegen.«

»Sind Sie sich da ganz sicher?«

»Dafür werde ich schließlich bezahlt, Fred. Man hätte sie außerdem kaum übersehen können, finden Sie nicht?«

Womit er völlig recht hatte. Der Mörder hatte sich keine große Mühe gemacht, Mrs. Smuths Leiche zu verstecken, obwohl es sicher nicht schwierig gewesen wäre. Er hätte sie weiter ins Gebüsch ziehen, den roten Mantel entfernen und irgendwo verstecken und den Körper mit Laub oder Zweigen tarnen können. Es schien beinahe so, als ob er – oder sie, da auch eine relativ kräftige Frau leicht mit dieser zarten Person fertig geworden wäre – beabsichtigt hatte, daß die Leiche möglichst schnell gefunden wurde. Nein, nicht möglichst schnell. Sie mußte bereits eine ganze Weile tot gewesen sein, bevor man sie so ordentlich neben dem Weg plaziert hatte, es sei denn, Melchett hatte sich in der Tatzeit völlig verrechnet oder Alonzo Bulfinch log, und die Leiche hatte während seiner ersten Runde bereits dort gelegen.

»Können Sie uns sagen, wann genau Sie hier beim ersten Mal vorbeigekommen sind?« fragte er den Wachmann.

»Haargenau sechs Minuten vor elf. Sehen Sie, ich habe zuerst noch die letzte Runde von Purve beendet, bevor ich meine eigene angefangen habe. Dann hat Clarence beschlossen, daß ich am besten dieselbe Route nochmal nehme, aber er hat sie ein wenig abgeändert.«

»Nach den Angaben von Doktor Melchett muß Mrs. Smuth aber bereits lange vor elf tot gewesen sein«, erinnerte ihn Shandy.

»Ich habe nicht gesagt, daß sie nicht tot war. Ich habe nur gesagt, daß sie nicht hier gelegen hat. Was bedeutet«, erklärte Bulfinch auf seine ruhige Art, »daß sie woanders gewesen sein muß.«

»Aber warum sollte sie jemand woanders umbringen und dann hierher transportieren?« wollte Ottermole wissen. »Das ergibt doch überhaupt keinen Sinn.«

»Dann schon, wenn jemand die Frau im Affekt umgebracht hat und dann festgestellt hat, daß es nicht besonders günstig ist, mit einer Leiche geschnappt zu werden«, brauste Melchett auf. »Ich kann hier leider nichts mehr tun. Ich fahre jetzt zurück nach Hause und lege mich wieder ins Bett. Und sollte mich heute nacht noch jemand für irgend etwas wecken, so gnade ihm Gott. Höchstens eine Typhusepidemie kriegt mich jetzt noch aus dem Haus.«

Mit diesen Worten entschwand er in die Nacht. Seine Scheinwerfer leuchteten auf, und sein Wagen brauste davon.

»Übertreten der Höchstgeschwindigkeit«, bemerkte Ottermole. »Aber ich schreibe ihm besser keinen Strafzettel. Ich glaube, ich sollte jetzt erstmal bei Harry Goulson anrufen.«

»Nein«, sagte Thorkjeld Svenson, »Tageslicht.«

»Der Präsident hat recht«, pflichtete ihm Shandy bei. »Am besten lassen wir sie hier liegen, bis es hell genug ist, um die Umgebung genauer zu untersuchen. Diese Laternen sind oft sehr trügerisch, sie werfen überall Schatten, so daß man denkt, man hätte irgend etwas gesehen, was aber in Wirklichkeit gar nicht da war. Oder umgekehrt.«

»In Ordnung. Morgen früh suchen wir also nach Kaugummipapier und Zigarettenstummeln, die der Mörder möglicherweise weggeworfen hat. Und finden heraus, daß er Camel raucht und Juicy Fruit kaut. Was sollen wir denn in der Zwischenzeit machen?« erkundigte sich Ottermole unglücklich.

»Wir müssen leider solange warten. Warum lassen Sie nicht jemanden herkommen, um Sie hier zu vertreten, Ottermole? Sie müssen schließlich noch Mr. Smuth benachrichtigen, und das machen Sie am besten so schnell wie möglich. Ich könnte Sie begleiten, wenn Sie –«

»Gehen Sie!« befahl Svenson. Er blickte umher, suchte sich eine besonders starke Eiche aus und lehnte seinen massigen Körper dagegen. »Ich bleibe hier.«

»Und was ist mit mir?« fragte Bulfinch.

»Sie können ruhig Ihre Runde beenden«, sagte Shandy. »Eh – und halten Sie Funkkontakt mit der Zentrale, sobald Sie einen der Kontrollpunkte erreicht haben.«

»Sie meinen, damit man weiß, daß ich nicht abgehauen bin?«

»Damit man weiß, daß Ihnen keiner eins über den Schädel gegeben hat und daß Sie nicht erwürgt worden sind wie Mrs. Smuth«, berichtigte Shandy. »Da wir keine Ahnung haben, wie lange die Leiche hier bereits liegt, wissen wir natürlich auch nicht, ob ihr Mörder noch irgendwo hier auf dem Campus lauert.«

»Meine Güte! Da haben Sie allerdings recht.« Bulfinch klang eher interessiert als beunruhigt. »Das wissen wir wirklich nicht. Also gut, Professor, ich bleibe in Kontakt.«

»Machen Sie das«, knurrte Svenson. »Verdammt lästig, neue Wachmänner einzuweisen.«

Bulfinch marschierte davon. Ottermole machte ebenfalls Anstalten zu gehen. »Ich wecke Budge Dorkin. Für ihn ist es sicher ein Mordsspaß, aus seinem warmen Bett zu klettern und den Babysitter für eine Leiche zu spielen.«

»Decke«, befahl Svenson. »Decken Sie sie zu. Konnte ihren Anblick schon nicht ertragen, als sie noch lebte. Jetzt erst recht nicht.«

Shandy konnte nur hoffen, daß Polizeichef Ottermole sich schon außer Hörweite befunden hatte, bevor Präsident Svenson seine Äußerung beendet hatte, die sicherlich Stoff zum Nachdenken bot.

Kapitel 16

»Bei dem Kerl, der das getan hat, möchte ich mich gern bedanken.«

Diese Bemerkung entsprach zwar nicht gerade dem, was man normalerweise von einem Mann erwartete, der gerade seine Frau verloren hatte. Aber da diese Worte von Ruth Smuths Ehemann kamen, konnte Peter Shandy sie irgendwie nachempfinden.

Smuth wäre wahrscheinlich nicht so direkt gewesen, wenn Ottermole ihn nicht aus einer Art Koma gerissen hätte, das offenbar auf den Genuß von mehreren starken Drinks zurückzuführen war. Der Mann war immer noch nicht ganz Herr seiner Sinne, zeigte allerdings nicht die typischen Symptome eines Gewohnheitstrinkers. Er war außerdem weder groß, dunkelhaarig noch attraktiv, und er hatte auch kein Grübchen am Kinn. Im Grunde sah er nach überhaupt nichts aus, höchstens vielleicht wie die Kartoffelmännchen, die Shandys verstorbene Mutter manchmal geschnitzt hatte, um ihrem kleinen Sohn eine Freude zu machen. Beruflich hatte er es wohl nicht bis zu einer Spitzenposition gebracht, und bei Ruth hatte er sicher auch nicht viel zu melden gehabt, selbst wenn er ihr ein recht luxuriöses Heim geboten hatte.

Ottermole war eindeutig erfreut, endlich jemanden gefunden zu haben, den er einschüchtern konnte. »Tatsächlich? Vielleicht kennen Sie den Kerl ja auch sehr viel besser, als Sie zugeben wollen? Wo waren Sie denn während der letzten Stunden überhaupt?«

»In einem gottverdammten Flugzeug aus Detroit, wenn Sie es genau wissen wollen. Zuerst sind wir eine Stunde zu spät abgeflogen. Dann haben sie uns eines dieser scheußlichen Abendessen serviert, die angeblich warm sein sollen, in Wirklichkeit aber eiskalt sind. Und das Fleisch war reines Fett. Ich hasse Fett.«

Smuth grübelte noch eine ganze Weile über die Schwächen von Fluggesellschaften nach und fuhr dann mit seiner Jeremiade fort.

»Ich habe es also nicht angerührt, und wie ich da halbverhungert sitze, fängt der Motor wieder an zu streiken. Anstatt uns direkt nach Boston zu befördern, fliegen die uns über Newark, was uns dann wieder eine verdammte Verzögerung von zwei Stunden einbringt. Ich komme also in die Tiefgarage und stelle fest, daß irgendein Idiot die gottverdammten Räder von meinem Wagen abmontiert hat. Ich rufe die Flughafenpolizei und muß mir dann endlos anhören, wie mir alle erklären, wie leid ihnen dieser unglückliche Zwischenfall tut.«

Smuth hielt kurz inne, um zu rülpsen, deutete aber durch eine Handbewegung an, daß seine Jammergeschichte noch weiterging.

»Dann bietet mir irgend so ein Typ an, mich mit dem Auto mitzunehmen, aber im Laufe der Fahrt stellt sich heraus, daß er nur bis Leominster fährt. Das Taxi nach Hause kostet mich also noch mal 47 Dollar. Ich komm' zu Hause an, der Magen hängt mir in den Kniekehlen, und ich finde nicht mal ein Stück Käse oder ein paar Cracker hier, weil meine gottverfluchte Frau wieder mal viel zu sehr mit ihrem Dienst am Staat beschäftigt ist, um irgend etwas Eßbares einzukaufen. Ich weiß genau, was für Dienste ihr dieser Schönling leistet. Sie brauchen sich gar nicht einzubilden, daß ich keine Ahnung habe.«

Smuth rülpste ein weiteres Mal. »Ich sage mir also, jetzt ist sowieso alles scheißegal, warum soll ich mir nicht wenigstens ein paar Bourbons hinter die Binde gießen, und jetzt kommen zu allem Überfluß auch noch Sie und erzählen mir, sie war dämlich genug, sich umbringen zu lassen.«

»Glauben Sie etwa, daß wir Ihnen diese Lügengeschichte abkaufen?« zischte Ottermole und tastete nach dem längsten Reißverschluß an seiner Jacke.

»Ich denke, da bleibt uns nichts anderes übrig«, schaltete sich Shandy ein. »Mr. Smuth ist sicher vom Flugpersonal gesehen worden, ganz zu schweigen von der Flughafenpolizei, dem Mann, der ihn nach Leominster gefahren hat, und auch von dem Taxifahrer, der ihn schließlich hergebracht hat. Haben Sie sich eigentlich nicht gewundert, daß Ihre Frau noch nicht zu Hause war, als Sie herkamen, Mr. Smuth?«

»Warum zum Teufel sollte ich das? Ruth war seit dem Tag, als unsere Flitterwochen zu Ende waren, sowieso nie zu Hause. Und wenn sie kam, dann nur, weil sie Geld von mir wollte. Was genau ist eigentlich mit ihr passiert?«

»Sie ist erwürgt worden.«

»Was?« Endlich wurde Ottermole die gesamte und ungeteilte Aufmerksamkeit von Smuth zuteil. »Was meinen Sie mit ›erwürgt‹?«

»Ich meine, daß sich jemand von hinten an sie herangeschlichen hat und so lange heftig an den Enden ihres Schals gezogen hat, bis sie tot war. Mit anderen Worten: Sie ist erwürgt worden.«

»Oh Gott! Überfallen und vergewaltigt. Was wird J. B. bloß dazu sagen?«

»Soweit wir wissen, ist sie nicht unsittlich belästigt worden. Sie wurde lediglich umgebracht.«

»Wollen Sie damit etwa sagen, daß jemand einfach hingegangen ist und sie erwürgt hat? Um Gottes willen, das ist ja noch schlimmer. Dann muß er sie ja richtig gehaßt haben. Das schadet meinem Image in der Firma noch mehr.«

»Was halten Sie persönlich vom Erwürgen?« erkundigte sich Shandy aus reiner Neugier.

»Jetzt hören Sie mir aber mal zu, wer immer Sie auch sein mögen. Was tut das schon zur Sache, was ich davon halte? Für mich zählt lediglich, was der Kerl drei Sprossen über mir auf der Firmenleiter davon hält. Ich weiß inzwischen, wie der Hase läuft, Freundchen, und ich bin todsicher, daß J. B. an die Decke gehen wird. Ich glaube, ich brauche jetzt noch was zum Trinken.«

»Und ich glaube, Sie ziehen sich am besten schnell was an und kommen mit, um die Leiche zu identifizieren«, sagte Ottermole. »Auf dem Revier gibt es auch Kaffee und Doughnuts«, fügte er noch mit etwas mehr Mitgefühl hinzu.

Sogar ein knallharter Bulle mußte mit einem Mann Mitleid haben, dessen Frau sich in dunklen Gegenden herumtrieb und sich umbringen ließ, statt zu Hause zu bleiben und die kleinen Liebesdienste zu verrichten, die jeder anderen treuergebenen Ehefrau Freude bereiteten, wie etwa verschlissene Reißverschlüsse an der Jacke des geliebten Gatten auszubessern oder ihm ein frisches Bier hinzustellen, während er sich im Fernsehen aus Gründen der beruflichen Fortbildung die Wiederholung einer Folge von *Barney Miller* ansah.

»Doughnuts? In Ordnung. Einen Moment, ich bin gleich fertig.«

Wenn man ihn mit Kaffee und Krapfen lockte, war Mr. Smuth sofort zur Kooperation bereit. Er zog sich notdürftig an und begleitete Ottermole und Shandy zum Polizeirevier, wo sie genügend Erfrischungen in ihn hineinstopften, um seinen Schmerz zu lindern und ihn ein bißchen nüchterner zu machen. Nachdem sie auf diese Weise zumindest eine einigermaßen zusammenhängende Aussage und eine Liste von Personen, die sein kompliziertes Alibi würden bestätigen können, von ihm erhalten hatten, nahmen sie ihn mit, damit er seine Frau identifizieren konnte.

Ruth Smuth lag noch genauso da, wie sie sie verlassen hatten, unter derselben häßlichen grauen Decke, die am Morgen zuvor auch Ungleys sterbliche Überreste verhüllt hatte, wie Shandy mit leichtem Schaudern feststellte. Präsident Svenson und der Polizeibeamte Dorkin hatten sich die Langeweile der Totenwache mit Messerwerfen im Licht von Budge Dorkins Stablampe vertrieben.

Als Ottermole und sein Gefolge in Sichtweite kamen, ließ Svenson sein Klappmesser blitzschnell in seiner Jackentasche verschwinden, und sein Gesicht zeigte einen Ausdruck grimmiger Würde. Dorkin nahm eine makellose Haltung an und preßte seine Daumen genau an die Stelle, an der sich normalerweise die Säume seiner Uniformhose befunden hätten, wenn er daran gedacht hätte, sie statt der smaragdgrünen Jogginghose anzuziehen, die seine Mutter ihm bei ihrem letzten Einkauf in Filene's Basement gekauft hatte.

Ottermole bückte sich und entfernte die Decke. Smuth nickte mechanisch.

»Ja, das ist Ruth. Verdammt nochmal, warum konnte sie nicht bei einem Flugzeugabsturz ums Leben kommen? Flugzeugkatastrophen schaden wenigstens dem Firmenimage nicht. Außerdem hätte ich die Fluggesellschaft verklagen können. Decken Sie sie bitte wieder zu, ja? Mir wird übel.«

Also war auch Mr. Smuth nur ein Mensch mit ganz normalen menschlichen Empfindungen, dachte Shandy. Seine Übelkeit konnte allerdings auch darauf zurückzuführen sein, daß sich die drei honiggetränkten Schokoladendoughnuts nicht mit dem vielen Whiskey in seinem Magen vertrugen. Andererseits reagierte inzwischen auch sein eigener Magen empfindlich auf das lila angelaufene Gesicht mit der hervorquellenden Zunge. Der junge Dorkin sah genauso grün aus wie seine Jogginghose, und Ottermole zog wie wild die Reißverschlüsse seiner Jackentaschen auf und zu. Svenson wahrte nur deshalb weiterhin seine majestätische Würde, weil er einfach nicht hinsah.

»In Ordnung, Smuth«, meinte Ottermole. »Ich bringe Sie jetzt wieder nach Hause. Aber lassen Sie sich bloß nicht einfallen, die Stadt zu verlassen.«

»Wie zum Teufel könnte ich das überhaupt?« hielt ihm Smuth mit gutem Grund entgegen. »Ich habe nicht mal ein Auto, mit dem ich zu einem Schnellimbiß fahren könnte, der nachts aufhat. Verdammt nochmal, wenn es doch bloß irgendein halbwegs anständiges Hotel hier in der Nähe gäbe. Oder von mir aus sogar ein unanständiges.«

»Das wünschte ich mir auch«, sagte Dorkin sehnsüchtig.

Ottermole warf seinem Untergebenen einen zurechtweisenden Blick zu. »Decken Sie sie wieder zu, Budge. Mr. Smuth, wenn Sie meinem Kollegen Dorkin hier ein paar Dollars geben, kann er Lebensmittel für Sie kaufen, sobald die Geschäfte offen sind. Kaffee, Doughnuts, Sie wissen schon, alles, was man so braucht.«

»Sicher.« Smuth rückte eine Zwanzigdollarnote heraus. »Würden Sie mir bitte eine Flasche Old Factory Whistle besorgen, wenn Sie schon mal dabei sind, junger Mann?«

Dorkin überhörte in Anbetracht der ernsten Situation großzügigerweise das »junger Mann« und erklärte sich bereit, Smuths Wunsch nachzukommen.

»Na, dann können wir ja!« schnaubte Ottermole. »Also nichts wie zurück auf die Straße. Kommen Sie auch mit, Professor?«

Shandy hatte eigentlich wenig Lust, mit Ottermole und Smuth zu fahren. Er wäre viel lieber in sein kleines rotes Backsteinhaus auf dem Crescent zurückgekehrt und hätte sich neben eine Frau ins Bett gelegt, die nicht zu irgendeinem Komitee davonhastete, sondern die viel lieber mit ihm zusammen ausführlich frühstückte, nachdem er aufgewacht war. Er seufzte und stieg wieder in den Streifenwagen.

Während er zusammengesunken auf dem Rücksitz des Wagens saß, fragte er sich, warum Mr. und Mrs. Smuth überhaupt so viele Jahre lang verheiratet geblieben waren. Wahrscheinlich wegen des Firmenimages. Es mußte zwar nervtötend gewesen sein, mit einer Frau wie Ruth zusammenzuleben, aber bestimmt hatte sie es wunderbar verstanden, bei den Firmenessen die perfekte Lady abzugeben. Ihre engagierte Beteiligung an Wohltätigkeitsveranstaltungen hatte ihrem Ehemann außerdem sicher die Möglichkeit gegeben, zu große Profite als echte oder angebliche Spenden abfließen zu lassen. Die beiden mochten zwar nicht gerade ein Herz und eine Seele gewesen sein, aber wahrscheinlich hatten sie durchaus auch Gemeinsamkeiten gehabt. Was um alles in der Welt wollte aber ein derartiges Paar in Balaclava County?

»Was hat Sie veranlaßt, sich hier in dieser Gegend niederzulassen, Mr. Smuth?« erkundigte er sich.

»Zum Teufel, irgendwo mußten wir ja schließlich leben, oder? Ruth hat hier Verwandte, also hab' ich mir gedacht, warum nicht, zum Teufel? Hoddersville ist Gott sei Dank nicht so ein Bauernkaff wie die anderen Orte in der Gegend, und es lebt sich hier beträchtlich billiger als in Weston oder Dover. Und es ist auch nicht schlecht für das Firmenimage. Ein schönes großes Haus auf dem Land, weit weg von dem ganzen Lärm und all dem Mist. Mir ist es egal, wo ich meinen Hut aufhänge, ich bin nämlich sowieso meistens unterwegs.«

Er gähnte und räkelte sich. »Ruth hat sich hier wohlgefühlt. Für Hoddersville hatte sie Klasse. Für Wellesley oder Concord hatte sie zwar auch Klasse, aber nicht die richtige. Aber was zum Teufel rede ich da, wenn sie wirklich Klasse gehabt hätte, dann hätte sie sicher nicht so einen Kerl geheiratet wie mich. Ich habe nämlich keine Klasse, wissen Sie, ich bin mehr auf der Produktionsseite.«

»Tatsächlich?« Shandy gähnte jetzt ebenfalls. »Was produzieren Sie denn?«

»Nichts. Ich bin nicht auf der produzierenden Produktionsseite, sondern auf der verhandelnden. Marschiere in die Vertreterversammlung mit einem Armvoll Entwürfe, wedele ihnen damit vor den Gesichtern herum, präsentiere ihnen knallhart die Fakten, Zahlen, technischen Daten, den ganzen Mist. Völlig egal, wie man es denen unterjubelt. Die haben sowieso keinen Schimmer, wovon man redet, haben aber Angst, es zuzugeben, weil sie denken, ihr Nebenmann könnte es verstehen und sie nicht. Sie wissen schon, was ich meine. Hoddersville ist genau richtig für mein Image. Wenn ich versuchen würde, zuviel Klasse zu haben, würde ich mich selbst aus der Produktionsseite herauskatapultieren. Und wo wäre ich dann?«

»Auf der Klasseseite?«

»Nee, von der Sorte haben wir sowieso schon genug. Princeton, Dartmouth, Valparaiso, Sie wissen schon. Die Typen, die Dry

Sack und Chivas Regal trinken. Mit denen könnte ich es nie aufnehmen. Bei solchen Jungs muß man nicht nur wissen, wo man hinwill, man muß auch wissen, wo man herkommt. Oder etwa nicht?«

»Wenn Sie es sagen.«

Shandy grübelte noch eine Weile schweigend über das Firmenimage nach. Diese Nacht war sowieso derart seltsam, daß er zu dem Schluß kam, daß Smuth durchaus recht haben konnte. Es hatte allerdings wenig mit ihrem momentanen Hauptproblem zu tun. Eine andere Frage schoß ihm durch den Kopf.

»Wie ist Ihre Frau eigentlich an Bertram Claude geraten?«

»Was?« Smuth mußte eingenickt sein. »An wen?«

»Ich habe gefragt, warum Mrs. Smuth sich so für Claudes Wahlkampf engagiert hat.«

»Einfach so. Woher zum Teufel soll ich das wissen?«

»Sie – eh – erhoben keine Einwände dagegen?«

»Einwände gegen etwas, was Ruth sich in den Kopf gesetzt hatte? Sie machen wohl Witze. Claude ist schließlich in Ordnung, oder? Ich meine, PR-mäßig.«

»Keine Ahnung, was die PR-Seite betrifft. Ansonsten hat er mich persönlich nie sehr beeindruckt, wenn man einmal von einer ganz besonders primitiven Art von Gerissenheit absieht.«

»Was sollen wir denn schon mit einem intelligenten Politiker? Wir brauchen bloß jemanden, der weiß, was man anstellen muß, damit man gewählt wird, und der dann das macht, was man ihm sagt, oder?«

»Da bin ich anderer Ansicht. Mir wäre jemand lieber, der sich mehr dafür interessiert, gute Arbeit zu leisten, als jemand, der unter allen Umständen seinen Posten behalten will.«

»Mir auch«, sagte Ottermole. »Teufel auch, ich hätte ja keine Zeit, bei der Regierung mitzumachen, selbst wenn ich es könnte. Und ich kann es mit Sicherheit nicht«, fügte er mit erstaunlicher Offenheit hinzu, »aber als Polizist hat man einen Blick für Schwindler, und deshalb würde ich meine Stimme nur Sam Peters geben, wie ich das schon immer getan habe. Wie sind wir denn jetzt eigentlich bloß auf die Politik gekommen?«

»Wir versuchen herauszubekommen, wie Mrs. Smuth und Bertram Claude zueinander standen«, klärte ihn Shandy auf.

»Wirklich?« Smuth gähnte wieder. »Wenn Sie damit meinen, ob sie es zusammen getrieben haben, kann ich Ihnen dazu nur zwei Informationen geben. Erstens habe ich keinen Schimmer, und zweitens ist es mir auch absolut egal. Sie können mich wecken, wenn wir bei mir zu Hause angekommen sind.«

Kapitel 17

»Puh!«
Ottermole startete den Streifenwagen so temperamentvoll, daß der Kies von der ordentlich geharkten Auffahrt zu Smuths Haus in den aufwendig gestalteten Garten prasselte. »Ich bin heilfroh, daß wir den komischen Vogel endlich los sind! Aber wissen Sie was? Irgendwie tut er mir leid. Wenn ich nach Hause komme, vorausgesetzt, daß ich das jemals schaffe, weiß ich jedenfalls, daß meine bessere Hälfte mir das Bett warmhält. Soll ich Sie am Crescent absetzen?«

»Nichts wäre mir lieber als das«, erwiderte Shandy. »Aber leider haben wir noch nicht alles erledigt. Wissen Sie vielleicht zufällig, wo Bertram Claude wohnt? Ich habe so eine Ahnung, daß es hier ganz in der Nähe sein muß.«

»Professor, soll das etwa heißen, daß Sie ihn um diese Zeit noch aus dem Bett werfen wollen? Er ist immerhin Abgeordneter!«

»Warum nicht? Am liebsten würde ich von denen noch viel mehr aufwecken. Wir sind doch schließlich verpflichtet, Claude darüber zu informieren, daß seine Wahlkampfleiterin ermordet worden ist, oder etwa nicht?«

»Im Grunde nicht, aber ich denke, das ist wohl eine gute Ausrede. Okay, ich glaube, ich weiß, wo er wohnt. Nur ein paar Straßen weiter, auf seinem Briefkasten ist ein Adler. Warum habe ich bloß auf dem Revier nicht noch eine Tasse Kaffee getrunken?«

»Vielleicht bietet Claude uns eine an. Es wäre ein kluger politischer Schachzug, und er ist doch angeblich so ein raffinierter Politiker. Machen Sie doch das Fenster ein bißchen auf, wenn Sie anfangen, müde zu werden. Die frische Luft wird Sie schon wieder in Schwung bringen.«

»Den Teufel wird sie tun!«

Trotzdem ließ Ottermole das Fenster herunter, so daß die kalte Morgenluft in den Wagen strömte. Sie fuhren noch ein wenig weiter und bogen dann in eine andere der gepflegten Straßen dieses Ortsteils ein, den die Snobs von Hoddersville für die exklusivste Wohngegend von Balaclava County hielten, und fanden das Haus mit dem adlergeschmückten Briefkasten. Shandy kletterte aus dem Streifenwagen, streckte sich, um seine Muskeln aufzulockern, und schlug mit dem zweiten Adler, einem Türklopfer aus Messing, gegen die Tür von Claudes Haus.

»Wissen Sie, Ottermole«, murmelte er, während sie darauf warteten, daß sich jemand im Haus regte, »mir ist da gerade ein Gedanke gekommen. Sie haben hier eigentlich überhaupt keine Amtsgewalt mehr, nicht wahr?«

»Stimmt«, gab der Polizeichef zu. »Aber das brauchen wir Claude schließlich nicht auf die Nase zu binden, oder? Außerdem haben wir Polizeichefs untereinander eine Art – aha, da kommt ja endlich jemand.«

Dieser Jemand entpuppte sich als eine relativ kleine, blonde Frau, die der verstorbenen Ruth Smuth so ähnlich sah, daß Shandy erschreckt zurückprallte. Ihren mageren Körper umhüllte ein teures Negligé, das sie mit einer Hand zusammenhielt, während sie die Tür bei eingehängter Kette einen winzigen Spalt breit öffnete und nervös zu ihnen hinausspähte.

»Wer sind Sie?«

»Wir sind von der Polizei«, sagte Ottermole, der eine Kombination aus Stärke und Selbstsicherheit ausstrahlte und es tatsächlich schaffte, kurzfristig seine Reißverschlüsse in Ruhe zu lassen. »Sind Sie Mrs. Bertram Claude?«

»Ja. Ja, die bin ich.«

»Ist Ihr Mann zu Hause?«

»Er schläft. Was wollen Sie von ihm?«

»Wir würden uns nur gern ganz kurz mit ihm unterhalten. Das ist alles. Würden Sie ihn bitte nach unten holen?«

»Er hat es nicht gern, wenn man ihn aufweckt.«

»Das habe ich auch nicht gerne, Mrs. Claude, aber die Sache erfordert es. Würden Sie sich bitte beeilen?«

Ottermoles Hand befand sich jetzt verdächtig nahe am Reißverschluß seiner obersten Jackentasche. Die Frau verschwand wieder im Haus, nachdem sie versucht hatte, die Tür ins Schloß zu ziehen, was ihr aber nicht gelang, weil der Polizeichef rasch seinen Fuß dazwischenstellte. Die beiden Männer hörten das Klicken ihrer spitzen Pantoffelabsätze, dann einen kurzen Wortwechsel, der darauf schließen ließ, daß Claude seinen Charme nicht verschwendete, wenn es nicht gerade seinem Image förderlich war.

»Die haben gesagt, die sind von der Polizei.« Die Stimme von Mrs. Claude klang jetzt noch höher und weinerlicher.

»Das kann jeder sagen, du dumme Kuh. Es könnten genausogut Leute sein, die ein politisches Attentat auf mich vorhaben.«

»Wer würde sich schon die Mühe machen, auf dich ein Attentat zu verüben?« konterte Mrs. Claude mit merklichem Bedauern. »Die sind doch nur hinter wichtigen Leuten her.«

»Wie nett von dir, Liebling. Das werde ich mir merken.«

»Wenn du noch mehr Eskapaden machst, lass' ich mich von dir scheiden. Genau vor der Wahl. Das würde dir bestimmt gefallen, nicht wahr, mein Lieber?«

»Halt die Klappe, sonst hören die dich noch. Hattest du wenigstens genug Grips im Kopf, um die Tür zuzumachen?«

»Konnte ich nicht. Der eine hat seinen Stiefel dazwischengestellt.«

»Oh Gott, warum hast du das nicht gleich gesagt? Am besten, du gehst wieder ins Bett. Ich kümmere mich um die Sache.«

»Mit Vergnügen.«

Die beiden Männer hörten oben eine Tür ins Schloß schlagen. Einige Minuten später strömte Claudes honigsüße Stimme durch den Türspalt.

»Würden Sie mir bitte sagen, wer Sie sind?«

»Ottermole, Polizeichef von Balaclava Junction. Und – eh – Detective Shandy.«

»Würden Sie sich bitte ausweisen?«

»Selbstverständlich.« Ottermole hielt sein Abzeichen und die Mitgliedskarte der Vereinigung der Polizeichefs von Balaclava County vor den Spalt. »Genügt Ihnen das?«

Shandy hatte seinen Mensaausweis herausgeholt, für den Fall, daß Claude etwas Offizielles zu sehen wünschte, aber Claude fragte nicht weiter. Er hatte sich inzwischen schon so weit erholt, daß er wieder in der Lage war, sich massiv zur Wehr zu setzen.

»Und was wollen Sie mitten in der Nacht von mir? Ich warne Sie, Ottermole, wenn es sich nicht um etwas wirklich Wichtiges handelt, werden Sie mich kennenlernen!«

»Regen Sie sich nicht auf, Claude, es ist etwas Wichtiges. Wir haben uns gedacht, daß es Sie vielleicht interessiert, daß Ihre Wahlkampfleiterin ermordet worden ist.«

»Was?« Claude war wie vor den Kopf geschlagen. »Sie – ah – meinen, sie ist ermordet worden?« stieß er schließlich mit äußerster Mühe hervor.

»Erwürgt«, ergänzte Ottermole. »Mit ihrem eigenen Schal.«

»Mit ihrem Schal? Wer ist ermordet worden, können Sie das nochmals wiederholen?«

»Ihre Wahlkampfleiterin. Ruth Smuth.«

Endlich löste Claude die Türkette. Die Tür flog auf, und vor ihnen stand Claude in voller Pracht, mit hochelegantem Morgenmantel, Seidenschlafanzug und sämtlichen Grübchen.

»Ruth Smuth? Wer ist das denn bloß – ach ja, Mrs. Smuth. Es tut mir leid, aber ich befürchte, da muß Ihnen ein Fehler unterlaufen sein, Polizeichef Ottermole. Mrs. Smuth gehörte zu den Damen, die freundlicherweise bereit waren, uns hier zu unterstützen – auf einer, sagen wir einmal, lokalen Ebene. Wir werden während des Wahlkampfes von zahlreichen freiwilligen Helfern unterstützt, wissen Sie. Manchmal ist es schwierig, sich genau zu erinnern, welchen Aufgabenbereich wir den einzelnen Personen zugeteilt haben, aber Sie können ganz sicher sein«, und dabei lachte er, »daß ich mich genau erinnern würde, wenn ich jemanden zu meinem Wahlkampfleiter gemacht hätte.«

»Jetzt reicht es, Claude.«

Shandy hatte beschlossen, sich einzuschalten, wobei er genau denselben scharfen Ton wie Ottermole anschlug und von Herzen bedauerte, daß er keinen Reißverschluß an den geeigneten Stellen hatte, den er aufreißen konnte. »Ruth Smuth war alles andere als irgendeine freiwillige Wahlkampfhelferin. Wenn sie Ihre Kampagne nicht geleitet hätte, hätte sie überhaupt nicht mitgemacht. Wir verstehen ja, daß es für Sie verflucht schlechte Publicity bedeutet, daß jemand die Frau umgebracht hat, unmittelbar nachdem sie gestern nachmittag diese oberfaule Sache am College angezettelt hat, aber es ist nun einmal passiert, und jetzt können wir herzlich wenig daran ändern, also hören Sie jetzt gefälligst mit dem Geschwafel auf. Wo waren Sie zwischen sieben Uhr letzte Nacht und heute morgen zwei Uhr?«

Bertram Claude blähte seine klassischen Nasenflügel und entblößte seine makellosen Jacketkronen. »Das brauche ich mir wirklich nicht gefallen zu lassen. Sie wissen wohl nicht, mit wem Sie hier reden?«

»Und ob wir das tun«, sagte Ottermole. »Deswegen sind wir schließlich hier und nicht woanders. Wie wär's, wenn Sie jetzt Shandys Frage beantworten würden?«

Er zog seinen vergoldeten Kugelschreiber hervor, um Claude zu zeigen, daß er es keineswegs mit irgendwelchen dummen Bauerntrotteln zu tun hatte, und zückte sein Notizbuch. Entweder es war der Kugelschreiber oder die jähe Erkenntnis, daß seine Grübchen ihm bei diesen beiden Zeitgenossen nichts nutzen würden, jedenfalls ließ sich Claude zu einer Antwort herab.

»Selbstverständlich. Ich habe absolut nichts zu verbergen. Also, das können Sie jetzt zu Protokoll nehmen: Ich war auf einem Empfang, den einige meiner treuen Anhänger mir zu Ehren gegeben haben. Er hat im Haus von Mr. Lot Lutt in Lumpkin Upper Mills stattgefunden. Mr. Lutt ist der Vorstandsvorsitzende der –«

»Der ehemalige Vorstandsvorsitzende«, korrigierte Ottermole. »Der Seifenfabrik. Seine Schwägerin, die ihm den Haushalt führt, ist eine Tante von Ruth Smuth. War Lutt selbst auch anwesend?«

»Eine Zeitlang.«

»Wie lange genau?«

Claude versuchte ein weiteres affektiertes Kichern. »Tut mir leid, aber ich hatte meine Stoppuhr nicht dabei. Sie wissen doch, wie es bei solchen Gelegenheiten zugeht. Die Leute kommen und gehen.«

»Na klar! Sie kommen, weil ihnen der Nachbar leid tut, der sich die Party hat aufschwätzen lassen, und sie gehen wieder, wenn sie es nicht mehr aushalten können. Waren denn viele da?«

»Es war eine lebhafte Veranstaltung«, meinte der Politiker ausweichend. »Die Gäste haben mir eine Menge sehr anregender Fragen gestellt.«

»Das kann ich mir lebhaft vorstellen. Da haben die beiden sicher viel zu tun gehabt. Es würde mich sehr wundern, wenn sonst noch jemand dagewesen wäre. Die ganze Gegend schwört nämlich auf Sam Peters. Wann sind Sie denn bei Lutt angekommen und wann wieder gefahren? Und die Geschichte mit der Stoppuhr können Sie sich diesmal schenken. Ich werde mich nämlich später bei Edna Jean genau erkundigen.«

»Edna Jean?«

»Genau. Das ist der Name Ihrer treuen Anhängerin, falls Sie es nicht wissen sollten. Edna Jean Bugleford. Sie ist nämlich außerdem auch eine Tante meiner Frau, wenn auch nur angeheiratet. Die Mutter meiner Frau war eine Bugleford, aber ich hab' es ihr nie übelgenommen. Also, wie lange waren Sie denn jetzt da?«

Ottermole fuchtelte ungeduldig mit seinem Kugelschreiber in der Luft herum. Claude seufzte und schaffte es endlich, mehr oder weniger klare Fakten auf den Tisch zu legen.

»Ich bin ungefähr 20 Minuten vor acht dort angekommen und kurz vor neun wieder gefahren.«

»Dann haben die es also eine ganze Stunde lang ausgehalten? Kaum zu glauben. Nicht schlecht, Claude. Und was haben Sie dann gemacht?«

»Ich bin zu einem anderen Treffen gefahren.«

»Wo?«

»Es war ein informelles Treffen in einem Club. Ich glaube, er heißt ›Bursting Bubble‹.«

»Eine Kneipe hinter der Seifenfabrik«, erklärte Ottermole seinem Begleiter. »Hat sich wahrscheinlich ausgerechnet, er trifft da ein paar Arbeiter von der Nachtschicht, wenn sie dort hereinschauen, um sich ein Bier zu genehmigen. Hat's denn geklappt, Claude?«

Eines mußte man dem lieben Claude wirklich lassen, dachte Shandy, er hatte offenbar ein verdammt dickes Fell. Er schaffte es tatsächlich, Ottermoles unverschämte Fragen mit einem perlenden Lachen und einem geschickten Ausweichmanöver zu beantworten.

»Ich dachte, Sie sind derjenige, der alle Antworten immer schon im voraus weiß, Polizeichef Ottermole. Was mich betrifft, muß ich mich leider noch bis zum Wahltag gedulden.«

»Wieso leider? Sie glauben ja wohl selbst nicht, daß man Sie zwingen wird, hier Ihre Zelte abzubrechen und Ihr schönes bequemes Haus gegen eine teure Bruchbude in Washington zu vertauschen, oder?« Ottermole hatte es faustdick hinter den Ohren, wenn man ihn näher kannte. »Wann genau sind Sie also in der ›Bubble‹ gelandet, und wann sind Sie wieder gegangen? Und vergessen Sie nicht, daß ich den Barkeeper gut kenne.«

»Das hatte ich mir schon gedacht.« Das war ein Punkt für Claude. »Ich bin direkt von Lutts Haus hingegangen, also muß es so etwa fünf nach neun gewesen sein, als ich dort ankam. Ich blieb da, bis sie zugemacht haben. Die örtlichen Bestimmungen, die Sie sicher kennen, besagen, daß die Kneipe offiziell um Mitternacht schließen muß. Ihr Freund, der Barkeeper, würde doch bestimmt nicht das Gesetz brechen und länger offen haben.«

Doch auch Ottermole konnte offenbar Sticheleien vertragen. »Und was dann?« fragte er nur.

»Die Fabrikarbeiter, die ich in der ›Bubble‹, wie Sie so schön sagen, getroffen habe, haben mich sehr ermutigt, also habe ich beschlossen, daß es eine gute Idee wäre, kurz in die Fabrik zu gehen und ein paar Hände zu schütteln. Mr. Lutts Name hat mir auch sofort alle Türen geöffnet. Der Nachtwächter kann Ihnen bestimmt genau sagen, wann ich gekommen und wieder gegangen bin, ich kann mich allerdings genau erinnern, daß es Punkt zwei Uhr war, als ich nach Hause kam, denn unsere alte Standuhr schlägt immer zur vollen Stunde. Das können Sie sich gerne von meiner Frau bestätigen lassen oder auch von den Nachbarn, die vielleicht zufällig gerade aus dem Fenster geschaut haben.«

»Ja, ja, solche gibt's immer, nicht? Sogar in einer todschicken Nachbarschaft wie dieser hier. Wie sind Sie hergekommen?«

»In meinem Wagen, Herr Polizeichef.«

»Ich meine, welchen Weg haben Sie genommen?«

»Ich bin durch das Zentrum von Lumpkinton gefahren und dann bis zur Abfahrt nach Hoddersville auf dem Highway.«

»Um die Zeit hätten Sie aber besser den kürzeren Weg durch Balaclava Junction nehmen sollen.«

»Schon möglich, aber ich habe es nun einmal nicht getan. Jetzt fällt mir übrigens ein, daß ich sogar eine Art Alibi habe, wenn Sie das interessiert. Mein Auto gab auf einmal so komische Geräusche von sich, also habe ich an der Haltebucht unmittelbar vor dem Highway angehalten und die Kühlerhaube hochgeklappt. Ein Streifenwagen der Polizei von Lumpkinton kam vorbei, und die Beamten haben freundlicherweise gehalten und sich erkundigt, ob ich Hilfe brauchte. Da ich mich mit Motoren nicht besonders gut auskenne, habe ich ja gesagt. Sie sind also ausgestiegen und haben auch schnell den Grund für mein Problem gefunden. Es war ein kleiner Zweig, der irgendwie durch den Kühlergrill gerutscht war und gegen den Keilriemen schlug. Ich habe zwar nicht daran gedacht, mir ihre Namen geben zu lassen, aber ich habe ihnen die Hände geschüttelt, und ich habe ihnen ein paar von meinen Flugblättern gegeben. Sie können sich bestimmt an mich erinnern.«

»Das bezweifle ich nicht«, sagte Ottermole. »Wenn Sie wirklich die ganze Zeit in der ›Bubble‹ waren, frage ich mich allerdings, warum Sie nicht ins Röhrchen zu blasen brauchten.«

»Vielleicht, weil ich außer Ginger Ale nichts getrunken habe?« erwiderte Claude liebenswürdig. »Während des Wahlkampfes trinke ich grundsätzlich nicht. Im Gegensatz zu meinem hochgeschätzten Gegner, wie man mir berichtet hat.«

Es war in der Gegend kein Geheimnis, daß Sam Peters nie nach Washington ging, ohne einen Krug selbstgekelterten Apfelwein mitzunehmen. Seine treuen Anhänger werteten dies als einen weiteren Beweis dafür, daß Sam sparsam wie ein echter Yankee war und einen gesunden Menschenverstand besaß. Shandy konnte allmählich kaum mehr an sich halten.

»Hat man Ihnen auch berichtet, daß Ihr hochgeschätzter Gegner sich nicht in billigen Spelunken herumtreibt und irgendwelchen Kneipenhockern einen ausgibt, was Sie ja wohl gemacht haben müssen, sonst hätte man Sie nämlich in der ›Bubble‹ bei Ihrem ersten Ginger Ale ausgelacht? Oder nicht, Polizeichef Ottermole?«

»Allerdings«, sagte Ottermole. »Okay, Claude, genießen Sie den Rest Ihres Schönheitsschlafs. Und lassen Sie sich bloß nicht einfallen, diesen Bundesstaat zu verlassen.«

»Soll ich das als Drohung auffassen, Polizeichef Ottermole? Eine offizielle Warnung kann es kaum sein, da Sie hier in Hoddersville keine Amtsgewalt haben.«

»Nein, die habe ich zwar nicht, aber der hiesige Polizeichef ist ein Logenbruder von mir. Am besten, Sie sehen es als freundlichen Rat an.«

Ottermole war vernünftig genug, sich seinen guten Schlußsatz nicht durch zu langes Verweilen zu verderben. Außerdem, so gestand er später Shandy, war ihm zum Schluß auch nichts Rechtes mehr eingefallen.

»Noch irgendeine gute Idee, Professor? Das war ja wohl eine totale Zeitverschwendung, nehme ich an.«

»Ganz im Gegenteil, Ottermole. Sie haben da geradezu hervorragende Detektivarbeit geleistet.«

»Tatsächlich?«

»Wirklich hervorragend«, bekräftigte Shandy. »Sie haben Claude dazu gebracht, daß er zugegeben hat, daß er sich für den ganzen Abend ein wunderschönes Alibi besorgt hat.«

»Na ja, aber was haben Sie denn sonst erwartet? Die anderen haben ja auch alle eins.«

»Genau das meine ich. Aber nur bei Bulfinch stimmt es wahrscheinlich, denn sein Alibi hängt vor allem von den Lomax-Brüdern ab, und wir wissen beide, daß keiner von ihnen es zulassen würde, wenn man auch nur um Haaresbreite von der Wahrheit abweicht. Smuth müssen wir wohl auch mehr oder weniger Glauben schenken, denn seine Jammergeschichte basiert auf so vielen Mißgeschicken und Pechsträhnen, wie sie wohl keiner im voraus hätte arrangieren können. Aber drei Alibis hintereinander erscheint mir ein wenig viel, meinen Sie nicht?«

»Na ja, vielleicht haben Sie recht. Darum war ich eben auch so hartnäckig«, schwindelte Ottermole. »Was halten Sie denn von seinem sogenannten Alibi, Professor? Wir könnten ja sozusagen unsere Eindrücke vergleichen.«

»Tja. Also, ich will nicht gerade behaupten, daß Bertram Claude sich zwischen zwei Treffen nach Balaclava Junction geschlichen hat, um schnell Mrs. Smuth um die Ecke zu bringen, von der er behauptet, daß sie nicht seine Wahlkampfleiterin war. Diese Behauptung wird wohl eher einer seiner politischen Schachzüge sein, denke ich. Mir ist aufgefallen, daß Claude sich während seiner Wanderschaft immer ganz in der Nähe vom Campus aufgehalten hat, denn das College liegt genau in der Mitte zwischen Hoddersville und Lumpkinton. Er hätte Mrs. Smuth entweder zu Hause abholen oder sie irgendwann nach der Demonstration mitnehmen können, und sie hätten zusammen auf diesen Empfang gehen können, zu dem sie ihre Tante überredet hatte. Auf dem Weg hätte es dann zu einer Meinungsverschiedenheit kommen können.«

»Ja, besonders wenn die beiden etwas miteinander hatten, wie Smuth und Mrs. Claude behauptet haben. Claudes Frau hat ihm angedroht, seinen Wahlkampf zu ruinieren, wenn er nicht mit seinen Eskapaden aufhören würde. Wir haben genau gehört, wie sie das gesagt hat, erinnern Sie sich?«

»Ganz richtig. Heimliche Beziehungen führen oft dazu, daß – eh – emotionale Schwierigkeiten entstehen« – Shandy hatte selbst ein oder zweimal während seiner langen Junggesellenzeit diese Erfahrung gemacht –, »und Mrs. Smuth war bestimmt eine Frau, die einen zur Verzweiflung bringen konnte. Claude hätte gut die Beherrschung verlieren und sie mit dem Schal erwürgen können, den sie bequemerweise trug. Er steht wegen der kommenden Wahl wahrscheinlich sehr unter Druck, und er hat offensichtlich nicht das sonnige Gemüt, das er immer so gern zur Schau stellt.«

»Da gebe ich Ihnen völlig recht.«

»Dann wäre er also mit dem Problem konfrontiert gewesen, die Leiche irgendwie loszuwerden. Einfach aus dem Wagen werfen konnte er sie schließlich nicht so ohne weiteres, denn es hätte immerhin sein können, daß jemand sie zusammen hatte wegfahren sehen. Ich vermute, daß Claude seine tote Freundin im Kofferraum verstaute, zum Empfang fuhr und dort seine schönste Unschuldsmiene aufsetzte und höchst überrascht tat, als sie nicht erschien. Der Tante kann er weisgemacht haben, daß er Mrs. Smuth dort erwartete, weil sie ihm erzählt habe, sie wolle beim Vorbereiten der Erfrischungen helfen oder so.«

»Wieso hat dann aber Edna Jean keinen Alarm geschlagen, als ihre Nichte nicht erschien?«

»Gute Frage. Vielleicht mochte sie ihre Nichte gar nicht so besonders gern. Ich nehme an, Mrs. Smuth hatte sie bei früheren Verabredungen auch schon im Stich gelassen und sich später damit herausgeredet, daß sie sich um irgendeine dringende Angelegenheit hatte kümmern müssen. Claude hätte auch Andeutungen darüber fallenlassen können, daß es bei seiner Wahlkampftruppe momentan sehr hektisch zuging, was sicher auch durchaus der Wahrheit entspricht. Glücklicherweise war der Empfang ein Flop, so daß er sich davonmachen konnte, bevor Mrs. Bugleford wirklich anfing, unruhig zu werden. Dann ist er vielleicht zu einer Telefonzelle gegangen und hat alles so arrangiert, daß ein anderer seiner Gefolgsleute ihn mit einem zweiten Wagen an irgendeinem einsamen Ort treffen und die Leiche verschwinden lassen konnte, während er sich an anderer Stelle der Öffentlichkeit präsentierte. Da Mrs. Smuth vorher an dem Tumult am College teilgenommen hatte, wovon inzwischen durch das große Presseaufgebot jeder wußte, war der Campus am besten als mutmaßlicher Tatort geeignet.

Sie konnten damit rechnen, daß sie ziemlich schnell gefunden wurde, denn unsere strengen Sicherheitsvorkehrungen sind allgemein bekannt.«

»Liebe Güte, Professor, das würde aber ganz schöne Nerven erfordern. Und Geld. Ich kann mir nicht vorstellen, daß irgendein Wahlhelfer so einen Job übernimmt, ohne nicht dafür auch ordentlich abzusahnen.«

»Nach dem, was sie gestern veranstaltet haben, traue ich seinen Leuten die schlimmsten Gemeinheiten zu. Und Geld scheint genügend da zu sein. Claude hat schon ein Vermögen in die Medien gesteckt, und politische Werbesendungen müssen immer im voraus bezahlt werden.«

»Okay, aber wie ist der Kerl die Leiche losgeworden, ohne daß ihn jemand gesehen hat?«

»Wenn Bulfinch die Wahrheit sagt, muß es irgendwann gegen elf passiert sein, ungefähr um die Zeit, wenn die Nachtschicht anfängt. Bis dahin sind zwar auch Wachmänner auf dem Gelände, aber sie behelligen niemanden, solange er sich nicht irgendwie verdächtig verhält. Um die Zeit sind meist noch Leute unterwegs, auf dem Heimweg von irgendwelchen Treffen oder so. Nehmen wir einmal an, jemand fuhr mit dem Auto den Weg hoch, an dem Bulfinch die Leiche gefunden hat. Er hatte die Leiche von Mrs. Smuth hinter sich auf dem Boden liegen, mit einer Decke darüber. Die Tür öffnet sich, jemand sagt: ›Wunderbar. Ich nehme die Abkürzung. Ich muß nur noch eben meine Bücher vom Rücksitz nehmen‹, oder eine ähnlich unverfängliche Bemerkung. Dann zieht er die Leiche heraus und läßt sie an einer Stelle zurück, wo sie zwar leicht, aber auch nicht allzu leicht gefunden werden kann, steigt schnell wieder ins Auto und braust davon, ehe irgend jemand in der Nähe auch nur bemerkt hat, was passiert ist.«

Ottermole nickte. »Schon kapiert. Genau wie unten im Ort, da setzen die Leute auch immer die Kinder oder ihre Freunde irgendwo ab. Völlig harmlos, keiner denkt sich was dabei. Warum sollte man auch? Okay, und wo fahren wir jetzt noch hin?«

»Nach Hause ins Bett«, teilte ihm Shandy mit. »Ich weiß nicht, wie es Ihnen geht, Ottermole, aber ich bin hundemüde.«

Kapitel 18

»Ich wünschte nur, daß du heute morgen nicht unterrichten müßtest«, seufzte Helen. »Wann um Gottes willen bist du denn eigentlich letzte Nacht nach Hause gekommen?«

»Wer weiß?« Shandy hielt Helen seine Teetasse hin, damit sie ihm noch etwas nachschenken konnte. »Irgendwann gegen vier oder halb fünf, nehme ich an.«

»Das bedeutet, daß du höchstens vier Stunden Schlaf hattest, wenn man die kurze Zeit mitrechnet, die du geschlafen hast, bevor dich dieses Ungeheuer Thorkjeld aufgeweckt hat. Liebling, ich hasse es zwar, aber ich muß dich trotzdem daran erinnern, daß du kein Student mehr bist.«

»Vielen Dank, Liebste, daran lasse ich mich gerne erinnern. Stell dir nur vor, wie schön es ist, daß ich in der nächsten Stunde nicht einfach dazusitzen brauche und irgendeinem gähnenden alten Knacker zuhören muß, der sich über irgendein verdammtes Thema ausläßt. Du weißt nicht zufällig, was ich heute im Unterricht behandeln wollte?«

»Es wird dir schon wieder einfallen. Darf ich dich darauf aufmerksam machen, daß deine Krawatte beinahe in der Tasse hängt? Wenn du achtgibst, brauchst du dir kein reines Hemd anzuziehen.«

»Wieso?«

»Wenn deine Krawatte naß wird, kriegt dein Hemd Teeflecken, und das ganze College wird sich den Mund darüber zerreißen, daß ich mich nicht ordentlich um dich kümmere. Doktor Porble hegt sowieso bereits seine Zweifel.«

»Welches Recht hat Doktor Porble, an dir zu zweifeln, meine Schöne?«

»Er ist immerhin mein Chef. Uns verbindet so etwas wie eine Haßliebe.«

»So, so. Erinnere mich daran, kurz bei der Bibliothek vorbeizuschauen und ihm meinen Fehdehandschuh ins Gesicht zu schleudern, wenn ich einen Moment Zeit finde.«

»Nicht diese Art von Haßliebe, Dummerchen. Doktor Porble ist nur ganz insgeheim der Meinung, daß eine Frau am besten in ihrem Heim aufgehoben ist.«

»Vor allem, wenn sie einen Doktor in Bibliothekswissenschaft hat. Porble weint vor Freude, wenn du ihn anlächelst, und zittert vor Angst, wenn du ein grimmiges Gesicht machst.«

»Das tut er keineswegs.«

»Dann sollte er es sich verdammt schnell angewöhnen. Runter von meiner Aktentasche, Jane. Daddy muß hinaus in die grausame kalte Welt und genug Geld verdienen, damit du wieder eine neue Spielzeugmaus bekommst. Großer Gott, sag mal, ist Jane eigentlich mit Edmund verwandt?«

»Eine Cousine vierten Grades«, antwortete Helen prompt und hob die kleine Tigerkatze von Peters Vorlesungsnotizen. »Mrs. Lomax hat an dem Tag, als wir Jane bekommen haben, ihren gesamten Stammbaum ausgearbeitet. Ich kann dir eine kurze Zusammenfassung geben, wenn du magst.«

»Vielleicht ein anderes Mal. Die Pflicht ruft, und ich muß gehorchen.«

»Besser die Pflicht als Thorkjeld, würde ich sagen. Wann bist du denn deiner Meinung nach heute abend wieder zurück?«

»Ich wage es schon gar nicht mehr, eine Meinung zu haben, ich kann nur noch hoffen.«

Shandy machte sich auf den vertrauten Weg zu seinem Seminarraum. Er war allerdings noch keine zwölf Schritte aus dem Haus, als Mirelle Feldster schon die Tür des Nachbarhauses aufriß.

»Peter! Peter, warte doch! Stimmt es wirklich?«

»Ich kann leider nicht warten. Ich muß zu meinen Studenten. Wahrscheinlich stimmt es nicht«, rief er ihr noch schnell über die Schulter zu und ging beherzt weiter.

Doch so einfach gab sich Mirelle nicht zufrieden. Sie hoppelte ihm in Pantoffeln und Morgenmantel nach.

»Ich habe es gerade in den Nachrichten gehört. Diese Mrs. Smuth, die bei unserer Silokampagne soviel Aufhebens um sich gemacht hat« – Mirelle holte kurz Luft –, »wer hat sie denn umgebracht, Peter?«

»Ich war es jedenfalls nicht. Das ist alles, was ich dazu sagen kann. Warum gehst du nicht nach Hause und ziehst dich an? Jim könnte diese Jagd auf mich im Morgenmantel mißverstehen.«

Jim würde zwar nicht einmal mit der Wimper zucken, selbst wenn er zusah, doch das tat nichts zur Sache. Shandy beschleunigte seine Schritte. Mirelle verlor einen Pantoffel, woraufhin es Shandy gelang, einen gewissen Sicherheitsabstand zwischen sich und seine Verfolgerin zu legen, während sie auf einem Fuß herumhüpfte und versuchte, sich den Pantoffel wieder anzuziehen. Sie würde ihm bestimmt nicht bis in den Seminarraum folgen. Viel eher würde sie zurückgehen und Helen auf die Nerven gehen, die wahrscheinlich gerade dabei war, ein wenig Ordnung in der Küche zu schaffen, um sich dann auf den Weg zur Arbeit zu machen.

Shandy wurde bewußt, daß er seiner Frau nichts von dem allzu frühzeitigen Ableben von Ruth Smuth erzählt hatte, wahrscheinlich, weil er einfach zu sehr damit beschäftigt gewesen war, seine übermüdeten Augen offen zu halten. Möglicherweise würde Helen ein kleines bißchen verärgert sein, wenn sie jetzt die zweifellos unrichtigen Details von Mirelle erfuhr und nicht die Fakten aus erster Hand von ihm. Was war wohl in den Nachrichten darüber berichtet worden, und wie hatte man überhaupt davon erfahren? Hatte sich einer der Reporter, die gestern mittag wie durch Zauberkraft plötzlich erschienen waren, auch gestern abend noch auf dem Campus aufgehalten, weil er eine gute Story witterte? Hatte man der Presse wieder schon vorher einen Tip gegeben? Und wenn, wer um Gottes willen hatte es getan?

Gestern hätte Shandy bereitwillig geschworen, daß Ruth Smuth und ihr korpulenter Begleiter Sill die Presse informiert und hergeholt hatten. Es war allerdings relativ unwahrscheinlich, daß sie sie auch zu ihrer eigenen Ermordung eingeladen hatte. Shandy konnte sich auch nicht vorstellen, daß Sill idiotisch genug war, sich in eine Mordaffäre verwickeln zu lassen. Konnte das bedeuten, daß Sill und Ruth Smuth nur Marionetten gewesen waren, die sich jederzeit ersetzen ließen? Und war dieser Puppenspieler Bertram Claude oder nicht?

Shandy war klar, warum Bertram Claude abgestritten hatte, daß Ruth Smuth als seine Wahlkampfleiterin fungierte, auch wenn sie diese Funktion innehatte. Ob er nun mit ihrem Tod etwas zu tun hatte oder nicht, sein gutentwickelter politischer Instinkt würde ihn davor bewahren, sich mit einer derart brisanten

Angelegenheit so kurz vor der Wahl in Verbindung bringen zu lassen, in der er sowieso wenig Chancen hatte. Wenn aber Claude die Wahrheit sagte und sie tatsächlich nicht seine Wahlkampfleiterin gewesen war, warum hatte sie das dann Svenson erzählt? Hatte sie versucht, einen Coup zu landen, um Claude dadurch zu beeindrucken? Hatte sie unrealistische Hoffnungen auf ein lukratives politisches Amt gehegt? Waren sie und der Schönling Claude vielleicht doch nicht so intim befreundet gewesen, und hatte sie mit ihrer Aktion versucht, ihm näherzukommen?

Vielleicht hatte sie auch nicht mit, sondern gegen Bertram Claude gearbeitet. Nein, das konnte nicht sein. Sam Peters hatte Schmutzkampagnen nicht nötig. Er würde völlig außer sich sein, wenn er herausfand, daß jemand seinen Namen für irgendein dubioses Unternehmen mißbrauchte. Es war sogar zu erwarten, daß er in einem derartigen Fall zurücktreten würde.

Aber vielleicht wollte man gerade das erreichen? Hatte Ruth Smuth möglicherweise versucht, Sam mit einer Art Doppelspiel aus dem Rennen zu werfen? Wenn das so war, hatte sie mit Bertram Claudes Zukunft ein riskantes Spiel getrieben. Auch wenn Sam Peters selbst niemals zu schmutzigen Tricks Zuflucht nahm, so war er doch lange genug Politiker, um zu wissen, daß andere sehr wohl dazu in der Lage waren. Was wäre gewesen, wenn er nicht aufgegeben hätte? Er hätte einfach alles auf eine Karte setzen und eine Pressekonferenz einberufen können, in der er alles klargestellt und sich auf seine Vergangenheit berufen hätte. Dann hätte er sicher wieder haushoch die Wahlen gewonnen.

Shandy rief sich ins Gedächtnis, daß es durchaus auch möglich war, daß Ruth Smuth von jemand ganz anderem aus einem Grund getötet worden war, der mit Politik nicht das geringste zu tun hatte. Jedenfalls nicht im engeren Sinne. Beispielsweise hatte ihr Ehemann sich äußerst ausweichend zu der Frage geäußert, was seine Frau eigentlich mit dem Geld machte, das er durch seine Klettertour auf der Firmenleiter nach Hause brachte. Smuth hatte sehr viel überzeugender geklungen, als er sich darüber Sorgen machte, ob Ruths Privatleben eventuell seinem Image in der Firma schaden könnte.

Shandy konnte sich zwar nicht vorstellen, wie Smuth das Flugzeug dazu gebracht haben konnte, einen Maschinenschaden zu haben, fand es jedoch auffällig, daß Smuth ausgerechnet an dem Abend, an dem seine Frau ermordet wurde, nicht in der Stadt gewesen war. Wenn das Flugzeug keine Verspätung gehabt hätte, hätte er es dann nicht vielleicht verpaßt? Wenn nicht irgendein Gauner die Räder an seinem Wagen abmontiert hätte, hätte er dann nicht vielleicht eine andere Entschuldigung gefunden, um seine Rückkehr nach Hoddersville hinauszuzögern? Smuth war vielleicht nicht gerade ein Meister auf der produzierenden Produktionsseite, aber man mußte kein ausgebildeter Mechaniker sein, um eine Handvoll Kabel abzureißen und dann zur Flughafenpolizei zu gehen und sich lautstark über Vandalismus in der Tiefgarage zu beschweren.

Und war es wirklich nichts weiter als ein bloßer Zufall, daß Smuth ausgerechnet von Detroit kam, dem ehemaligen Wohnort von Alonzo Persifer Bulfinch? Zugegeben, Bulfinch war nicht gerade der Prototyp eines Killers, aber qualifizierte ihn nicht gerade das für eine derartige Tat?

Shandy konnte sich nicht vorstellen, daß es irgend etwas auf der Welt geben konnte, das ihn dazu bringen würde, einen bezahlten Mörder auf seine Frau anzusetzen, aber er war schließlich auch nicht mit Ruth Smuth verheiratet. Einmal angenommen, er wäre es, und weiterhin angenommen, sein Chef J.B. würde einen Mord einer Scheidung vorziehen, wäre es dann nicht sehr viel klüger, einen freundlichen Menschen wie Bulfinch auf das Opfer anzusetzen als einen Killertyp mit stechendem Blick, unbewegtem Gesicht und einem abgesägten Gewehr im Hosenbein?

Angenommen, nur um die Überlegung weiterzuführen, Smuth würde Bulfinch aus Detroit kennen und Bulfinch hätte in der Vergangenheit bereits andere ungewöhnliche Aufgaben für ihn übernommen, für die man starke Nerven brauchte. Shandy war kein Fachmann für Firmenintrigen, doch er kannte zahlreiche Berichte über sogenannte Industrieunfälle, die, natürlich rein zufällig, genau den richtigen Leuten zugestoßen waren, und er hatte von Sabotage und Autobomben und von verantwortlichen Geschäftsführern gehört, die in ihrem eigenen Haus mitten in der Nacht von Einbrechern erschossen worden waren. Vielleicht war so etwas eher auf die Initiative einzelner Personen als auf eine bestimmte Art von Firmenpolitik zurückzuführen, und die in solche Dinge verwickelten Personen waren wahrscheinlich Typen wie Smuth, die stark unter Druck standen. Angst, Ehrgeiz und genug Geld, um jemanden zu engagieren, sich die Hände schmutzig zu machen, konnten eine tödliche Kombination sein.

Smuth kam also durchaus in Frage. Bulfinch als ehemaliger Militärpolizist und professioneller Wachmann hatte die richtige Ausbildung und vielleicht auch die richtige innere Einstellung. Wenn sie tatsächlich ihren Pakt in Detroit geschlossen hatten, würde normalerweise sicher niemand auf die Idee kommen, in Balaclava County eine Verbindung zwischen den beiden zu vermuten.

Bulfinchs Plan war es vielleicht gar nicht gewesen, Ruth Smuth so schnell nach seiner Ankunft aus dem Weg zu schaffen, aber als er sie dann in der Nähe des College traf, nachdem er den Notruf erhalten und Minks Dienst übernommen hatte, war ihm das als ein echter Glücksfall erschienen. Ihr Schal kam ihm als Tatwaffe sehr gelegen. Er war effektiver als die meisten anderen Waffen, denn er war lautlos und tödlich, man hinterließ darauf keine Fingerabdrücke, und er ermöglichte keine Rückschlüsse auf den Täter, denn er gehörte schließlich dem Opfer. Sie konnten sich auf nichts weiter als Bulfinchs Wort verlassen, daß die Leiche von Ruth Smuth bei seiner ersten Runde noch nicht dagewesen war. Das mochte durchaus stimmen, denn vielleicht hatte sie ja noch gelebt, als sie ihn getroffen hatte?

Was nutzte dieses ganze Gerede voller Wenn und Aber? Shandy stellte fest, daß er ins Schwimmen kam, sobald er versuchte, irgendeinem Verdächtigen den Mord nachzuweisen. Es war ihm eigentlich ziemlich egal, wer es gewesen war, solange es sich nicht um die Person handelte, die nun wirklich ein Motiv, die Gelegenheit, das Temperament und vor allem die Körperkraft besaß, um Ruth Smuth umgebracht zu haben. Jeder war ihm recht, solange es sich nur nicht um Thorkjeld Svenson handelte. Lieber würde er selbst die Tat gestehen. Aber dann mußte er Fred Ottermole mit in die Sache hineinziehen. Und wer würde dann abends mit Freds Kindern Räuber und Gendarm spielen?

Als Professor Shandy seinen Seminarraum betrat, war er nicht gerade in bester Stimmung. Seine Laune besserte sich auch nicht, als er seine Notizen herausgeholt hatte, sich daran erinnerte, worüber er in dieser Stunde zu reden beabsichtigte, und begann, seine Studenten an seinem Wissen teilhaben zu lassen, nur um dann von einer Studentin gestört zu werden, die plötzlich hereinstürzte, natürlich viel zu spät und völlig außer Atem, und die noch dazu ihre Bücher fallenließ, als sie versuchte, sich möglichst unauffällig in die hinterste Reihe zu schmuggeln. Er hörte auf zu reden und starrte sie an. Die Studenten verdrehten ihre Hälse.

Die junge Dame, der diese Störung zu verdanken war, errötete und begann zu schniefen.

»Es tut mir so leid, Professor Shandy. Die Reporter draußen haben mich erkannt und wollten mich nicht mehr weglassen. Ich habe immer wieder gesagt, daß ich überhaupt nichts weiß, aber sie haben mir keine Ruhe gelassen und einfach weiter gefragt. Wenn Onkel Sam –« Jetzt verlor sie völlig die Fassung und brach in Tränen aus.

»Das ist ja wohl die Höhe!« explodierte Shandy, sehr zur Freude seiner Studenten. »Sie brauchen sich wirklich nicht zu entschuldigen, Miss Peters. Es war nicht Ihre Schuld, daß diese Schwei – eh –, ich will damit sagen, daß es mir schrecklich leid tut, daß man Sie belästigt hat. Ich werde mich darum kümmern, daß es nicht nochmal passiert.«

»Sie wollen doch nicht etwa selbst dort hinausgehen, Professor? Auf Sie warten die doch bloß.«

Nach diesem Wortwechsel war es nun ganz unmöglich, eine normale Vorlesung zu halten. Shandy hatte jetzt die Wahl, über die Vorfälle zu reden oder das völlige Chaos zu riskieren, und unter diesen Umständen entschied er sich für die erste Möglichkeit. Er äußerte sich, so kurz es eben ging.

»Präsident Svenson muß sich jetzt darauf verlassen können«, begann er, »daß jeder Student dieselbe Intelligenz und Phantasie zeigt, die Sie gestern nachmittag bei der Demonstration so eindrucksvoll bewiesen haben. Wir befinden uns im Kriegszustand, falls Sie das noch nicht bemerkt haben sollten. Unser Abgeordneter Sam Peters ist das Opfer einer Schmutzkampagne. Die Tatsache, daß seine Gegner versuchen, uns in Mißkredit zu bringen, um ihn aus dem Rennen zu werfen, beweist, wie sehr seine Wahl von unserer Unterstützung abhängt. Und Sie sollten verdammt nochmal erkennen, wie wichtig Sam Peters für die kleinen Farmer ist. Wir wissen zwar noch nicht, wer hinter all diesen Schweinereien steckt, aber das werden wir schon noch herausfinden. In der Zwischenzeit halten Sie bitte die Augen offen, reden Sie möglichst wenig, und tun Sie, was Sie können, um Miss Peters zu schützen. Und jetzt lassen Sie uns mit dem weitermachen, wofür ich bezahlt werde.«

So sah also seine erste Stunde aus. Die zweite verlief nicht wesentlich anders, außer daß Miss Peters nicht anwesend war. Sie hatte Zuflucht in der Krankenstation gefunden, man hatte ein

Schild mit der Aufschrift »Masern« an die Tür gehängt, sie hatte ihre Bücher, um sich abzulenken, und ein Körbchen mit Süßigkeiten, die Sieglinde Svenson ihr zur Aufmunterung geschenkt hatte.

Um halb zehn hatten die Lomax-Brüder bereits die meisten dienstfreien Wachmänner zusammengetrommelt und veranlaßt, daß die Reitertruppe der Universität auf den berühmten Pferden Thor, Freya, Hoenir, Heimdall, Loki, Tyr und Balder das Gelände überwachte. Präsident Svenson selbst führte die Reiter auf Odin, dem größten der Balaclava Blacks, an. Das chaotische Gewimmel aus Pressevertretern und unvorsichtigen Neugierigen löste sich daher recht schnell auf, und alle strebten diszipliniert vom Campusgelände.

Studenten und Dozenten versuchten, trotz des Tumultes den normalen Studienbetrieb aufrechtzuerhalten, was sich jedoch als immer schwieriger herausstellte, als die ersten Radio- und Fernsehberichte ausgestrahlt wurden und überall Zeitungen von Hand zu Hand gingen. Dieser Tag, da waren sich Shandy und Joad einig, als sie sich in der Mensa zu Kaffee und Kuchen trafen, entwickelte sich zu einem regelrechten Alptraum.

»Kopf hoch«, sagte Joad und ließ dabei sein berühmtes penetrantes Kichern vernehmen, »es wird noch viel schlimmer werden, bevor es besser wird. Was halten Sie davon?«

Shandy griff nach einem Stapel druckfrischer Zeitungen und stöhnte: »Oh Gott, womit haben wir das bloß verdient?«

CLAUDES MANAGERIN NACH DEMONSTRATION BRUTAL ERMORDET. STUDENTEN STREITEN TAT AB. PRÄSIDENT SVENSON VERNEINT ZUSAMMENHANG MIT COLLEGE, SPRICHT VON KOMPLOTT. PRESSE MIT WIEHERNDEM GELÄCHTER VOM CAMPUS VERTRIEBEN; BALACLAVA SETZT KAVALLERIE EIN. EIN ZWEITES KENT STATE? PRESSEFREIHEIT STEHT NICHT AUF DEM LEHRPLAN, SAGT REPORTER NACH SCHIKANEN VOM SICHERHEITSPERSONAL.

»Verdammt!«

Er rollte die Zeitungen zusammen und feuerte sie in einen Abfalleimer. »Warum zum Teufel soll man Schwachköpfe respektieren, die ein derartiges Gewäsch loslassen? Aber sie schreiben natürlich kein Wort darüber, wie die ganze Meute heute morgen die arme kleine Peters schikaniert hat.«

»Für die ist es bloß dann Schikane, wenn es jemand anders tut.« Joad stopfte sich ein großes Stück Kuchenkruste in den Mund und kaute genüßlich. »Am College in New York hatten wir nie soviel

Aufregung. Aber hier habe ich was für Sie, das Ihre gereizten Nerven sicher wieder beruhigt.«

»Ach herrje, der *All-woechentliche Gemeinde- und Sprengel-Anzeyger für Balaclava* hat eine Sonderausgabe herausgebracht.« Shandy rückte seine Lesebrille zurecht, die er sich inzwischen hatte zulegen müssen, weil seine Altersweitsichtigkeit ihm keine andere Wahl mehr gelassen hatte. »Und Cronkite Swopes Name prangt darunter.«

Auswärtige Unruhestifter verursachen Tumult und Tod. Misslungener Versuch, das College in Verleumdungskampagne zu verwickeln und Claudes Wahlniederlage zu verhindern. Präsident Svenson lobt hiesige Polizei, Abgeordneter Peters lobt College, setzt weiterhin Vertrauen in seine Wähler.

Als man ihn fragte, was er von den dramatischen Ereignissen des gestrigen Tages halte, antwortete Peters: »Die halten die Wähler in unserem Wahlkreis wohl für verdexte Dummköpfe!« Auf die Frage nach dem Mord an Ruth Smuth erwiderte er: »Schlimme Sache.« Als man ihn fragte, ob er beabsichtige, in der ganzen Angelegenheit selbst etwas zu unternehmen, erwiderte er: »Nicht meine Aufgabe. Svenson macht das schon.«

Als man ihn fragte, ob er beabsichtige, auf Claudes intensive Kampagne kurzfristig mit einer Gegenkampagne zu reagieren, erwiderte er: »Nein.« Auf die Frage, was er als nächstes zu tun gedenke, antwortete er: »Ich muß ein paar lose Bretter am Maisspeicher festnageln, dann zurück nach Washington und gegen die Kopfsteuer für Zuchtbullen stimmen, die diese verdexte Lobby für künstliche Befruchtung durchboxen will. Das Leben auf einer Farm macht doch jetzt schon kaum noch Spaß.«

Nach der gestrigen Demonstration am Balaclava Agricultural College befragt, wies der Abgeordnete Peters darauf hin, daß dies die Konsequenz sei, wenn man die Landwirtschaft nur noch als Big Business betrachte. »Die verdexten Maschinen, die angeblich so viel Arbeit sparen, ruinieren bloß den guten Boden, treiben Farmer in den Ruin und machen Farmarbeiter arbeitslos. Haben Sie eine Ahnung, wie viele tausend Arbeitsplätze wir schon verloren haben, bloß weil ein paar große Firmen überall im Land verbreitet haben, wie erniedrigend es angeblich ist, sich die Hände schmutzig zu machen? Ich will damit sagen, wenn diese Bande gestern den ganzen Tag ordentlich gearbeitet hätte und dafür anständig bezahlt

worden wäre, statt für ein paar Kröten die Drecksarbeit für jemand anderen zu verrichten, wären wir heute alle verdext besser dran.«
Er bezog sich dabei auf eine Gruppe Unruhestifter, die nicht aus der hiesigen Gegend stammten, gestern abend auf dem Highway aufgegriffen wurden und von einem Wagen der Müllabfuhr bis zur Staatsgrenze gebracht wurden.

»Bei Gott, das nenne ich wirklich verantwortlichen Journalismus! Ich frage mich allerdings, ob die armen Kerle überhaupt einen Pfennig für ihre ganze Mühe bekommen haben.«

»Es würde mich nicht überraschen, wenn sie die Hälfte im voraus bekommen haben und danach in die Röhre gucken durften«, sagte Joad. »Aber vielleicht sind sie ja wieder zurückgekommen und haben Mrs. Smuth umgebracht, weil sie nicht mit dem restlichen Geld herausrücken wollte.«

»Das würde zwar alles sehr vereinfachen«, sagte Shandy, »aber ich bezweifle, daß irgendeiner von ihnen sich getraut hätte, hier noch einmal aufzukreuzen, nachdem wir sie weggejagt haben. Verglichen mit unseren kräftigen Jungs und Mädels machten sie eine ganz schön kümmerliche Figur, und die Wachmänner hätten sie sofort entdeckt. Ich nehme stark an, die Lomax-Brüder hatten die Idee, sie mit einem Müllwagen abtransportieren zu lassen. Bestimmt hat man ganz genau nachgezählt, ob auch alle an Bord waren. Clarence und Silvester lassen sich nicht hinters Licht führen.«

Das taten sie wirklich nicht, warum hätten sie sich dann also von einem alten Armeekameraden hinters Licht führen lassen sollen? Shandy starrte finster in seine Kaffeetasse und sah, wie sich die Kette der Verdächtigungen, die er gegen Alonzo Bulfinch hegte, allmählich in Wohlgefallen aufzulösen begann.

Immerhin, sagte er zu sich selbst, stammten Clarence und Silvester vom Land. Sie kannten sich mit dem, was in einer Großstadt alles passierte, nicht aus. Smuth war ebenfalls Großstädter, selbst wenn er sein Firmenimage hier draußen am Ende der Welt pflegte. Großstädter dachten immer in großen Relationen. Promoter aus der Großstadt überredeten daher Farmer dazu, sich große Maschinen anzuschaffen und zu diesem Zweck noch größere Kredite aufzunehmen. Großstädter machten großes Geld mit diesen großen Maschinen und großen Krediten und zwangen die kleinen Farmer, ihr Land an große Konzerne zu verkaufen, nachdem sie den letzten Pfennig aus ihnen herausgepreßt hatten.

Bertram Claudes Wahlkampagne kostete ebenfalls sehr viel Geld. Die einzige logische Erklärung für diese Investition bestand darin, daß es in Balaclava County immer noch sehr viele kleine Farmen gab, die man aufkaufen und in großes Geld verwandeln konnte, sobald die subversiven Elemente, wie etwa der Abgeordnete Sam Peters und seine Verbündeten vom Balaclava Agricultural College, von der Bildfläche verschwunden waren, auf der die Leute mit dem großen Geld ihren sogenannten Fortschritt zu verwirklichen gedachten.

Aber sicher war es eine grobe Vereinfachung, die Leute mit dem großen Geld so mir nichts dir nichts als Großstädter zu klassifizieren. Gute und schlechte Menschen ließen sich nicht so einfach in Kategorien einteilen. Dasselbe galt für Gut und Böse. Im Grunde hing es doch ganz davon ab, welche Einstellung man selbst hatte, vermutete er. Was der eine für Tugend hielt, hielt ein anderer für höchst verwerflich, und wahrscheinlich hatten sogar beide recht, wenn man die verschiedenen Wertmaßstäbe berücksichtigte. Und bei dem Fall, den er gerade zu lösen versuchte, handelte es sich vielleicht um etwas viel Komplizierteres als einen einfachen Gattenmord. Aber was genau steckte dahinter? Und warum zum Teufel verließ einen immer gerade dann die gute Fee Inspiration, wenn man sie am dringendsten brauchte?

Kapitel 19

Wenn man seine fehlende Muse schon nicht finden konnte, so konnte man wenigstens einen Kurzurlaub von den Sorgen nehmen und bei Helen in der Bibliothek vorbeischauen. Peter dachte dabei an eine verborgene kleine Ecke zwischen den Schweinestatistiken, wo ein Gatte mit seiner Angetrauten einen Moment ehelichen Glücks genießen konnte, vorausgesetzt, die besagte Ecke war nicht bereits von zwei liebeskranken Studenten in Beschlag genommen worden. Als er den Speisesaal verließ, lief er jedoch Fred Ottermole in die Arme. Der Polizeichef sah zwar müde und etwas zerzaust aus, schien jedoch alles in allem mit sich zufrieden zu sein.

»Ich habe dieses Unkraut vom Garten hinter dem Clubhaus mitgebracht, Professor. Wir haben nämlich die Fläche mit Kordel in Quadrate abgeteilt, die wir dann numeriert haben, und die Pflanzenproben in verschiedene Plastiksäcke getan, wie ich schon letzte Nacht vorgeschlagen hatte. Die Säcke haben wir übrigens auch numeriert«, fügte er mit verständlichem Stolz hinzu.

»Hervorragende Arbeit, Ottermole.«

In Wirklichkeit hatte Shandy das Unkraut am Clubhaus natürlich längst vergessen. Er rechnete sich außerdem aus, daß die Chance, dort irgendeinen Hinweis zu finden, gleich Null sei, doch er würde sich hüten, diesen Gedanken zu äußern, nachdem die heldenhaften Polizisten von Balaclava Junction in mühseliger Arbeit das gesamte Grünzeug abgeschnitten hatten.

»Joad ist noch im Speisesaal«, sagte er. »Warum schauen Sie nicht kurz dort herein und fragen ihn, wohin Sie die Pflanzen bringen sollen? Holen Sie sich doch auch etwas zu essen, wo Sie schon einmal hier sind. Sie können ruhig sagen, es ginge auf meine Rechnung. Ich würde gern selbst nochmal mit Ihnen hineingehen, aber ich habe – eh – etwas zu erledigen.«

»Oh, sicher. Danke, das werde ich machen. Haben Sie schon nachgeprüft, wann Claude bei Lutts weggegangen ist, oder soll ich das schnell machen, nachdem ich die Säcke abgeliefert habe?«

»Nein, lassen Sie nur, ich wollte gerade hinfahren«, log Shandy, dankbar dafür, daß Ottermole ihn daran erinnert hatte. »Ich war die ganze Zeit beschäftigt, habe unterrichtet. Und mir die Zeitungen angeschaut. Ich vermute, Sie haben auch schon gesehen, was da gedruckt worden ist?«

»Hab' ich. Fanden Sie den Artikel im *Sprengel-Anzeyger* auch so gut? Cronk hat sogar geschrieben, daß ich die Ermittlungen leite.«

»Das haben Sie sich auch redlich verdient, Ottermole. Machen Sie weiter so! Und probieren Sie mal die Kürbistorte.«

Das war das wenigste, was Shandy sagen konnte, und das genügte bereits, um Ottermole beglückt tortenwärts davontrotten zu lassen. Shandy selbst richtete einen langen, sehnsuchtsvollen Blick in Richtung Bibliothek und ging seinen Wagen holen.

Als er ungefähr auf halbem Wege nach Lumpkin Upper Mills war, fiel ihm ein, daß er vielleicht besser vorher kurz angerufen hätte, um herauszufinden, ob überhaupt jemand zu Hause war. Ottermole hatte gesagt, daß diese gewisse Edna Jean Bugleford eine Tante von Ruth Smuth war. Vielleicht war sie gar nicht da, weil sie sich gerade schwarze Strümpfe für die Beerdigung kaufte, wenn das heutzutage überhaupt noch üblich war, oder sie war in der Leichenhalle und beweinte die Verstorbene. Es sei denn, die Autopsie war immer noch nicht beendet. Er hätte Ottermole fragen sollen, ob der Bericht vom Coroner bereits vorlag.

Wahrscheinlich nicht, denn sonst hätte der Polizeichef es ihm bestimmt mitgeteilt. Jedenfalls wollte er jetzt nicht mehr zurückfahren. Er war mehr als erleichtert, endlich dem Durcheinander auf dem Campus entfliehen zu können. Und er war müde. Verdammt müde. Vielleicht wäre es klüger gewesen, nach Hause zu fahren und ein Nickerchen zu machen, als diese möglicherweise vergebliche Fahrt zu unternehmen.

Doch wenn er das getan hätte, wäre bestimmt irgendein Reporter auf der Bildfläche erschienen und hätte ihn wachgeklingelt. Wenn der Reporter dann zufälligerweise auch noch Cronkite Swope gewesen wäre, was durchaus der Fall hätte sein können, hätte er bestimmt nicht das Herz gehabt, ihm aus dem Fenster im ersten Stock einen Kessel siedendes Öl über den Kopf zu schütten. Und leider war es sowieso so, daß siedendes Öl, genau wie Inspirationen, gerade dann am wenigsten zur Hand war, wenn man es am nötigsten brauchte. Er unterdrückte ein Gähnen und fuhr weiter.

Edna Jean Bugleford war zu Hause und noch dazu gut bei Stimme.

»Ich habe Ruth sofort gesagt, daß dabei nichts Gutes herauskommen würde. Mir all die Arbeit aufzuhalsen, und dann ist überhaupt niemand erschienen außer den paar Mädchen aus dem Whist-Club, und die habe ich praktisch auf Knien anflehen müssen. Die alte Mrs. Mawe ist natürlich auch aufgetaucht. Die geht überall hin, wo sie eine Tasse Tee und ein Stück Kuchen umsonst bekommt. Und dieser junge Kerl namens Cronkite Swope von der Zeitung ist gekommen, der überhaupt nichts gemacht hat, außer dem armen Mr. Claude mit peinlichen Fragen auf die Nerven zu gehen, bis ich gedacht habe, ich versinke vor Scham noch im Boden. Und Ruth war nicht da, um mir zu helfen, obwohl sie es mir doch hoch und heilig versprochen hatte. Die hätte von mir was zu hören bekommen, darauf können Sie sich verlassen, wenn sie sich nicht hätte umbringen lassen.«

»Tja, das kann ich mir durchaus vorstellen.« Shandy wagte sich nicht vorzustellen, welche Möglichkeit Ruth Smuth wohl vorgezogen hätte: ermordet zu werden oder sich die Vorhaltungen ihrer Tante anzuhören. »Können Sie sich zufällig noch erinnern, wann Mr. Claude hier eingetroffen ist?«

»Natürlich erinnere ich mich daran. Ich mußte doch schließlich das Teewasser aufstellen, nicht? Mein Schwager will partout keine fremde Haushaltshilfe haben, obwohl er sich das weiß Gott erlauben könnte. Mr. Claude – aber ich sage wohl besser der Abgeordnete Claude – also, er hat jedenfalls um Punkt Viertel vor acht hier geklingelt. Er war auf die Minute pünktlich, daß muß man sagen, obwohl das nur recht und billig war, denn immerhin mußte ich ja schließlich die ganze Arbeit erledigen.«

»Das stimmt wohl«, meinte Shandy diplomatisch. »Und wann ist er wieder gegangen?«

»Fünf Minuten vor neun. Ich habe auf die Uhr geschaut, als er sich den Mantel angezogen hat, und es war fast ein Schock für mich, daß erst so wenig Zeit vergangen war, obwohl es einem so lang vorgekommen war. Mrs. Mawe war die einzige, die schon gegangen war, und sie war nicht einmal höflich genug, so zu tun, als ob sie Mr. Claude überhaupt zuhörte. Sie hat sich bloß alles in den Mund gestopft, was ihr in die Finger kam. Schließlich habe ich ihr ein paar Reste in einen Korb gepackt und sie gefragt, ob sie sie nicht mit nach Hause nehmen wollte. Wenn ich das nicht getan hätte, säße sie bestimmt immer noch hier und würde jeden einzelnen Krümel vom Tisch lecken.«

»Solche Leute trifft man immer wieder, nicht wahr? Mrs. Bugleford, Sie haben Ihren Schwager noch gar nicht erwähnt. Man hat mir zugesagt, er wäre auch auf der – eh – Versammlung gewesen.«

»Gerade lang genug, um allen die Hände zu schütteln und eine Tasse Tee zu trinken. Lot trinkt abends niemals Kaffee.«

»Sehr vernünftig. Er ist nicht geblieben, um sich anzuhören, was Claude zu sagen hatte?«

»Oh nein, Lot interessiert sich für so etwas überhaupt nicht. Er sagt immer, es wäre nicht wichtig, was ein Politiker sagt, sondern für was er stimmt.«

»Dann unterstützt Mr. Lutt Sam Peters?«

»Na ja, wohl kaum. Nach dieser schrecklichen Sache damals, als Peters so ein Trara gemacht hat, bloß weil sich ein paar kleine Seifenblasen im Trinkwasser zeigten! Umweltverschmutzung hat Peters es genannt, nur weil ein Haufen dummer junger Mütter sich beschwert hat, die sowieso nichts Besseres zu tun hatten und bloß eine Entschuldigung gesucht haben, um mal aus dem Haus zu kommen. Die haben doch tatsächlich eine Demonstration vor der Fabrik organisiert und behauptet, die Seife würde ihre Kinder krank machen. Und jetzt frage ich Sie, warum konnten die denn kein Wasser aus der Flasche trinken? Das haben wir ja schließlich auch gemacht. Außerdem benutzen Kinder heutzutage solche Wörter, daß es den Bälgern bestimmt nicht schaden würde, wenn man ihnen den Mund mal ein bißchen auswäscht. Das war jedenfalls meine Meinung, und ich hätte sie denen auch mitten ins Gesicht gesagt, aber Lot hat gemeint, ich soll mich raushalten. Er hat gesagt, er kümmert sich selbst um die Sache. Lot läßt sich nämlich von niemandem ins Bockshorn jagen, wissen Sie. Als sich dann ein paar von den Vätern, die in der Fabrik arbeiteten, auf die Seite ihrer Frauen gestellt haben und zu Lot gekommen sind und sich beschwert haben, hat er jeden einzelnen auf der Stelle gefeuert.«

»Großer Gott!« sagte Shandy.

Mrs. Bugleford war mit seiner Reaktion offenbar zufrieden. »Genau das hat er gemacht. Hat ihnen gesagt, sie sollen sich ihre Mäntel anziehen und verschwinden, und das haben sie dann auch getan. Das war natürlich, bevor es hier eine Gewerkschaft gab. Wenn man das heute versuchen würde, garantiere ich Ihnen, daß sie alle streiken und demonstrieren würden. Alles Kommunistenpack, wenn Sie meine Meinung hören wollen. Und dann ist doch tatsächlich der Vorstand der Seifenfabrik gekommen und hat Lot vorgeworfen, er wäre schuld, daß die Gewerkschaft auf den Plan getreten ist und Mitglieder geworben hat. Die wollten, daß er zurücktritt – kaum zu glauben, nach all den Jahren. Lot hat sich geschlagen gegeben. Er hat gesagt, wenn er das Geschäft nicht mehr so führen könnte, wie es ihm paßte, wollte er lieber gar nichts mehr damit zu tun haben. Lot hat sehr strenge Prinzipien.«

»Das muß er wohl«, konnte Shandy gerade noch hervorbringen. »Eh – wissen Sie vielleicht zufällig, wo Bertram Claude gestern abend nach diesem Treffen noch hingegangen ist?«

»Das weiß sie nicht. Und warum sollte sie das auch wissen?«

Ein Mann, der Henry Hodger so frappierend ähnlich sah, daß er sein Cousin hätte sein können, was er möglicherweise sogar war, betrat das Zimmer. »Wer sind Sie überhaupt?«

»Mein Name ist Shandy.«

»Da sieh mal einer an!« Es handelte sich zweifellos um den entthronten Seifenkönig persönlich. »Der große Professor Shandy, so wahr ich hier stehe! Womit habe ich die Ehre verdient, daß Sie sich herablassen, mein bescheidenes Heim mit Ihrer Gegenwart zu beehren? Edna Jean, du verdammtes Mondkalb, warum hast du nicht genug Grips gehabt, ihm die Tür vor der Nase zuzuknallen?«

»Shandy?« Mrs. Bugleford konnte absolut nicht begreifen, worüber sich ihr Schwager derart aufregte. »Du meinst, er ist der Mann, der letzten Sommer so nett zu den Horsefalls war?«

»Der Mann, der meinen Freund Gunder Gaffson um das schöne Stück Bauland in Lumpkin Corners gebracht hat. Zu Ihrer Information, Professor Shandy, Gunder Gaffson hat der Gemeinde weit mehr Steuern eingebracht, als die gesamte Familie Horsefall jemals verdient hat. Offenbar werden die wirklichen Dinge des Lebens an Ihrem Elite-College nicht vermittelt.«

»Ganz im Gegenteil, Mr. Lutt, wir beschäftigen uns besonders intensiv mit den wirklichen Dingen. Wie haben Sie persönlich denn Ihre Steuern am liebsten? Gebraten, gekocht oder frikassiert? Eine wirkliche Tatsache ist beispielsweise, daß man Steuereinnahmen nicht essen kann. Menschen brauchen Lebensmittel, und die kann man nicht kaufen, wenn es kein Land gibt, auf dem man etwas anbauen kann.« Shandy war im Begriff, seine Selbstbeherrschung zu verlieren, aber das war ihm nun auch gleichgültig. »Wie sollen denn Ihrer Meinung nach die Menschen überleben, wenn das gesamte Ackerland in Bauland verwandelt wird und es weder saubere Luft zum Atmen noch sauberes Trinkwasser gibt?«

»In meinem Haus dulde ich kein derartig schmutziges unamerikanisches Umweltgeschwätz!«

Lutts Gesicht zeigte inzwischen ein erstaunliches Spektrum von Rottönen, das an seinen Hängebacken ins Violette spielte. Fast wie ein Sonnenuntergang über dem Mount Agamenticus an einem diesigen Juliabend, dachte Shandy. Er nickte Mrs. Bugleford kurz zu.

»Dann möchte ich mich jetzt lieber verabschieden. Darf ich Ihnen jedoch noch kurz ein oder zwei Fragen stellen, die nichts mit Umweltschutz zu tun haben, Mr. Lutt?«

»Nein.«

Aber Shandy ließ sich nicht beirren. »Sie haben letzten Mittwochabend an der Versammlung der Balaclava Society teilgenommen, nicht?«

»Machen Sie, daß Sie rauskommen, sonst rufe ich die Polizei.«

»Ich bin die Polizei, Mr. Lutt. Das heißt, ich bin – eh – vorübergehend von Polizeichef Ottermole eingestellt worden, um bei den Nachforschungen, die mit dem Mord an Professor Ungley und – eh – den darauffolgenden Ereignissen zusammenhängen, mitzuarbeiten. Ottermole hat außerdem eine dementsprechende Abmachung mit Ihrem Polizeichef Olson getroffen, was Sie sehr schnell nachprüfen können. Sie brauchen nur auf dem Polizeirevier anzurufen und nachzufragen.«

Shandy hoffte inständig, daß Lutt dies nicht tun würde. Während der Horsefall-Geschichte war er mit Olson nicht gerade hervorragend ausgekommen, und es gab auch keinen Grund zu der Annahme, daß die Zeit die Wunden geheilt hatte. Er wußte nicht einmal, ob Ottermole sich mit dieser Geschichte über den angeblichen Polizeibeamten Shandy, die sie letzte Nacht Bertram Claude aufgetischt hatten, lediglich einen Scherz erlaubt hatte. Lutt jedenfalls schien sie zu schlucken.

»Warum haben Sie das denn nicht gleich gesagt?« knurrte der ehemalige Seifenbaron.

Edna Jean Bugleford ergriff die Gelegenheit, sich reinzuwaschen, sofort beim Schopf.

»Da siehst du es ja, Lot. Warum hast du mich auch nicht ausreden lassen, statt mir sofort den Kopf abzureißen? Wie bist du bloß darauf gekommen, daß ich hier herumgestanden und mit dem Mann geredet hätte, wenn Edna Mae Ottermole nicht die Tochter des Bruders meines verstorbenen Mannes wäre?«

Die Argumentation der Haushälterin mochte zwar eine Spur unübersichtlich sein, verfehlte jedoch ihre Wirkung nicht. Vielleicht erinnerte sich Lutt auch an das Seifenlaugenfiasko, mit dem er sich damals selbst aus dem Amt katapultiert hatte. Seine Verfärbung begann allmählich zu verblassen, seine Augäpfel allerdings quollen weiterhin aus ihren Höhlen.

»Um Ihre Frage zu beantworten, Shandy«, stieß er hervor, »ja, ich war am Mittwochabend auf dem Treffen. Reicht Ihnen das jetzt?«

»Nicht ganz. Wann sind Sie wieder gegangen?«

»Als die anderen auch gegangen sind.«

»Wer ist zuerst gegangen?«

»Das weiß ich nicht mehr. Wir gingen alle zusammen.«

»Was haben Sie dann gemacht?«

»Bin in meinen Wagen gestiegen und nach Hause gefahren.«

»Wo stand Ihr Wagen?«

»Vor dem Postamt.«

»Haben Sie Ungley angeboten, ihn mitzunehmen?«

»Nein. Er ist lieber zu Fuß gegangen.«

»Wann hat er Ihnen das letzte Mal gesagt, daß er lieber zu Fuß ging?«

»Daran kann ich mich nicht mehr erinnern. Wir wußten alle, daß Ungley lieber zu Fuß ging.«

»Dann hat ihm also keiner angeboten, ihn zu fahren?«

»Meines Wissens nicht.«

»Haben Sie gesehen, wie sich Ungley auf den Heimweg machte?«

»Nein.«

»Aber wenn Sie Ihren Wagen, wie Sie gesagt haben, an der Post abgestellt hatten, muß er doch an Ihnen vorbeigekommen sein.«

»Das kann schon sein. Aber ich habe ihn nicht gesehen. Ich habe nach meinen Schlüsseln gesucht.«

»Ungley war ein alter Mann. Er ist langsam gegangen.«

Der Anflug eines Grinsens zeigte sich auf Lutts teigigem Gesicht. »Ich bin auch nicht mehr der Jüngste, wissen Sie. Vielleicht suche ich auch langsam?«

Shandy antwortete nicht. »Können Sie mir sagen, in welcher Reihenfolge Sie losgefahren sind?«

»Reihenfolge? Wie meinen Sie das?«

»Sie waren schließlich nicht der einzige Anwesende, der mit dem Wagen da war, oder? Zumindest die Pommells sind auch mit dem Auto gekommen, soweit ich informiert bin. Sind sie vor Ihnen losgefahren?«

»Das kann ich Ihnen beim besten Willen nicht mehr sagen.«

»Und was ist mit Twerks und Sill? Waren sie zu Fuß oder mit dem Wagen da?«

Lutt schob die Unterlippe vor, dachte eine Weile nach und schüttelte dann den Kopf. »Weiß ich nicht mehr. Manchmal kommen sie zu Fuß, manchmal mit dem Wagen. Hodger ist, glaube ich, zu Fuß gegangen. Er wohnt genau gegenüber dem Clubhaus und kann wegen seiner Arthritis sowieso nicht fahren. Ja, ich bin mir ziemlich sicher, daß Hodger zu Fuß gegangen ist. Ich glaube, er hat gerade die Straße überquert, als ich wegfuhr. Oder war zumindest im Begriff, es zu tun. Er kann sich nur ganz langsam bewegen. Aber was soll das alles überhaupt? Ich habe doch gesagt, wir sind alle zur selben Zeit gegangen; dabei gab es so gut wie keinen Zeitunterschied.«

»Das sagten Sie allerdings. Was haben Sie übrigens von Ungleys Vortrag gehalten?«

»Was zum Teufel –« Lutt versuchte, sich zu beherrschen. »Ich würde es nicht wagen, meine bescheidene Meinung vor einem gebildeten Mann wie Ihnen auszusprechen.«

»Hodger hat mir erzählt, er habe einen Vortrag über Tintenfässer gehalten«, sagte Shandy listig.

Lutt antwortete nicht sofort. Dann sagte er unverbindlich: »Professor Ungley war auf vielen Gebieten bewandert. Sein Tod ist für die Balaclava Society ein großer Verlust.«

»Ohne Zweifel.« Hatte Lutt den Vortrag von Ungley wie offenbar auch Twerks verschlafen, oder stellte er sich aus irgendeinem anderen Grund dumm? »Sie müssen sich jetzt wohl nach jemandem umsehen, der seinen Platz einnimmt«, bemerkte Shandy, »was neue Mitglieder angeht, sind Sie ja sehr wählerisch, wenn ich mich nicht irre.«

»Oh, wir haben immer genügend Interessenten. Edna Jean, ist mein dunkelgrauer Anzug schon gebügelt? Ich brauche ihn für die Beerdigung. Ruf Goulson an, und versuche herauszufinden, ob die genaue Uhrzeit schon feststeht. Sind wir jetzt endlich fertig, Shandy? Ich habe noch einige andere Termine, wie Sie sich eigentlich selbst denken könnten.«

»Mein Schwager ist ein vielbeschäftigter Mann«, rezitierte Edna Jean prompt, die offenbar große Übung in der Anwendung dieses Satzes hatte.

»Dann möchte ich Ihnen für Ihre – eh – freundliche Hilfe danken«, sagte Shandy und verschwand.

Seine Müdigkeit war wohl doch größer als angenommen. Erst draußen auf der Balaclava Road fiel ihm nämlich auf, daß Lutt mit keinem einzigen verfluchten Wort erwähnt hatte, was nach dem Clubtreffen passiert war oder wohin er nach Claudes mißlungenem Empfang letzte Nacht gefahren war.

Kapitel 20

Shandy wußte, daß er nicht wieder zurückgehen und nachfragen konnte. Er war jetzt schon in Lutts Haus eine absolute Persona non grata, höchstens noch zu übertreffen durch jemanden, dem ein peinliches Mißgeschick auf Lutts Teppich passierte. Vielleicht gelang es auch Ottermole, Edna Jean Bugleford auf die Seite zu nehmen und ihr aufgrund ihrer verwandtschaftlichen Beziehungen weitere Informationen zu entlocken.

Ein Mitglied der Balaclava Society war immer noch nicht vernommen worden, und Shandy schauderte es beim bloßen Gedanken an diese Aussicht. Aber es war sicher nicht besonders schwierig, den Kongreßabgeordneten Sill zum Sprechen zu bringen. Der alte Wichtigtuer würde wahrscheinlich den angeblich berüchtigten Professor Shandy auch nicht so schnell identifizieren. Sill war immer viel zu sehr von sich selbst eingenommen, um sich viel um andere zu kümmern. Die wichtigste Frage war allerdings, ob er überhaupt zu Hause und nicht vielleicht damit beschäftigt war, eine weitere Schlägertruppe für einen Angriff auf das College zu rekrutieren.

Es hatte durchaus seine Vorzüge, Siebzigjährige zu befragen, denn sie pflegten zumindest häufiger zu Hause zu sein als College-Studenten. Der Kongreßabgeordnete Sill war zu Hause. Er kam höchstpersönlich zur Tür, einen Kneifer, wie ihn Woodrow Wilson während seiner lange zurückliegenden Amtszeit als Präsident getragen hatte, an einer schwarzen Kordel in der einen Hand, in der anderen eine ziemlich ramponierte Ausgabe der Parlamentsprotokolle vom März 1957. Es wurde Zeit, daß er sich ein paar neue Requisiten zulegte.

Shandy vollführte eine angemessene Verbeugung. »Guten Tag, Herr Kongreßabgeordneter. Ich hoffe, ich störe Sie nicht gerade bei etwas Wichtigem?«

»Das tun Sie zwar, aber das macht weiter nichts. Wir Staatsdiener sind daran gewöhnt, unterbrochen zu werden.« Sill schwenkte

die Parlamentsprotokolle, daß die Seiten nur so flatterten.
»Presse, nehme ich doch an. Für welche Zeitung arbeiten Sie denn?«

Das alte Walroß war bestimmt ohne den Kneifer blind wie eine Fledermaus. Ein echter Glücksfall. »Für einen unabhängigen Nachrichtendienst«, improvisierte Shandy.

»Ach ja, natürlich. Wie schade, daß Sie meine Pressekonferenz heute morgen verpaßt haben.«

Großer Gott, hatte Sill tatsächlich die Presse zusammengetrommelt? Dann war er ja noch seniler, als man gemeinhin annahm. Shandy drückte sich auch weiterhin bewußt zweideutig aus.

»Probleme mit den Verkehrsmitteln, Sie wissen sicher, was ich meine. Aber wo ich jetzt einmal hier bin, macht es Ihnen vielleicht nichts aus, mir ein kleines Privatinterview zu gewähren? Ich nehme an, Sie sind über alle Geschehnisse, die sich hier während der letzten zwei Tage ereignet haben, genauestens informiert.«

Sill klopfte sanft mit dem Kneifer gegen eines seiner Doppelkinne. »Nun ja, gewiß, aber ich bin mir nicht sicher, ob genauestens informiert auch wirklich zutrifft. Den Finger am Puls, so würde ich es einmal ausdrücken. Meine Mitbürger verlassen sich darauf, daß ich für sie meinen Finger am Puls der Regierung halte, wie Sie zweifellos wissen. Aber kommen Sie doch ins Haus, kommen Sie doch. Ich will doch nicht, daß Sie draußen in der Kälte stehen. Loula! Loula! Verflixt, wo steckt die Frau denn bloß?«

»Hier oben im Schlafzimmer, dafür werde ich schließlich bezahlt«, ertönte eine schrille Stimme durch das Treppenhaus. »Was wollen Sie denn jetzt schon wieder?«

»Wir brauchen hier unten ein paar Drinks.«

»Das ist wirklich nicht nötig«, protestierte Shandy.

Sill zerstreute seine Bedenken. »Unsinn, mein Lieber. Ich weiß genau, wie es ist, wenn man von einem Flughafen zum anderen hetzt, Termine einhalten muß, zu Versammlungen rast, immer hin und her, sich im Vorbeilaufen ein Sandwich schnappt oder versucht, ein Nickerchen einzuschieben, was natürlich meistens unmöglich ist. Haben Sie letzte Nacht überhaupt ordentlich geschlafen?«

»Ganz im Gegenteil.« Shandy begrüßte die Gelegenheit, zur Abwechslung endlich einmal die Wahrheit sagen zu können.

»Dann setzen Sie sich mal hin, mein Junge, und ruhen sich aus. Loula!«

»Hören Sie endlich auf, mir auf die Nerven zu gehen!« schrillte es von oben. »Das Zeug steht auf der Anrichte, wie Sie wohl selbst am besten wissen. Ich beziehe gerade das Bett Ihrer Frau, verflixt noch eins! Hätte ich schon heute morgen machen sollen, aber Sie haben ja darauf bestanden, daß ich unten herumstehe und auf all die Reporter warte, die dann überhaupt nicht erschienen sind.«

Sills nachsichtiges Kichern klang fast echt. »Loula darf man vieles nicht übelnehmen. Sie hält sich gern für etwas Besonderes. Treue alte Seele, wissen Sie. Eine aussterbende Gattung. Ja genau, eine aussterbende Gattung. Meine Gattin ist sehr gebrechlich und braucht intensive Fürsorge. Wir haben noch eine Dame, die sich nachts um sie kümmert, aber Loula übernimmt den größten Teil der Pflege. Loula macht ihre Arbeit sehr gut. Ja, für meine Gattin ist sie unersetzlich. Also vergebe und vergesse ich.«

Sill watschelte zur Anrichte und kümmerte sich selbst um die Drinks, goß ziemlich viel ein und verschwendete keine Zeit mit Kinkerlitzchen wie Eiswürfel oder Sodawasser. »Bitte sehr«, er reichte Shandy eines der so gut wie vollen Gläser. »So trinken wir das hier in Balaclava Junction.«

Von wegen, dachte Shandy. Er tat so, als ob er an seinem Glas nippte, und setzte sich auf einen Stuhl neben einem übergroßen Gummibaum, der relativ kräftig aussah und sich um seine Leber bestimmt keine Sorgen zu machen brauchte.

Während Sill seine Mandeln für das Interview spülte, goß Shandy einen Teil seines Whiskeys in den Blumentopf und sah sich etwas genauer um. Die Mitglieder der Balaclava Society waren alle gutbetucht, soviel war sicher. Lutts Haus entsprach dem Ideal eines Herrenhauses von der Jahrhundertwende, wie es sich ein Seifenmagnat nur wünschen konnte. Twerks endlose Meter Buchanan-Schottenkaros waren sicher auf Bestellung gewebt worden und hatten bestimmt ein Heidengeld gekostet. Pommell brauchte sich auch nicht einzuschränken. Und Ungley hatte zwar sehr bescheiden gelebt, aber ein gewaltiges Vermögen hinterlassen.

Shandy konnte sich nicht erinnern, ob der ehemalige amerikanische Präsident Warren G. Harding und seine First Lady während ihres kurzen Gastspiels im Weißen Haus jemals irgendeine größere Neugestaltung veranlaßt hatten. Falls sie es tatsächlich getan hatten, dachte er, mußte das Resultat sicher so ähnlich ausgesehen haben wie das Innere von Sills Haus, nur geschmackvoller und weniger protzig.

Alles, was hier in diesem Wohnzimmer noch fehlte, waren ein paar vergoldete Spucknäpfe.

Und das war interessant. Wie die Lilien auf dem Felde arbeitete Sill nicht noch spann er. Wenn man es genauer bedachte, hatte er in den letzten 30 Jahren keinen verdammten Finger gerührt, was wohl niemandem in Balaclava Junction, inklusive Mrs. Lomax, entgangen war. Und doch lebte er hier wie einer der Finanziers der Teapot-Dome-Affäre, rechnete Reisekosten ab und leistete sich rund um die Uhr Krankenpflegerinnen und erstklassige Getränke. Diese Reporter, die am Morgen nicht erschienen waren, würden platzen, wenn sie wüßten, was sie sich hatten entgehen lassen. Shandy ließ seinen Blick über die zahllosen teuren Flaschen gleiten, die auf der Anrichte prangten, und fragte sich, ob es nicht vielleicht doch ein wenig voreilig gewesen war, dem Gummibaum so viel von diesem hervorragenden Bourbon zu spendieren.

Entweder hatte Sill ein riesiges Familienerbe angetreten, oder das Vermögen seiner kränkelnden Frau war verdammt groß. Vielleicht war der ehemalige Kongreßabgeordnete einfach weitaus weniger dumm als gemeinhin angenommen. Möglicherweise hatte er als Lobbyist all die Jahre kräftig abgesahnt. Eine hauptberufliche Nervensäge zu sein, lag sicher durchaus im Rahmen seiner Fähigkeiten, wenn er die Rolle schon so hervorragend spielte, ohne daß man ihn dafür bezahlte. Vielleicht stand er auch auf der Gehaltsliste der CIA oder des FBI. Eine interessante These. Shandy wagte es, einen weiteren Schluck Bourbon zu nehmen.

»So«, meinte sein Gastgeber, nachdem der Etikette und sämtlichen Präliminarien Genüge getan worden war. »Was wollten Sie mich denn fragen?«

Jetzt sprach der Bourbon. »Ich nehme an, Sie möchten mir nicht sagen, wer Ruth Smuth erwürgt hat?«

Sill setzte seinen Kneifer auf und starrte Shandy über die Gläser hinweg an. »Wenn ich das wüßte, junger Mann, und das können Sie mir ruhig glauben, würde ich wohl kaum hier sitzen und mit Ihnen plaudern. Dann würde ich sofort drastische Schritte unternehmen, damit der Verbrecher schnell und angemessen bestraft würde.«

Das hatte er sich jetzt ganz allein selbst zuzuschreiben, dachte Shandy, als Sill mit seinen Versicherungen fortfuhr und dabei den Richtlinien des verstorbenen James Michael Curley für erfolgreiche Rhetorik in der Öffentlichkeit folgte. Zuerst teilte ihm Sill mit, was er ihm zu sagen gedachte. Dann sagte er es. Dann teilte er ihm mit, was er ihm gerade gesagt hatte. Diese Prozedur nahm eine geraume Zeit in Anspruch. Die Analyse ergab schließlich, daß Sill in Wirklichkeit nichts Wichtiges zu sagen hatte.

In dem Wissen, daß er es sich später nicht verzeihen würde, riskierte Shandy eine weitere Frage. »Könnten Sie mir bitte sagen, wann Sie Mrs. Smuth zum letzten Mal gesehen haben, nachdem sich die Demonstration am College aufgelöst hatte?«

»Geben Sie mir Gelegenheit, mein Gedächtnis ein wenig aufzufrischen.« Woraufhin Sill auch sein Glas ein wenig auffrischte, wo er schon einmal dabei war. »Möchten Sie auch noch etwas?«

»Ich habe noch nicht ausgetrunken, danke.« Shandy beschloß, im Interesse seiner geistigen Klarheit dem Gummibaum noch einen Schluck angedeihen zu lassen. Wie zum Donnerwetter gelang es diesem alten Schwamm bloß, den ganzen Alkohol so einfach wegzustecken? Zweifellos eine Frage der Übung.

»Also, Sie wollten wissen, wann ich Mrs. Smuth zuletzt gesehen habe.«

Sill setzte sich wieder in seinen Lehnstuhl, dessen Bezug mit Bommeln verziert war, die so groß wie Pingpongbälle waren. »Lassen Sie mich zunächst einmal feststellen, daß Mrs. Smuth eine Frau von untadeligem Charakter war, in ganz Balaclava County hochgeschätzt und völlig den erhabenen Prinzipien verpflichtet, die uns allen teuer sind.«

Da Shandy eben erst eine Kostprobe der Prinzipien, die Lot Lutt teuer waren, erhalten hatte, spielte er mit dem Gedanken, Sill zu fragen, was genau er unter »erhaben« verstand. Doch er verwarf den Gedanken schnell wieder, was bestimmt die weisere Entscheidung war. Er nickte lediglich und machte den Versuch, das Interview ein wenig voranzutreiben. »War das der Grund, aus dem Mrs. Smuth Sie in die Claude-Kampagne eingespannt hat?«

»Vielleicht sind Sie so liebenswürdig und erklären mir genau, was Sie unter ›eingespannt‹ verstehen?«

Großer Caesar, gab es nichts, womit man diesen alten Schaumschläger aufhalten konnte? Shandy bemerkte, wie die Whiskeynebel seine Gedanken forttrugen in die Zeit, als sein Onkel Charlie ihn zum Jahrmarkt mitgenommen hatte. Er war damals sechs, fast schon sieben Jahre alt gewesen. Onkel Charlie hatte ihm einen roten Luftballon gekauft, der an einem geschmeidigen, dünnen Rattanstock befestigt gewesen war.

Später hatte Onkel Charlie ihm eine große, klebrige Portion rosa Zuckerwatte gekauft. Als Peter versuchte, die Zuckerwatte zu bewältigen, ließ er aus Versehen den Stock mit dem Ballon los. Statt unaufhaltsam in unendliche Höhen zu entschwinden, war der Ballon jedoch vor ihm den Weg entlang geflogen, immer gerade so hoch, daß er ihn nicht erreichen konnte, während er hinter ihm herlief und vergeblich mit seinen klebrigen, hilflosen Händen danach griff. Schließlich schaffte er es, vor dem Zelt des Schlangenmenschen den Rattanstock zu packen und den Ballon zu sich herunterzureißen. Vielleicht gab es einen Stock, mit dem man auch Sill herrunterreißen konnte, aber wie um Himmels willen bekam man ihn zu packen?

»Damit wollen Sie also im Grunde sagen, daß es für Sie persönlich mehr um die Prinzipien der freien Rede ging als darum, daß Bertram Claude in den Senat gewählt wird«, unterbrach er Sill schließlich, als er die Geduld verlor.

Soweit Shandy ihn richtig verstand, versuchte Sill ihm gerade klarzumachen, daß es immer noch besser war, gleichgültig, aus welchem Grund auch immer, in der Öffentlichkeit eine Rede zu halten, als überhaupt nicht in Erscheinung zu treten. Doch das würde der alte Schwätzer natürlich so direkt auf keinen Fall zugeben. Sill war in einem Nebensatz unterbrochen worden, blinzelte mit den Augen und dachte nach. Bevor er wieder in Fahrt kommen konnte, ergriff Shandy die Gelegenheit beim Schopf.

»Mrs. Smuth war allerdings schon aktiv als Bertram Claudes Wahlkampfleiterin tätig. Das war Ihnen doch sicher bekannt, als Sie sich bereit erklärten, die Demonstration zu unterstützen?«

»Ich – hm – das heißt, Mrs. Smuth hat mir zu verstehen gegeben, daß sie gewissermaßen als Nachbarin des Kongreßabgeordneten Claude verpflichtet war, sich zu engagieren. Wir halten hier draußen zusammen, müssen Sie wissen.«

»Wenn Sie hier draußen so zusammenhalten, warum hat Mrs. Smuth dann nicht Sam Peters statt Bertram Claude unterstützt?« Shandy war jetzt am Ball, und den ließ er sich jetzt nicht mehr nehmen.

»Peters ist hier in Balaclava County geboren und aufgewachsen, hat diesen Distrikt immer gewissenhaft unterstützt und ist sowohl auf Landesebene als auch auf bundesstaatlicher Ebene seit vielen Jahren immer für uns eingetreten. Claude ist vor fünf Jahren sozusagen aus dem Nichts aufgetaucht, hat es geschafft, gewählt zu werden, obwohl sein Wahlprogramm nur aus Grübchen und seiner schleimigen Rhetorik bestand. Danach ist es ihm gelungen, das zweitschlechteste Abstimmungsverhalten in der Geschichte des Landesparlaments von Massachusetts an den Tag zu legen. Diese Information stammt übrigens aus einer Umfrage der Liga für Wählerinnen«, fügte Shandy schnell hinzu.

Er hätte eher daran denken sollen, daß es Sam Peters gewesen war, der Sill damals um seinen Parlamentssitz gebracht hatte, den jetzt Bertram Claude innehatte, und daß Sill es gewesen war, der bis heute unumstritten den Rekord des allerschlechtesten Abstimmungsverhaltens innehatte. Während der ehemalige Kongreßabgeordnete auf dem Boden seines Glases nach Inspiration suchte, bemühte sich Shandy, schnell das Thema zu wechseln.

»Vergessen wir das Schicksal von Mrs. Smuth einmal einen Moment lang. Was halten Sie von dem Mord an Professor Ungley? Sie gehören doch auch zur Balaclava Society, soweit ich informiert bin. Könnten Sie etwas zu Ihrer letzten Versammlung sagen? Würden Sie sagen, Ungley war guter Stimmung, oder schien er sich über irgend etwas Sorgen zu machen?«

»Ich würde sagen, er verhielt sich wie immer«, erwiderte Sill vorsichtig. »Vielleicht machte er sich Sorgen. Aber ich habe nichts bemerkt. Als Gentleman und Wissenschaftler verfügte er selbstverständlich über einen gewissen Grad an Zurückhaltung.«

Der letzte Satz gefiel Sill so gut, daß er ihn wiederholte, genüßlich auf der Zunge zergehen ließ und mit einem weiteren würzigen Schluck Whiskey hinunterspülte. »Ja, genau das hatte er, einen gewissen Grad an Zurückhaltung.«

Shandy war diesmal nicht bereit, ihm einen rhetorischen Fluchtweg offenzulassen. »Sie waren doch der letzte, der Ungley lebend gesehen hat, nicht? Sind Sie nicht noch dageblieben, um mit ihm zu reden, nachdem die anderen alle schon fort waren?«

»Nein, das bin ich nicht.« Zum ersten Mal in seinem Leben gelang es dem Kongreßabgeordneten Sill, eine einfache, klare Antwort zu geben. »Wir sind alle gemeinsam gegangen. Ich hatte keine Ahnung, daß Ungley noch geblieben war. Ich kann mir auch nicht erklären, warum er das getan hat.«

»Sie haben sich nicht einmal umgedreht, um zu sehen, ob er schon auf dem Nachhauseweg war?«

»Warum sollte ich das?« Sill konnte sich nicht entscheiden, ob er eher abweisend oder in seiner gewöhnlichen ermüdenden schwülstigen Art reagieren sollte. »Wenn Professor Ungley auch zweifelsfrei schon recht betagt war, war er doch auf seine Vitalität und Energie sehr stolz und schätzte seine Unabhängigkeit über alles. Wir alle respektierten seine Abneigung gegen das, was er selbst als unnötigen Wirbel um seine Person bezeichnet hat.«

Shandy dachte an die Zeit, als er Ungley in der Mensa erlebt hatte, wie er mit dem Stock herumgefuchtelt und die Studenten, die dort arbeiteten, angefaucht hatte, wenn er Extraleistungen verlangte. War das nervtötende Verhalten des ehemaligen Professors also darauf zurückzuführen gewesen, daß er es nicht leiden konnte, wenn um seine Person unnötig Wirbel gemacht wurde? Aber diese Frage würde er jetzt nicht stellen. Was er wirklich von Sill erfahren wollte, auch wenn er den Grund nicht genau wußte, war die Antwort auf diese Frage: »Sind Sie selbst zu dem Treffen gegangen oder gefahren?«

»Da das Clubhaus in unmittelbarer Nähe liegt« – Sills pompöse Heimstatt lag in der Tat nur zwei Häuser hinter dem von Harry Goulson –, »bin ich zu dem Treffen gegangen. Unser hochgeschätzter Industrieller Mr. Lutt hat mich auf dem Heimweg hier abgesetzt. Zumindest glaube ich, daß er das getan hat. Das macht er häufig. Aber wenn ich genauer nachdenke, kann ich mich wirklich nicht mehr erinnern, ob er es nun diesmal getan hat oder nicht. Vielleicht, vielleicht aber auch nicht. Und das, junger Mann, ist alles, was ich Ihnen mit Sicherheit sagen kann. Ach ja. Ich fürchte, mein Gedächtnis läßt nach, das Alter fordert seinen Tribut.«

»Das bleibt früher oder später keinem von uns erspart«, sagte Shandy. »War Mr. Lutt der einzige, der mit dem Wagen da war?«

»Nein, die Pommells hatten ihren auch dabei, glaube ich. Sie kommen immer mit dem Wagen. Ich glaube mich zu erinnern, daß auch Mr. Twerks gefahren ist, aber ganz sicher bin ich mir nicht.«

Sills Aussprache wurde allmählich undeutlich. Wenn man bedachte, wie viel er inzwischen allein während ihrer Unterhaltung getrunken hatte, ganz abgesehen davon, was er schon vorher konsumiert haben mochte, wunderte sich Shandy, daß der Mann überhaupt noch in der Lage war zu sprechen. Jede weitere Frage mußte sehr schnell gestellt werden, da Sill wahrscheinlich jeden Moment das Bewußtsein verlieren konnte.

»Wer ist denn zuerst losgefahren?«

Sill rülpste und hob affektiert die Hand vor den Mund. »Schulligung. Weiß ich nich' mehr. Is' das sehr wichtig?«

Eigentlich nicht, aber warum war kein einziges Mitglied der Balaclava Society in der Lage, auf eine derart simple Frage eine klare Antwort zu geben? Waren sie zu dem Zeitpunkt, als sie das Clubhaus verließen, samt und sonders sternhagelvoll gewesen? Wenn er sich daran erinnerte, wie das sogenannte Clubhaus von innen aussah, fragte sich Shandy, ob die Anwesenden dort nicht etwa Peyote oder etwas Ähnliches geraucht hatten. Wahrscheinlich konnte man in den staubigen Ecken ohne weiteres halluzinogene Pilze züchten.

»Können Sie mir vielleicht sagen, welche Erfrischungen dort gereicht wurden, Kongreßabgeordneter Sill?«

»Ha! Verstehe. Keine. Bei uns gib's nie Frischungen. Gab's früher mal, aber jetzt nich' mehr. Zuviel zu tun. Schulligung, junger Mann. Habe jetzt selbst wichtige Geschäfte. Schicken Sie mir dann bitte die Scheitungsausschnitte schu.«

Sill griff nach den Armlehnen seines Sessels und schaffte es, sich mehr oder weniger gerade aufzurichten. Dann versuchte er, einen Schritt vorwärts zu machen, wobei er in einem Winkel von 70 Grad schwankte. Shandy schien es angebracht, vor Sills endgültigem Zusammenbruch rechtzeitig das Weite zu suchen.

Kapitel 21

Der Nachmittag neigte sich dem Ende zu. Bald würde es dunkel werden, und Shandy war mehr als bereit aufzugeben. Aber wo er einmal unten im Ort war, dachte er, konnte er genausogut kurz bei Mrs. Pommell vorbeischauen. Sie war das einzige Mitglied der Balaclava Society, mit dem er noch nicht gesprochen hatte. Ottermole hatte ihm zwar einen Bericht darüber gegeben, was sie an dem Morgen, als man Ungleys Leiche gefunden hatte, gesagt und getan hatte, und er sollte sich eigentlich auf Ruth Smuth konzentrieren statt auf den alten Professor, aber schaden konnte es immerhin nichts. Das Haus der Pommells war ganz in der Nähe, und zu Mrs. Smuth fiel ihm momentan sowieso nichts mehr ein.

Er mußte allerdings feststellen, daß er besser daran getan hätte, seinen Neigungen zu folgen statt den Eingebungen seines sicher inzwischen ziemlich verwirrten Gehirns. Mrs. Pommell war nämlich nicht zu Hause. Das wurde ihm zumindest an der Eingangstür von einem Hausmädchen mitgeteilt. Jedenfalls nahm Shandy an, daß es sich um ein Hausmädchen handelte, denn ihre Dienstkleidung war bei weitem zu aufwendig für eine einfache Putzfrau. Er hatte sie in der Stadt noch nie gesehen und schloß daher, daß sie offenbar erst kürzlich aus irgendeinem exotischen Land importiert worden war. Anscheinend beherrschte sie die Sprache ihrer neuen Heimat noch nicht, denn alles, was sie sagte, war: »Keiner da.«

Und warum um alles in der Welt war keiner da? Hausfrauen in Balaclava Junction befanden sich um diese Zeit in ihrer Küche. Genauso merkwürdig war es, daß auch Pommell nicht zu Hause war, denn die Bank schloß immerhin um halb vier.

»Sind die Pommells vielleicht in ein Restaurant gegangen?« fragte er.

Die Frau schüttelte lediglich den Kopf und wiederholte ihre frühere Mitteilung. »Keiner da.«

Shandy gab auf. Als er sich von dem Haus entfernte, sah er sich jedoch noch einmal um. In der Garage der Pommells stand der große blaue Lincoln, genauso blasiert und selbstgefällig wie seine Besitzer. Der Wagen war inzwischen auch nicht mehr der jüngste, aber die Pommells dachten offenbar nicht einmal im Traum daran, sich die Blöße zu geben, ihn gegen ein Modell einzutauschen, das weniger protzig und dafür sparsamer im Benzinverbrauch war.

Sie hatten ihn allerdings mit einem neuen Paar Schonbezügen aus Lammfell aufgemotzt, stellte Shandy erstaunt fest. Dabei waren die Samtpolster immer noch in erstklassigem Zustand oder waren es zumindest vor zwei Tagen noch gewesen, als er den Wagen das letzte Mal in der Werkstatt von Charlie Ross gesehen hatte. Charlie war gerade dabei gewesen, im Wageninneren staubzusaugen, als Shandy seinen eigenen Wagen abholen kam, und er hatte ihn bewundern müssen, denn Charlie war sehr stolz auf seine Arbeit und sah es gern, wenn seine Kunden davon Notiz nahmen. Die Pommells machten sich offenbar auf einen weiteren harten Winter gefaßt. Wenn man sich allerdings ansah, wie gut sie selbst um die Hüften gepolstert waren, sollte man eigentlich annehmen, daß ihr Winterschutz mehr als ausreichend war.

Das war kein sehr freundlicher Gedanke, doch Shandy war eben verärgert. Wenn die Pommells ihren Wagen nicht mitgenommen hatten, konnten sie auch nicht sehr weit weg sein. Wo aber waren sie? Es gab im ganzen Ort kein einziges Restaurant, in dem man ordentlich essen konnte. Während der Woche gab auch niemand Dinnerpartys, ausgenommen höchstens Shandys eigene Frau Helen, aber sie würde sicherlich niemanden einladen, ohne Peter vorher zu informieren.

»Keiner da«, konnte demnach nur bedeuten, daß keiner da war, der bereit war, sich mit Peter Shandy zu unterhalten.

Zum Teufel damit. Shandy gab auf und ging nach Hause. Zu seinem großen Erstaunen empfingen ihn allerdings keine delikaten Essensdüfte, und Helen hatte es sich auf der Wohnzimmercouch gemütlich gemacht, die Füße auf dem Kamingitter und einen Balaclava Bumerang in der Hand.

»Meine Güte, Frau«, rief er. »Was ist denn hier passiert?«

»Hallo, Peter«, erwiderte sie matt. »Ich fange gleich mit dem Abendessen an. Laß mir nur ein bißchen Zeit zum Atemholen. Ich habe einen absolut grauenhaften Tag in der Bibliothek hinter mir. Alle Mann an die Pumpen und keinen Moment Ruhe, nachdem die Zeitungen angekommen waren. Kannst du das alles glauben, was die da drucken? Und das Radio in Doktor Porbles Zimmer war ebenfalls die ganze Zeit an, damit wir auch die Nachrichten hören konnten, und die waren noch schlimmer.«

»Welchen Unsinn bringen die denn in der Glotze?«

Peter wollte den Fernsehapparat einschalten, doch Helen stöhnte auf.

»Bitte nicht! Was es auch ist, ich will nichts mehr hören. Die Demonstration gestern war schon schlimm genug, aber seit Ruth Smuth erwürgt worden ist, hält es keiner mehr aus. Die arme Sieglinde hat kurz vorbeigeschaut, bevor ich von der Bibliothek nach Hause ging, und sie war in Tränen aufgelöst, Peter. Thorkjeld stand regelrecht neben sich, sagt sie. Zweimal Thorkjeld ist sogar für Sieglinde ein bißchen viel. Sie will, daß er die Staatspolizei hinzuzieht, aber er läßt nicht mit sich reden. Er sagt, er vertraut dir und Fred Ottermole und hat keine Lust, mitten im Rennen auf ein anderes Pferd zu setzen. Peter, Liebling, damit hat er dir aber eine große Verantwortung aufgehalst. Kannst du nicht vielleicht doch –«

»Nein, das kann ich nicht.«

Zum ersten Mal während ihrer Ehe hatte Peter seine Frau angefahren. »Verdammt nochmal, Helen, das ist Fred Ottermoles größter Fall. Ich kann ihn ihm doch nicht einfach wegnehmen. Wenn Svenson mir vertraut, warum tust du es dann nicht einfach auch?«

Helens Züge verhärteten sich. »Tut mir leid, Peter.«

»Mir auch.« Er kniete sich auf den Boden und legte seinen Kopf auf ihren Schoß. »Mach dir keine Sorgen, Helen. Bitte.«

Warum sollte sie auch, wo er sich schließlich genug Sorgen für sie beide zusammen machte?

Nach einer Weile nahm Helen seinen Kopf in ihre Hände und gab ihm ein paar therapeutische Küsse. »Ich mache mir ja keine Sorgen, Peter. Ich hasse es nur, mitansehen zu müssen, wie du dich derartig verausgabst. Warum legst du dich nicht ein bißchen auf die Couch und ruhst dich aus, während ich ein paar Eier in die Pfanne schlage und ein bißchen zum Essen mache? Soll ich dir auch einen Bumerang mixen?«

»Lieber nicht, vielen Dank. Ich habe bereits eimerweise Bourbon pur beim Kongreßabgeordneten Sill getrunken.«

»Du bist offenbar nicht mehr besonders wählerisch, was deine Trinkkumpane angeht, oder? Man sollte denken, daß Sill bei deinem bloßen Anblick das Weite suchen würde, nachdem du ihm das gestern angetan hast.«

»Er weiß gar nicht, daß ich es war, glaube ich. Außerdem hat er mich fälschlicherweise für einen Zeitungsreporter gehalten. Mein Gott, der alte Angeber kann ganz schön viel vertragen! In Wirklichkeit hatte ich allerdings nur einen einzigen Drink, und den größten Teil davon habe ich mir mit einem Ficus elastica geteilt, der netterweise neben meinem Stuhl stand. Die kommen rasch wieder auf die Beine. Meinst du, ich könnte mir einen winzig kleinen, ganz schwachen Bourbon mit Wasser genehmigen? Vielleicht in Kombination mit einem Stückchen Käse? Das heißt, wenn du dich wieder stark genug fühlst.«

»Oh, ich denke, bis zur Küche kann ich mich noch schleppen. Ich könnte eigentlich auch etwas zu knabbern vertragen. Wenn ich trinke, ohne dabei zu essen, bekomme ich Kopfschmerzen, und davon hatte ich heute weiß Gott schon genug.«

Helen brachte Peter seinen Drink und den Snack. Als sie wieder aus der Küche zurückkam, lag Peter auf der Couch und schlief. Sie verschob das Abendessen noch einmal, legte ein wenig Holz in den Kamin und kuschelte sich mit ein paar Crackern und dem restlichen Balaclava Bumerang in den Lehnsessel. Sie schlief bereits, bevor sie alle Cracker aufgegessen hatte.

Als sie wach wurde, war das Feuer bis auf die Glut niedergebrannt, und die Couch und der Teller mit den Crackern waren leer. Peter war draußen im Flur und telefonierte, im Flüsterton, da er ja glaubte, daß sie noch schlief, doch sehr aufgeregt, da es sich offenbar um etwas Wichtiges handelte.

»Richtig, Ottermole. Ich habe mich schon bei Mrs. Lomax erkundigt. Ja, ich verstehe Ihre Bedenken, aber wir müssen das Risiko einfach auf uns nehmen. Svenson wird – natürlich, er würde uns beide erschlagen, wenn wir ihn nicht mitnähmen. Versuchen Sie, Cronkite Swope zu erreichen, und rufen Sie die – nein, ich verstehe, Sie wollen die Sache lieber selbst erledigen, aber wie – ach so, alles klar. Auf jeden Fall, wenn Sie ganz sicher sind, daß sie es schaffen. Gut. Ich bin in fünf Minuten fertig.«

Als er den Hörer aufgelegt hatte, stand Helen neben ihm. »Peter, was hast du gerade mit Risiko gemeint? Wohin willst du denn jetzt noch?«

»Liebste, erinnerst du dich noch, worüber wir gesprochen haben, bevor du dich von mir abgewendet und in die Arme von Morpheus gestürzt hast?«

»Du hast dich als erster abgewendet. Wir sprachen über Käse, glaube ich. Um Gottes willen, ich habe ja immer noch kein Abendessen gemacht. Wie spät ist es jetzt?«

»Halb elf.«

»Dann mußt du ja halbverhungert sein.«

»Eigentlich nicht. Ich habe ein wenig Käse gegessen.«

Helen war inzwischen wieder in der Lage, ihre Augen offen zu halten. Sie sah sich Peter genauer an. »Meine Güte, du siehst tatsächlich wieder ganz munter aus.«

»Sehr richtig. Es geht doch nichts über Käse. Regt die Hirnzellen an. Also dann: au revoir, ma chérie. Ich begebe mich wieder an die Front.«

»Peter Shandy, wenn du glaubst, daß ich dich so einfach die ganze Nacht auf einem leeren Magen herumspazieren lasse –«

»Das ist physisch unmöglich, Liebste. Es sei denn, der Magen gehört jemand anderem.«

»Du weißt, wer es getan hat, nicht?«

»Sagen wir, ich habe eine Theorie. Und ich hoffe, daß ich sehr bald einen dicken, festen, saftigen Beweis haben werde.«

Es klingelte an der Tür. Es war Professor Joad mit seinen Reagenzgläsern.

»Alles klar, Shandy?«

»Alles klar. En avant!«

»En avant wohin?« insistierte Helen.

»Eine Runde Räuber und Gendarm spielen, was sonst? Paß auf das Haus auf, und bete, daß Fred Ottermole keinen seiner Reißverschlüsse kaputtmacht.«

Shandy verabschiedete sich mit einem raschen, aber wirkungsvollen Kuß, griff nach seinem alten Plaidmantel und verschwand in der Nacht. Helen seufzte und ging sich ein Ei pochieren.

Kapitel 22

»Er ist zu Hause.«
Shandy spürte Fred Ottermoles heißen, schweren Atem direkt an seinem Ohr. Er hätte am liebsten erwidert: »Das hätte ich mir beinahe gedacht«, verkniff sich jedoch die Bemerkung. Ottermole setzte immerhin seinen Job aufs Spiel. Wer konnte ihm also vorwerfen, daß er ein wenig unruhig war? »Gut«, antwortete Shandy. »Also los.«

»Okay.« Ottermole zerrte noch ein letztes Mal nervös an seinem Reißverschluß und stürmte die Eingangsstufen hinauf.

Der Anwaltsgehilfe öffnete ihnen die Tür, er sah erschöpft und ein wenig erschrocken aus. »Ja, bitte? Es tut mir leid, aber Mr. Hodger will sich gerade hinlegen.«

»Das glaubt aber auch nur er.« Ottermole zog auf höchst dienstliche Art den Reißverschluß einer seiner Jackentaschen auf und zauberte ein vorgedrucktes Formular mit einigen handschriftlichen Notizen hervor. »Wissen Sie, was das hier ist?«

»Ein – Durchsuchungsbefehl?«

»Haargenau.«

Der Polizeichef schaute das Papier in seiner Hand zärtlich an. Seit Jahren hatte er sich nichts sehnlicher gewünscht, als dieses Blatt irgendeinem Schurken unter die Nase zu halten. Jammerschade, daß der Angestellte bereits derart eingeschüchtert war, daß er zu nichts anderem mehr fähig war, als unterwürfig von der Tür zurückzutreten.

»K-kommen Sie doch herein. Mr. Hodger –«

»Gehen Sie schon, und bestellen Sie Mr. Hodger, daß ich ihn in seinem Büro zu sehen gedenke. Aber ein bißchen plötzlich, kapiert? Deputy Joad begleitet Sie, also machen Sie keine Sperenzchen.«

»Das würde mir nicht im Traum einfallen«, versicherte ihm der Angestellte treuherzig.

Er schlurfte zurück durch den Korridor, Joad, der wie ein Honigkuchenpferd grinste, an seiner Seite. Wahrscheinlich hatte man am City College von New York relativ selten die Chance, vom Chemieprofessor zum Deputy befördert zu werden. Während Cronkite Swope auf Zehenspitzen hinter den beiden herging, Notizbuch und Stift schon gezückt, begannen Shandy und Ottermole, Hodgers Aktenschränke zu durchstöbern. Es dauerte nicht lange, bis sie gefunden hatten, wonach sie suchten.

»Aha!« Shandy zog mehrere Ordner heraus.

Cronkite Swope, der den Ausruf gehört hatte, flitzte auf der Stelle wieder zurück. »Was ist denn los, Professor?«

»Ungleys Schrift. Es muß sich demnach um die verschwundenen Unterlagen handeln. Sieht ganz so aus, als ob der alte Müßiggänger doch nicht all die Jahre auf der faulen Haut gelegen hat. Beim Geiste Caesars!«

»Heiliger Strohsack!« fügte Cronkite Swope hinzu, als er über Shandys Schulter einen Blick auf die Akten riskierte.

»Manometer!« steuerte Ottermole über die andere Schulter bei. »Bedeuten diese Notizen wirklich das, was ich meine?«

»Tja, sieht ganz so aus. Ungley hat offenbar für die Balaclava Society die Rolle eines echten Boswell gespielt. Sobald sie ihn in ihre wichtigen Geschäfte eingeweiht hatten, ist er hingegangen und hat alles darüber aufgezeichnet. Hier, halten Sie das mal, während ich nach dem Rest suche.«

Shandy warf Swope die Ordner zu und wühlte sich durch Hodgers Akten wie ein Terrier, der ein Rattennest gefunden hat, als der Anwalt plötzlich selbst hereinhinkte, eskortiert von Joad und dem völlig verängstigten Anwaltsgehilfen.

»Was bedeutet diese Ungeheuerlichkeit?« brüllte er. »Whitney, rufen Sie mir auf der Stelle Richter Jeffreys an.«

»Das können Sie ruhig lassen, Whitney«, teilte Shandy dem Anwaltsgehilfen mit. »Mr. Hodger wird selbst schon irgendwann morgen früh einem Richter vorgeführt werden. Allerdings wird es wohl kaum Jeffreys sein. Ich sehe, daß Ungley ihn mehrfach mit sehr – eh – beifälligen Worten erwähnt hat. Es muß die Balaclava Society ganz schön erschüttert haben, Mr. Hodger, als Ungley am Mittwochabend die wunderbare Überraschung enthüllte, die er so viele Jahre lang sorgfältig vorbereitet hatte.«

»Ich habe dazu nichts zu sagen«, zischte Hodger. »Außer daß Sie teuer dafür bezahlen werden, und das gilt für Sie alle. Ich habe sehr einflußreiche Freunde.«

»Das haben Sie wirklich, und es ist faszinierend zu sehen, wer sie sind«, erwiderte Shandy, der immer noch in den Akten blätterte. »Und wie hilfreich sie die ganze Zeit gewesen sind, und wobei sie Ihnen geholfen haben, und wieviel die Unterstützung Ihre geschätzte Gesellschaft gekostet hat. Warum zum Teufel haben Sie das ganze Zeug hier nicht direkt verbrannt, als Sie es in die Finger bekommen haben, Hodger?«

Hodger ließ sich zu keiner näheren Erklärung herab.

»Wow, das ist ja echt heißes Material!« Cronkite Swope überflog die Akten und markierte sie zur späteren Verwendung. »Haben Sie Lust, uns mitzuteilen, wie dieses Material in Ihre Hände gelangt ist, Mr. Hodger? Mr. Whitney, würden Sie vielleicht eine Erklärung für die Presse abgeben?«

»Wenn Sie irgend etwas zu sagen haben, spucken Sie es besser möglichst schnell aus«, knurrte Ottermole.

»Ich – ich weiß nur, daß ich sie in der Nacht unten gehört habe.«

»In welcher Nacht?«

»Am Mittwoch, nach dem Treffen.«

»Wen genau haben Sie denn gehört?«

»So ganz genau weiß ich das auch nicht. Ich bin nicht nach unten gegangen. Ich schlafe oben, verstehen Sie, und Mr. Hodger hat eine Klingel, mit der er mich nachts ruft, wenn er Hilfe braucht. Ansonsten darf ich vor dem Frühstück, wenn die Haushälterin kommt, nicht hier unten erscheinen. Mittwoch nacht hat Mr. Hodger nicht nach mir geklingelt, also bin ich auch oben geblieben. Ich habe angenommen, daß ihn ein paar Freunde vom Club nach Hause gebracht hatten.«

»Wie spät war es?«

»Ziemlich spät, das weiß ich noch. Ich glaube, ich habe die Kirchenglocken zwei Uhr schlagen hören, als alle unten waren.«

»Ist Ihr Chef auch sonst immer so lange im Club geblieben?«

»Das kann ich wirklich nicht sagen, Sir, ich meine, Herr Polizeichef. Es war das erste Treffen, zu dem er gegangen ist, seit ich hier bin. Mr. Hodger hat mich erst vor drei Wochen eingestellt.«

»Tatsächlich? Dann haben Sie allerdings gerade Ihre Stelle verloren, falls Sie das noch nicht bemerkt haben sollten. Ihr Chef wird nämlich eine ganze Weile abwesend sein. Was wird ihm nochmal zur Last gelegt, Professor?« raunte Ottermole Shandy verzweifelt zu.

»Für den Anfang zunächst einmal Mittäterschaft bei einem Eigentumsdelikt, würde ich sagen. Das könnte man noch um Bestechung und Planung einer Straftat erweitern, wenn Ihnen das zu wenig erscheinen sollte. Denken Sie mal genau nach, Mr. Whitney. Sind Sie wirklich sicher, daß Sie keine einzige Stimme erkannt haben?«

»Irgendwie klang eine Stimme wie die von Mr. Twerks, Sie wissen schon, der Herr, der in dem braungelben Haus mit den vielen Geweihen wohnt«, gestand Whitney. »Ich mußte ihm letzte Woche ein paar Unterlagen zum Unterschreiben bringen. Er spricht immer sehr laut, und er lacht ziemlich viel.«

»Hat er in der besagten Nacht auch viel gelacht?«

»Ja, manchmal. Aber Mr. Hodger hat ihm gesagt, er soll damit aufhören.« Der junge Whitney hatte jetzt nichts mehr zu verlieren und warf alle Vorsicht über Bord. »Jetzt erinnere ich mich wieder. Er hat gesagt: ›Halt den Mund, Twerks. Dieser verdammte kleine Schwachkopf da oben könnte dich hören.‹ Ich fand es nicht sehr nett, daß er mich Schwachkopf genannt hat. Aber Mr. Hodger kann Professor Ungley nicht umgebracht haben, oder? Er kann sich doch kaum selbst kratzen, wie soll er dann genug Kraft haben, jemandem den Schädel einzuschlagen?«

»Nein, Hodger hat es auch nicht getan«, pflichtete ihm Shandy freundlich bei.

»Wer hat Ungley denn nun umgebracht, Professor?« wollte Cronkite Swope wissen. »War es Twerks?«

»Es wird sich bald alles klären, Swope. Zuerst wollen wir Mr. Hodger in eine schöne, bequeme Zelle sperren, wie es sich gehört. Hatten Sie nicht vor, ihm seine Rechte vorzulesen, Ottermole?«

Ottermole warf sich in die Brust und las die vorgeschriebene Formel mit großem Enthusiasmus vor. Dann rief er im Polizeirevier an und bat seinen zeitweiligen Stellvertreter Silvester Lomax, ihm den zeitweiligen Officer Purvis Mink zu schicken. Dann ernannte er kurzerhand auch Whitney zum Deputy, so daß er Mink helfen konnte, den Verhafteten und die beschlagnahmten Akten ins Kittchen zu verfrachten.

Shandy war beeindruckt. »Meine Güte, Ottermole«, meinte er, »ich hatte keine Ahnung, daß Sie derartige Führungsqualitäten haben.«

»Ich auch nicht«, gab der Polizeichef zu. »Vielleicht, weil ich nie so viele Mitarbeiter hatte. Willst du auch zum Deputy ernannt werden, Cronk?«

»Danke, Fred, aber ich muß unvoreingenommen, objektiv und völlig unbeteiligt bleiben. So heißt es wenigstens in unserem Fernkurs.« Cronkite hatte inzwischen den Großen Fernkurs für Journalisten magna cum laude bestanden, die gerahmte Diplomurkunde hing bei seiner Mutter im Flur, wo sie jeder sehen und bewundern konnte.

»Okay, wie du willst. Dann wollen wir mal. Professor Joad, am besten kommen Sie auch mit. Ich vermute, Professor Shandy hätte gern, daß Sie dort Ihre Untersuchungen machen, das heißt, falls es dort etwas zu untersuchen gibt.«

Selbst als er zusah, wie die zeitweiligen Beamten Mink und Whitney ihren Gefangenen abführten, klang Ottermole nicht so, als ob er wirklich glauben könne, daß er gerade einen bisher hochangesehenen Bürger in den Knast beförderte und im Begriff war, mit einem zweiten genauso zu verfahren.

»Keine Angst, Ottermole«, ermunterte ihn Shandy. »L'audace, l'audace, toujours l'audace.«

»Wer ist das denn? Jemand, den ich festnehmen soll, oder jemand, den ich zum Hilfssheriff machen soll?«

»Keins von beiden. Nur ein kleiner Ratschlag, den Napoleon einmal irgend jemandem gegeben haben soll. Immer vorwärts und drauf, das ist die Hauptsache. Bisher läuft doch alles wie am Schnürchen, oder?«

»Ja, aber ich weiß selbst nicht genau, warum.«

»Reine Logik, mein Lieber. Hodgers Haus liegt näher bei Ungleys Wohnung als das Haus irgendeines anderen Mitglieds der Balaclava Society. Hodger hat ein Büro. In Büros gibt es Aktenschränke. Die Akten mußten aus Gründen, die wir inzwischen kennen, so schnell wie möglich aus Ungleys Wohnung verschwinden. Hodgers Büro war das ideale Versteck. Deshalb sind wir hier auch fündig geworden.«

Ottermole steckte hektisch den Schlüssel in das Zündschloß. »Wollen Sie damit sagen, daß dieser Riesentrampel Twerks, der nicht mal drei Schritte laufen kann, ohne über seine eigenen Füße zu stolpern, es geschafft hat, Ungleys Wohnung zu durchsuchen, ohne daß Betsy Lomax aufgewacht ist?«

»Keinesfalls. Twerks hat nach gar nichts gesucht, er war bloß der Caddie. Wieder reine Logik. Twerks ist der einzige dieser ganzen schlaffen Truppe, der stark genug ist, alle Akten auf einmal zu tragen. Wir müssen daher annehmen, daß die Person, die sie im Haus gefunden hat, nicht sehr stark gewesen sein kann. Sonst hätte diese besagte Person nur ein oder zwei Müllsäcke benötigt und nicht gleich vier.«

»Aber könnte es nicht sein, daß derjenige, der die Sachen mitgenommen hat, viermal hin und her gelaufen ist?« fragte Swope.

»Wohl kaum. Dadurch hätte sich das Risiko, mit der Beute ertappt zu werden, vervierfacht, denke ich. Da sie angesehene Bürger sind, konnten die Mitglieder der Balaclava Society eine derartig große Gefahr unmöglich eingehen. Deshalb hat Whitney auch ausgerechnet Twerks in Hodgers Büro gehört.«

»Sie sind also jetzt hinter Twerks her, richtig?«

»Unsere Zelle ist nur neun Quadratmeter groß, und Twerks ist ein ziemlicher Brocken«, sorgte sich Ottermole. »Vielleicht sollten wir mit seiner Verhaftung noch ein wenig warten?«

»Hervorragender Vorschlag«, sagte Shandy.

»Wer soll denn jetzt als nächstes eingelocht werden?« insistierte Swope. »Festgenommen, meine ich natürlich.« Ihm stand momentan der Sinn nicht nach einer von Shandys Predigten über die Sprache als wichtigstes Handwerkszeug eines Journalisten.

»Gute Frage.« Ottermole saugte mehrfach an seiner Unterlippe, um zu zeigen, daß er intensiv nachdachte. »Reichlich schwere Entscheidung. Man muß alles wissenschaftlich genau auswerten, bevor man eingreift.«

Shandy reichte ihm ein Fünfcentstück. »Es ist schon spät, Ottermole. Entscheiden Sie, wo wir als nächstes hingehen. Kopf bedeutet Sill, Zahl bedeutet Lutt.«

»Was? Das ist aber nicht sehr wissenschaftlich, oder?« Ottermole ließ die Münze trotzdem kreiseln. »Zahl. Okay, aber was werfen wir Lutt vor? Ich meine, wie sieht Ihre Theorie aus? Bloß zum Vergleich natürlich, Cronk. Professor Shandy hat mir nämlich bei meinen Nachforschungen sehr geholfen. Das solltest du auch erwähnen.«

»Sehr großzügig von Ihnen, Ottermole«, sagte Shandy. »Aber ich bin bereit, auf den Ruhm zu verzichten, wenn ich dafür bloß endlich wieder einmal eine ganze Nacht durchschlafen kann. Mal nachdenken. Also Lutt. Wie gehabt, würde ich sagen. Bestechung, kriminelle Vereinigung und Anstiftung zum Mord.«

»Wie zum Teufel konnten die Balaclavianer denn glauben, daß sie damit durchkommen würden?« wunderte sich Swope.

Shandy zuckte mit den Schultern. »Warum nicht? Es hat sehr lange Zeit immer gut geklappt. Das wird bestimmt ein ziemlich langer Bericht, Swope. Sie werden morgen Gelegenheit haben, sich mit – eh – sämtlichen Verzweigungen zu beschäftigen, wenn Ottermole die Presse informiert. Wir haben beschlossen, Ihnen heute nacht eine Exklusivmeldung zu verschaffen, weil Sie der einzige Reporter waren, der das College nicht als Refugium für eine Bande von Mördern dargestellt hat.«

Und weil irgend jemand über die ganze Geschichte wahrheitsgetreu berichten sollte, bevor Sam Peters gegen Bertram Claude antrat, denn die Leser in Balaclava County waren schließlich die stimmberechtigten Wähler. Swope konnte man außerdem vertrauen, er würde alles genauso darstellen, wie es sich gehörte. Shandy hielt jedoch die Zeit für derartige Auskünfte noch nicht für gekommen. Bei dem Tempo, mit dem Ottermole in seinem reichlich angeschlagenen Streifenwagen dahinjagte, wären genauere Erklärungen sowieso für die Katz gewesen. Offiziell hatte die Schlaglöchersaison in Balaclava County noch nicht begonnen, doch es gab auch jetzt schon so viele Unebenheiten auf den Straßen, ganz abgesehen vom Zustand der Federung und der Stoßdämpfer in Ottermoles Gefährt, daß jede längere Konversation das Risiko einer abgebissenen Zunge einschloß.

Zu Shandys Überraschung kamen sie ohne Zwischenfall in Lumpkin Upper Mills an und parkten den Wagen in der Nähe des mit viel Seifengeld erbauten Hauses. Als sie ausstiegen, erkundigte er sich bei Ottermole: »Wer überwacht denn eigentlich Lutts Haus?«

»Frank, der Sohn von Clarence Lomax. Officer Frank Lomax, meine ich natürlich. Jedenfalls Officer in der Grundausbildung, immer wenn er keine Nachtschicht in der Apfelgroßhandlung hat. Ich würde ihn gern als Vollzeitkraft haben, aber die Stadtverwaltung genehmigt mir das Geld nicht.«

»Na ja, jetzt, wo Sie hier mitten im Ort ein richtiges Verbrechernest ausgenommen haben, werden unsere knauserigen Steuerzahler vielleicht ihren unpassenden Geiz nochmal überdenken.«

»Ach, wahrscheinlich werde ich gefeuert, weil ich es nicht eher entdeckt habe.« Den Polizeichef plagten wieder Selbstzweifel. »Tante Edna Jean wird wütender sein als eine gereizte Hornisse, wenn ich Onkel Lot festnehme. Sie hält ihn für den Herrgott persönlich. Und sie hat doch sogar in ihrem Testament meine Frau mit einer Kleinigkeit bedacht.«

»Das wird eine tolle Schlagzeile, Fred«, rief der unbezahlbare Swope. »KEIN OPFER ZU GROSS, WENN DIE PFLICHT RUFT, SAGT OTTERMOLE! Keine Bange, wenn die Geschichte herauskommt, werden Sie selbst so ein Held sein, daß wahrscheinlich sogar noch ein paar neue Stoßdämpfer für den Streifenwagen dabei herausspringen. Würde es Ihnen etwas ausmachen zu warten, bis ich einen neuen Film eingelegt habe? Ich würde Sie gern dabei fotografieren, wie Sie ihn festnehmen.«

»Das macht mich bei den Buglefords bestimmt noch beliebter.« Trotzdem kontrollierte Ottermole kurz, ob seine Mütze richtig saß und alle Reißverschlüsse in Ordnung waren. »Also los, bringen wir es hinter uns.«

Er schellte an der Tür. Nach einer Weile kam Edna Jean Bugleford die Treppe hinunter. Sie war in der Tat genauso wütend wie ein gereizte Hornisse.

»Fred Ottermole, bist du denn von allen guten Geistern verlassen? Für wen zum Teufel hältst du dich eigentlich, daß du anständige Leute mitten in der Nacht aufweckst? Weiß Edna Mae überhaupt, wo du bist? Und mit wem du dich herumtreibst?« fügte sie mit einem Seitenblick auf Shandy hinzu. »Das ist doch der Kerl, über den sich Lot so aufgeregt hat. Seit dem Tag, als er aus dem Vorstand der Seifenfabrik austreten mußte, habe ich ihn nicht mehr in einer solchen Verfassung gesehen. Er wollte noch nicht mal zu Abend essen, dabei hatte ich sogar Hackbraten nach meinem Spezialrezept gemacht.«

»Er hätte ihn besser gegessen, als er noch die Möglichkeit dazu hatte.« Mrs. Buglefords angeheirateter Neffe hatte seinen Mut wiedergefunden. »Wenn du ihm das nächste Mal einen Hackbraten machst, kannst du ihm nämlich direkt eine Feile reintun. Wo ist sein Zimmer, Tante Edna Jean?«

»Was soll das heißen, ›wo ist sein Zimmer‹? Und sag bloß nicht Tante Edna Jean zu mir, Fred Ottermole. Ich habe Edna Mae von Anfang an gesagt, daß sie nicht alle Tassen im Schrank hat, sich einem Kerl wie dir an den Hals zu werfen, wo sie jemanden wie William Twerks hätte bekommen können. Nur weil du in deiner Uniform so schneidig und romantisch ausgesehen hast und William ein paar Jährchen älter war – was hast du denn gerade mit der Feile gemeint?«

Doch Ottermole hatte keine Zeit für Erklärungen, er war längst die Treppe hochgestürmt. Lot Lutt erwartete ihn auf dem Treppenabsatz.

»Fred Ottermole, du verdammter Idiot, was hast du zu dieser gottverlassenen Stunde hier in meinem Haus zu suchen? Spielst du wieder mal Räuber und Gendarm?«

»Genau. Und ich bin der Gendarm, und du bist der Räuber. Die Anklage lautet auf kriminelle Vereinigung, Mittäterschaft bei einem Mord und – was war noch das Dritte, Professor?«

»Ich glaube, wir dachten da noch an Bestechung.«

»Richtig, Bestechung. Das Wort lag mir auf der Zunge. Bleib stehen, Onkel Lot. Ich meine – was zum Teufel meine ich überhaupt? Besser, ich sage Mr. Lutt, denke ich. Ich muß Ihnen jedenfalls jetzt Ihre Rechte vorlesen, also hören Sie lieber auf zu brüllen, und passen Sie auf. Hey, Frank«, brüllte er selbst über das Treppengeländer, »hast du vielleicht zufällig Handschellen mit?«

»Nein, aber es liegen welche im Streifenwagen, Chef. Soll ich sie holen gehen?«

»Die brauche ich für Sill. Dann hol mir mal ein Stück Seil oder so was. Es ist wirklich zum Verzweifeln! Kannst du nicht noch in deinem Artikel einen kleinen Hinweis unterbringen, daß wir ein paar zusätzliche Dollar für Arbeitsmaterial brauchen? Wie denkt sich die Stadt das überhaupt? Ich kann doch nicht einer ganzen Bande von Verbrechern das Handwerk legen, wenn ich nur zwei lausige Paar Handschellen zur Verfügung habe, oder? Ja, das reicht wohl.«

Ottermole nahm ein Stück Wäscheleine in Empfang, das ihm seine Halbtagskraft überreichte, und begann, seinen neuen Gefangenen dingfest zu machen.

»Mach das sofort wieder los, du Hornochse!« schrie Lutt. »Ich verlange, auf der Stelle mit meinem Anwalt zu sprechen!«

»Immer mit der Ruhe«, sagte sein angeheirateter Neffe zweiten Grades. »Den siehst du noch schnell genug. Hodger sitzt bereits in der Zelle. Und wir werden noch ein paar mehr Freunde von dir holen, bevor die Nacht vorbei ist.«

»Wie könnt ihr es wagen?«

»Oh, wir wagen es einfach. Professor Ungleys geheime Aufzeichnungen haben wir nämlich inzwischen auch gefunden, mußt du wissen. Ich weiß wirklich nicht, warum du so eine schlechte Meinung von den Ottermoles hast, Tante Edna Jean. Sieh dir doch bloß mal an, was deine eigene Schwester geheiratet hat. Meine Güte, nach dieser Sache hier wird Edna Mae sich auf dem Polizeiball wohl für ihre Familie schämen müssen. Und du hast sie dazu überredet, meinen halben Monatslohn für ein neues Kleid auszugeben, bloß damit sie ihrer hochgeschätzten Sippe keine Schande macht.«

Polizeichef Ottermole ließ die sprachlose Edna Jean einfach stehen und stolzierte aus dem Haus, wobei er den Seifenmagnaten genau im Auge behielt.

»Okay«, sagte er, als er Lutt auf dem Rücksitz des Streifenwagens neben Frank Lomax verstaut hatte, »jetzt schnappen wir uns Sill.«

Ottermole hatte sich nicht einmal die Mühe gemacht, einen Posten vor dem Haus des ehemaligen Kongreßabgeordneten aufzustellen. Dazu kannte er die Angewohnheiten des alten Herrn zu genau. Sill festzunehmen, bedeutete im Grunde nichts weiter, als ihn die Treppe hinunterzuschaffen und in den Streifenwagen zu verfrachten. Als Sill seine Augen weit genug öffnen konnte, um seinen geschätzten Mitbalaclavianer in Fesseln neben sich sitzen zu sehen, setzte er mit letzter Kraft zu einer flammenden, vom Alkohol inspirierten Rede an. Lutt zischte: »Halt bloß dein Maul.« Und – oh Wunder – Sill hielt es daraufhin tatsächlich.

Kapitel 23

In der Zelle wurde es zunehmend enger, nachdem Ottermole und seine momentane Hilfstruppe auch noch Sill und Lutt zu Hodger gesperrt hatten. Cronkite Swope war von dem Schauspiel, das sich ihm bot, tief beeindruckt.

»Mann, das muß ich unbedingt knipsen. Stellen Sie sich mal etwas näher an das Gitter, und legen Sie Ihre Hände irgendwie an die Stäbe, Fred. HELDENHAFTER POLIZEICHEF OTTERMOLE VERLANGT GRÖSSERE ZELLE ODER BESSERE MORAL IN BALACLAVA.«

»Ich will aber wirklich nicht, daß mir allein die ganze Ehre zukommt«, protestierte Ottermole, schob Frank Lomax kurzerhand zur Seite, um sich genau vor die Kamera postieren zu können, und grinste breit ins Objektiv. »Frank, warum rufst du nicht schnell Solly Swain drüben im Apfellager an und fragst ihn, ob er uns einen Lieferwagen leiht, damit wir ein paar von diesen Verbrechern zum Bezirksgefängnis transportieren können? Die haben nämlich richtige Zellen mit Betten. Willst du auch noch ein Foto von meinem Profil, Cronk?«

»Warum nicht?«

Swope wollte zwar eigentlich nicht, dachte aber, daß Edna Mae Ottermole sicher gerne ein Foto ihres heldenmütigen Gatten über dem Kamin aufhängen würde. Der *Sprengel-Anzeyger* würde nach den Nachforschungen dieser Nacht selbstverständlich eine weitere Sonderausgabe drucken müssen. Vielleicht war es inzwischen überhaupt an der Zeit, ihn als Tageszeitung erscheinen zu lassen.

Shandy gönnte dem Polizeichef noch einige Minuten des Triumphes, bevor er ihn an seine Pflichten erinnerte: »Kommen Sie, Ottermole, wir müssen noch zu Twerks.«

»Aber was ist mit Pommell und Smuth und – wer da sonst noch übrig ist?« erkundigte sich Swope schwach.

»Alles zu seiner Zeit. Wir müssen wissenschaftlich vorgehen, fragen Sie nur Ottermole.«

»Genau«, sagte der Polizeichef. »Okay, Professor. Frank, du bleibst hier und hilfst deinem Onkel Silvester, die Gefangenen zu bewachen. Oder den Lieferwagen zu holen, wenn Solly nichts dagegen hat.«

»Warum können wir nicht Präsident Svenson fragen, ob er uns einen vom College ausleiht?« wollte Deputy Joad wissen, der sich allmählich ein wenig übergangen fühlte.

Shandy lächelte geheimnisvoll. »Präsident Svenson hat im Moment ganz andere Sachen im Kopf. Fertig, Ottermole?«

»Ja. Hör mal, Silvester, wenn Edna Mae anruft, sag ihr, daß wir alles im Griff haben, aber erzähl ihr um Himmels willen nicht, daß ich ihren Onkel verhaftet habe. Ich muß mir noch irgendwas einfallen lassen, wie ich es ihr am besten schonend beibringen kann, so daß sie mir nicht die Bratpfanne über den Kopf haut, wenn ich nach Hause komme. Es ist natürlich nicht ihr richtiger Onkel, mußt du wissen, nur der Schwager ihrer Tante, aber du weißt ja, wie das ist.«

Silvester Lomax, der ja immerhin ein Lomax war, sagte, er wisse genau, wie das sei, und Fred solle sich bloß keine Sorgen machen. So etwas komme in den besten Familien vor.

Shandy räusperte sich. Ottermole sagte, er sei jetzt soweit. »Bist du auch fertig, Cronk?«

»Worauf ihr euch verlassen könnt!« Swope lud noch schnell seine Polaroidkamera mit einem neuen Film und eilte zur Tür, in dem einen Auge ein stählernes Feuer, in dem anderen ein freudiges Leuchten. Was ihn anging, konnte der Streifenwagen gar nicht schnell genug fahren, während Shandy nach der unfreundlichen Atmosphäre vor der Gefängniszelle einfach nur die Nachtluft genoß.

Als sie Twerks' großes senfbraunes Domizil erreichten, löste sich ein riesiger Schatten, der an einen letzten Nachkommen der Dinosaurier denken ließ, drohend aus der Dunkelheit. »Herrgott, wo wart ihr denn so lange?« flüsterte Thorkjeld Svenson.

Was für ihn wahrscheinlich lediglich ein Flüstern war, klang in Cronkite Swopes überreizten Ohren allerdings eher wie das ferne Grollen wütender Trolle tief unten in einer Berghöhle. Peter Shandy wiederum hatte den Eindruck, daß der Präsident recht aufgekratzt klang. Das war meist der Fall, wenn er einen richtigen Kampf witterte.

»Jetzt?« knurrte Svenson.

»Jetzt!« stimmte Shandy zu. »Holen wir ihn uns, Präsident.«

Thorkjeld Svenson marschierte auf William Twerks' Haus zu und schlug kräftig gegen die Tür. Sie war aus massivem Walnußholz und zehn Zentimeter dick, begann jedoch unter Svensons Faust nachzugeben. Fred Ottermole zuckte zusammen.

»Präsident, könnten Sie nicht ein bißchen weniger hart klopfen? Er könnte sonst noch behaupten, die Polizei hätte Gewalt angewendet.«

»Arrgh!« sagte der große Gelehrte und schlug erneut zu.

Daraufhin erschien Twerks auf der Bildfläche. Sein schütteres, helles Haar stand in steifen kleinen Stacheln von seinem Kopf ab, der stark an eine Kanonenkugel erinnerte. Seinen Bademantel mit Buchanan-Schottenmuster hielt er provisorisch über einem Körper zusammen, der fast so massig war wie Svensons.

»Was zum Teufel geht hier vor?« brüllte er.

Mit einem derart erlesenen Publikum im Rücken konnte Polizeichef Ottermole es sich nicht verkneifen, die Dinge auf die Spitze zu treiben. »Sie gehen, Twerks. Und zwar gehen Sie jetzt schnurstracks zur Polizeiwache, wo Ihre Kumpane schon auf Sie warten. Ich verhafte Sie wegen Beteiligung am Mord von Professor Ungley und Diebstahl von fremdem Eigentum. Sonst noch etwas, Professor Shandy?«

»Sie können ruhig noch den vorsätzlichen Mord an Ruth Smuth hinzufügen«, schlug Shandy vor.

»Was? Ehrlich? Ist das Ihr Ernst?«

»Mein voller Ernst«, versicherte Shandy. »Nur vorwärts, Ottermole. Machen Sie den Mistkerl fertig.«

»In Ordnung, wenn Sie meinen. Und Sie sind sicher, daß es – vorsätzlicher Mord war?«

»Hundertprozentig sicher. Oder etwa nicht, Mr. Twerks?«

»Ich habe keine Ahnung, wovon Sie reden«, zischte der Größte aller Balaclavianer.

»Da bin ich anderer Meinung. Außerdem würde es mich nicht wundern, wenn es Ihnen großen Spaß gemacht hat, Ruth Smuth zu erwürgen. Obwohl ich annehme, daß Sie ziemlich ungehalten darüber waren, Befehle von jemandem anzunehmen, oder irre ich mich da? Sie halten sich für sehr wichtig, nicht wahr?«

»Sie reden dummes Zeug, Shandy. Ich lasse mir von keinem Menschen Befehle erteilen, außer von –«

»Sprechen Sie ruhig weiter«, sagte Thorkjeld Svenson in seiner sanftesten und daher gefährlichsten Stimmlage. »Von wem?«

»Machen Sie sich nicht die Mühe, ihm ein Geständnis zu entlocken, Präsident«, sagte Shandy. »Die Leute, die ihn als ihre Einmannschlägertruppe eingesetzt haben, hatten Ruth Smuths Tod hervorragend geplant. Ich habe die Einzelheiten des Plans fein säuberlich aufgezeichnet in den Akten gefunden, die Ungley all die Jahre hindurch so sorgfältig geführt hat, als wir alle geglaubt haben, er säße den ganzen Tag nur herum und setze Staub an. Ruth Smuth kam sich wohl mit der Zeit etwas zu wichtig vor. Lag da nicht das Problem, Mr. Twerks? Die Leute, für die Sie arbeiteten, hatten sie zwar vor ein paar Jahren sehr nützlich gefunden, als sie die Organisation dieses unseligen Siloprojektes übernahm, um damit später das College in der Hand zu haben. In der letzten Zeit aber wurde Ihnen ihre Freundschaft mit der anderen Marionette, nämlich mit Claude, zu eng, und sie maßte sich an, die Sache auf ihre Weise organisieren zu wollen. Und es wäre ihr sicher auch bald gelungen, denn die meisten Mitglieder der Gruppe waren schon älter und hatten immer weniger Energie. Sie sind auch nicht mehr der Mann, der Sie einst waren, nicht wahr, Mr. Twerks?«

»Und ob ich das bin!« Twerks griff nach oben und riß ein mächtiges Vierzehnendergeweih von der Wand. »Aus dem Weg, oder ich bringe euch alle um!«

Er stieß mit dem Geweih um sich wie ein wütender Wasserbüffel und fing an, sie zur Tür zurückzudrängen.

Mit einem Riesensprung griff sich Thorkjeld einen mehr als einen Meter langen Elefantenstoßzahn und stellte sich vor Twerks, wobei er den Stoßzahn wie ein Wikingerschwert hin und her schwenkte.

»En garde, du Hundesohn!«

Stoßzahn und Geweih prallten aufeinander, als die beiden menschlichen Kolosse sich aufeinanderstürzten. Abgebrochene Hornsplitter flogen durch die Luft. Twerks warf das zertrümmerte Geweih von sich und packte sich einen Hutständer aus Hirschhorn.

»Heiliges Donnerwetter!« brüllte Ottermole. »Der Kampf der Titanen!«

»Fred, können Sie die beiden nicht auseinanderbringen?« schrie Cronkite Swope.

»Spinnst du? Ich könnte mich nur ohrfeigen, daß ich die Kinder nicht mitgebracht habe. Die sind nämlich ganz wild auf Monsterfilme.« Ottermole bückte sich, um einem drohenden Hornstoß zu entgehen, und fand einen relativ sicheren Platz auf einem Haufen geflochtener Kuhhörner, der offenbar ein Sofa darstellen sollte. »Bloß jammerschade, daß wir kein Popcorn haben!«

»OTTERMOLE, DER MUTIGE VERTRETER VON RECHT UND ORDNUNG.« Swope hatte sich eine Barrikade aus Ottomanen mit Schottenmuster gebaut und konnte seiner journalistischen Berufung mehr oder weniger unbehelligt von fliegenden Hornsplittern nachkommen. »Verdammt, warum habe ich bloß keine Filmkamera mitgebracht? Das glaubt mir ja später doch keiner, wenn ich es so schreibe, wie es sich abgespielt hat.«

Zu Ottermoles heftigem Bedauern war das Schauspiel jedoch nicht mehr sehr lange zu bewundern. Twerks blieb mit dem Fuß am Kopf eines Tigers hängen, wurde heftig in den Spann gebissen und krachte mit dem Aufschrei »Foul!« zu Boden.

»Kein Foul. Tiger.« Thorkjeld Svenson wischte sich mit dem Hemdszipfel den Schweiß aus den Augen und ließ seinen Expertenblick über die geborstene Spitze seines Elefantenstoßzahns gleiten, warf ihn zur Seite und ballte die Fäuste. »Steh auf, und kämpfe, du feiger Schakal!«

Ottermole seufzte, löste seine Hose von den Kuhhörnern und griff nach den Handschellen, die er dem Kongreßabgeordneten Sill wieder abgenommen hatte. »Tut mir schrecklich leid, Präsident, aber ich denke, ich nehme ihn jetzt am besten fest, bevor Sie noch mehr Beweismaterial beschädigen.«

Fred entwickelte sich allmählich zu einem wahren Spezialisten im Anlegen von Handschellen. Dank der freundlichen Hilfe des Tigers fand diese Festnahme noch dazu in einer absoluten Rekordzeit statt.

»Au«, wimmerte der gefallene Twerks. »Die verdammten Dinger sind mir viel zu eng.«

»Tut mir leid«, sagte der Polizeichef, obwohl es überhaupt nicht so klang, »ich kann sie nicht anders einstellen. Hör auf zu jammern, und steh auf, du Schakal. Ich wette, du hast dich auch nicht darum gekümmert, ob Mrs. Smuth Schmerzen hatte oder nicht, als du sie mit dem Schal erdrosselt hast.«

»Sie hatte überhaupt keine Schmerzen«, protestierte Twerks. »Ich weiß, wie man so was macht. Hat nur ein paarmal gezuckt –«

»Vielen Dank. Hast du mitgeschrieben, Cronk?«

»Klar, Fred. Donnerwetter, wenn das die Leute vom Großen Fernkurs für Journalisten zu Gesicht bekommen!«

»Wie wär's denn mit den Leuten von der United Press International?« schlug Shandy vor.

»Ach, die.« Swope zuckte mit den Schultern und drückte die Verschlußkappe wieder auf das Objektiv. »Die können das alles im *Sprengel-Anzeyger* lesen. Sagen Sie mal, Mr. Twerks, hätten Sie etwas dagegen, wenn ich mal schnell Ihr Telefon benutze, um meinen Chefredakteur anzurufen?«

Kapitel 24

»Alles zu seiner Zeit, Swope«, sagte Shandy. »Wir sind noch nicht fertig mit unserer Arbeit für diese Nacht. Am besten, wir schaffen zuerst Twerks in die Zelle und holen dann Joad. Bei unserem nächsten Besuch brauchen wir ihn nämlich.«

»Den Chemiker? Wieso das denn? Ich dachte, wir wollten uns jetzt Mr. Pommell vorknöpfen? Meine Güte, wenn ich bloß dran denke, daß ich ihm noch das Darlehen für mein Motorrad schulde.«

»Ja, und ich die Hypothek für mein Haus.« Fred Ottermole versuchte zu lächeln, aber es gelang ihm nur ein verzerrtes Grinsen. »Ach was, zur Hölle damit. Rein ins Auto, Twerks. Eine falsche Bewegung, und ich schlag' dir den Schädel ein.«

»Dazu brauchst du 'ne Armee«, zischte der immer noch aufsässige Gefangene. »Wo willst du die hernehmen?«

»Ich bin die Armee«, sagte Thorkjeld Svenson. »Rein, aber sofort, Twerks.«

Twerks gehorchte. Das vorletzte Blatt der Hinterachsfederung des Streifenwagens brach mit einem hörbaren Knacken. Fred Ottermole zuckte schmerzlich zusammen und hielt den Atem an, doch das vielerprobte Fahrzeug setzte sich nach etlichen beunruhigenden Knatter- und Rasselgeräuschen schließlich doch noch in Bewegung.

Auf dem Polizeirevier wehrte sich Twerks nur noch zum Schein. Svenson bot freundlicherweise an, ihn persönlich zu bewachen, in der Hoffnung, daß ihm der Gefangene nach einer kleinen Ruhepause doch noch die Gelegenheit zu einem neuen Kampf geben würde. Da Twerks über die Folgen des Tigerbisses klagte und offenbar nicht in der Lage schien, einen Ausbruchsversuch zu unternehmen, stimmte Ottermole zu. Es war vielleicht besser, wenn Svenson diesmal nicht mitkommen wollte. Die Federn würden sicher bald alle den Geist aufgeben.

Diesmal brauchten sie wenigstens nicht sehr weit zu fahren. Cronkite Swope, der beschlossen hatte, die Strecke im Sprint zurückzulegen, wartete bereits auf sie, als Ottermole anhielt.

Der Polizeichef stieg als erster aus und machte sich an den Aufschlägen seiner Lederjacke zu schaffen. »Mein Gott, so nervös bin ich seit meinem Hochzeitstag nicht gewesen«, murmelte er. »Warum zum Teufel haben Sie mir nicht ein bißchen früher Bescheid gesagt, Professor? Dann hätte ich mir doch wenigstens noch einen Smoking leihen können.«

»Tut mir leid, Ottermole. Hier, vergessen Sie Ihre Autoschlüssel nicht. Es wäre doch eine Schande, wenn irgendein Spaßvogel auf die Idee käme, Ihren Streifenwagen zu klauen, während Sie mit dem größten Fall in der Geschichte von Balaclava County beschäftigt sind. Dorkin, sind Sie das?« fügte er noch leise hinzu, als sich ein Schatten von einer der Zedern auf dem makellos geharkten Rasen löste.

»Ja, bin ich. Ich meine, ich bin's. Okay, Chef. Alle Mann an Bord, wir können zuschlagen.«

»Dann nichts wie los«, sagte Ottermole mit einem wildentschlossenen Lachen. Er stürzte vorwärts, als wolle er eine Barrikade stürmen, und betätigte den eleganten Messingtürklopfer.

Wieder öffnete die junge ausländische Hausangestellte die Tür. Sie trug auch jetzt noch ihre Dienstkleidung, sah allerdings aus, als habe sie darin geschlafen. »Keiner da«, teilte sie ihnen mit und versuchte, die Tür wieder zu schließen.

»Und ob hier jemand ist!« Ottermole hatte ausgenommen große Füße und stellte blitzschnell einen Fuß in die Tür. »Treto zur Seito, Mädel. Entweder die kommen jetzt sofort runter, oder wir gehen rauf. Und versuchen Sie bloß nicht, durch die Hintertür rauszukommen, Pommell«, brüllte er ins Treppenhaus hinauf, »wir haben nämlich um das Haus herum eine Postenkette aufgestellt.«

Die Postenkette bestand lediglich aus Ottermoles Schwager Joe Bugleford, der mit einem Baseballschläger bewaffnet war, doch das brauchte Pommell schließlich nicht zu wissen.

»Geben Sie's ihm, Chef«, rief Budge Dorkin.

»Und ob ich das werde.« Ottermole besann sich wieder einmal ganz auf seine Führungsqualitäten. »Zeigen Sie jetzt Professor – ich meine, Deputy Joad den Weg. Er weiß, was er zu tun hat.«

»Worauf Sie sich verlassen können!«

Joad umfaßte seine Reagenzgläser noch fester und folgte Dorkin. Mr. und Mrs. Pommell, die beide grüne Wollbademäntel über ihren grünweißgestreiften Schlafanzügen für »Sie« und »Ihn« trugen, stürmten nach unten.

»Was bedeutet diese Ungeheuerlichkeit?« verlangte Pommell zu wissen. So lautete offenbar in dieser Nacht die Reaktion aller Balaclavianer auf die Konfrontation mit der Polizei, so wie die erste Aussage einheitlich »Wir sind alle zusammen weggefahren« geheißen hatte. Wahrscheinlich hatten sie sich auf diese Sätze geeinigt für den Fall, daß irgend etwas passieren sollte und sie schnell eine geeignete Antwort finden mußten, eine Reaktion, die deutlich werden ließ, wie sehr sie daran gewöhnt waren, als Gruppe aufzutreten – keine besonders kluge Antwort, was darauf schließen ließ, daß die Gruppe vielleicht nicht ganz so intelligent war, wie die einzelnen Mitglieder gerne glauben wollten.

»Es bedeutet, daß Ihr Freund Hodger bereits verhaftet worden ist, wie jetzt auch –«

Shandy stieß Ottermole mit dem Ellbogen in die Rippen. »Nicht den Mann«, flüsterte er.

»Ach ja – wie jetzt auch Ihre Frau. Mrs. Pommell, ich verhafte Sie hiermit wegen des Mordes an Professor Ungley. Alles, was Sie von jetzt an sagen, kann gegen Sie verwendet werden, also sagen Sie am besten gar nichts. Und Sie auch nicht, Mr. Pommell. Ich verhafte Sie als Mittäter. Würde es Ihnen etwas ausmachen, wenn ich Ihnen Ihre Rechte nur einmal vorlese? Wir sind nämlich etwas in Eile. Professor Shandy, können Sie mit Handschellen umgehen?«

»Ich denke schon. Aber ich muß Sie warnen, Mrs. Pommell, ich habe nämlich keinerlei Hemmungen, ich greife im Notfall auch gewalttätige Frauen an, wenn sie skrupellos genug sind, einem alten Mann mit einem silbernen Fuchs den Schädel einzuschlagen. Sie können daher also aufhören zu versuchen, mir hier vor Zeugen die Augen auszukratzen.«

Trotz seiner Warnung kostete es Shandy doch eine Menge Kraft, das tödlichere Exemplar der Spezies Pommell zu bändigen. Budge Dorkin mußte Mrs. Pommell schließlich die Handschellen anlegen, während Shandy ihre Krallenhände hinter ihrem üppigen Rücken festhielt. Der Ehemann ließ sich dagegen problemlos festnehmen. Er verhielt sich ganz wie ein Mann, der unter Schock steht, was sicherlich auch der Fall war. Als ihm schließlich ebenfalls Handschellen angelegt wurden, belief sich sein Protest lediglich auf ein schwaches »Das ist eine Unverschämtheit!«

Die Hausangestellte war offenbar völlig verstört und streckte mit resignierter Demut, die Shandys Herz rührte, ebenfalls ihre Hände aus. Er schüttelte den Kopf.

»Schon in Ordnung, Miss. Sie werden nicht verhaftet. Ich vermute, der Hauptgrund für die Einstellung dieser jungen Frau war die Tatsache, daß sie nicht in der Lage war zu verstehen, was hier überhaupt vorging. Meinen Sie nicht auch, Ottermole? Wir müssen einen Dolmetscher besorgen und sie befragen, wenn es uns irgendwann gelingen sollte herauszufinden, welche Sprache sie spricht.«

»Das ist eine Aufgabe für euch am College. Also los, dann wollen wir mal nachsehen, was Joad herausgefunden hat«, erwiderte der Polizeichef.

»Ich kann mir nicht vorstellen, wovon Ihr Idioten überhaupt redet.« So schnell gab sich Mrs. Pommell nicht geschlagen.

»Oh, das können Sie sich sogar bestimmt gut vorstellen, denke ich«, antwortete Shandy recht freundlich. »Diese neuen Lammfellbezüge, die Sie sich für Ihren Wagen zugelegt haben, passen nicht gerade zu Ihrem – eh – Lebensstil, wenn Sie wissen, was ich meine. Ich nehme an, sie waren das beste, was Sie unter den gegebenen Umständen auftreiben konnten.«

»Welche Umstände?«

»Am besten spazieren wir jetzt mal kurz zur Garage und sehen uns den Bericht unseres Chemikers an. Nach Ihnen, Mrs. Pommell, und versuchen Sie nicht – eh – irgendwelche Dummheiten zu machen. Habe ich mich da richtig ausgedrückt, Ottermole?«

»Sehr gut.«

Ottermole schien ebenfalls unter gewissen Schocksymptomen zu leiden. Den Bankier zu verhaften, dem man die Hypothek auf sein Haus schuldete, war vielleicht wirklich nicht gerade leicht, vermutete Shandy. Aber Ottermole hatte es trotzdem getan. Er war vielleicht nicht gerade der intelligenteste Mensch der Welt, aber eins war sicher, der Mann war alles andere als ein Feigling. Shandy hoffte nur inständig, daß Joad das gefunden hatte, wonach er hatte suchen sollen.

Seine Hoffnung wurde nicht enttäuscht. Bereits auf dem Weg zur Garage eilte ihm der Chemieprofessor strahlend wie ein Honigkuchenpferd entgegen.

»Mit einem Wort, teurer Kollege, heureka! Auf dem ganzen Vordersitz, genau wie Sie vorhergesagt haben. Man hat offenbar alles versucht, um die Flecken auszuwaschen, aber ohne Erfolg. Hat sicher wie ein abgestochenes Schwein geblutet, als Sie ihm mit Hodgers Stock den Schädel eingeschlagen haben, nicht wahr, Mrs. Pommell?«

»Wer ist dieser Mensch?« verlangte die Dame zu wissen. »Wie kann er es wagen, so mit mir zu sprechen? Will er damit etwa andeuten, daß Professor Ungley in unserem Wagen ermordet worden ist?«

»Es handelt sich bei diesem Menschen um Professor Joad, einen hochqualifizierten Chemiker«, klärte Shandy sie auf. »Und er stellt keineswegs lediglich Behauptungen auf. Er hat Bluttests gemacht, aus denen eindeutig hervorgeht, daß Professor Ungley tatsächlich in Ihrem Wagen ermordet wurde.«

»Das ist unmöglich! Professor Ungley hat sich niemals nach unseren Versammlungen von irgend jemandem nach Hause fahren lassen. Das weiß jeder im Club.«

»Ich muß Ihnen leider widersprechen, Mrs. Pommell. Das hat zwar jeder im Club gesagt, nachdem Ungley tot war und Sie sich alle auf diese Lügenversion geeinigt hatten, in Wirklichkeit allerdings war Ungley ein sehr fauler Mensch. Daß er darauf bestanden haben soll, an einem dunklen, eiskalten Abend allein zu Fuß nach Hause zu gehen, nur um seine Unabhängigkeit zu demonstrieren, ist barer Unsinn. Ungley wäre sicher vor Freude in die Luft gesprungen, wenn man ihm angeboten hätte, ihn stilgerecht nach Hause zu chauffieren. Und das ist dann ja auch geschehen.

Als wahrer Gentleman der alten Schule hat er seinen Hut abgenommen, bevor er in den Wagen gestiegen ist. Das hätte er bestimmt nicht getan, wenn er nicht in Gegenwart einer Dame gewesen wäre, und Sie waren die einzige Frau in der Gruppe. Sie hatten allerdings verständlicherweise nicht gedacht, daß seine Hand in seinem Todeskampf den Hut derart fest umklammern würde. Aber wir müssen auch annehmen, daß Ungley nicht erwartet hat, daß seine freundliche Mitpassagierin ihm den Schädel einschlagen wollte, nachdem er einen derart eloquenten Vortrag gehalten hatte.

Der Vortrag handelte nicht von Federmessern, wie Sie uns glauben machen wollten, sondern davon, daß Ungley – wovon keiner von Ihnen auch nur das Geringste geahnt hatte – die ganze

Zeit über alle Machenschaften der Gesellschaft genau Buch geführt hatte, um damit später die Nachwelt zu beglücken. Er selbst hat nach dieser Enthüllung wohl eher mit massivem Beifall gerechnet, nehme ich an. Sicher haben Sie es auch geschafft, ihm ein paarmal auf die Schulter zu klopfen und in gedämpften Beifall auszubrechen, während Sie sich schon überlegten, wie Sie ihn am schnellsten loswerden konnten. Ich kann mir allerdings nicht erklären, wie Ihnen in all den Jahren entgangen sein soll, daß Un-Ungley nicht alle Tassen im Schrank hatte.«

Das wiederum warf die Frage auf, ob Ungleys Clubmitglieder möglicherweise auch nicht viel klarer im Kopf waren als ihr Opfer, doch Peter beschloß, diesem Problem nicht weiter nachzugehen.

»Ich vermute«, fuhr er fort, »daß Sie beide sich dann schleunigst aus dem Staub gemacht haben, während jemand anderes – zweifellos war es Twerks, der stark genug ist, aber auch zu dumm, um Ungley den Hut zu entwinden oder genug Blut auf die Eggenzinke zu schmieren, damit es überzeugend aussah – die Leiche hinter das Haus schleppte und die Szenerie für den angeblichen Unfall vorbereitete. Sie kamen zurück nach Hause, dachten sich die dumme Geschichte aus, daß man Ungley die 500 Dollar geraubt hatte, säuberten den Wagen und zogen die blutbespritzten Kleidungsstücke aus, die Ottermole zweifellos irgendwo hier im Haus finden wird.«

»Was ist, wenn sie das Zeug einfach weggeworfen haben?« erkundigte sich Ottermole.

»Dazu hatten sie keine Gelegenheit. Mrs. Pommell konnte ihre Sachen kaum zur Reinigung bringen oder sie vor dem Dienstmädchen verbrennen. Wenn sie die Sachen weggeworfen hätte, wäre es möglich gewesen, daß jemand sie gefunden und als die ihren identifiziert hätte. Die sinnvollste Lösung war also, die Flecken so gut wie möglich auszuwaschen und die Kleidungsstücke wieder in den Schrank zu hängen, und sicher werden Sie feststellen können, daß die beiden genau das auch getan haben. Man kann Ihnen übrigens nur gratulieren, Mrs. Pommell, daß Sie geistesgegenwärtig genug waren, Ungley die Schlüssel wegzunehmen, so daß Sie seine Wohnung in aller Ruhe nach den wertvollen Memoiren absuchen konnten, von denen er Ihnen berichtet hatte. Sie haben wirklich hervorragende Arbeit geleistet. Zweifellos haben Sie darauf bestanden, alles selbst zu machen, mit dem Argument, daß kein Mann sorgfältig oder ordentlich genug für ein solches Unterfangen ist. Richtig, Mrs. Pommell?«

Mrs. Pommell verzog den Mund. Shandy setzte ihr weiter zu.

»Sie hatten natürlich kaum erwartet, daß er derart – eh – produktiv gewesen ist. Da Sie seine Vorliebe für Mantel-und-Degen-Geschichten kannten, haben Sie sicher eher angenommen, daß er einen Mikrofilm oder dergleichen in einer hohlen Truthahnfeder versteckt hatte. Aber Sie hätten sich daran erinnern müssen, daß Ungley ein Lehrer der alten Schule war. Eh – das sollte kein Wortspiel sein. Ich will damit sagen, daß er daran gewöhnt war, seine Notizen handschriftlich festzuhalten, und zwar auf ganz gewöhnlichem Schreibpapier, groß genug geschrieben, daß er im Unterricht gut davon ablesen konnte. Da er einen Aktenschrank besaß, bewahrte er dort logischerweise auch seine Notizen auf. Ungley war nun aber ein Mann, der nach strengen Regeln und Prinzipien lebte. Wenn er also ein Problem anging, das er zweifellos als wissenschaftlich ansah, behandelte er es auch auf dieselbe Weise, wie er sonst seine Vorlesungen und Seminare anzugehen pflegte. Ich frage mich wirklich, ob er überhaupt eine Vorstellung davon hatte, daß es auch andere Möglichkeiten gibt.«

Budge Dorkin war nicht übermäßig interessiert an den wissenschaftlichen Methoden des verstorbenen Professor Ungley. »Ich kann überhaupt nicht verstehen, warum sie keinen der Männer dazu gebracht hat, ihm eins über den Schädel zu geben«, wunderte er sich.

»Ich vermute, keiner der Männer wollte die Initiative ergreifen«, meinte Shandy. »Wenn man das Beweismaterial betrachtet, sieht es ganz so aus, als ob Mrs. Pommell kurzerhand Hodgers Stock gepackt hat, sich auf den Rücksitz begeben und Ungley angeboten hat, sich neben ihren Mann auf den Beifahrersitz zu setzen, während die restlichen Balaclavianer mit weichen Knien auf dem Bürgersteig standen. Als der alte Mann eingestiegen war, schlug sie ihm den bleigefüllten Knauf von Hodgers Stock über den Kopf, veranlaßte Hodger, die Stöcke auszutauschen und so zu tun, als sei Ungleys Stock sein eigener, und gab Twerks den blutigen Stock, damit er ihn neben die Leiche legen konnte. Er war selbstverständlich zu diesem Zeitpunkt nicht mehr blutig, denn sie hatte ihn sicher mit einem Taschentuch oder etwas Ähnlichem so sorgfältig wie möglich abgewischt. Der Stock mußte neben der Leiche gefunden werden, aber das Blut mußte an der

Eggenzinke sein, damit Ungleys Tod wie ein richtiger Unfall aussah.«

»Aber den Stock selbst hat sie nicht abgewischt«, widersprach Joad. »Ich habe ihn nämlich rein aus Interesse auf Spuren hin untersucht und eine Menge verschmierter Fingerabdrücke gefunden. Aber keiner sah aus wie der Fingerabdruck einer Frau.«

»Nein, die Fingerabdrücke konnten auch nicht von Mrs. Pommell stammen, denn sie hatte bestimmt ihre Glacéhandschuhe an. Das sagt jedenfalls Mrs. Lomax, und sie muß es wissen. Was die anderen Abdrücke angeht, so stammen sicherlich einige von Twerks, doch dafür ließe sich bestimmt eine gute Ausrede finden. Jeder der Balaclavianer könnte behaupten, Ungley sei der Stock hingefallen und er hätte ihn für ihn aufgehoben. Sie könnten uns auch eine andere Geschichte auftischen, die dann wieder alle bezeugen würden, obwohl bestimmt keiner damit gerechnet hat, befragt zu werden.«

»Donnerkeil, das ist ja ein gerissener Haufen«, sagte Ottermole. »Ungleys Blut an einem Stock zu finden, der angeblich sein eigener war, hätte wohl auch kaum jemanden belastet.«

»Sehr richtig«, sagte Shandy. »Hätten wir allerdings den blutbeschmierten Stock bei Hodger gefunden, hätte das natürlich die Sachlage völlig verändert.«

»Woher haben Sie denn eigentlich gewußt, daß die Stöcke vertauscht worden sind, Professor?« fragte Budge Dorkin. »Die sehen doch völlig gleich aus, oder?«

»Nicht, wenn man sie sich genauer ansieht. Die Zwinge an dem Stock, den Mrs. Lomax neben Ungley gefunden hat, ist durch intensiven Gebrauch völlig abgenutzt, und es befinden sich zahlreiche Kerben und Kratzer am Holz selbst. Der Stock, den uns Hodger am Donnerstag gegeben hat, ist in einem viel besseren Zustand.«

»Aber der von Hodger ist doch neuer«, widersprach Ottermole. »Erinnern Sie sich nicht mehr, er hat uns doch erzählt, daß Ungley ihm den Stock geschenkt hat, nachdem er Ungleys Stock so bewundert hatte.«

»Stimmt, aber er hat nicht gesagt, wann genau er ihn erhalten hat. Das Wort, auf das es hier ankommt, ist ›tragen‹. Vergessen Sie nicht, daß Hodger schwer körperbehindert ist. Er benutzt den Stock wirklich, er stützt sich mit seinem ganzen Körper darauf, wenn er geht, und er braucht ihn auch, um zu testen, ob der Boden vor ihm fest genug ist. Ungley dagegen war nichts weiter als ein eitler alter Trottel mit einem Hang zur Theatralik, und es gefiel ihm, eine gefährliche Waffe bei sich zu tragen, die noch dazu derart elegant aussah. Er schwang den Stock zwar ständig hin und her, aber ich kann mich beim besten Willen nicht daran erinnern, daß er ihn jemals benutzt hat, weil er unsicher auf den Beinen war. In diesem Zusammenhang möchte ich darauf hinweisen, daß ich Ungley oft genug auf dem Campus begegnet bin, seit ich nach Balaclava gezogen bin.«

»Ja, und ich habe ihn mein Leben lang im Ort unten gesehen«, bestätigte Ottermole. »Ich kann mich noch daran erinnern, wie er uns Kindern mit dem Stock gedroht hat, wenn er auf uns sauer war, aber jetzt, wo Sie es sagen, kann ich mich eigentlich auch nicht daran erinnern, daß er sich je auf den Stock gestützt hat, wie es Hodger tut. Oh, da fällt mir gerade noch etwas ein. Erinnern Sie sich noch an Ungleys Schlüssel? Ich wette, Mrs. Pommell hat sie nie und nimmer im Clubhaus gefunden, wie sie behauptet hat. Ich wette, sie hatte sie die ganze Zeit in der Handtasche.«

»Sehr scharfsinnige Beobachtung, Polizeichef. Swope, am besten machen Sie eine Notiz für die Nachwelt, daß Polizeichef Ottermole auf höchst beeindruckende Weise dieses ganze Lügengespinst und Seemannsgarn entwirrt hat.«

»Ich habe ein Foto, auf dem ich Ungleys Leiche untersuche«, fügte Ottermole mit gebührender Bescheidenheit hinzu. »Meine Frau will es einrahmen und über den Kamin hängen, aber du kannst es kurz ausleihen, wenn du es in der Zeitung bringen möchtest.«

»Toll, vielen Dank, Ottermole«, sagte der Reporter. »Ich kann also schreiben, daß Sie den Fall endgültig gelöst haben?«

»Donnerkeil, das hoffe ich doch, Cronk. Ich fühle mich genauso, als ob ich für das Black Hole von Kalkutta verantwortlich wäre. Dorkin, was halten Sie davon, Mr. und Mrs. Pommell zum Polizeirevier zu fahren und sie einzulochen? Joe – ich meine, Deputy Bugleford hier kann Ihnen helfen, die beiden dort unterzubringen.«

»Deputy Joad kann auch mitfahren, für den Fall, daß es den Gefangenen einfallen sollte, sich – eh – ungebührlich zu verhalten«, schlug Shandy vor. Damit war Mrs. Pommell gemeint. Der Bankier hatte offenbar genausoviel Kampfgeist wie ein nasser Socken. »Wir brauchen ab jetzt keinen Chemiker mehr, Joad.

Wahrscheinlich können Sie es inzwischen kaum noch erwarten, nach Hause zu kommen und sich hinzulegen.«

»Wie kommen Sie denn darauf?« gluckste der Chemiker. »Ich bin frisch wie der Morgentau. Noch frischer sogar. Aber es wird mir ein Vergnügen sein, Dorkin dabei zu helfen, die Vögel in ihren Käfig zu bugsieren. Hier lang geht's zum Kittchen, Herrschaften! Ab in den Knast, auch wenn's euch nicht paßt!«

»Wie schrecklich!« schluchzte Mrs. Pommell. Mit bemerkenswerter Würde, alles in allem betrachtet, raffte sie ihren grünen Bademantel über dem gestreiften Schlafanzug zusammen und entschied sich überraschend für einen friedlichen Abgang.

Kapitel 25

Sie hatten eine lange Nacht hinter sich, und inzwischen war schon der neue Tag angebrochen. Trotzdem hatte keiner Lust, sich ins Bett zu legen. Als Shandy und Svenson sagten, sie wollten sich allmählich auf den Heimweg machen, boten Fred Ottermole und Cronkite Swope sich an, sie zu Fuß nach Hause zu begleiten. Als die vier Männer dann Alonzo Bulfinch trafen, der gerade von der Nachtschicht kam und ihnen vorschlug, auf eine Tasse Kaffee mit zu ihm nach Hause zu kommen, sagten sie nicht nein.

Betsy Lomax kam mit einem Teller Kuchen nach unten, denn sie meinte gehört zu haben, daß Lonz ein paar Freunde mitgebracht hatte, und sie wußte schließlich, daß es in seiner Wohnung nichts gab, was er ihnen hätte anbieten können. Natürlich wurde sie herzlich empfangen. Edmund, der hinter ihr her ins Zimmer schlenderte, wurde ebenfalls herzlich aufgenommen. Als Fred seinem Freund Edmund aus reiner Gewohnheit ein Stück von seinem Kuchen anbot, sagte Mrs. Lomax, Edmund dürfe ruhig etwas davon essen, wenn Fred dumm genug sei, darauf zu verzichten, auch wenn sie absolut nicht verstehen konnte, wie vier erwachsene Männer mit einem Mal so ein Theater um einen kleinen Kater machen konnten.

»So klein ist Edmund nun auch wieder nicht«, sagte Cronkite Swope. »Außerdem ist er ein richtiger Detektiv. KLÜGSTE KATZE IM POLIZEIDIENST SOLL BEFÖRDERT WERDEN, SAGT OTTERMOLE.«

Er nahm den Objektivdeckel von der Kamera und knipste den Kuchen fressenden Edmund für die Sonderausgabe des *All-woechentlichen Gemeinde- und Sprengel-Anzeygers für Balaclava*, dessen Text zur Zeit gerade gesetzt wurde. »Wie wäre es mit einer vollständigen Erklärung für die Presse, Fred? Es gibt immer noch einige Punkte, die ich nicht so ganz verstehe.«

»Mir geht es genauso, Cronk«, antwortete Ottermole mit vollem Mund. »Jetzt ist aber bald Schluß, Edmund, hör auf, den Kuchen so gierig anzustarren.«

Er machte es dem Kater auf seinem Schoß etwas bequemer. Edna Mae würde eine Heidenarbeit haben, die ganzen Haare wieder von den Hosenbeinen zu entfernen, aber es machte ihr sicher nicht viel aus. Sie würde dabei an das eindrucksvolle Arrangement von Fotos und Schlagzeilen denken, das sie über dem Kamin anzubringen gedachte, wenn die Sonderausgabe erst einmal erschienen war. Was ihn daran erinnerte, daß er sich ein wenig um sein Image in der Öffentlichkeit kümmern mußte.

»Ich meinte damit, daß ich eher ein Mann der Tat als ein Mann großer Worte bin.« Edna Mae hatte ihrem Fred diesen Satz einige Monate vor dem Zeitpunkt mitgeteilt, an dem sie ihm das vierte Mitglied seiner Räuberbande präsentiert hatte, und der Ausspruch hatte ihm sehr zugesagt. »Ich werde es Professor Shandy überlassen, euch die Einzelheiten zu berichten. Er wird immerhin dafür bezahlt, daß er viel redet.«

»Von wegen!« murmelte Svenson, aber das klang diesmal in keiner Weise bedrohlich. »Na los, reden Sie, Shandy.«

»Nun ja, da ihr alle darauf besteht. Vielen Dank, Bulfinch.« Shandy genehmigte sich einen weiteren Schluck Kaffee, der ihm gerade neu eingeschenkt worden war, und begann zu reden.

»Ich hatte noch nicht genug Zeit, um alles zu lesen, was wir in Ungleys Aktensammlung gefunden haben, aber ich hatte Gelegenheit, die – eh – informativsten Stellen kurz zu überfliegen, während Ottermole und die anderen die Gefangenen ins Gefängnis transportierten. Die Quintessenz dieser Ausführungen ist, daß die Balaclavianer all die Jahre lang sehr viel aktiver gewesen sind, als es sich ein Außenstehender je hat vorstellen können. Sie haben den Geist des freien Unternehmertums in großem Umfang gefördert. Ich habe hier eine unvollständige Liste der Firmen und Unternehmen zusammengestellt, mit denen die Clubmitglieder zu unterschiedlichen Zeiten während ihrer – eh – wohltätigen Unternehmungen Kontakte pflegten.«

»Kann ich die Liste mal sehen?« Cronkite Swope erhielt die Liste, woraufhin seine Augen, wie Betsy Lomax später in einem Gespräch mit ihrer Cousine Evelyn bemerkte, wie bei einem Ochsenfrosch hervortraten. Er überflog die zahlreichen Namen. »Manometer! Elite Enterprises, Profite für Profis e. V., Falschfinanz

GmbH. Die wußten offenbar gut Bescheid! Jedes dieser Unternehmen saß irgendwann wegen irgend etwas schwer in der Tinte.«

»Stimmt«, sagte Shandy, »und jedes dieser Unternehmen brachte ein paar Hauptaktionären einen Riesengewinn, bevor die miesen Geschäfte ans Licht kamen. Ein ziemlicher Batzen Geld, den sie bekamen, wurde von den Balaclavianern dafür ausgegeben, diese Art von edler Gesinnung bei Regierungsstellen zu vertreten, wofür Bertram Claude ein leuchtendes Beispiel darstellt. Sie haben Claude seinen Sitz im Landesparlament gekauft, und sie waren es auch, die säckeweise Geld investiert haben, damit Claude Sam Peters' Sitz bekam, damit sie es auf der nationalen Ebene mit einem zahmen Schoßhündchen zu tun hatten statt mit einer dynamischen Kraft.«

»Heiliger Strohsack!«

»Genau. Ihre Folie de grandeur scheint proportional mit der Anzahl der Jahre, in denen sie erfolgreich ihre heimlichen Geschäfte gedreht haben, zugenommen zu haben. Ich kann mir nicht vorstellen, warum sie sonst Ungleys Notizen nicht vernichtet haben, da sie doch immerhin Verstand genug hatten, ihrem höchst unzuverlässigen Freund das Material zu entwenden, sobald sie von seiner Existenz Kenntnis hatten. Zweifellos waren sie arrogant genug zu glauben, daß niemand sich trauen würde, in Hodgers Büro nach Spuren für einen Mord herumzuschnüffeln, der wie ein unglücklicher Unfall aussehen sollte. Sie waren der Meinung, alle Spuren perfekt verwischt zu haben, und zudem gehörten sie immerhin zu den einflußreichsten Bürgern von Balaclava County.«

»Ich weiß wirklich nicht, wie die zu der Annahme kamen«, warf Mrs. Lomax ein. »Damit will ich natürlich nicht sagen, daß die Ungleys nicht viele Jahre lang eine hochrespektable Familie gewesen sind, das habe ich wenigstens immer gehört. Ihr Onkel wäre bestimmt ganz in Ordnung gewesen, Alonzo, wenn diese Bande ihn nicht geködert hätte. Wenn ihr meine bescheidene Meinung hören wollt, für mich war er nichts weiter als ein pingeliger alter Kauz, der bestimmt überglücklich gewesen wäre, sich für den Rest seines Lebens in irgendwelchen Büchern zu vergraben und in seinem Lehnsessel ein Nickerchen abzuhalten. Aber ich nehme an, Pommell und Hodger und der ganze Rest haben ihm geschmeichelt und ihm haufenweise Geld in die Tasche gesteckt, und da hat er nicht nein sagen können. Er ist vor lauter Stolz auf sich fast geplatzt, dabei haben sie ihn hinter seinem Rücken ganz offen als Trottel bezeichnet. Und das alles hier in meinem Haus, und ich habe nichts davon gewußt!«

»Jetzt hören Sie aber auf, Betsy.« Alonzo Bulfinch streckte tröstend seine Hand aus, um ihr beruhigend über den Arm zu streichen. »Von einer anständigen Frau wie Ihnen kann man doch wohl kaum erwarten, daß sie durchschaut, was eine Bande von Dieben und Mördern im Schilde führt. Ich verstehe allerdings immer noch nicht, wieso sie meinen Onkel überhaupt eingespannt haben, wenn er wirklich so ein Schwachkopf war, wie es sich anhört.«

»Das wundert mich aber wirklich, Alonzo. Sogar Edmund wäre in der Lage, Ihnen eine Antwort auf diese Frage zu geben, wenn Katzen reden könnten. Nein, Fred, gib ihm bloß nicht noch mehr von dem Kuchen. Er ist sowieso schon viel zu fett. Wo war ich stehengeblieben? Ach ja, erstens müssen Sie bedenken, Alonzo, daß Ihr Onkel im College ein und aus gehen konnte. Natürlich hatten sie es auf Sam Peters abgesehen, denn er hat ihnen wohl von Anfang an Knüppel in den Weg geworfen, daher brauchten sie natürlich einen Spion am College, denn es war schließlich das College, das mehr für Sam Peters als jeder andere getan hat, ihn selbst vielleicht ausgenommen, damit er im Amt bleibt.«

»Ach!« Thorkjeld Svenson war zu erhaben, um zu kichern, aber er gab immerhin Laute von sich, die darauf schließen ließen, daß er erheitert war.

Die Vorstellung, daß Ungley ein Spion gewesen sein sollte, ließ selbst ihn die Contenance verlieren.

Mrs. Lomax ließ sich von der Tatsache, daß ein einfacher College-Präsident ihre Erklärungen mit respektlosen Lauten kommentierte, nicht aus der Ruhe bringen. Sie strich sich über ihr gepflegtes graues Haar und wischte mit einer Papierserviette ein paar Krümel vom Tisch.

»Das ist meine Version, und dabei bleibe ich auch. Die wollten genau wissen, was ihr am College vorhattet, da bin ich sicher. Und wenn Sie mir diese Äußerung verzeihen, Präsident Svenson, Professor Ungley hat Ihnen niemals die Art und Weise vergeben, wie Sie ihn gezwungen haben, am College aufzuhören. Nicht daß er scharf auf Arbeit war, das bestimmt nicht, aber das tut hier nichts zur Sache. Er war wütend auf Sie und bereit, Ihnen zu schaden, sobald sich ihm die Möglichkeit dazu bieten würde, das will ich damit sagen.

Man darf auch nicht vergessen, daß ein Professor auf der Mitgliedsliste immer gut für den Ruf eines Clubs ist, denn dadurch bekommt das Ganze einen vornehmeren und mehr intellektuellen Anstrich, was sich wiederum gut als Entschuldigung macht, warum man praktische Dinge nie in die Tat umsetzt. Einen von den wirklich fähigen Professoren hätten sie gar nicht erst aufgenommen, aber den armen alten Ungley haben sie offenbar für ungefährlich gehalten. Die haben bestimmt genau gewußt, daß sie ihn jederzeit um den kleinen Finger wickeln konnten. Er war viel zu bequem, um irgendwelche Schwierigkeiten zu machen wie etwa diese Ruth Smuth.«

»Eine sehr scharfsinnige Analyse, Mrs. Lomax«, lobte Shandy. »Ungley war vermutlich in vielerlei Hinsicht genau das richtige Aushängeschild. Wenn beispielsweise irgend jemand es gewagt hätte, sich zu erkundigen, was um Himmels willen sich denn eigentlich auf den monatlichen Versammlungen abspielte, hätten die Balaclavianer immer antworten können, daß Professor Ungley einen hochinteressanten Vortrag über Zahnstocherständer oder ein anderes faszinierendes Fachgebiet gehalten hätte. Es würde mich nur interessieren, ob er es tatsächlich irgendwann einmal geschafft hat, einen seiner Vorträge zu halten.«

»Dann hat bestimmt keiner zugehört«, schnaufte Mrs. Lomax. »Aber das wäre ihm egal gewesen, er hätte auch weitergeredet, wenn sie alle geschlafen hätten. Wenn er einmal in Fahrt war, blieb einem nichts anderes übrig, als dazustehen und zu warten, bis er alles abgespult hatte. Genau wie ein altes Grammophon.«

»Das kann ich nur bestätigen. Ich nehme nicht an, daß sie damit gerechnet hatten, daß er ein derartiger Langweiler war. Oder daß er einen derartigen Sinn für Theatralik hatte, was ihn schließlich dazu verleitet hat, die dramatischen Geheimnisse dieser Gesellschaft niederzuschreiben. Sie dachten sicherlich, daß er auf eher harmlose Weise seiner – eh – Vorliebe für Mantel-und-Degenstoffe frönte, indem er beispielsweise einen Totschläger bei sich trug oder seine gefährlichen Spionageaufträge auf seinen Expeditionen zur Mensa erfüllte.«

Ottermole hatte sich in einem von Ungleys Sesseln ausgestreckt und kitzelte Edmunds Schnurrhaare. »Ich frage mich allerdings, warum er so einen Stock ausgerechnet Hodger gegeben hat.«

»Ich nehme an, weil Hodger einen Stock brauchte und die anderen nicht«, erwiderte Shandy. »Ungley hing viel zu sehr an seinem Geld, um es für Geschenke auszugeben, die dann irgendwo im Schrank verschwanden und vergessen wurden. Außerdem war er sicherlich schlau genug, um zu wissen, daß Hodger der eigentliche Kopf der Gruppe war. Hodger, Lutt und möglicherweise Mrs. Pommell waren wohl der Exekutivausschuß. Pommell kümmerte sich um die finanzielle Seite. Er hatte offenbar einige geniale Methoden entwickelt, Geld zu waschen und dann damit Politiker für ihre Dienste zu bezahlen oder es den Clubmitgliedern zukommen zu lassen. In Ungleys Unterlagen gibt es eine Notiz, die ihn daran erinnern sollte, sich von Pommell diese Methoden genau erklären zu lassen, damit er sie in die Clubprotokolle aufnehmen konnte, nachdem er den anderen die frohe Nachricht von der Existenz seiner gesammelten Werke verkündet hatte.«

»Komisch«, sagte Thorkjeld Svenson. »Protokolle. Die einzige Arbeit, die Ungley je getan hat, ohne daß man ihn zwingen mußte. Und dafür haben sie ihn dann umgebracht.«

»Das sollte uns allen eine Lehre sein«, meinte Alonzo Bulfinch. »Sill verteilte die Schmiergelder, nehme ich an, und Twerks war der Gorilla. Clarence hat mir erzählt, daß er im Krieg in einer Spezialeinheit war. Keine schlechte kleine Organisation für einen Ort wie Balaclava Junction. Ich würde nur gern wissen, ob sie irgendwann mal ein richtig großes Ding gedreht haben.«

Shandy stellte seine leere Kaffeetasse auf den Tisch. »Sie waren ganz schön geschickt darin, Staatsverträge den Firmen zuzuschustern, mit denen sie zu tun hatten, indem sie großzügig bestimmte Leute unterstützten, die sie für zuverlässig genug hielten, das Gewünschte dann auch zu liefern. Gott sei Dank wurden nicht alle ihre Kandidaten gewählt oder berufen. Einige nahmen das Geld und wurden daraufhin enttäuschenderweise ehrbar. Aus ihrer Sicht war Claude wohl der bisher größte Erfolg. Sie waren ziemlich überzeugt davon, daß sie ihm Sam Peters' Sitz würden sichern können. Die Kampagne verlief allerdings nicht annähernd so gut, wie sie es sich vorgestellt hatten, trotz der immensen Geldsummen, die sie investiert hatten, doch sie hatten schließlich immer noch ein As im Ärmel.«

»Das gottverdammte Silo«, knurrte Thorkjeld Svenson.

»Genau. Das war der gut durchdachte Plan, der allerdings schiefging. Sie hatten es seit Jahren im Hintergrund vorbereitet, wie wir inzwischen wissen. Sie hatten nicht von Anfang an vorge-

habt, Mrs. Smuth umzubringen, nachdem sie ihre Nummer abgezogen hatte, aber sie hatten durchaus einen Alternativplan für den Fall, daß der erste scheitern sollte. Ich befürchte, wir haben ihr Ableben etwas – eh – beschleunigt, indem wir dafür gesorgt haben, daß die Demonstration sich als Rückschlag erwies. Wenn die Propaganda erfolgreich gewesen wäre –«
»War völlig unmöglich«, stieß Thorkjeld Svenson hervor. »Nicht genug Dummköpfe in unserem Wahlbezirk. Muß erst ein Riesenskandal kommen, damit Peters klein beigibt. Haben also einen provoziert. Dann mir untergeschoben. Ich sollte der Killer sein. Bewahrung des kulturellen Erbes. Urrgh!«
Er ließ ein dumpfes Grollen vernehmen und fuhr dann in etwas zivilisierterem Ton fort. »Verschwenden Sie Ihr Mitgefühl bloß nicht an diese Mrs. Smuth, Shandy. Sie wußte zwar nicht, daß sie ihren Kopf in die Schlinge steckte, aber sie wußte bestimmt, daß sie ein schmutziges Spiel spielte. Freiwillig. Ehrgeizig. Schlimmer Fehler.«
»Und schlimm hat Mrs. Caesar auch dafür gebüßt«, warf Ottermole völlig unerwartet ein. »Wir mußten in der Schule Julius Caesar von Shakespeare auswendig lernen. Natürlich stimmt das mit dem Mrs. Caesar nicht – das stammt von mir.«
»Sie sind ein Mann mit vielen Eigenschaften, Ottermole«, sagte Shandy. »Ich hoffe, Sie haben recht mit Ihrer Theorie über Mrs. Smuth, Präsident.«
»Habe ich. Einmal geirrt. Kommt nicht mehr vor. Wer hat sie ausgewählt?«
»Mrs. Pommell, so steht es jedenfalls in Ungleys Bericht. Sie waren zusammen in irgendeinem Frauenverein, und Mrs. Pommell hat ihre – eh – Fähigkeiten sofort erkannt. Sie hat offenbar einen Großteil der praktischen Seiten erledigt. Hodger und Lutt waren die ortsansässigen Machiavellis. Sogar bevor sie anfingen, Claude als Repräsentanten für Massachusetts aufzubauen, hatten sie bereits beschlossen, daß er das Ferngeschütz sein würde, mit dem sie Sam Peters abschießen wollten.«
»Aber wie sind sie bloß an ihn rangekommen?« wollte Bulfinch wissen.
»Sill hat ihn im Landesparlament aufgelesen. Er holte eben Sandwiches für einen der Leute, mit denen Sill gerade – eh – geschäftlich zu tun hatte. In Ungleys Aufzeichnungen wird Claude genauso beschrieben wie eines dieser zukünftigen Filmstarlets,

die irgendwann in einem Drugstore entdeckt werden. Die Mitglieder haben Claude jedenfalls genauestens begutachtet und hielten ihn für vielversprechend, haben also ein paar Leute geschmiert und eine Agentur beauftragt und den Plan gefaßt, ihm die Möglichkeit zu erkaufen, unsere weiße Weste mit ein paar anständigen Flecken zu verzieren. Sobald er im Amt war, gehörte Claude den Balaclavianern mit Haut und Haar, das heißt in seinem Fall mit Locken und Grübchen. Ungley hat sogar aufgeschrieben, wieviel seine neuen Zahnkronen gekostet haben.«

»Das wundert mich überhaupt nicht«, sagte Mrs. Lomax und begann, die Kaffeetassen einzusammeln. »Ich habe mich immer schon gefragt, wer für seine ganzen Werbesendungen im Fernsehen geblecht hat. Diese ganzen Sachen sollen ja schrecklich teuer sein, hat mir Alonzo erzählt.«

»Allerdings«, bestätigte Shandy. »Ungley war sicherlich nicht der reichste der Balaclaviander, und er schreibt, daß schon er 50 000 Dollar in die Werbekampagne gesteckt hat.«

»Unser Geld«, grollte Svenson.

»Stimmt genau. Es wird Sie sicherlich freuen zu hören, daß unser College ihm sogar den Beitritt in die Balaclava Society finanziert hat, Präsident. Damals, als er noch unterrichtete, wenn man davon überhaupt sprechen kann, haben Pommell und Hodger es irgendwie geschafft, den damaligen Präsidenten Trunk in finanzielle Schwierigkeiten zu bringen. Dann wurde ein rührendes Melodram einstudiert, in dem Ungley als der Held fungierte, der das College vor dem sicheren Ruin rettete.«

»Trunk«, seufzte Svenson. »Guter Farmer. Keine Ahnung von Verwaltung.«

Shandy nickte. »Es ist anzunehmen, daß Trunk in vielerlei Hinsicht ein hervorragender College-Präsident war, doch keinen besonders guten Blick für das Kleingedruckte in Verträgen hatte. Da er selbst grundehrlich war, ist ihm nicht einmal im Traum der Gedanke gekommen, daß andere möglicherweise anders geartet waren als er selbst. Jedenfalls hat Ungley für ihn die Kastanien aus dem Feuer geholt. Ein paar Tage später, als Ungley dann mit einem nagelneuen Vertrag, den Hodger entworfen hatte und den Trunk unterschreiben sollte, in sein Büro hineinmarschiert kam, machte er den nächsten Fehler. Vielleicht fühlte er sich Ungley so sehr verpflichtet, daß er einfach nicht ablehnen konnte. Noch wahrscheinlicher ist allerdings, daß er keinerlei Überblick hatte, wie sich diese vielen Prozentstaffelungen im Laufe der Zeit auswirken würden. Daher stammt ein Großteil Ihres Erbes, Bulfinch.«

»Vielen Dank für die Aufklärung, Professor. So etwas Ähnliches hatte ich mir auch schon gedacht. Am besten entscheide ich in dem Fall genauso, wie ich es für richtig halte. Also, ich würde gern vielleicht 10 000 Dollar für jedes meiner fünf Enkelkinder behalten, damit sie einen kleinen Notgroschen haben, und dann den Rest der College-Stiftung übergeben. Das heißt, wenn Ihnen das recht ist, Präsident Svenson.«

»Hölle auch, Bulfinch. Hochanständig von Ihnen. Wir könnten es Bulfinch-Stiftung nennen.«

»Ach herrje, das wäre mir aber richtig peinlich. Nennen Sie es doch lieber Ungley-Stiftung. Nach meiner Mutter«, fügte er noch rasch hinzu, als er drohende Wolken auf Svensons Stirn aufziehen sah. »Sehen Sie, mit so viel Geld kann ich gar nichts anfangen. Ich bekomme doch meine Rente vom Betrieb und habe hier meinen Job als Wachmann. Und ein schönes Zuhause hier bei Betsy, wenn sie mich weiter hier wohnen läßt.«

Edmund gähnte, streckte sich, duckte sich und sprang von Ottermoles linkem Oberschenkel genau auf Bulfinchs Schoß. Mrs. Lomax nickte ihrem Kater verständnisvoll zu.

»Oh, ich glaube, wir können Sie noch eine ganze Weile ertragen. Komm schon, Edmund, du kannst hier nicht ewig allen auf die Nerven gehen. Das Mittagessen steht um Punkt zwölf auf dem Tisch, Alonzo. In der Zwischenzeit sollten Sie ins Bett gehen und ein bißchen schlafen. Ich rufe jetzt auf der Stelle Silvester an und sage ihm, er soll Sie eine Zeitlang in der Tagschicht arbeiten lassen, sonst kann er was erleben. Ein Mann in Ihrem Alter, und dann die ganze Nacht bei dieser Kälte auf den Beinen. Zum Kuckkuck, Sie fangen schon an, so auszusehen wie die Sachen, die der Kater immer von draußen hereinschleppt.«

Nachwort

Du siehst aus wie »Something The Cat Dragged In« (so der amerikanische Originaltitel) – etwas, das die Katze hereingeschleppt hat – ist im Englischen die recht drastische Bezeichnung für einen außergewöhnlich mitgenommen aussehenden Menschen. Wie drastisch, weiß jeder Katzenfreund aus leidvollen Erfahrungen mit gutgemeinten Mitbringseln in unterschiedlich aufgelöster Form zu beurteilen – jeder Hundehalter übrigens auch.

Im Falle unseres Titels ist der idiomatische Ausdruck allerdings wörtlich zu nehmen: Kater Edmund schleppt eines frühen Morgens wirklich etwas Undefinierbares in Mrs. Lomax' frisch geputzte Küche, was sich dann als die Perücke ihres Mieters, des über achtzigjährigen Professors emeritus Ungley herausstellt. Da der alte Herr, wenn es nach ihm ginge, sich nicht einmal tot ohne seinen Haarschmuck erwischen lassen würde, muß ihm etwas Schlimmes zugestoßen sein. Und tatsächlich findet sie den alten Gelehrten tot hinter dem etwas verwahrlosten Haus der Balaclava Society, einem höchst elitären Club der lokalen Honoratioren, deren allmonatlicher der Geschichte und den traditionellen Werten von Balaclava County gewidmeter Sitzung er am Vorabend beigewohnt hatte.

Der von ihr sofort herbeigerufene Polizeichef Fred Ottermole, schon aus früheren Balaclava-Bänden *(»Schlaf in himmlischer Ruh'«, »...freu dich des Lebens«, »Über Stock und Runenstein«,* DuMont's Kriminal-Bibliothek 1001, 1007 und 1019) nicht gerade als Ausbund an Scharfsinn bekannt, ist nur allzu schnell bereit, den Tod des Emeritus als Unfall anzusehen, schließlich ruht sein blutiger, vom Toupet entblößter Hinterkopf an einer scharfzinkigen alten Egge, dem bislang einzigen öffentlich zugänglichen Ausstellungsstück des zukünftigen Balaclava-County-Museum, für das die Gesellschaft seit Jahrzehnten plant und angeblich auch arbeitet. Doktor Melchett, der ebensoviel Rückgrat hat wie Ottermole Verstand, geht auch am liebsten allem unnötigen Ärger aus dem Weg und plädiert ebenfalls für einen Unfall.

Aber warum sollte sich Professor Ungley nachts hinter dem Haus der Balaclavianer im unkrautüberwucherten Garten herumdrücken? Warum weist die Eggenzinke so wenig Blut auf? Und wer war in Ungleys Abwesenheit in dessen Wohnung? Denn offensichtlich sind gewisse Gegenstände fast unmerklich von ihren Plätzen bewegt worden – und das in einem Zimmer, in dem sich seit Jahrzehnten nichts bewegt hat außer dem kautabakbraunen Lehnsessel Ungleys, der auf einen leichten Druck mit dem Rücken hin in die Horizontale kippt, um mit leichtem Gesäßdruck wieder aufgerichtet werden zu können – was wohl Ungleys Hauptaktivität seit seiner Zwangsemeritierung bei College-Präsident Svensons Amtsantritt war.

So wird Ungleys plötzliches Ableben zu Mrs. Lomax' – und ihres Katers Edmund – ganz persönlichem Fall. Sie leisten das, was normalerweise erste Aufgabe des Detektivs ist: die »Clues« zu entdecken und zusammenzutragen, die sich einer vorschnellen Deutung widersetzen. Erst durch Mrs. Lomax' scharfsichtige Beobachtungsgabe und deren nicht minder scharfzüngige Wiedergabe entsteht überhaupt ein Geheimnis um Ungleys Ableben und damit ein »Fall«.

Daß sie ihre Beobachtungen nicht Fred Ottermole mitteilt, sondern Professor Peter Shandy, für den sie seit dessen Junggesellentagen als Zugehfrau arbeitet, versteht sich von selbst. Schließlich hat sich der Fachmann für Pflanzenzucht am angesehenen Landwirtschaftlichen College von Balaclava County in drei vorhergehenden Fällen den Ruf erworben, der Philo Vance von Balaclava zu sein und damit die Nachfolge von S. S. van Dines legendärem Superdetektiv, dem ersten literarischen Amateurdetektiv der USA, angetreten zu haben.

Hatten die ersten beiden Balaclava-Romane Charlotte MacLeods im wesentlichen das College zum Schauplatz, so geht nun die in »*Über Stock und Runenstein*« begonnene Erkundung des Countys weiter.

Liegen College wie County nach der Versicherung der Autorin im Vorspann zum vorliegenden Roman auch nur in einer »Raumtasche irgendwo zwischen der Phantasie der Autorin und ihrer Schreibmaschine«, so hat diese »Parallelwelt« doch durchaus Anteil an der aktuellen Entwicklung Massachusetts' und der USA. Schon im vorangehenden Roman war der Kampf der traditionellen bäuerlichen Kleinbetriebe des Staates gegen die Großbetriebe und gegen die Baulöwen geschildert worden, die nach »Entwicklungsland« suchen, auf dem sie nach amerikanischem Brauch ganze Kleinstädte mitsamt kommerzieller Infrastruktur binnen weniger Monate aus dem Boden stampfen und schlüsselfertig verkaufen können. Shandys Detektionsarbeit in *»Über Stock und Runenstein«* hatte ganz konkret der Rettung eines bäuerlichen Familienbetriebs vor dieser »Entwicklung« gedient.

Und nun steht ein Großangriff aus dieser Richtung bevor. Während Peter Shandy schon alle Mühe hat, seine gerade aufgenommene Detektionsarbeit mit seinen Lehrverpflichtungen in Einklang zu bringen, erhält er einen Spezialauftrag von Präsident Svenson persönlich: Der gigantische Choleriker, von dem man weiß, daß sein Großvater ein Walfänger war, und von dem man vermutet, die dazugehörige Großmutter sei ein Mörderwal gewesen, steckt in Schwierigkeiten, aus denen ihn und das College kein Wutausbruch herausbringen wird.

Um das zu erklären, muß man etwas ausholen: Wie viele amerikanische Colleges ist auch Balaclavas Landwirtschaftsschule ein unabhängiger Wirtschaftsbetrieb, der sich selbst, wenn auch durchaus mit Unterstützung freiwilliger Spender, tragen muß. Und wie ähnliche Institutionen in der Wirklichkeit hat es die Hauptfunktion, der Region zu dienen, in der es liegt. Aus ihr kommen seine Studenten, in sie werden sie, hoffentlich optimal für den Überlebenskampf des Farmers in der heutigen Zeit ausgerüstet, eines Tages zurückkehren. So hat das College auch eminent politische Funktionen und bezieht unter anderem dezidiert Stellung in den Wahlkämpfen des Countys und des Staates.

Genau hier liegt Präsident Svensons Dilemma: Wie für jeden amerikanischen Leser beim Erscheinen des Originals 1983 klar war, handelt es sich bei den unmittelbar bevorstehenden Wahlen um die ersten »Midterm Elections« der Ära Reagan im Herbst 1982, bei denen außer den lokalen Wahlen und den Wahlen für den Staat auch die Wahlen eines Teils der Abgeordneten für den Kongreß in Washington stattfinden. Und offensichtlich wollen die wirtschaftsliberalen »konservativen« Republikaner die politische Großwetterlage ausnutzen, um mit viel Geld einen der ihren anstelle des bisherigen sozial-liberalen demokratischen Repräsentanten Peters, der sich der ungebrochenen Unterstützung des College und seiner Klientel sicher sein kann, im traditionell demokratisch wählenden Massachusetts durchzusetzen.

Ausgerechnet die jetzige Wahlkampfleiterin des Republikaners ist es gewesen, die vor wenigen Jahren erfolgreich eine Kampagne zur Finanzierung einer neuen Siloanlage für das Landwirtschafts-College durchgeführt hat, als es dem College durch Überbrückungskredite an Kleinlandwirte während einer Rezession an Liquidität mangelte. Ihre unbestreitbaren Verdienste sollen jetzt das Eintrittsbillett zum Wahlkampf ihres Kandidaten auf dem Campus sein und so Peters' Hochburg wenn nicht gleich stürmen, so doch zumindest schweren Schaden zufügen, indem sie das College und seinen Präsidenten in den Verdacht bringt, zwei Herren zu dienen.

Den republikanischen Kandidaten empfehlen sein gewinnendes Lächeln, die sonore Stimme eines Fernsehpredigers, seine tadellosen Jacketkronen, sein guter Geschmack in Krawatten – und die Riesensummen, die er für seinen Wahlkampf aufbringen kann. Diese Eigenschaften haben ihn schon vor Jahren aus dem Nichts ins Staatsparlament getragen, in dem er sich als Katastrophe für Balaclava County erwiesen hat. Amerikanische Abgeordnete sind in höherem Maße »Repräsentanten« ihres Wahlkreises im Wortsinn, und zur Kontrolle ihrer Art der Repräsentation wachen Wählergruppen über ihr Abstimmungsverhalten im Spiel der wechselnden Mehrheiten in den Parlamenten aller Ebenen. Das Verhalten des Abgeordneten Claude im Parlament von Massachusetts war da eindeutig und konsequent: für das große Geld – gegen die Schwachen, Alten und Kranken, gegen Natur und Umwelt. Ihn jetzt ins nationale Repräsentantenhaus zu schicken, könnte durchaus eine Katastrophe sein, wie Svenson meint. Nur der schon vor Jahrzehnten von seinen Wählern aus dem Bostoner Parlament gejagte Abgeordnete Sill, der sich immer noch als Lobbyist in der Landeshauptstadt herumtreibt, hatte ein miserableres Abstimmungsverhalten an den Tag gelegt.

Die Ermittlungen im Fall Ungley und der Auftrag des Präsidenten, ihn, das College, das County, den Staat und die Nation aus Bertram G. Claudes Fängen zu retten, hängen zunächst nicht miteinander zusammen, außer daß beide Professor Shandys knappe Zeit gleichermaßen beanspruchen, wäre da nicht der ehemalige Abgeordnete und ewige Lobbyist Sill: Er gehörte sowohl zu dem handverlesenen Kreis der Balaclava Society, der an Ungleys letztem Lebensabend seinem Vortrag über die Geschichte des Federmessers lauschte, als auch zu Claudes Wahlkampfteam. Und auch die übrigen Balaclavianer – der konservative Anwalt, der Direktor der lokalen Bank, der sich wie ein örtlicher Grundherr gerierende reiche Erbe, der frühere Generaldirektor der Seifenfabrik – scheinen in ihren Anschauungen durchaus Verwandte Bertram G. Claudes zu sein; was sie als »Hochhalten der amerikanischen Werte« bezeichnen, ähnelt dessen Abstimmungsverhalten. So hat Direktor Lutt von der Seifenfabrik einst Arbeiter fristlos entlassen, als sie sich weigerten, mit ihren Familien das von der Fabrik verschmutzte, muntere Blasen treibende Wasser noch länger im wahrsten Sinne des Wortes zu schlucken.

Ein zweiter Mord im Umfeld von Claudes Wahlkampfteam macht den Zusammenhang noch wahrscheinlicher, wenn auch nicht klarer. So viele Morde auch in Balaclava County passiert sind, seit Charlotte MacLeod es in der »Raumtasche zwischen ihrer Phantasie und ihrer Schreibmaschine« ansiedelte, so gibt es – wie stets im klassischen Detektivroman, dessen Tradition unsere Autorin verpflichtet ist – zwischen den kurz aufeinanderfolgenden Morden doch offensichtlich eine Verbindung, auch wenn diese nicht auf Anhieb zu erkennen ist.

Daher ermittelt Peter Shandy denn in zwei Mordfällen, die nur locker mit seinem College zu tun zu haben scheinen. Erleichtert wird dies durch die überaus große Bereitschaft des Polizeichefs Ottermole, sich unauffällig und flexibel von einem Amateur leiten zu lassen, den er – wir alle kennen das aus dem Western – kurzerhand zu seinem »Deputy« macht.

Wie es sich für einen klassischen Detektivroman gehört, ist die Zahl der Verdächtigen, die zumindest für einen der Morde in Frage kommen, groß. Sie reicht von den Balaclavianern, die Ungley aus Rache für seinen langweiligen Vortrag erschlagen haben könnten, über einen überraschend aufgetauchten Neffen und Erben – eine im Gesamtwerk von Charlotte MacLeod höchst verdächtige Rolle – des verblichenen Ungley, einen für die Ermordung seiner Frau höchst dankbaren Ehemann bis zu Präsident Svenson selbst – man denke nur an den weiblichen Mörderwal in seiner Ahnenreihe.

Über dem wachsenden Zeit- und Realitätsbezug ihrer Romane läßt Charlotte MacLeod den für sie typischen Humor und Sinn für

Komik nicht zu kurz kommen und sorgt dafür, daß der ermordete Ungley nicht nur den Bewohnern von Balaclava County, sondern auch den Lesern erheblich mehr Unterhaltung bereitet, als es dem lebenden je mit seinen Vorlesungen zur Geschichte des County gelungen ist.

Volker Neuhaus

DUMONT's Kriminal-Bibliothek

»Knarrende Geheimtüren, verwirrende Mordserien, schaurige Familienlegenden und, nicht zu vergessen, beherzte Helden (und bemerkenswert viele Heldinnen) sind die Zutaten, die die Lektüre der DUMONT's ›Kriminal-Bibliothek‹ zu einem Lese- und Schmökervergnügen machen.

Der besondere Reiz dieser Krimi-Serie liegt in der Präsentation von hierzulande meist noch unbekannten anglo-amerikanischen Autoren, die mit repräsentativen Werken (in ausgezeichneter Übersetzung) vorgelegt werden.

Die ansprechend ausgestatteten Paperbacks sind mit kurzen Nachbemerkungen von Herausgeber Volker Neuhaus versehen.«

Neue Presse/Hannover

Band 1001	Charlotte MacLeod	**»Schlaf in himmlischer Ruh'«**
Band 1002	John Dickson Carr	**Tod im Hexenwinkel**
Band 1003	Phoebe Atwood Taylor	**Kraft seines Wortes**
Band 1004	Mary Roberts Rinehart	**Die Wendeltreppe**
Band 1005	Hampton Stone	**Tod am Ententeich**
Band 1006	S. S. van Dine	**Der Mordfall Bischof**
Band 1007	Charlotte MacLeod	**»...freu dich des Lebens«**
Band 1008	Ellery Queen	**Der mysteriöse Zylinder**
Band 1009	Henry Fitzgerald Heard	**Die Honigfalle**
Band 1010	Phoebe Atwood Taylor	**Ein Jegliches hat seine Zeit**
Band 1011	Mary Roberts Rinehart	**Der große Fehler**
Band 1012	Charlotte MacLeod	**Die Familiengruft**
Band 1013	Josephine Tey	**Der singende Sand**
Band 1014	John Dickson Carr	**Der Tote im Tower**
Band 1015	Gypsy Rose Lee	**Der Varieté-Mörder**
Band 1016	Anne Perry	**Der Würger von der Cater Street**
Band 1017	Ellery Queen	**Sherlock Holmes und Jack the Ripper**
Band 1018	John Dickson Carr	**Die schottische Selbstmord-Serie**

Band 1019	Charlotte MacLeod	»Über Stock und Runenstein«
Band 1020	Mary Roberts Rinehart	**Das Album**
Band 1021	Phoebe Atwood Taylor	**Wie ein Stich durchs Herz**
Band 1022	Charlotte MacLeod	**Der Rauchsalon**
Band 1023	Henry Fitzgerald Heard	**Anlage: Freiumschlag**
Band 1024	C. W. Grafton	**Das Wasser löscht das Feuer nicht**
Band 1025	Anne Perry	**Callander Square**
Band 1026	Josephine Tey	**Die verfolgte Unschuld**
Band 1027	John Dickson Carr	**Die Schädelburg**
Band 1028	Leslie Thomas	**Dangerous Davies, der letzte Detektiv**
Band 1029	S. S. van Dine	**Der Mordfall Greene**
Band 1030	Timothy Holme	**Tod in Verona**
Band 1031	Charlotte MacLeod	**»Der Kater läßt das Mausen nicht«**
Band 1032	Phoebe Atwood Taylor	**Wer gern in Freuden lebt...**
Band 1033	Anne Perry	**Nachts am Paragon Walk**
Band 1034	John Dickson Carr	**Fünf tödliche Schachteln**
Band 1035	Charlotte MacLeod	**Madam Wilkins' Palazzo**
Band 1036	Josephine Tey	**Wie ein Hauch im Wind**
Band 1037	Charlotte MacLeod	**Der Spiegel aus Bilbao**
Band 1038	Patricia Moyes	**»...daß Mord nur noch ein Hirngespinst«**
Band 1039	Timothy Holme	**Satan und das Dolce Vita**
Band 1040	Ellery Queen	**Der Sarg des Griechen**
Band 1041	Charlotte MacLeod	**Kabeljau und Kaviar**
Band 1042	John Dickson Carr	**Der verschlossene Raum**
Band 1043	Robert Robinson	**Die toten Professoren**
Band 1044	Anne Perry	**Rutland Place**
Band 1045	Leslie Thomas	**Dangerous Davies... Bis über beide Ohren**
Band 1046	Charlotte MacLeod	**»Stille Teiche gründen tief«**
Band 1047	Stanley Ellin	**Der Mann aus dem Nichts**
Band 1048	Timothy Holme	**Morde in Assisi**
Band 1049	Michael Innes	**Zuviel Licht im Dunkel**
Band 1050	Anne Perry	**Tod in Devil's Acre**

*Weitere Bände von Charlotte MacLeod in
DuMont's Kriminal-Bibliothek:*

Band 1001
Charlotte MacLeod
»Schlaf in himmlischer Ruh'«

Weihnachten ist auf dem Campus einer amerikanischen Kleinstadt immer eine große Sache, und besonders, wenn die ›Lichterwoche‹ auch noch eine Touristenattraktion von herausragender finanzieller Bedeutung ist. Als Professor Shandy eine Dame der Fakultät während der Feiertage tot in seinen Räumen findet, ist daher den örtlichen Behörden sehr schnell klar, daß es sich nur um einen Unfall handeln kann...

Charlotte MacLeod ist eine der großen lebenden amerikanischen Autorinnen auf dem Gebiet des Kriminalromans, deren Prosa von der amerikanischen Presse als »elegant, witzig und mit einem liebenswert-warmen Touch« beschrieben wird.

Band 1007
Charlotte MacLeod
»...freu dich des Lebens«

Nachdem er Helen Marsh geheiratet hat, verläuft das Leben von Professor Peter Shandy in ruhigen Bahnen. Nach einer Einladung seiner Frau an die Hufschmiedin des College, Mrs. Flackley, und den Lehrbeauftragten für Haustierhaltung, Professor Stott, überstürzen sich jedoch plötzlich die Ereignisse. Ist die Entführung der besten Zuchtsau des College nur ein Studentenstreich? Was haben der Diebstahl eines Lieferwagens und der Überfall auf eine Silbermanufaktur mit dem verschwundenen Schwein zu tun? Als Mrs. Flackley ermordet gefunden wird, hält das niemand mehr für einen Studentenulk. So hat Peter Shandy alle Hände voll zu tun, den Mörder zu stellen, denn der Hauptverdächtige in diesem Fall ist sein Freund Stott.

Band 1012
Charlotte MacLeod
Die Familiengruft

Es beginnt mit einem Familienkrach: Großonkel Frederick möchte auch im Tod nicht dieselben Räumlichkeiten mit Großtante Mathilde teilen. Auf der Suche nach einer passenden letzten Ruhestätte wird die seit 100 Jahren nicht benutzte Familiengruft der Kelling-Dynastie geöffnet. Der jungen Sarah Kelling fällt die undankbare Aufgabe zu, das Begräbnis vorzubereiten. Bei der Öffnung der Gruft lernt sie Ruby Redd, eine einst berühmte Striptease-Tänzerin von sehr zweifelhaftem Ruf kennen. Mehr als die Rubine in Rubys Zähnen beeindruckt Sarah aber die Tatsache, daß die Tänzerin seit mehr als 30 Jahren tot ist ...

Band 1019
Charlotte MacLeod
»Über Stock und Runenstein«

Dieses ist der dritte Roman aus der ›Balaclava‹-Reihe, in dem Peter Shandy, Professor für Botanik am Balaclava Agricultural College und Detektiv aus Leidenschaft, mit analytischem Denkvermögen ein Verbrechen aufklärt.

Der Knecht Spurge Lumpkin wird von der Besitzerin der Horsefall-Farm, Miss Hilda Horsefall, tot aufgefunden. Für die Polizei ist der Fall klar: ein tragischer Unfall. Peter Shandy aber kommen bald die ersten Zweifel, und als ein Kollege und ein junger neugieriger Reporter ebenfalls fast die Opfer mysteriöser Unfälle werden, sieht er sein Mißtrauen bestätigt.

Band 1022
Charlotte MacLeod
Der Rauchsalon

Für eine Lady aus der Bostoner Oberschicht ist es auf jeden Fall unpassend, ihr Privathaus in eine Familienpension umzuwandeln, um ihren Lebensunterhalt zu verdienen. So ist der Familienclan der Kellings entsetzt, als die junge Sarah, die gerade auf tragische Weise Witwe geworden ist, ankündigt, sie werde Zimmer vermieten. Doch selbst die konservativen, stets die Form wahrenden Kellings ahnen nicht, daß Sarahs neue Beschäftigung riskanter ist, als man annehmen sollte – mit den Mietern, sämtlich respektable Mitglieder der Bostoner Oberschicht, hält auch der Tod Einzug in das vornehme Haus auf Beacon Hill...

Kein Wunder, daß die junge Frau froh ist, daß ihr der Detektiv Max Bittersohn beisteht, der mehr als ein berufliches Interesse daran hat, daß wieder Ruhe und Ordnung in das Leben von Sarah Kelling einkehren.

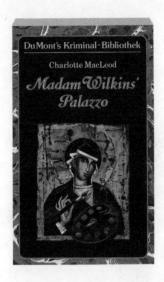

Band 1035
Charlotte MacLeod
Madam Wilkins' Palazzo

Sarah Kelling sagt nur zu gern zu, als der smarte Detektiv in Sachen Kunstraub und Fälschung, Max Bittersohn, sie zu einem Konzert in den Palazzo der Madam Wilkins einlädt, ein Museum, das für seine exquisite Kunstsammlung berühmt und für den schlechten Geschmack seiner Besitzerin berüchtigt ist. Doch Bittersohns Einladung steht unter keinem guten Stern: Die Musiker sind schlecht, das Buffet läßt zu wünschen übrig – und einer der Museumswächter fällt rücklings von einem Balkon im zweiten Stock des Palazzos. Als Bittersohn dann noch entdeckt, daß die berühmte Kunstsammlung mehr Fälschungen als Originale enthält, steht eines zumindest fest: Mord sollte eben nie nur als schöne Kunst betrachtet werden!

Band 1037
Charlotte MacLeod
Der Spiegel aus Bilbao

Nachdem die hübsche Pensionswirtin Sarah Kelling in den letzten Monaten von einem Mordfall in den nächsten gestolpert ist, fühlt sie sich mehr als erholungsbedürftig. Ihr Sommerhaus am Meer scheint der ideale Ort für einen Urlaub, zumal Sarah hofft, daß sie und ihr bevorzugter Untermieter, der Detektiv Max Bittersohn, sich noch näherkommen... Zu ihrer Enttäuschung wird die romantische Stimmung jedoch durch einen Mord empfindlich gestört – und statt in Sarahs Armen landet Max zu seinem Entsetzen als Hauptverdächtiger in einer Gefängniszelle. Schon bald stellt sich eines heraus: Ehe nicht das Geheimnis des alten Spiegels gelöst ist, der so plötzlich in Sarahs Haus auftauchte, wird es für die beiden kein Happy-End geben.

Band 1041
Charlotte MacLeod
Kabeljau und Kaviar

Nach seiner Hochzeit mit Sarah Kelling würde Detektiv Max Bittersohn am liebsten jede freie Minute mit seiner Frau verbringen. Doch Sarahs überspannte Verwandtschaft verwickelt ihn gleich in einen neuen Fall: Erst wird Sarahs Onkel Jem eine wertvolle Silberkette, das Wahrzeichen des noblen Clubs des ›Geselligen Kabeljaus‹ gestohlen, dann ereignet sich ein fast tödlicher Unfall, und schließlich stehen auf einer Party neben Champagner und Kaviar auch kaltblütiger Mord auf dem Programm...

Band 1012
Charlotte MacLeod
Die Familiengruft

Es beginnt mit einem Familienkrach: Großonkel Frederick möchte auch im Tod nicht dieselben Räumlichkeiten mit Großtante Mathilde teilen. Auf der Suche nach einer passenden letzten Ruhestätte wird die seit 100 Jahren nicht benutzte Familiengruft der Kelling-Dynastie geöffnet. Der jungen Sarah Kelling fällt die undankbare Aufgabe zu, das Begräbnis vorzubereiten. Bei der Öffnung der Gruft lernt sie Ruby Redd, eine einst berühmte Striptease-Tänzerin von sehr zweifelhaftem Ruf kennen. Mehr als die Rubine in Rubys Zähnen beeindruckt Sarah aber die Tatsache, daß die Tänzerin seit mehr als 30 Jahren tot ist...

Band 1047
Stanley Ellin
Der Mann aus dem Nichts

Was – oder wer – könnte Walter Thoren in den Selbstmord getrieben haben? Die Beantwortung dieser Frage würde der Guaranty-Lebensversicherung 200000 Dollar sparen. Daher scheuen die Ermittler Jake und Elinor keine Mühe, Beweismaterial für einen Suizid zu finden. Nachdem sie sich, als Ehepaar getarnt, in die Familie des Toten in Miami Beach eingeschleust haben, dringen sie immer tiefer in die Vergangenheit des Verstorbenen ein. Ein gefährliches Spiel beginnt, bei dem alle Parteien versuchen, rücksichtslos ihre Interessen durchzusetzen.

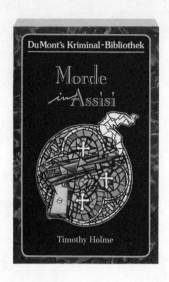

Band 1048
Timothy Holme
Morde in Assisi

Der italienische Inspektor Peroni wird von seiner Schwester zu einer Wallfahrt nach Assisi überredet. Doch weniger die Gebete zum hl. Franziskus als die Anwesenheit einer jungen Frau fesseln seine Aufmerksamkeit. Bald werden Peronis Gefühle jedoch empfindlich gestört, steht seine Angebetete doch unter dem Verdacht, einen Historiker ermordet zu haben. Peroni vermutet, daß der Ermordete bei seiner Arbeit über Assisi um das Jahr 1230 auf etwas gestoßen sein muß. Eine zentrale Rolle spielt dabei Jacopa de Settesoli, eine Zeitgenossin des hl. Franziskus. Doch welche Ereignisse des Jahres 1230 können solch lange Schatten werfen?

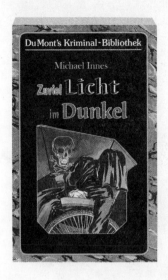

Band 1049
Michael Innes
Zuviel Licht im Dunkel

In einem Raum, der nur durch den im Innenhof liegenden Garten eines noblen Londoner Colleges zu betreten ist, wird ein toter Professor inmitten von Knochen und Schädeln gefunden. Nur wenige Personen haben überhaupt Zugang zu dem abgelegenen Zimmer – und alle haben ein gutes Alibi. Zudem muß der Täter bereits Minuten nach der Tat aus dem verschlossenen Raum verschwunden sein – spurlos! Eine knifflige Aufgabe für Inspektor Appleby, denn im Laufe seiner Ermittlungen stößt er auf immer mehr Menschen mit einem Mordmotiv...

Band 1050
Anne Perry
Tod in Devil's Acre

London zittert: In einer Schlachterei im düsteren Armenviertel Devil's Acre, das seinem Namen alle Ehre macht, wird ein Arzt erstochen und grauenhaft verstümmelt aufgefunden. In kurzer Zeit wird Inspektor Pitt zu drei weiteren Opfern gerufen, die alle auf die gleiche bestialische Art ermordet wurden.

Der Inspektor und seine kluge Frau Charlotte machen sich auf die Suche nach dem Massenmörder. Es bleibt ihnen nicht viel Zeit, wollen sie das viktorianische London vor weiteren Taten des Massenmörders schützen...